麦穗

邱文英 ◎ 著

山东城市出版传媒集团·济南出版社

图书在版编目(CIP)数据

麦穗/邱文英著. —济南:济南出版社,2018.7(2024.3 重印)

ISBN 978 - 7 - 5488 - 3303 - 1

Ⅰ.①麦… Ⅱ.①邱… Ⅲ.①长篇小说—中国—当代

Ⅳ.①I247.5

中国版本图书馆 CIP 数据核字(2018)第 138997 号

出 版 人	谢金岭
责任编辑	宋 涛
装帧设计	焦萍萍
出版发行	济南出版社
地 址	山东省济南市二环南路 1 号(250002)
发行热线	0531 - 67817923 86922073
印 刷	山东百润本色印刷有限公司
版 次	2018 年 7 月第 1 版
印 次	2024 年 3 月第 4 次印刷
成品尺寸	170 mm × 240 mm 16 开
印 张	22.5
字 数	326 千
定 价	69.80 元

题 记

　　浸淫于浮世喧嚣的人们，每个人都被割裂为两半，一半是别人眼中的你，一半是别人看不到、隐于灵魂深处的你。这个你，只在夜深人静时跳出来与自己对话。也只有在这样的暗夜里，这个你，才会揭开白日被纱布裹紧的伤，不为疗救，只为袒露——对自己袒露，对灵魂袒露，对上苍袒露。

　　袒露你藏在心底无以言说的爱与恨，你心灵家园的幻灭与重生，你曾经看过的人经过的事，你内心曾经的困厄、挣扎和疼痛，你所犯过但没被审判的累累原罪……

序

  最早读到的文英的作品，是她"神仙巷系列"中的短篇小说《高密女人王大花》《老孙头的桃花运》《老巷深处》，以及散文《红叶疯了》《艳遇扬州》等。这些作品，语言鲜活，人物生动，意趣别致，给我留下了很深的印象。尤其是那篇情节波澜起伏，讲述了再婚后原本幸福美满的老胡，因拆迁换房时的利益算计，而终于对再婚老伴田桂珍大打出手的《老巷深处》，深刻表现了在我们当今的现实生活中，物欲对人性的扭曲之痛；另如那篇以"与那个曾经迷失的自己邂逅，这，才是世上最美的艳遇"作结的《艳遇扬州》，亦自出机杼，立意奇警。这样的作品，即使放在整个中国当代文坛上来看，也是达到了一定高度的佳作。

  出现在读者面前的这部《麦穗》，是文英的第一部长篇小说。读罢这部长篇处女作，会进而叫人感到，2015 年才涉足文坛的作者，有着怎样可喜的创作起点和从事文学创作的扎实才质，以及可以给人期待的创作潜力。

  与当代文学史上出现的诸多乡村题材的作品不同，这部小说虽亦涉及"合作社""大跃进"等时段的中国当代历史背景，但作者的着眼点不是历史纠葛，不是时代风云，也不是政治波澜，而是历史背景下的人生、命运、人性之类更属于文学的情怀与视野。小说的主人公之一，相貌出众的乡村姑娘麦穗，因受惠于有文化眼光的父亲的熏陶，自幼就对未来充满了诗情画意般的憧憬，但不幸的是，由于被骗而嫁给了伤残的四龙，人生的美梦破灭了。丈夫死后，她又被婆婆赶出了家门，不得不与幼小的女儿栖身于村中一间四面透风的破草房中。几乎一生都处于困厄中的麦穗，却一直在抗拒着命运的不公，一直在守护着不屈的灵魂。她抵御了村中流氓的欺凌，她带着女儿逃亡过东北，她用自食其力捍卫了自己的尊严。正是这样一位虽败于命运却胜出于精神的普通乡村女性，使得我们贫穷苦难的乡村社会闪现出震撼人心的生命之光。往大处说，这正是值得推赏的中华民族精神，我们的民族正是赖此精神，历五千年沧桑而不衰。在小说中的另一主要人物赵国安身上，亦寄寓了作者对美好人性的向往。品行纯真、身为乡村医生的赵国安，虽为不少女性所青睐，尤其是那位与之有着青梅竹马之谊的单小满一直在苦苦追求着他，但因屈从于大姨的指派，他曾出面代替表弟相亲骗娶了麦穗，这就使他终生都陷入了深重的负罪感之中。为了灵魂的救赎，他拒绝了所有女性的爱，将全部情谊都倾注到了麦穗身上。正是这样一种基于人性忏悔的自我救赎，构成了这部小说中动人心弦的又一精神亮点。仅由上述相关内容，我们就可以意识到这部小说力图达到的境界层次，即超越历史，超越时代与政治，重在关于人性、关于人生、关于命运之类的体悟与探察，而又正是这样的境界层次，决定了这部小说属于文学的价值与品位。

一部小说，尤其是一部重在写实的小说，人物形象塑造得如何，乃成败之关键。而成功的人物形象，应是活生生的生命个体，而非善恶对立、好坏分明的观念符号。借用德国美学家黑格尔的那段名言来说，就是："每一个人都是整体，本身就是一个世界，每个人都是完满的有生气的人，而不是某种孤立的性格特征的寓言式的抽象品。"据此审视中国当代创作，我们会看到，有不少小说，即使在一些名家名作中，人物描写的符号化、单一化，乃至漫画化，仍是常见的创作痼疾。值得肯定的是，在这部描写乡村现实生活的《麦穗》中，作者能够力却上述弊端，在尽力以复杂的人性视野理解人物、描写人物。就两个主要人物来看，麦穗既纯洁善良又刚烈决绝，虽身陷困厄，又自尊自重。被骗之后，她曾试图以逃跑与自杀抗争，后因同情于四龙的不幸，感动于四龙的纯真，而终于接纳了四龙；她虽痛恨挤兑过她的婆婆，但当婆婆病瘫在炕上时，她不计前嫌，主动前往为其挖屎挖尿；她虽从内心里心仪赵国安，但又无法原谅赵国安对她的欺骗，而不时与其冷面相向。而长于医术、为人敬重的赵国安，本应人生顺遂，却只因一时失误，而成为村中最为痛苦的灵魂。他虽表面上冷静理智，内心里却一直喧腾着道德自责的波澜；他虽在时时关心着麦穗，但自己似亦清楚，这在很大程度上是出于赎罪心理；他渴望通过与麦穗的结合得以自我救赎，又因麦穗对他的冷漠，以及乡间的伦理顾忌而焦虑不安、犹豫彷徨。这样的人物形象，缘其写出了人性之深度与复杂，也就见出了充盈的生命个性，具有了感人的艺术魅力。小说中的其他诸多人物，如自身虽亦际遇悲惨，却悟透了人生、能够顺天应命、宽厚仁慈的王婶；凶狠残忍、老谋深算，又惜儿爱女的村书记单福根；性格怪异、脾气暴躁，却因麦穗无意中对他的一次微笑，遂变态地暗恋上麦穗的单大寒；为了自保，被打成"反革命"之后当众刀铡三根手指，长期装疯，而实则心明眼亮、知恩图报的傻子六；平时说话骂骂咧咧，却心地赤诚、敢于向麦穗坦露心迹，并为保护麦穗而被砸死的陈家胜等人物形象中，我们也都可以看出作者在挖掘复杂人性方面的笔力。

文学乃语言的艺术，而作为小说语言，不外叙事语言、描写语言与人物语言这样三类。前两类应具激活读者想象的诗性张力，以别于一般语言；后一类则需听起来确乎乃出于笔下人物之口，以体现其生命个性。在文英的这部小说中，我们仅由"麦穗弯腰时脖领处露出的那道白嫩嫩的深沟，让老奎儿的目光像凿子一样不时地在那道深沟里凿来凿去"一语，即可看出作者叙事语言中的诗性张力：经由"凿子一样"的"目光"的奇异修辞，不仅写出了老奎儿对麦穗觊觎的程度，也可让人想象到麦穗的迷人之美；仅由"夕阳被远处的树林吞噬着，只剩下半个圆轮挣扎在晚霞之上，用它最后的光辉映照着近村远树，依恋着沃野平畴"之类文句，就能看出作者在写景状物时灵动的诗意追求。基于对乡村生活的熟悉与细心体察，文英笔下的人物语言，亦是很切近了其个性特征的。如仅是通过"你看看啊，那些小牛、小骡子、小马驹子，小的时候没牵没挂地到处淘，爱去哪儿去哪儿。等长到差不多了，都被人上了嚼子，套了笼头，拴了起来。这些刚笼络起来的小牲口，一开始都刨蹄子，尥蹶子，大呼小叫。最后又怎样，还不都乖乖地该拉车拉车，该推磨推磨？"这样一番说词，就让信天由命、逆来顺受、忍辱负重的王婶的个性形象活跃在我们眼前了。

近些年来，高密大地，文风炽盛，创作活跃，风生水起，已经形成了值得关注的"高密现象"。不少文朋诗友，正在脱颖而出，文英当是其中的佼佼者之一。文英是勤奋的，走上文坛才不过短短几年，就已成就可观，殊为难得；文英是有才气的，她在大学里学的是理科，且毕业后一直从事财务工作，能在文学创作方面出手不凡，尤为可喜；文英是执着的，据我所知，这部长篇小说，全局性的大改就有七八遍之多，现有的定稿，虽也还存在一定提升空间，但仅就中国当代农村题材的小说而言，自是一部具有独特价值之作。相信文英的这部《麦穗》，会赢得许多读者的喜爱；也相信文英会以此为新的起点，不断创作出更多更好的作品。

杨守森

2018 年 6 月 26 日

于山东师范大学文学院

　　（作者为山东师范大学文学院教授、博士生导师，山东省强化建设重点学科文艺学博士点学术带头人，山东省人民政府文史馆馆员。主要学术著作有：《艺术想象论》《艺术境界论》《生命存在与文学艺术》《灵魂的守护》《20 世纪中国文学问题》《20 世纪中国作家心态史》《追寻诗性之光》等。）

目 录

李兆虬 绘

一

站在顷王冢极目北望，高密西乡千里田畴，潍河东岸一溜平川。

一辆披红挂彩的马车从大刘庄出来，穿过小妹冢边的槐林，一路往北行进在乡间小道上。

时值一九五六年阴历六月，还没到晌午，太阳就开始肆虐起来。路两旁的林子里蝉鸣阵阵，野生的洋槐，茂密、葱茏，枝叶在地上投下斑斑驳驳的影子。

把式嘴里哼着茂腔，不时地吆喝着拉车的枣红马。马车上搭了席篷，红花毯盖顶，就成了迎亲的喜车。

麦穗坐在大马车里，透过红盖头细密的缝隙，窥视着周遭的光景。她不时地掀起一个角，往外探看。到哪儿了？离双羊店还有多远？红红的一片看不明朗，她干脆摘了盖头。麦穗穿着大红的鞋子，大红的裤子，大红的方格小褂。两条乌黑油亮的大辫子，辫梢扎着大红的头绳，映得麦穗的脸红扑扑的；眼睛如白玉盘中浸着水的两粒黑玛瑙，清泠泠会说话一般忽闪着。麦穗低头闻着自己身上的香胰子味儿，微微翘起的嘴角漾着欢喜，眼角眉梢都是笑。

昨天后晌趁家里人睡下，麦穗蹑手蹑脚起来，把白天自己放在太阳地里晒热的一盆水端到屋子里，掩了门。麦穗撩着盆里的水，搓着脖子，搓着胳肢窝，搓着那些让她心跳狂乱的部位，又用二妮给的香胰子打出泡沫，把自己滚烫的身子仔仔细细洗了个干干净净。月光透过窗棂照进来，看着地上那个曼妙的剪影，麦穗害羞了。她慌乱地把身子擦干，拿棉单遮住。那个从小天不怕地不怕的麦穗，此时却害怕月亮看见自己。

前几天邻居二妮趴在麦穗耳边说的那些关于"那事"的话还响在耳边，麦穗当时耳热心跳，臊得脸都红到了脖子根儿。她嘴上说着闭嘴闭嘴，身子却还坐那儿没挪地儿。她看见二妮拿出一块油光纸包着的东西，二妮告诉她，这是青岛的姨婆婆带过来的，珍重着呢。二妮把散着花香味的香胰子分给了麦穗二指宽的一截儿，让麦穗把自己洗得白白的，香香的。因为有二妮那些"荤话"在前面，麦穗反倒不好意思接这香胰子了。二妮瞅瞅她，硬塞到她手里："等过了那一关，你就不臊了。拿着，别给我装。"

马车经过几个村庄，到了一个集市。不远处的土墙上隐约有几个红色大字："大家一条心，镇压反革命""家家谈粮食，户户要统销"。集上有耍猴的，卖面人、糖葫芦的，推车的，挑担的；牲口市里更是马嘶牛叫，好不热闹。

马车走走停停。日头渐渐毒了起来，马车里逼仄闷热，麦穗心里那个急啊。带着热气的风时不时透过红花毯的缝隙灌进车里，麦穗脸上沁出了一层细密的汗珠，她不时拿手里的盖头扇风取凉。

穿过集市，又是一片树林。不知从哪里飞来一只乌鸦，哇哇乱叫。赶马车的把式举高马鞭朝乌鸦抡了一个响鞭，嘴里嘟囔着："滚，真晦气。"

那乌鸦受了惊吓，大叫了两声，扑棱着翅膀，飞走了。

迎面走来一个男人，把式认出他就是前几年那个走街串巷打卦算命的刘麻子。

这刘麻子名如其人，小时候生痧子差点要了命，后来好不容易活过来，留下坑坑洼洼一脸麻子。他一张刀把子长条脸，下巴上那个大黑痦子格外惹眼。麻子这人从小机灵，上学不是很多，但爱钻研。年纪不大就看《易经》，十几岁就会说书唱戏，二十几岁开始打卦算命，不知是赶巧还是天生有一套，刘麻子算卦几乎每次都能应验，庄里人都叫他"刘半仙""刘大明白"。

刘麻子和把式打了声招呼，忽然立在路中间拦住了马车，口中念一句："虎落陷坑不堪言，前行不易退后难。谋望不遂自己便，疾病口舌有牵连。"

把式听不明白这刘麻子念了些啥，但感觉不像是什么好话，他扬一下手中的马鞭，喝一声："麻子赶紧让开，别误了新娘子好时辰。"

"良辰美景奈何天，玉面潘安李鬼扮。粉面桃花女娇娥，时辰没误人堪怜。"麻子口中念着，闪开身往西走去。

"赶走了乌鸦又碰到个半仙，今天真见鬼。小心把你当反革命抓起来。"

3

把式对着刘麻子嘟囔着，又甩了一下响鞭，那匹枣红马甩开四蹄，飞奔起来。

　　马车穿大街过小巷，终于到了双羊店。双羊店在高密西乡赫赫有名，自古以来这里就是南北海的交通要道，老人们说起当年的那些个人和事，如数家珍：那个地方武装头子徐华亭，日本鬼子当年在西大门"装炉包"，解放军鲁中一团解放双羊店……双羊店的淮沙落雁、郑祠老柏，也都是高密有名的好景致。

　　双羊店虽不是城镇，但双羊店人习惯称呼周围各村为"乡里"，惹得别村的人不服气："好像你们是城里似的。"不服气归不服气，双羊店的闺女都不愿意嫁到外村，外村大姑娘找婆家，却都愿意往这四通八达的双羊店跑。

　　不知过了多久，麦穗听见赶车人喝住马，噼噼啪啪的鞭炮响了起来，她赶紧把盖头蒙了上去。

　　一直在大门口等候的人赶紧把包了红纸、绑着一双红筷子的一对砖坯放到大门楼顶上。伴娘看见砖坯放好，赶紧把方凳放在车左前辕处，掀起席篷前面遮着的花毯。麦穗躬身站起来，由伴娘搀着，就要抬脚下车。身子刚探出车外，她就听见看新媳妇的人七嘴八舌地议论开来：

　　"啧啧啧，你看人家这小细腰，听说脸面也长得俊着呢。可惜了呀，可惜了……"

　　"哎呀呀，哎呀呀，四龙这兔崽子咋这么有福气呢？"

　　大家一边议论，一边争着往人群前面挤，以便能抢到新娘子分的上床饭。

　　麦穗踩着伴娘搬来的脚凳就要下车，谁知脚凳没放稳，"哐当"一声侧翻在地。麦穗脚下一滑，幸亏旁边的伴娘扶了一把，才没摔倒，把她惊出了一身冷汗。

　　旁边的人一下子哄笑起来，有人小声嘀咕："新媳妇下车第一脚就踩空，可不是什么好兆头……"

　　麦穗自己心里也觉得晦气，疾步往大门里跑去，两个伴娘赶紧在后面喊着追麦穗。

　　"哈哈，这新娘子看样子是个急脾气。"

　　"哟，这新媳妇急着进洞房呢，哈哈哈……"

　　在院子里等着的人看见新娘子进了大门，赶紧把一条染成红色的绳子扔上正房屋顶。绳子还没上屋顶，麦穗已经进了屋门。

追赶上来的伴娘一边一个扯住麦穗的胳膊，掣肘着她放慢脚步。过了当门，进了炕前，有一方踩脚石，踩脚石上放着用红包袱包着的年糕和斧子。伴娘扶麦穗蹬着踩脚石上了炕，炕席底下铺的是豆秸和芝麻秸。伴娘点着放在窗台的罩子灯，喊着步步登高和多子多福，又嘱咐麦穗面朝西北端坐炕角。众人看着伴娘又拿过来一个食盒，食盒里面摆着几茶碗放了红枣和栗子的上床饭。一个伴娘拿筷子挑了一点茶碗里的饭，递到麦穗嘴边，象征性地让麦穗吃了一点，便把食盒撤了下去。早已等候在外面的众人"轰"地一拥而上，抢去了上床饭，留给自家孩子吃，想让孩子沾了喜气好养活。

第一次盘腿坐在炕上，麦穗不一会儿就双腿酸麻，趁着屋里没人，她赶紧抻胳膊伸腿，活动一下。伴娘进来看见了，少不得又叮嘱麦穗一番。麦穗扫兴地把伸着的腿盘起来，心里嘀咕：哼，本来以为出了门子就不用看大伯那张不阴不阳的苦瓜脸了，没想到这里净事事儿。

熙熙攘攘喧闹了一天，晌午饭和后晌饭竟然都没见四龙一起吃。麦穗心里纳闷：难道双羊店这地儿就这风俗？其实自己家到四龙家也就二三十里路，没寻思还这么不一样。在麦穗庄上结婚都是拜完堂就把盖头揭了，晌午饭是和新女婿一起吃的。麦穗心里犯着嘀咕，吃饭也没大有心思，草草了事。几次想和伴娘搭话，大家偏就跟躲着她一样，吃晚饭时只给她端上三碟俩碗的，给她揭了盖头，让她好生吃饭，并嘱咐吃完再把盖头蒙上。

麦穗听见门外有人吵吵，要进来闹喜房，不知谁拦着不让进。

"新郎官都熬了一天了，还没捞着见新媳妇呢，你来闹什么喜房？"一个男人大声嚷嚷。

"真稀罕，还有结婚不闹喜房的？"

麦穗听见吵嚷的人被推到门外，在窗外嘟嘟囔囔。麦穗把盖头掀上去，欠身想瞅瞅外面是谁那么多牢骚。窗外一双眼睛正凑在窗棂子上往里巴望，和麦穗的目光碰上，冷不丁把她吓了一跳。她赶紧往后一坐，把盖头又蒙了上去。

窗外这人是老奎儿，四十来岁，脸上密布着与他这个年纪不相称的皱纹，眼窝有点内抠，两道很深的法令纹让他整张脸看起来更显沧桑。

与麦穗这一打照面，老奎儿像被闪电击中，整个人一下子木在那里，像中了邪一样浑身战栗。天老爷爷，这新媳妇是人吗？该不会是"瞎话"（民间故事）里的仙女下凡了吧？老奎儿还想再看看麦穗，无奈麦穗把盖头放下来，再也没往窗外瞅。

不能闹喜房，谁也没兴趣再在这里仰望别人的欢喜。屋外的人相继散去，喧闹声渐渐止息。

老奎儿也不甘心地走出了院子，一路上他还沉浸在刚才和麦穗对视的那一瞬间引起的眩晕中。

听着外面越来越安静，麦穗无聊地抠着指甲。早就听姐妹们说结婚闹喜房是新娘子要过的一大关，有的新媳妇会被折腾到哭爹叫娘。今儿竟然免了这一关，心里暗自高兴。高兴之余，麦穗却又有一种莫名其妙的失落。一辈子只有一次的新婚庆典，可以简陋，没想到却如此冷清。

这异乎寻常的冷清，浇灭了麦穗数日来对新婚之夜的各种幻想而导致的不能安枕的兴奋。

麦穗端详着屋内的摆设，木窗棂上糊着双红纸，红纸连同窗纸上的喜字被看新媳妇的人撕破了，在风里呼哒着。炕前里摆着一箱一柜，一张三抽桌，都是老红色，看上去不是很新，倒也说得过去。

她坐在炕头上，腿都麻了，腰也酸了，心里骂着这破双羊店。这盖头挡明遮黑的，弄得麦穗心里说不出的烦躁。她掀起来看看，天都黑透了，窗台上的长明灯这才透出亮光来。灯光照出了红盖头上那对鸳鸯，麦穗瞅着一片红光中那对鸳鸯的轮廓，想着二妮那些"荤话"，想象着以后她和四龙也跟这鸳鸯一样，相偎相依着过小日子，心中的不快一扫而空，那双大眼睛就又弯成了月牙儿。

二

麦穗和"四龙"相识于三年前。麦穗本来有四个哥哥，虽说在乡下男孩金贵，但是麦穗爹娘更盼着能儿女双全。生第四个孩子的时候，爹娘就祷告着能换换样，生个丫头。

丫头还没盼来，儿子却出了事。年幼的老三、老四夏天偷偷去一个湾里戏水。老四一个猛子扎到水面下的深坑中，惊恐万分，在水面上时出时没。"哥……救救我……"几步开外的老三奋力上前去救，终于抓住了老四，同时老四也抓住了他。但凡落水的人，抓住什么就下死力气不松手。老三被老四死命抓住，无法施救，兄弟俩就一起在水中沉浮，结果都没上得岸来。哥四个剩了哥俩。

爹娘从丧子之痛的阴影里走出来之后，先前被男娃淘碎了心，就更盼着生个闺女。天遂人愿，娘快四十了又怀了一胎，生下来一看是个女娃，爹娘都高兴得不得了。麦穗娘逢人就说，这下有了"小棉袄"了。丫头出生时地里的麦子刚开始抽穗，娘便给她起名叫麦穗。麦穗爹肚子里有"文化水"，嫌这名字土气，麦穗娘瞅他一眼："土气怎么了，土气好养活。再说了，有了麦穗就有收成，这名哪里不好了？"麦穗爹一听这话，心里一转念：是啊，有麦穗才有收成，有收成才有完满，好，就叫这名。

这麦穗模样生得鲜亮，心性聪明灵透，又是排行老小，爹娘便把她看作心肝宝贝，自小便养得娇惯了些。

麦穗爹常年跑黄县做买卖，家里的光景算是庄里拔尖的。庄里人还没听说过脚踏车，麦穗爹都已经骑上车子载着麦穗满街窜了，引得庄里的人都跟在后面看热闹，麦穗爹就故意把车铃铛拨得丁零零响。

说起麦穗的爹，大家都觉得那是个神秘人物。谁也说不明白麦穗爹到底在外面干什么，倒是听说麦穗爷爷那一辈的老哥仨在黄县开了个三和堂。麦穗爹每次回来都穿得很是体面，但是大家看着他不大像个买卖人，倒像一个教书匠。说是在外面教书，但是谁也没见过他教过哪个学生。越传越邪乎，他在大刘庄人的眼里就成了一个神秘的人物。

麦穗爹在外面闯荡惯了，只知道挣了钱拿回家。家里的大事小情他一概不上心，啥事都让麦穗娘酌量着办。只是有一件事，麦穗爹格外留意，那就是自己的儿女们上学识字。可惜两个儿子不是这块料，看着书上的字就头疼。他拿棉槐条子抽了儿子们几次，也没把他们打进学堂。

麦穗爹气红了眼，骂一声："你们两个砸牛角的货！"偏偏麦穗这个丫头好似把哥哥们的聪明劲儿都霸在了她一人身上，不管学什么，一学就会，一点就通，看过的书更是过目不忘。麦穗爹看儿子们实在不是读书的料，也便死了心，把全部心思用在了麦穗身上。他每次从黄县回来都给麦穗带几本书，每次都检查麦穗新学的功课和新读的书。儿子们就朝爹撇嘴："一个丫头片子，识字干吗？"

爹瞪眼瞅着儿子："我倒是想教你们，可是你们看看自己一个个傻大笨粗的样，一看见老师就腿肚子转筋，一看着书本就愁眉苦脸，哪有麦穗这个天分？你妹妹都能看《水浒》了，你们呢？连三是几道杠都不知道。来，麦穗，给他们念念《水浒》。"麦穗爹刚才还满脸怒气，一转向麦穗便笑逐颜开。

麦穗小脸一扬，倒背着手，斜眼瞅着哥哥们："哼，我才不给他们念呢。"

爹哄着麦穗："就念一小点，呵呵，就一小点。"爹说完便翻开《水浒》，放在麦穗面前，得意地拿手摸着下巴，瞟一眼儿子们。

"林娘子指着高衙内大骂：'混账狗东西，你的死期到了。'说完，林娘子拿着一把钢刀朝高衙内扑将过去……"麦穗小嘴嘚吧嘚吧跑了偏。麦穗爹听着不对，皱起了眉头。

爹看儿子们走远了，回头生气地瞪着麦穗："捣蛋鬼，你念了些什么乱七八糟？"

麦穗撅着嘴说："哼，那林娘子为什么要死？林冲休了她，她就没法活了？"

"高衙内缠住他不放，她又无力反抗，所以只有一死保自己清白。"

"哼，就是去死，她也应该把那个狗衙内一刀劈了再去死。"

"穗啊，等你长大了就明白了，人活着就是有那么多由不得自己的事。"

"我不管！"麦穗喊了一声，突然挥着手中一根棉槐条子指着墙上四联画中一只吊睛白额猛虎，小脸涨得通红，一副要把猛虎一剑封喉的样子。

爹心头一震，定定地瞅着麦穗：这小妮子，真的跟别的丫头不一样！

麦穗看见爹又开始倒腾他那个盛书的木箱子，凑上前去，想看看爹在那里面到底藏了什么宝贝。爹却一下子把箱子锁死，把麦穗扒拉一边。

麦穗哪肯罢休："爹还说让我多看书呢，你那里面的书怎么从来不给我看？哼，怕人没好事，好事不怕人。"

爹红了脸，笑着刮一下麦穗的鼻子："你个小麦穗，越来越没大没小了哈。那些书，你现在不能看。看也看不明白，等你长大了，自然给你看。"

爹偏心，哥哥们便暗地里对麦穗心怀敌意，一有机会就故意捉弄她。一旦让爹知道他们欺负麦穗，爹就从不问是谁的不是，先把儿子们揍一顿再说。被爹揍了几次之后，哥哥们再不敢生事，都变着法哄麦穗高兴，在爹面前卖好。

麦穗只要下了学，就跟着哥哥们疯跑，那性子也是越来越野。上树掏鸟，下河摸鱼，挖过耗子洞，戳过马蜂窝，就差耍枪弄棒、上房揭瓦了，那小腿小胳膊经常伤痕累累。爹娘看着这丫头这般疯魔，娘指责爹把闺女惯坏了。

娘整天跟爹叨叨："一个嫚姑子你让她识什么字？让她学点庄稼营生，干点针线活不中？"

"去去去，你知道什么，你是睁眼瞎，闺女也得睁眼瞎？"

"你就惯吧，你就惯吧，我看她都要上天了。"

娘每次说完这句话自己都后悔，因为她最不愿意听自己的男人说自己是睁眼瞎。从那句话里，她听出了丈夫的居高临下和对自己的不屑。

有时候实在气火了，爹假装虎着脸，伸出巴掌想教训麦穗一顿。麦穗便仰着粉雕玉琢的小脸儿，瞪着水灵灵的大眼儿，咕嘟着粉嫩的小嘴儿，一副娇憨无辜的小模样儿，爹哪还下得去手？

娘嘴里嘟囔着："你这嫚姑子，就会欺负你爹你娘。赶明儿给你找个厉害女婿，看你还敢这么疯！"

"女婿是什么？可以当馍吃还是可以当马骑？"麦穗拃挲着两个朝天辫，

和爹娘拌起了嘴。

爹娘被她这句话逗乐了，想笑又装出生气的样子。

麦穗便扒着眼皮，嘴巴里发出"呜啦呜啦"的怪声，做个鬼脸又跑出去了。爹娘哭笑不得，摇摇头叹口气，摊摊手，无可奈何。

麦穗发现爹和娘不知从什么时候起没有了以前的和睦，爹最后几次回来，都是一个人拿了铺盖睡到了小偏炕上。麦穗被娘搂着，她经常梦见娘在被窝里偷偷地哭。早上起来，经常看到娘的枕头湿一大片，麦穗就拍着脑袋使劲想，到底自己做没做梦？

以前每次爹从黄县回来，麦穗都被从大炕上赶到奶奶炕上，每次她都极不情愿地钻进奶奶的被窝。奶奶搂着嘴噘得能拴住头驴的麦穗："臭丫头，别使性子了，等你长大了，就知道了。"麦穗还犟嘴："哼，我就是长大了，也决不让别人跟我的孩子抢被窝。"

麦穗十四岁的时候，爹突然走了，家里的光景一下子从天堂跌到了地狱。父亲的死因，对麦穗来说一直是个疑团。娘说爹是病死的，庄里的人却神神秘秘说爹是被"文化水"害死的。待麦穗想上前问个究竟，大家都闭了嘴赶紧躲开。

麦穗又伤心又疑惑，回家问娘。娘抹把眼泪，什么也不说，只是把她男人给麦穗的书都发狠一样地撕烂了，填到灶膛里，一把火烧了。麦穗拼死都没拦下，就坐在地上大哭起来。

想起爹藏在木箱子里的那些书，麦穗止住了泪。这些书上，有牵动着麦穗的神秘和向往，更有爹的音容和味道，自己一定要把它留下！

瞅准娘出去的机会，她找了家里的凿子就叮叮咣咣地忙活起来。好不容易把箱子撬出一条缝，麦穗把手伸进去，也顾不上缝隙里的木刺刺手，一把就拽了一本出来。这本书缺了一半，用牛皮纸包着充当书皮，边上已被爹摩挲得泛着油光。麦穗瞅瞅左右，迫不及待地就要翻书，书却一下子从她手中滑落。书中掉出来一张小照片，照片上是一个麦穗不认识的女人。那个女人的脸上挂着麦穗从没见过的笑容，麦穗搜肠刮肚，也没找出一个词来形容这样的笑。这样的笑容，干净，柔软。麦穗打眼一看，心就像太阳下的糖糕，一下子糯了，化了。

"你个臭妮子，这是要作死！"娘不知什么时候站在她身后，一把把那张照片夺了过去，接着撕成两半，又抓起地上的书，也要撕。麦穗疯了一般，站起身就抢。娘一脚把麦穗踢开，就开始撕书，一边撕一边喊儿子们。哥哥们跑过来，把麦穗摁住。麦穗眼睁睁看着娘把书塞进了呼呼冒着火的灶膛里，这简直就是剜了她的心肝儿。她一头倒在地下，赌气三天不吃不喝。麦穗娘又气又心疼，拿掏灰耙敲着锅门脸，又哭又骂："没心肝的臭妮子，你爹狠心撇下我们走了，你还不知道回头，非得一条道走到黑。死老头子你个挨千刀的，整天看什么破书，把自己害了不算，把个闺女也引动坏了。女人识字都是祸害！都他娘的是祸害！"

麦穗一直不明白：娘和哥哥为什么对书有那么大的仇？为什么识字的女人都是祸害？

一次大伯喝醉了胡咧咧，麦穗隐隐约约听了几句，大体意思是爹在外面有了别的女人，而且是一个读书识字的女人，一个能和爹说上话的女人。为了这个女人，爹才丧了性命。而且爹出事后，那个女人也随后用一根麻绳把自己吊死在了一棵枣树上。

爹的离去，给这个家蒙上了一层挥之不去的阴影，也让麦穗心头缠绕着永远无法解开的谜团。麦穗能觉知到，家里人都是以爹的死为耻的，这耻辱甚至削弱了他们对爹突然离去的悲痛。他们对爹的死总是讳莫如深，但麦穗却一直无法抚平爹的突然离去留给她的伤痛。她甚至更想知道，那个能和爹说上话，甚至义无反顾追随爹死去的女人到底是怎样一个女子？

虽然男人没了，但是一窝孩子拽着脚，麦穗娘也就没挪窝，她打定主意守着几个孩子过完自己的下半辈子。

庄里人发现，一直打光棍的麦穗大伯不知从什么时候开始了对这个守寡弟媳看似无意实则有心的挑逗和骚扰。终于在一次喝醉酒后，麦穗大伯愣是三更半夜摸到了这个眼馋了十几年的弟媳妇的炕上。麦穗娘哭过恨过，但最后终究还是跟他搭伙过起了日子。

也幸亏麦穗娘改嫁给了穷得叮当响的大伯头子，划成分时才划成贫农，他们因此避免了一场人祸。有人揭发麦穗爹在外有大买卖，说这成分划得不对。麦穗大伯一听大为光火："他娘的，现在这女人是我的老婆，关我兄弟啥事？再说了，你们说是我兄弟做买卖，谁见过？谁也没见过，你们凭啥胡咧咧！"

麦穗这大伯因为一直打光棍，一人吃饱了全家不饿，在庄里横行霸道。有人暗地里不服，却也不敢再招惹他。他自以为有功在身，在这个家里说话就无比硬气。

虽说是自己的亲大伯，终究是皮里肉外隔了一层。麦穗几次因为口无遮拦而和大伯拌嘴，大伯不但对麦穗大打出手，还把火气撒在麦穗娘身上。为了让娘不再受夹板气，麦穗在这个后爹面前，少不得收敛性子，话也少了许多。

这个家对于麦穗来说，慢慢失去了原来的温度。

麦穗一天天长大了，本来就鲜亮的小模样出落成了一朵三月里的桃花，白莹莹，粉丹丹。十里八乡的小伙子老爷们儿只要见麦穗一面，那就得品咂好几天，心心念念地叨咕，啥时候再见这嫚儿一面。

那时候大刘庄有个高跷队，麦穗也成了其中一员。麦穗入了这个班子，一是喜欢高跷，二是看着后爹那张拉得比驴脸都长的苦瓜脸心里堵得慌，也想出来解闷儿。

正月十五元宵节，高跷队的老老少少都穿红着绿，上了妆，挤在庄东头，领头的哨子一响，大伙儿便列好队形，闪躲腾挪，各显神通。

划旱船的小媳妇儿，赶毛驴的王小二，叼着烟袋的刘媒婆，骑马的唐僧，扛耙子的猪八戒……

吹吹打打锣鼓响起来，花花绿绿彩绸舞起来。

四龙约了赵国安，表兄弟俩不嫌路远从双羊店跑来大刘庄看高跷。他俩挤在人群里，随着人潮往前涌。"快走快走，跟上那个麦穗仙女儿。"大家都七嘴八舌议论着那个腰间系着红绸子的大嫚儿，四龙和赵国安也争相往前挤着，想看看那个别人都说得仙女一样的麦穗到底啥模样。

这一看，可不得了，四龙和赵国安魂都飘了。上了妆的麦穗，比平时更加俏丽。那澄澈任性的眼神儿，那透着傲气微翘的嘴唇儿，眼波流转，迷倒众生。四龙和赵国安一时间都呆了，俩人傻傻地被人推着往前走。到了胡同口，队伍要转向，领头的招呼他们让路，他俩都浑然不觉。麦穗刚好舞到他俩面前，看着这俩呆头鹅，麦穗扑哧一下笑了，拿手里摆着的红绸子轻轻抽了赵国安一下。赵国安这才大梦初醒，捂着被抽得微微有点疼的腮，赶紧拉着四龙让道。队伍往前推进，麦穗不禁回头多看了赵国安几眼，又冲他粲然一笑。旁边的人都炸了锅："这小子好福气，这小子好福气。哎哎哎，人家怎么不对咱笑呢？"大家都艳羡地瞅着赵国安。这赵国安脸接着就红到了脖子根。

一眨眼，这麦穗长到了二十出头。小身条子又蹿了一截，她原来麻秆一样细瘦的身板也丰盈了一些，显出了身段儿。

那几年上门给麦穗提亲的人不断溜儿，对于那些相亲的青年，麦穗却是横竖一个也看不上。麦穗有自己的小心思：相亲的这些人，哪一个都没有那天高跷会上见的那个人顺眼，那样貌，那身板，活脱脱一个赵子龙啊——什么时候，能再碰到个那样的人？

媒人们看这家的丫头横挑鼻子竖挑眼，难缠得很，便纷纷打了退堂鼓。最后只剩下双羊店的四龙一家，媒婆硬是咬住麦穗不放松。媒婆拍着胸脯打保票："这四龙要个头有个头，要模样有模样，身子壮、力气大。主要是这孩子实诚，对他娘孝敬，邻亲百家有个什么事、干个什么活，找到他脸前，这孩子没有不应承的。一提起四龙来，庄里人都夸。"

麦穗拨弄着手里一个茶碗，瞅了一眼媒婆："他识字不？"

"这个……嗨，嫚儿，这是找女婿，又不是选庄里的干部，识字不识字有什么要紧？"

"中不中看看再说，挑三拣四，把自己挑成老姑娘，让你娘养你一辈子？"后爹看麦穗又要辞掉这一家，赶紧抢着说。

"大哥说得在理，中不中看看再说。咱闺女这模样，可不得好好挑挑？那些不般配的，我才不给咱闺女提呢。我敢说，只要看了这四龙，您一家保证说不出别的来。"

娘瞅空便托人打听四龙怎么样，闺女一辈子的大事，不能光听媒婆的。乡下有句俗话：瞒媒，瞒媒，媒婆都是两边忽悠。打听的人回来都一口说不出两个好来："老嫂子放心吧，媒婆没瞎编，这四龙真不孬。双羊店两个出名的好青年，一个是四龙，一个是赵国安。四龙和赵国安还是姨家表兄弟呢，两人长得有点像。打听了庄里好几个人，没有一个说四龙糙的。"

打听明白了，麦穗娘放了心，最后两家订好了来年三月见面相亲。

阳春三月里麦穗相看四龙，一打眼两人都一惊，原来是他（她）！

四龙一进门，麦穗差点喊了起来。看看一边正在抽着烟袋的后爹，她硬生生把那一个"啊"字咽了下去。真是芝麻掉进了针眼里，如今相亲的人，竟然就是那天元宵高跷会上见过的人——那个麦穗见过一面就再也忘不掉的人！

麦穗压抑住心里的激动，赶紧拿起暖壶，去给来相亲的四龙亲戚倒水。忙活了一通，麦穗最后把一杯水递给四龙。

四龙扭扭捏捏的，也不接麦穗的水碗，低头瞅着自己的脚尖。旁边的人咳嗽了一声："四龙，人家给你水呢。"

那个四龙愣怔了一下，偷偷瞅了一眼麦穗，赶紧起身接过碗来，接过水来也不喝，继续闷头瞅着脚尖。麦穗心里暗笑，这家伙怎么跟第一次见不一样？扭扭捏捏的，跟个小媳妇似的。经过旁边人几次提醒，四龙才活泛起来。他赶紧起身拿起暖壶，替麦穗倒水。给麦穗倒水时，可能因为紧张，水洒到了麦穗手上。麦穗被烫得叫了一声，赶紧跑到水瓮边拿凉水冲洗。

四龙偷偷瞅一眼麦穗被烫得发红的手，两只手搓来搓去，更加局促。

相完亲，麦穗的心里好似揣了个小鹿，欢蹦蹦地乱踢腾。她手指被热水烫得火辣辣的，脸也火辣辣的，心更火辣辣的。麦穗心里眼里老是晃着四龙的样貌，肩宽胸阔，那样挺拔，那样高大。尤其浓眉下那双漆黑有神的大眼睛，里面似藏着几世几遭的情意，看得她心里毛毛的。麦穗突然想起书上那个叫赵子龙的人物，要是四龙手里也提一杆亮银枪，跨一匹长鬃马，那活脱脱就是一个赵子龙！想到这里，麦穗扑哧一声笑了，怕旁人听见，赶紧捂住嘴。这是自打爹出事以来，麦穗第一次这么开心地笑。

亲戚都走了。娘问她："中不中？"麦穗故意撒娇噘了嘴，不作声。"哎呀姑奶奶，以前闺女哪还用自己相看，都是爹娘做主，成亲那天才见着女婿面呢。你可倒好，这么个好青年你都没看中？都是你爹把你惯坏了，不知道好歹了。没看中就没看中吧，明日跟媒人说说。"麦穗急了，把辫子一甩，黑眼珠一瞪："哪个说没看中了？"她脸一红就跑进了西屋，麦穗娘的脸上顿时乐开了花。

麦穗娘今天破天荒，不过年不过节要做葱油面。娘和了硬面，拿擀饼轴子把面蒂子擀成一个大薄饼，薄饼一层层折成一叠，用刀切成细细的条。锅里烧开水，把面条下进去。待面条熟了，捞出来用凉水一浸。另起锅用棉籽油把切碎的葱花爆出香味，浇到凉好的面上。端到桌上，香喷喷亮莹莹的，全家人的口水都出来了。以往细面只给后爹吃，像这样的面条，兄妹几个只有瞪眼干馋的份。今天麦穗娘格外开恩，给闺女和儿子们一人匀了浅浅小半碗。

俩哥哥三下五除二，哧溜哧溜两三口就把面条送进了肚里，吃完后抹着泛着油光的嘴唇，脸上是久违的幸福和满足。麦穗却是一根一根慢慢地挑着，慢慢地咀嚼，似乎想让这样的幸福留得时间更长一些。吃着吃着，麦穗眼里的泪花就落进了碗里。爹在时，娘也是只给爹吃细面，但是爹每次都把自己的细面分给麦穗一半。自从这后爹来了，他每顿都是心安理得吃独食。

如果爹在，今儿看了四龙，不知爹会怎样地高兴……麦穗怕后爹看见，假装咳嗽，赶紧背过身去擦擦眼泪。

那天四龙走后，夜虽已深了，麦穗哪里睡得着？她的心就跟阳春三月的小杨树一样，沐浴在暖阳熏风里，萌动着芽苞。麦穗眼前一会儿闪过四龙，一会儿又闪过赵子龙。这丫头翻来覆去把枕头都拧巴成了麻花，干脆不睡了，穿衣来到天井里。

月亮又大又圆，把天井照得亮堂堂，把院墙边的树照得白花花一片。麦穗从没感觉云彩原来这么好看，月亮原来这么美。她对着月亮甜甜地笑着。麦穗感觉月亮也笑了，月亮怎么也知道自己的心事？

相亲后麦穗娘也想着再看看女婿，媒人传话，四龙去山西出远门去了，一时半会儿回不来。几次想见没见成，麦穗后爹开了腔："真是没抻头，让人家一看，你这闺女是不是没人要了，急得够呛？"麦穗娘也就不再提这事。

麦穗和四龙相亲之后，定亲，下媒启，送日子，该走的礼数都走了一遍。

麦穗后爹让来送日子的人捎话回去：娶亲那天，不来马车，甭想把人娶走。四龙那边来的人哆嗦了一下，这年头，用个"二把手"推车接人就不错了，上哪里去弄马车？这是明摆着难为人嘛。他们一路嘀咕着合计着，让四龙家借呗，看这架势，不用马车，还真怕新娘子娶不回家。

眼瞅着正日子就要到了，麦穗整天小脸红扑扑的，悄没声地准备着红盖头、红头绳和鞋袜。那红盖头是一块四方的红布，麦穗觉得实在简朴了些，悄悄买了五彩线，藏在屋里在那盖头上绣一对五彩的鸳鸯，绣几朵盛放的牡丹。麦穗仿佛在绣着自己以后和四龙的美好小日子。

娘推门进来，麦穗赶紧把盖头藏在身后。娘假装什么也没看见，说完事，偷偷捂嘴笑着转身走开，任由麦穗在那儿折腾。俗话说，疼闺女，爱女婿，这丈母娘一想起四龙那个体面劲儿，嘴上不说心里美。

自从爹走了，麦穗身边再也没有了可以哭、可以闹、可以对着他随便任性霸道不讲理的那个人。成了亲，四龙一定会像爹一样疼她，宠她，护着她……

送日子之后，麦穗等啊盼啊，好不容易盼到了成亲这一天。

三

吱呀一声，门开了，一个人跌跌撞撞地趔趄着过来，满嘴酒气。麦穗心里紧张了起来，莫非是四龙？她的心扑通扑通地狂跳着，心里又喜又怨，又怨又羞。盼了一天，四龙终于过来了。自从相亲见了一面，四龙就没了影。这硬心肠的四龙，你不知道俺麦穗是如何的心焦？都等了这么些日子了，你个四龙，就不想俺？

麦穗的目光透过盖头，看着一片红光里的那个人影，突然又想起了二妮那些"荤话"，她感觉自己的目光一下子潮润润的，紧张地闭了闭眼。再睁开时，她又觉得自己的目光成了两团火，烤得周边一片红，烤得自己浑身也滚烫起来。

那人没说话，在屋子里窸窸窣窣弄出一些动静，突然朝着麦穗走过来。麦穗感觉这人的举止行动不太对劲，赶紧自己扯下了盖头。天哪，站在她面前的是个什么东西？这人脸上一道骇人的大疤，一只眼的眼皮因为有伤疤耷拉着，盖住了眼珠子，整只眼只露着一条很窄的缝，眼角堆着黄色的眵目糊。

"你是谁？"

"俺是四……四龙。"

"死出去，赶紧死出去！喝了点猫尿你不知姓啥了，还冒充四龙！"

这人一边对麦穗动手动脚，一边分辩："你问问，你……问问，俺怎么不是四龙？"

麦穗心里一个激灵，警惕地站了起来："那，去年春里俺看的人是谁？"

"是……是俺，俺姨家的表弟。"

四龙嗫嚅着，自知理亏。麦穗像五雷轰了顶一样，愣在那里。

"俺以前，俺以前不是这样，俺也不愿意这样……"

"死开，你给我死开。"麦穗尖利地叫嚷着打断了他。

"俺……俺打从见你第一面就看中你了。真的，麦穗，俺会一辈子对你好的……"四龙说着就又去拉扯麦穗。

麦穗一把抄起窗台上的长明灯，朝着四龙就要砸。四龙一躲，灯里的洋油洒了麦穗一身。麦穗干脆把灯芯子拔了，把洋油浇在自己头上，泼了炕前的箱上柜上，拿着洋火。

屋外偷听的众人看事不好，都也顾不得什么尊卑长幼，一下子推开门闯了进来。还有一个人，麦穗扫了一眼没看真切，但觉眼熟。这人刚进门就让四龙娘遮着脸推了出去。

麦穗几次想擦着那洋火，手打着哆嗦，点不着。众人一阵喧闹抢夺，麦穗也不知哪来那么大的力气，愣是好几个人都抢夺不下。

"哎哟，哪有这样子的媳妇，头一次听说。"

"这是要造反啊！"

"唉……这事闹得……这事闹得……"

麦穗不理会众人七嘴八舌地议论，继续擦手里的洋火。

四龙吓傻了，再也不敢造次："好了好了，俺不动你，你消消气，消消气，把洋火放下。"四龙说着，一屁股坐在炕前里，脊梁倚着门，时不时拿眼瞟一下麦穗，想伺机夺下那洋火。不管麦穗怎么骂，他都气不抽屁不放。麦穗骂得累了，坐在炕头上，眼泪吧嗒吧嗒地砸在她的红衣襟子上，但她还是死死地攥着那洋火。众人又劝解了一番，四龙一边说着"没事、没事"，一边把众人往屋外推。

窗外不知什么时候打起了雷，闪电不时地在窗户上投下一道道骇人的魅影。不一会儿，雨点便噼里啪啦地落了下来。

麦穗没有一点困意，整个人像掉进了冰窖，冷到牙齿都磕巴作响，浑身从里到外冒着森森寒气。

四龙几次想趁麦穗愣神爬到炕上，每次麦穗都会突然睁大眼，把手中打碎的玻璃灯罩朝四龙举着。四龙知道这洞房之夜算是白瞎了。奶奶的，真不是个善茬儿！

麦穗和四龙，俩人一个炕上，一个炕前，各据一方，坐了一宿。

四龙娘戴了一顶苇笠，在屋外趴在门缝上偷听，屋子里一直没有动静。等了半宿，她摇摇头回了自己屋。这老婆子在被窝里唉声叹气，自己怎么就摊不上点顺利的事呢？

四龙娘一共姊妹四个，她排行老大。虽然在家排行老大，但四龙娘因为从小身子弱，大病小灾不断，爹娘便对她什么事都迁就，有好吃的先给她吃，有好穿的先给她穿，妹妹们也不跟她争。被人迁就的时间久了，这四龙娘的脾气越来越乖张、任性。嫁人后，脾气一点也没收敛，跟公公婆婆动不动就使性子，跟邻亲百家也时常闹纠纷。

她和二妹妹高玉芬先后嫁到了双羊店，三妹妹嫁到了李家庄，最小的妹妹嫁到了高密城。四龙娘看着二妹妹因为识字嫁给了赵廷毓，二妹妹自从嫁过去就成天吃香的喝辣的，即便最后家败了，那大户人家的派头还在，她就觉得这二妹妹跟她不是一路人了；小妹妹嫁到高密城，那更是这讲究那排场，脱了庄户皮，她觉得跟这小妹妹也说不上话了；只有李家庄的三妹妹，男人家从根上就穷，她感觉三妹妹和自己肩膀一样齐，两人也就走得格外近些。

她整天叨叨，同娘不同命，嫁给状元当娘子，嫁给杀猪的洗肠子，亲姊妹也不中，富的也嫌贫的碍眼啊。

四龙娘故意和高玉芬疏远，虽是嫁到一个村，不是年节基本不和二妹妹见面。但是四龙和赵国安不管这些，表兄弟两个打小就亲近，不熟的人都以为这是亲兄弟俩。赵国安打小出名的心软心善，嘴巴又甜。虽然跟妹妹有点嫌隙，四龙娘对赵国安却很是喜欢。

快黎明时，雨停了。

四

第二天清早，麦穗把娘家的陪嫁衣物收了一包袱，一脚踢醒坐在房门口的四龙。

"起开，俺待回家。"

四龙用祈求的目光看着麦穗："俺……俺以前真不是这样子……俺真不是成心骗你……唉，反正这会儿说啥你都不信了……不信，不信你就打听打听邻亲百家，俺真不是……真不是那种胡晕乱诳的人……"四龙说着这话，眼里似乎要掉下泪来，把门倚得更紧了。

麦穗什么都不想听，猛抬腿，朝四龙裤裆就是一脚，四龙疼得趴在地上嗷嗷直叫唤。麦穗趁机拉开门就跌跌撞撞地往她的大刘庄跑去。

四龙在家里慌了神："娘，麦穗跑了，麦穗跑了呀。"

"赶紧去撵回来呀！"

"知道我诳人，她……她那两个哥哥还不得劈了我……"

四龙娘急得团团转："四龙啊四龙啊……你说……你说那点事还用当娘的教你？我说你怎么就不上手呢？你是个男人，女人再怎么着能有你力气大？你要是捅破了那层窗户纸，她不就服帖了？女人尝着滋味了，恐怕你不下手她都得馋，还能跑？"

五虎一下子推开掩着的门："馋什么？什么好东西？是不是好吃的？给我点？"

"破孩伢子，有你什么事？跟着瞎掺和！"四龙一下子把五虎的脑袋从门缝里推了出去。他搓着手，一副无可奈何的模样。

四龙娘发着狠，麦穗要是不回来，她就豁上这把老骨头，去她家门前天天烧纸号丧！

麦穗一路跑，一路骂，一路哭。

一路泥泞，麦穗深一脚浅一脚，不小心便会在泥地上摔一跤，弄了满身满手的泥。天都塌下来了，哪还顾得脏不脏，她从泥地上爬起来，继续跑。

路边那片槐树上，那只恼人的乌鸦还在哇哇乱叫。

麦穗踉踉跄跄几次跑错了路，又原路折了回来。

到了家，麦穗也不理爹也不问娘，兀自跑到西屋里，趴在炕上呜呜地号哭起来。

娘吓傻了："嫚儿，你这是咋？今天才二日，怎么自己跑回来了？"

麦穗不答话，散乱在后背的长辫子随着她的抽泣一起一伏。娘在一边干着急，后爹沉不住气了，山羊胡气得一撅一撅的，拿烟袋锅子敲着炕沿："你待把你娘急煞，有话快说，号管什么用？"

麦穗抹着横流的眼泪偏一下脸："这个四龙，不是那个四龙。"

娘听得云里雾里，问道："究竟几个四龙？嫚儿你跟我说明白点，到底咋了嘛。"

麦穗止住哭，跟娘道出了原委。

娘一听，也蹲在地上号哭起来："四龙，你个黑心的杂种，本来觉得闺女嫁了个板正人儿，没想到被你个黑心烂肠子的混蛋给诳了……"

后爹吧嗒着烟袋，心想：四龙真不是个东西，把俺一朵花似的侄女给毁了；但那定亲的钱都花出去了，东西也早给了二侄子当聘礼了，不可能去要回来，麦穗还得回去！后爹吧嗒着烟袋琢磨了一会儿，似乎拿定了主意，猛吸了一口烟袋嘴："别闹腾了，吃了晌午饭，让你两个哥哥送你回去。"

"要去你去，我不去，除非我死了。"

"你死也死到你男人家去，反了，反了你了！"后爹大吼着，麦穗娘在旁边悄悄拽拽他的衣角。他把麦穗娘的手一挡："拽什么拽，这个家，谁说了算？还不是你和……惯得她，要是小时候管束得紧点，她还能这样子没个规矩？"麦穗娘一听这话，抹着眼泪，心里就想，皮里肉外隔着一层，不是亲生的就是不心疼。心里虽这样想，看看男人那铁青的脸，她只有哭鼻子抹眼泪，没辙。

过了好一会儿，娘止住哭，擤把鼻涕："嫚儿，咱已经过了门了，长得好看还能当饭吃？你闹闹，出出气，还得回去啊。"

后爹气鼓鼓地出了门找他两个侄子去了。娘在一边又是骂四龙，又是劝闺女，鼻涕一把泪一把。

晌午饭一过，后爹阴着脸对着麦穗俩哥哥发号施令，让他俩把麦穗送回去。

"大爷，还是不让麦穗回去了吧？那个四龙，他诳咱们，不揍死他就便宜他了，还给他送回去？"二哥瞅着麦穗哭红的眼，向后爹求情。

"说得轻巧，那你把给你定亲的钱和东西都去弄回来，给四龙那边还回去吧。就我当这个恶人，你们以为我自己的亲侄女我不心疼？"后爹在鞋底上狠劲敲着烟袋锅。

"什么年头！统购统销，统购统销，统什么缺什么，粮食、棉花黑市价都翻了好几番，我看老百姓没活路了。"二哥说的话有点不着边际。

"闭上你的嘴，胳膊拧不过大腿，扯什么没用的淡？"后爹吹胡子瞪眼。

麦穗二哥一听这话，不再吱声。

弟兄两个都虎着个脸来到麦穗面前，不由分说，一人夹了麦穗一条胳膊，把麦穗挟持起来就往外走。俩哥哥其实心里也难过，但是麦穗如果不回去，也实在难办。于是两人横下心来，顾不得麦穗如何央求，如何哭爹叫娘，如何挣扎反抗，架起她就往外走。临出门，哥俩又一人拿了一根槐木棍抄在手里。麦穗娘一看这架势，赶紧吆喝两个儿子："别拿家什儿，你们捶他几下、踹他几脚也就是了。要是把那个混蛋打残了，害的还不是你妹妹……呜呜呜……四龙，你个混蛋，你个头顶长疮脚底流脓的坏种啊……"

后爹皱了皱眉，敲着烟袋锅："你们别拿棍，拿刀，劈了那个狗娘养的。劈了他，你们去给他抵命，省得打残了让麦穗伺候他一辈子。"哥俩一听这话，赶紧扔了棍子，连拖带拉地架着麦穗出了门。

麦穗一路上又哭又骂，哭亲爹死了没人疼，哭自己怎么碰上这么两个狠心的哥哥。

一路跌跌撞撞到了四龙家，哥俩把麦穗交到四龙手上，麦穗又哭又喊拼了命地想挣脱四龙。麦穗大哥快走出门口又转回身来，他示意老二把又哭又闹、又撕又咬的麦穗绑在窗户棂子上，自己揪着四龙的衣领把他拽了过来，一拳就把他打到地上。四龙刚爬起来站稳，麦穗大哥又一拳打了过来，嘴里喊着："让你诳我妹妹，让你诳我们全家！"四龙自知理亏，也不抵挡，任凭大舅哥责罚。看到四龙成了花脸，老二喊住了大哥："让他长点记性就行了，别再打出毛病来。"

"哥哥，其实……其实俺一开始真没想诳人。谁能想到相亲前突然受了伤。唉……俺以前……俺以前真跟替俺相亲的表弟差不多，本来以为这伤治治就好了，没想到伤得这么重……今天俺认打认罚，绝不还手，打死了是俺不该活，打不死那是哥哥心善留情，俺这辈子都会好好待麦穗……"

"这是替俺妹妹打的！人给你送回来了，再跑了，俺可就不管了。"哥俩甩下这句话，又看了看麦穗，"穗，你就认命吧，你哥只能做到这里了。以后他要是待你不好，我扒了他的皮。"说完，哥俩就出了门。

麦穗看着他俩弃她而去，骂着两个狠心的哥哥。麦穗突然发现屋子里的箱柜桌椅都不见了，新婚时候的陈设都没了踪影，唯有那两个红喜字还醒目地张扬在窗户纸上，似在讥笑这里的荒唐。原来，那箱柜桌椅都是从别人家借来的，当然这是几天以后麦穗才弄明白的事。

四龙满脸谦恭地送走哥俩，直到两个大舅哥拐过胡同看不见了，才转身回来。他把麦穗从窗棂子上解下来，麦穗以为他要给自己松绑。四龙却又把她反剪双手绑了起来，一下子把麦穗扔到炕上。他把小褂一甩，先把自己扒了个精光。麦穗惊惧地看着四龙那只因为充血而更加恐怖的萝卜花眼、浑身泛着油光的腱子肉，她哆嗦着站起身来就要跑。四龙不等麦穗迈步，一下子冲上来，发着狠地扯烂了麦穗的衣服，将她压在身子底下。麦穗反抗不了，她像一只要被人夺去孩子的母狗，嗷嗷喊叫着，死命抵抗，拿脚踢，拿牙咬。

四龙肩膀上、胳膊上，全是流着血的牙印，他不管不顾。麦穗只感觉四龙的嘴像喷着热气的牛鼻子，在自己身上疯狂地到处舔吮，四龙的血粘了麦穗一身。

麦穗越来越疯狂的踢咬终于让四龙怒火中烧。四龙想起自己受伤后心里受的那些煎熬，一股无名火腾地蹿了上来："他娘的，我还不信了。"四龙大吼一声，像一匹被惹恼的饿狼把麦穗夹紧的双腿一下子掰开……

外面突然雷声大作，窗户被震得一阵颤动，闪电暴戾地指了一下窗纸，划过一道触目惊心的白光。

一阵钻心的疼痛让麦穗几近晕厥，她撕心裂肺地大叫了一声，整个人突然无力地瘫软下去。麦穗被绑住的双手不知何时在两个人的缠斗中已经松脱，可是麦穗毫无知觉，她的脑子一片空白。她的一条辫子散开了花，脑袋一半悬在炕沿上。指尖不知什么时候扎进了一根席篾，血已经凝固在扎入口，麦穗一点都没觉得疼。

眼泪顺着麦穗的脸颊无声地滚滚而下，她想号啕想咆哮，只是嘶哑的喉咙已经发不出一丝声息。四龙大汗淋漓，他虚脱地靠着炕帮，像猎人看着捕获的猎物一样望着在一边哽咽的麦穗。

他以近乎野蛮的霸气在一场血雨腥风的疯狂中完成了自己的成人礼。那种被利齿咬啮的疼痛和全身集中爆发至沸腾一样的快感，让四龙在以后很多个夜晚的无数个梦里，一直沉浸在那种疼痛和燃烧的迷乱中战栗不止。

一直在窗外偷听的四龙娘长出了一口气，她蹑手蹑脚回了自己屋。

五

麦穗在黑夜里睁着眼睛，她曾经无数次设想过自己要托付的那个男人是个什么模样，设想过自己总有一天要去面对的那个新家，她甚至想过自己将来要嫁的那个男人，一定可以疗治她失去父亲的伤痛。但是当这个男人、这个新家来到自己面前，却超出了麦穗以前的任何想象……娘家回不去，这里，这里哪是她麦穗的家？麦穗想起了那个自己所不齿的林娘子，爹说得对，人活在世上，就是有那么多由不得自己的事。林娘子杀不了高衙内，你麦穗也没扛过这个该死的四龙……

第二天天还没亮，麦穗挣扎着酸疼的身子，披散着一头乱发，扶着墙根慢慢出了屋。

　　天上闪着几颗晨星，远处不知名的鸟儿发出凄厉的叫声，把整个天地都叫喊得苍凉。

　　麦穗转悠了半天，也没找到哪里有绳子。突然，她发现天井里有口井，心一横，眼一闭，咕咚一下跳了进去。四龙娘听见动静，着急忙慌地跑了出来，一看井盖儿被挪到了一边，吓得脸都绿了："四龙，龙，快点！快点！娘哎，真是造孽啊……"四龙慌忙跑出来，弄明白怎么回事，赶紧顺着井壁的脚窝叉腿下了井，四龙娘喊来了左邻右舍，递下来井绳给四龙，把麦穗五花大绑提了上去。

　　麦穗浑身湿透，紧闭着眼，几缕湿发黏在她苍白的脸上。四龙用手试了试，好像鼻孔也没了气息。他吓坏了，嘟囔着："我去叫国安去。"就跑了出去。四龙娘跺着脚喊他不能叫赵国安，他早头也不回地跑远了。

　　四龙要去找赵国安。这赵国安就是顶替四龙相亲的那个姨家表兄弟，比四龙小五岁，当医生。

　　相亲那天，赵国安一副愁眉苦脸的模样，只祷告着这女子千万别看上"四龙"，没想到相看的姑娘毫不掩饰满心的欢喜。赵国安更没想到，相亲的人竟然是自己高跷会上见的那个麦穗！两人偶尔目光相触，就像刚烧红的烙铁，吱啦啦就烫在了各自心坎上。赵国安接过麦穗递来的茶水，虽努力把持，那手还是抖得厉害。有那么一瞬，赵国安全然忘记了是替四龙相亲……

　　当然，这只是一闪而过的念头，赵国安很快就从这臆想中清醒过来。他赶紧沉下脸来，再好的嫂儿，那也是四龙的，与自己无关。赵国安如坐针毡一般，盼着这相亲快点儿结束。

　　相亲的结果除了赵国安外皆大欢喜，麦穗那边很快有了回声。这事，成了！四龙出院后在家里养伤，听到这消息，也不管脸上还缠着纱布，一路小跑着去找赵国安，还没进门就喊："表弟，表弟，那个麦穗同意了。这次多亏了你，等着喝我喜酒吧！"赵国安正在给别人打针，手一哆嗦，被扎屁股那人一下子嚷起来："赵医生，你要疼死俺。"赵国安赶紧回过神来，连声道歉。

　　赵国安给人打完针，扭头招呼四龙："表哥你怎么这么快就出院了？我看看，恢复得怎么样了。"

"嗨，就是点皮外伤，养养就好了，听那些医生胡说八道吓唬人。"

赵国安把四龙叫到跟前，小心揭开纱布，他的手猛地哆嗦了一下——四龙的伤口从眼皮一直斜到耳根，就是完全愈合，也会留下明显的疤——四龙破了相了！

四龙走后，赵国安干脆关了门，他心烦意乱，胡乱翻着手里一本书。麦穗的那双眼睛老是在他眼前晃着。赵国安想象不出，当一切真相出现在这双眼睛面前，这眼睛里的欣喜又该会怎样黯淡……唉，骏马却驮痴汉走，美妻常伴拙夫眠。赵国安感觉自己的心像被一只手揪着扯着，生生地痛。

四龙结婚那晚，赵国安也在婚房外偷听动静，心想：要是麦穗闹出个三长两短，自己这辈子都别想心安。大姨怕他进去被麦穗看见火上浇油，把他赶紧推了出去。

四龙跑到村里中心路南边一座小院外，也不砸门直接就闯了进去。进门看见赵国安正在洗脸，也不说话，拉着他就往外跑。

赵国安挣脱着："表哥你干吗？没看我在洗脸吗？"

"还洗啥脸啊，麦穗跳了井了，我摸着好像没气了。"四龙继续拖着他往外走。

赵国安吓得瞪大了眼："你等等，我拿上药箱。"

背上药箱，赵国安甩下了四龙跑在前面，迈开大步疾奔如飞。

到了四龙家天井里，村书记单福根也在，他正朝着四龙娘嘟囔："都新社会了，《婚姻法》都公布了，那什么，连父母包办都不兴了，你们还来这一套，出事了吧？"大伙附和着单福根，看见赵国安气喘吁吁地进来，单福根喊着赵国安，让他赶紧救人。

赵国安瞅瞅麦穗脑门上一滩血，心里暗骂自己造下的孽。他满脸凝重，右腿跪在地上，屈着左膝，开始紧急施救。折腾了半天，夹杂着绿色青苔的井水从麦穗嘴里吐了出来。所有人都屏住呼吸，紧张地看着赵国安。

过了一会儿，麦穗慢慢睁开了眼。赵国安松了口气，拿出药棉，替麦穗擦着脸上的血。四龙娘从背后拽了拽赵国安，替他拎起药箱，拉着他就往大门外走。赵国安挣脱四龙娘的手："大姨，你干吗？她现在就是一个病人，救命要紧，你想啥呢？"赵国安满脸严肃，不容大姨再在这里生事。

四龙娘沉下脸："要是麦穗看见你，那还有好？"说着话，四龙娘挡在赵国安面前，不让醒过来的麦穗看见他。

"让我死，让我死，谁让你们救我……谁让你们救我……"麦穗睁开眼，便哭喊起来。

邻居王婶儿过来，拉着麦穗的手，低声劝解："四龙媳妇，知道你委屈，但是，女人再倔，你还能拧过命？四龙，四龙以前真不是这个样子。"

麦穗瞅瞅那个王婶，穿着一件灰不溜秋的大襟褂子，一脸刀刻一样的深褶子。麦穗咬着嘴唇，不言语，嘴唇被她咬出了几个快要渗血的牙印。她的眼里，是绝望，更是至死不从的决绝。麦穗一会儿清醒一会儿昏睡，四龙紧张地在旁边看着。麦穗昏睡，他就担心能不能醒来；麦穗醒来，他又担心麦穗会不会再寻死。

麦穗隐约看见一个人朝她走来，走近了才看清是爹。爹心疼地拉着麦穗的手。

"爹，你带我走吧。你闺女活不起，还死不起？爹，你从小最疼麦穗了，带我走吧……"

"爹从你刚会说话就教你：冻死迎风走，饿死不弯腰，你都忘了？你不是不服气林娘子死吗？拿出你以前那个心劲儿来！"

"冻死迎风走，饿死不弯腰……冻死迎风走，饿死不弯腰……"麦穗一遍遍重复着爹的话。看见爹要走，麦穗想拽住他的手。他却突然一转身，不见了踪影，麦穗赶紧哭喊着追赶爹。

麦穗大喊着"爹……等等我……等等我……"，一下子从炕上坐了起来，把四龙吓了一跳。麦穗看了一眼旁边的四龙，想挣扎着站起来。她眼前一花，又颓然地躺了下去。要是爹还在，他绝不会狠心让哥哥们把自己送回来。要是爹还在……

四龙娘坐在当门口，不提名不道姓开始骂了起来，数落着本来好好的四龙也不知让哪个穷种、丧门星害得差点成了瞎汉。她从天骂到地，从地骂到八辈祖宗，从妈了个眼骂到妈了个腔，从妈了个腔又分男女骂到胯下那些物件……直骂到两个嘴角都出来白沫，在四龙的推搡下，她才住了声。

外面不知什么时候飘起了雨丝。

黄昏细雨。虽是夏天，那雨被风刮得有点凄寒，倒有了秋雨的味道。

六

四龙以前的确不是现在这个样子。他个子高,人长得也壮,模样和赵国安有几分相像。媒人来给四龙和麦穗说媒那会儿,四龙还没出事,认识麦穗和四龙的人都觉得,这两个人真是般配。

一场意外改变了这一切。

那天庄里铁柱家新盖的房子上梁,一大早铁柱爹就来找四龙帮忙。四龙把还没吃完的一半窝头塞进嘴里,就跟着铁柱爹出了门。

四龙和几个汉子喊着号子,一起把大梁拽上了屋框子,架好了脊檩。瓦匠一拍大腿:"喂,你们这些人脑子都想啥去了,上梁大吉,你们咋忘了一件大事?"

一句话点醒了铁柱爹。他赶紧让老婆把蒸好的面鱼拿出来,又找了九个铜钱一双筷子。他用红线把铜钱辫起来,拴上筷子和面鱼,抬头看见四龙骑跨在大梁上,招呼了一声:"四龙,接住。"甩手把面鱼扔了上去。

四龙伸手接住面鱼,立起身来往脊檩上拴面鱼。只听"咔嚓"一声,那架大梁往边上一偏,在人们的惊呼声中,带着脊檩一下子砸了下去。四龙还没来得及喊一声,就被砸在了梁底下。

大家七手八脚把血肉模糊的四龙抬到区卫生所,卫生所不敢收,又转到县医院。四龙住院期间,媒人来四龙家催着去麦穗那里相亲。四龙娘急得团团转,心里恼得不行,四龙啊四龙,你怎么偏偏在这节骨眼上受伤呢?媒人好不容易说合得差不多了,这不要黄?

跟女方家说实话,又怕人家立马打退堂鼓;不说实话,相亲见不着四龙,这也实在说不过去。四龙娘愁得一宿没睡着,先跟知道四龙受伤的人挨个打招呼,嘱咐他们千万不能把四龙受伤这事说出去。第二天一早,四龙娘就去求赵国安替四龙相亲。赵国安一开始死活不同意,四龙娘哭鼻子抹眼泪:"你姨父死得早，我拉扯着你的这俩表兄弟不容易。你就帮四龙这一次，等四龙伤好了，再跟人家说明白就是了。反正，反正你俩长得本来就有点像。"

赵国安从小就心软，经不住大姨缠磨，硬着头皮去替四龙相了亲。

过了些日子，四龙回了家。被抢救过来的四龙保住了性命，但是脸上留下了骇人的疤痕，一只眼废掉，以前那个英俊青年变成了人见人怕的"独眼龙"……

在四龙的担惊受怕中，麦穗迷迷糊糊过了七八日，终于复原得差不多了，只是精神头还是不济。

麦穗复原后的表现完全出乎四龙的意料。她虽然不和任何人说话，但她该做饭做饭，该吃吃，该喝喝，而且饭量大得出奇。甚至有时候大家都吃完了，麦穗一掀饭筐箩的包袱，一看没的吃了，才肯离开饭桌。

有时候四龙看麦穗心有不甘地离了饭桌进了自己屋，就赶紧跟过去，把藏在手里的半个窝头递给麦穗："知道你还没吃饱，我趁娘没上眼给你留出来的。给，快吃吧。"麦穗瞅瞅四龙，想了想，还是把窝头抓了过来。麦穗心里只有一个念想：要让自己长力气！

看着麦穗这吃头，四龙娘心里暗暗叫苦，这不娶回来个败家的？家里这点口粮，哪经得起这样折腾？分家？就这三间破房，怎么分？麦穗发现婆婆这几天找各种借口不用自己做饭了。饭上了桌，麦穗发现量也比以前明显少了。麦穗装看不见，该怎么吃还是怎么吃。

四龙看着饭筐箩里的干粮，都是按人头按量来的，能分到麦穗头上的量肯定不够。四龙吃饭时就先喝稀的，磨磨蹭蹭不往饭筐箩里伸手。直到麦穗把属于四龙的那份干粮也吃进了肚里，四龙才说一声"我吃饱了"，离开饭桌，气得四龙娘直翻白眼。

四龙娘背后戳着四龙的额头："你说我怎么养了你这么个窝囊货！"不管怎么戳怎么骂，下次四龙还是不改。老婆子一看这样不行，没限制住麦穗，反倒是自己儿子挨饿。

麦穗这一通狂吃，脸蛋圆润了不少，身上也感觉力气大增。四龙一看麦穗这架势，心想：麦穗是不是收心了？

四龙心里还是有点虚，他不知道麦穗是否真的死心塌地和自己过日子了。

虽然他不明说，但麦穗的行动一直在他的视线之内。

今年又是一个好年景。地里的谷子熟了，社里组织割谷子。看麦穗拿着镰刀出了门，四龙的一只鞋还没提上，就抄起一把镰刀跟了出去。

麦穗戴着苇笠，在谷地里忽隐忽现，四龙的心也随着麦穗忽沉忽浮，老是不能安心干活。

远望去，地里黄澄澄一片。田地四周绿油油的杨树叶子哗啦啦响着，树上的鸟儿欢快地啼唱着。偶尔飞过来几只蝴蝶和蜻蜓，落在人们的苇笠上，落在低着头的谷穗上。

漫坡金黄，麦穗像一只飞在金色花丛里的蝴蝶。尤其是这段时间来的放量吃饭，让麦穗原来偏瘦的身条变得丰盈。脸上因为布着一层细汗，白嫩的脸颊上又平添了两片潮红和莹莹的光泽，整个人像熟透的红苹果一样娇俏。弯腰低头，挥镰打捆，一举一动都让旁边的男人们心动。在那些男人的眼光里，除了对麦穗的垂涎，更有对四龙的嫉妒：这样一朵鲜灵灵的白莲花配了四龙这样一个"独眼龙"，还有没有天理？

刘麻子抬手往不远处指了指，跟旁边的人小声嘀咕着。人们顺着刘麻子的手指望去，只见老奎儿正直勾勾看着麦穗，拿着镰刀的双手在不住地哆嗦着。

老奎儿故意凑到麦穗跟前，手里挥着镰刀，眼睛却一直看着麦穗。麦穗只顾低着头割谷子，不看他也不搭话。麦穗弯腰时脖领处露出的那道白嫩嫩的深沟，让老奎儿的目光像凿子一样不时地在那道深沟里凿来凿去。他又来劲了。

看见自己的老婆张金花拿着一把镰刀朝这边走过来，老奎儿赶紧离麦穗远了一点。

说起来，老奎儿这些年过得也不容易。老奎儿和张金花结婚的第一晚，事情也凑巧，张金花身上来了那一样。乡下人知道的少，老奎儿也不管张金花身子方便不方便，两人天雷地火地忙活起来。老奎儿正冲撞得起劲，突然发觉张金花没了声息，仔细一瞅，张金花嘴唇煞白，脸像一张黄表纸，棉单上的血蔓延了一大片。老奎儿慌了神，大叫一声，用棉单裹了张金花抱起来就往卫生所跑。好在卫生所就在双羊店，经过医生奋力抢救，大出血的张金花捡回了一条命。医生告诉老奎儿，女人来月事期间，两口子不能同房。老奎儿羞得恨不能找个地缝钻进去。

从卫生所回来后，张金花下身淅淅沥沥了好长时间，老奎儿再也不敢轻举妄动。等到老婆下身干净了，他便又起了心思。

接下来的情形让老奎儿像做了一场噩梦。

只要老奎儿一碰张金花，张金花就突然开始浑身哆嗦，嘴唇煞白，冷汗直冒，老奎儿吓得赶紧住手。

等张金花消停了，老奎儿还是不死心，再次出手，张金花这次却更厉害了，不光冒冷汗打哆嗦，连白眼珠子都翻了上来。老奎儿又恼又恨，一摔房门出了屋。

老奎儿一出屋，张金花立马恢复了正常。

张金花不明白，自己这是怎么了？两口子没了那事，日子似乎寡淡了不少，也会凭空生出很多猜忌。这毛病，得治！

她不好意思去卫生所，暗地里打听偏方，试了无数方子，差点把自己药死，结果还是照旧打哆嗦，出冷汗，翻白眼。张金花慢慢对自己死了心。

这样子几次之后，老奎儿发现自己也有了毛病，不管张金花打扮成什么样，老奎儿再也没有昂扬起来。难道自己就这么废了？废了就废了吧，总比活受罪强。

四龙结婚那天，老奎儿从四龙家出来，像中了邪一样，麦穗那张脸老是在他眼前晃。半夜里，麦穗来了，她水汪汪的大眼睛瞅着老奎儿，笑得像一朵花，那笑容真勾人啊。老奎儿浑身都酥麻起来，他感觉自己硬了起来，他兴奋地拉起麦穗的手，一下子揽进自己怀里……

"嗷"的一嗓子，老奎儿一个骨碌翻身起来："我行了，我行了！"

张金花迷糊着骂老奎儿："三更半夜叫唤什么？什么麦穗谷子的，你犯哪门子神经……"说完，一翻身又睡了过去。

原来这是一个梦。

老奎儿背过身去，一下子拿被子蒙住头。他想让自己的梦继续下去，在梦里，他又成了一个真正的男人，这感觉让他迷恋，让他狂喜。萎靡的欲望昂扬起来的瞬间，老奎儿又悲又喜，这么多年，他以为自己早就废了，原来他没废！梦中的麦穗可以证明，我老奎儿没废！

第二天早晨，张金花推推老奎儿："喂，昨儿梦里那是叫谁？叫麦穗？"

"哪呢，我梦见一帮孩子在麦地里糟蹋粮食，就喊他们，别祸害麦穗……"

接下来的日子，老奎儿感觉自己从一种病态进入另一种病态：只要看见麦穗，只要听见麦穗声音，甚至只要有人说起麦穗，他感觉自己就来劲。他不得不穿着一件又长又大的褂子，当他来劲的时候，不至于让自己在人前出丑。

今天在谷地里看到麦穗的第一眼，老奎儿突然感觉一种久违的热潮在他身体里上下翻腾。

四龙没注意到老奎儿的异样，自己的镰刀不快了，他掉头去地头拿磨镰石。

拿磨镰石的空当儿，四龙扭头一看，不见了麦穗。他心一沉，连连叫苦："坏事了，坏事了，又跑了！"四龙丢下镰刀，不管不顾地往麦穗刚才待的那垅谷地里跑去。他还没到地中央，麦穗打完一个谷个子站了起来。四龙气喘吁吁地收住脚，虚惊一场！

麦穗瞅了一眼四龙，重重地把捆好的谷个子扔在地上。

四龙看到麦穗一门心思地割着谷子，禁不住暗笑自己多心。四龙不知道什么小人之心和君子之腹，但他突然觉得自己这样疑神疑鬼，真他娘的没肚量。

双羊店这些日子不安生。

一九五六年夏收之后，一些中农联合起来，整天吵吵嚷嚷地要求退合作社。双羊店掀起了一股反对农业合作化的浪潮，社员开始"闹粮""闹社""退社"。

形势严峻，县委召开紧急会议，抽调干部组成工作组，奔赴各区乡调查处理群众"闹社"事件。

工作组的人进驻了双羊店，领头的是一个叫邢满金的人。这邢满金干巴精瘦，戴着眼镜，一说话，镜片后面那双细长的眼睛就会眯起来，让人觉得莫测高深。

邢满金先把单福根叫到合作社办公室，对单福根传达了上面关于坚决刹住"退社风"的会议精神。单福根虽心疼自己被收上去的那十几亩地，但明面上还得拥护工作组的工作。

双羊店的"闹社"分子聚集在文昌阁前面，正在商量着怎么"抢社"。

"啥意思？入伙的地、牲口、农具都不给我们分红了，凭什么？"一个叼着烟袋嘴的老头儿首先发声。

"就是，这就是变相夺了我们的地，贪了我们的东西。退社，坚决退社。"

"你们这些人，得了便宜卖着乖，我看是新社会把你们惯坏了，俺就坚决不退社。"老奎儿瞅瞅这些坐在地上示威的人，拿袖子擦了一下鼻子，朝这帮人撇撇嘴。

"你个死老奎儿，你可是不退社。你原来穷得屌淡腚光。你可是尝着这入社的甜头了。你那些甜头，还不是仰仗了我们吃的亏？"

众人争执不下，有扛着红旗坚决要求入社的，也有不让退社就坐在地上不起来的。吵吵嚷嚷，乱成一团。四龙在一边，拿不准自己该站在哪一边。

村书记单福根叼着烟袋锅，山羊胡一撅一撅地抽着烟嘴，眯眼瞅着眼前这帮子人。看大家也论不出个一二来，他便清清嗓子开了腔，把烟袋插在绑着的围腰上，开始宣讲这入社的好处。

"老少爷们儿，这入不入社可不是那什么小事，是一个那什么路线问题，它能看出一个人的觉悟。这农业合作化是又一次农村社会主义革命高潮。不入社，我们怎么搞社会主义大生产？不入社，我们那什么怎么缩小三大差别？不入社，大家无组织无纪律，我们那什么怎么拧成一股绳？那些对入社……"

单福根那什么那什么地正讲得起劲，从村西头晃过来一个二十四五岁的男人，他左脸眼皮底下那块几乎占了半边脸的青记把整个脸衬托得有点阴森。这人眉间拧着，用阴冷的眼神扫了一眼低头摆弄烟包子的单福根，便继续往东走去。单福根一看见这个人，马上闭了嘴，眼神怯怯地扫了大伙一眼，赶紧低头假装往烟锅里装烟丝。大伙儿知道，这是单福根的克星来了，自打单福根老婆死了，村书记见了这人就露怯。

这人其实是单福根的儿子，庄户人取名图省事，因为这孩子大寒节气那天出生，父母就给他取名大寒。单福根还有一个闺女，名叫单小满。

单福根年轻时，因为一直看不上父母包办给他娶来的这个满脸雀斑的老婆，动不动就对老婆大打出手。他从没叫过老婆的名字，一口一个"雀子蛋"。跟了单福根十好几年，"雀子蛋"在他面前垂首低眉，大气都不敢出。

单福根大儿子去当了兵。大寒和小满年纪小的时候，自己的娘一挨打，他俩就抱着爹的腿，哭着喊着不让他打。单福根往往是一脚一个把俩孩子踹到一边，对老婆更是下死手打起来。

尤其是他最中意的大儿子死在了抗美援朝的战场上之后，他的脾气变得更差。那天庄里开完会，他正在跟村干部们讲他大儿在朝鲜战场上一人制服了三个鬼子，立了大功。他发现大家看他的眼神怪怪的。回家后，炕桌上放着部队上派人送来的儿子的帽子和一枚勋章。他怎么也不相信，自己最中意的大儿子，就这么没了。看着老婆、大寒、小满都哭天抢地，单福根一滴眼泪没掉，大叫一声栽倒在地上，躺了炕上三天三夜没挪窝。自那以后，单福根的脾气更是越来越乖张，老婆稍有不慎就会挨打。

一日，单福根一家正围着桌子吃饭，大寒娘因为没看见单福根碗里没了饭，就没及时给他添。单福根一下子把手中的碗砸向老婆的雀子脸。那粗瓷碗在大寒娘的颧骨上震碎，碗茬割进了右腮，伤口差点从嘴角豁到了耳根。娘满脸的鲜血把大寒和小满吓傻了，都大张着嘴巴看着娘，一时木在那儿。直到小满大喊一声，他们才想起来赶紧找医生。

单福根一看也草鸡了，赶紧起身把卫生员找来给老婆包扎。说来也怪，这女人在单福根手底下绵软了半辈子，这次不知为什么，却硬实起来，死活不让卫生员靠近，就顶着个血脸也不擦，也不让人治。单福根看老婆这次是豁出去了，他真怕这俩孩子没了娘，万般无奈服了软，低声下气求老婆把伤口缝缝。这女人也不知哪来的犟脾气，任他下跪磕头也不治！

正当三伏天，苍蝇叮在女人伤口上，那血口子便化了脓，生了蛆。躺在炕上的女人拿扫炕笤帚划拉一下，把蛆扫下来，就是不治！

等到大寒娘发起了高烧，人迷糊不能反抗了，两个孩子一边一个哭着喊着自己的娘，和单福根一起用小推车把娘推去医院。医生摇摇头，来晚了，是败血症，回家预备后事吧。回家当天夜里，大寒娘就伸腿咽了气。

从此以后，大寒再没叫过单福根一声爹。

娘死了半年后，这大寒在庄边上找了一间别人家闯关东后留下的土坯屋，自己搬了进去。过些日子，大寒置办了铜子等一应家什儿，挑着两个木箱子，干起了箍炉匠。

大寒走街串巷吆喝着："铜盆铜碗铜大缸，老头帽子掉水缸；铜盆铜碗铜大缸，老太太尿罐不漏汤……"大寒这拿腔拿调的吆喝声，在单福根听来那简直就是在打他的脸。他本以为大寒只是一时想不开，在外面使够了性子就回来，没想到这大寒这么有气性，一出去再也没踏进家门半步，爷俩从此成了陌路。

单福根看着冷冷清清的家，后悔得肠子都青了。他时不时翻出大儿的帽子捧在手里，自己一个人偷偷落泪："老大啊，你要是还在，我哪管大寒这个狗日的回不回来，我的好儿子啊……"

大寒娘没了不到半年，有人给单福根说媒续娶。单福根没敢答应，他知道，自己要是再娶一个回来，那大寒这辈子都不会认他这个爹了。单福根故意放出话给大寒听："前老婆后汉子，韭菜哈饼两半子。孩子不成家，我坚决不娶。"

闺女小满看着爹因为和哥哥闹翻整天闷闷不乐，自己便从中间当和事佬。可无论小满怎么调停，这大寒始终不肯回去。

被小满叨叨烦了，大寒梗着脖子朝她大吼："那是你爹，我只有娘，没爹。你要再给我叨叨，那我连你这个妹妹也不认了。"一句话，把小满唬得再不敢提这茬儿。

大寒刚从人群中穿过没几步，猛地听见嗖的一声，自己脑袋一阵疼。一回头，一截两头尖的小槐木棍的一头正戳在自己脑袋上。大寒从地上抓起那截小棍儿，打量着人群。不远处老奎儿正和旁边一个人嘀咕着，脸上满是不怀好意的笑。大寒一个箭步上去，一把就把老奎儿衣领薅了起来。啪啪啪，粗大的手掌就扇在了老奎儿脸上。

"你个杂种，单大寒，你凭什么打我?"老奎儿捂着半边脸，怒视着大寒。

"凭什么? 凭你拿这玩意儿耍弄老子。"大寒拿着那一小截木棍儿，几乎要戳进老奎儿眼睛。

"他娘的，你凭什么说是我?"老奎儿捂着脸，满脸发蒙。

"不是你，你坏笑什么?"大寒两眼冒火。

刚才和老奎儿坐一起的那个人赶紧站起来:"大寒，确实不是老奎儿，他刚才在跟我说新'四鲜'，我们是在笑这个。"

"给我的籴儿。"一个男孩满脸大汗跑过来拽着大寒的小褂后襟，仰脸看着他。

"什么籴儿?"大寒回过头来，看着这个手里拿着一根小蜡棍的男孩。

男孩指指大寒手里的东西:"就是它，我们在打籴儿，谁想到飞这么远。"

老奎儿不依不饶地冲着大寒嚷嚷起来:"明明是孩子在打籴儿，你偏说是我。单大寒，你这个杂种，你屈打了我，给个说法。"

大寒又回头瞪了老奎儿一眼，他突然把籴儿直立着握在手心里，大叫一声，往地上砸去。那个籴儿的一头刺进了大寒的手掌心。大寒擎着流着血的右手站起身，颤悠悠地直立在老奎儿面前。

"这个说法中不中?"大寒脸上的青记因为痛苦扭曲着，眼睛逼视着老奎儿。

老奎儿嘴唇哆嗦着，不敢再言语。那个男孩望着那个插在大寒掌心沾满血的籴儿，被眼前的景象吓呆了，再也不闹着要他的籴儿了，赶紧一溜小跑逃走。

单福根见状赶紧从旁边薅了一把七七毛，搓成一团，压出汁来。他小心地把那根籴儿从大寒掌心拔出来，敷上七七毛。他嘱咐大寒摁住，先止住血。大寒满不在乎地甩掉七七毛，大踏步走远了。单福根木在那里，脸上青一阵红一阵。看看众人都在看着他，单福根自我解嘲地嘟囔着:"兔崽子，跟你老子还较上劲了。"

四龙看着眼前这一幕，心里倒吸一口凉气，赶紧回了家。

到了门口，四龙看见麦穗今天打扮得格外利索，脚上换了一双轻便跟脚的马口黑布鞋。看见四龙进门，麦穗也不理他。她一脚门里一脚门外，犹豫了一会儿，慢腾腾低头回了屋。

一阵风突然把房门刮开，"砰"的一声摔在墙上，把麦穗吓得一哆嗦。

七

月亮在一层薄薄的云里忽隐忽现，天空中一道流星倏忽划过，远处偶尔响起一两声狗吠。狗吠声太过零星，并没有吵醒乡村的夜。

白天四龙娘领着五虎走亲戚没回来。麦穗躺在炕上，像烙饼一样翻来覆去，在黑暗中瞪着眼，没有一点睡意。她歪头瞄一眼炕前里的四龙，这死鬼在磨牙，估计是睡熟了。麦穗翻身起来，轻轻试探着挪了一下四龙挡在门口的脚。四龙一翻身，吓得麦穗赶紧往炕上跑。过一会儿，瞅瞅四龙没动静，麦穗再爬起来，却不敢再挪四龙的脚。

麦穗在屋里转了好几圈，爬上炕，用手试了试窗户棂子。这窗户年深日久，木头都朽了。麦穗使劲一掰，一根棂子被掰断一截。她大喜过望，继续掰旁边的棂子。看看窗户上的窟窿自己差不多可以钻出去了，麦穗弓着腰，悄悄爬了出去。她蹑手蹑脚地拨开大门，撒丫子就跑。除了一两声狗吠，外面一片静谧，夏夜的虫鸣忽远忽近。

麦穗脚步匆匆，只听见自己呼哧呼哧的喘气声和耳边的风声。出了庄，庄北是一片槐树林。出来是出来了，但是去哪里？先不管，先去高密城，就是沿街讨饭，也坚决不回死鬼这里。

麦穗突然停住了脚步。她听见一群人吵吵嚷嚷朝这边跑过来。怎么办？躲没处躲，藏没处藏，她环顾左右，也没找到藏身之处。麦穗漫无目的地往前跑，突然之间，麦穗感觉脚下踏空，自己似乎在坠落。及至扑通一声落了地，麦穗左右看了看，黑咕隆咚，摸摸周围，才明白这是废弃的地瓜井。麦穗捂着怦怦乱跳的胸口，这突然的一摔把她吓了个半死。

"看到了没有？你们看到了没有？"是四龙的声音。

"没有，大路小路都没有。四龙，怎么办？"

麦穗暗自庆幸，幸亏掉进了这枯井里。听着喊叫声越来越远，麦穗摸着井壁上的脚窝，提心吊胆地爬了出来。

不远处就是那片槐树林子，麦穗赶紧往林子里跑去。林子里一堆堆全是坟茔。月光下，树枝的影子如一个个黑黝黝的魔爪映在地上，透着令人胆寒的诡异。坟地里不时有磷火倏忽一闪，像鬼魂一样从麦穗眼前飘过。这样的坟地，人白天进来都有点毛骨悚然。

麦穗感觉腿有点软，汗毛都一根根倒竖起来。就在一个坟堆后面，一个黑影一闪——不会是鬼吧？麦穗感觉心都跳到了嗓子眼，屏住呼吸，差点跌坐在地上。

那个黑影好像也怕麦穗，一闪之后，再不见了动静。麦穗从地上抄起一截树枝子壮着胆，绕过那个坟堆继续往前走。

"是麦穗吧？"麦穗头皮一炸：这鬼，咋还认识俺？麦穗借着月光仔细打量，一个黑衣男人蹲在地上，一双眼睛在月光下闪着贼亮的光，那人身边是一棵杀倒的槐树，树枝被修理掉，只剩下树干——是个偷树的！不是鬼。

麦穗松了一口气，却不应声，抬脚继续赶路。

那人忽然上来伸手拉住了麦穗："妹子，急啥啊？"

"咋？你待咋？俺又不认得你，你弄你的树，俺不会说出去的。"

"妹子，妹子，俺是老奎儿，咱以前见过面。哎呀，麦穗啊……你……你是不是要跑？"

麦穗一下子警觉起来，她似乎听过老奎儿这名，似乎也见过这个人。

"你要跑，我可以帮你。我知道一条道，既隐蔽又好走。"

"不用，俺要回娘家，不是要跑，俺自己走。"

"咋？信不过我？编瞎话也不会编，谁家半夜三更回娘家？你不看看到处是人，你能走得了？在这林子里全是坟，听说还有黑挡，你能走出去？"老奎儿的口气似乎有点生气。

麦穗浑身一哆嗦，还有黑挡？以前听老辈人说过，说是走夜路的人让黑挡困住，一晚上都在原地打转转。

看麦穗迟疑，老奎儿赶紧拉起麦穗的手，朝林子里走去。老奎儿身体里的热潮开始激烈地翻腾，他真没想到，在这黑灯瞎火的林子里，能碰到这个证明自己还是个男人的女人。

麦穗挣开手，自己将信将疑地跟在老奎儿后头。

走了一段，到了林子深处，麦穗脚步慢了下来："你说的那条好走的路呢？"

"不急，不急，马上就到。"老奎儿回头看到麦穗不走了，也转回身来，趁机一下子搂住了麦穗。麦穗大叫一声，使出浑身的劲儿挣脱："死开，死开，你个臭流氓。"

老奎儿伸手在麦穗胸脯上乱摸，去解麦穗胸前的扣子。

"妹子妹子，你是不是想跑啊？你肯定也没路费吧，你这样跑出去管什么用？你依了哥哥，我家去给你淘腾点路费，保证送你出去。"

麦穗又羞又恼，顺手抄起地上的半截树枝，照着老奎儿的头抽了过去。老奎儿捂着脑袋嗷嗷地叫唤起来："你个骚娘们儿，竟然敢打老子？"

老奎儿气急败坏，一下子把麦穗扑到地上："是不是稀罕俺来硬的？好，老子好久没当爷们儿了！"眼前的老奎儿让麦穗想起四龙给她的耻辱和疼痛，她发疯似的抽打着手里的树枝，没头没脸地朝老奎儿抽去。"你们臭男人没一个好鸟，该死的流氓，臭流氓！打死你们这些臭流氓！"

突然，树林外的小路上，一群人吵吵嚷嚷地跑了过来。打头的一个是四龙，手里提着马灯，一边跑一边四处喊着："麦穗——麦穗——"

趁老奎儿一愣神，麦穗从地上爬起来，撒腿就跑。老奎儿捂着被打疼的头："臭娘们儿，不让老子舒服，你也别想跑。"

老奎儿跑到那群人跟前，捂着脑袋，大声嚷嚷："四龙，四龙，麦穗被我抓住了，刚才又挣脱跑了，就在前面。"

四龙带领众人赶紧朝老奎儿指的方向追去。麦穗跌跌撞撞，没命地逃窜。她却怎么也跑不过一群牛一样壮的小伙子。四龙冲在前面，一下子扯住了麦穗的辫子，麦穗一个趔趄，被摔在了地上。几个小伙子一齐蹿上来，把麦穗摁住。麦穗挣扎着，拼命乱咬着摁住她的手。一个女人终究斗不过一群男人，那个被麦穗咬疼的小伙子抡起拳头就要朝麦穗砸去，四龙赶紧制止了他。麦穗被他们擒住胳膊，一路扭着回了家。

麦穗筋疲力尽，软绵绵地蹲坐在地上，前额几缕头发被汗水黏在苍白的脸上，汗水又顺着那几缕头发流进嘴角，又苦又涩。

"龙哥，俺这嫂子劲儿可真大。"柱子一边说一边瞅瞅自己胳膊上被麦穗咬出的牙印。

"这年月咱娶个媳妇不容易。这毛病不能惯，跑了第一次，还有第二次，得治治。"大家把四龙拽出屋子，七嘴八舌地给他支着。

四龙摆摆手："大伙都困了，都回吧，都回吧。剩下的事，俺来收拾。"

送走众人，四龙回屋关上门，瞅着麦穗，一步步逼近她。麦穗双眼冒火一般，斜着脸瞪着四龙，紧握双拳。"死开，死开！你个骗子，你要是再敢动我，我今天就豁出命去，和你拼了！"

四龙无奈地摇摇头：这个娘们，大半夜跑到坟地里去，我四龙真就那么嫌恶？俺真是比鬼还吓人？其实，俺是真心想对她好啊。四龙诅咒着那场意外，是那架该死的大梁把他变成了骗子。

四龙看麦穗一副你要过来我就撞墙寻死的架势，照旧躺在炕前里，脚顶在关紧的门上。半夜里，他几次起来，每次都看见麦穗定住了一样坐在炕上，不躺也不睡。四龙浑身烦躁，好几次从炕前里爬起来悄悄朝麦穗凑过去。一听见四龙的动静，麦穗就警惕地往墙边靠，做出以头撞墙的架势，四龙赶紧回到原处。

逃跑被抓回来以后，麦穗发现窗户被用木板子钉死了。她吃饭、睡觉、上茅房，走到哪里都有人盯着，就这样被人防贼一样，一防就是三个月。麦穗经常在黑夜里睁着眼睛，一宿一宿地流泪。天快亮了，她便迷糊一阵。爹经常在梦里和麦穗说话，爹还是那句话："冻死迎风走，饿死不弯腰"。麦穗只说自己没冻死，也没饿死，但却生不如死，她真的撑不住了，她只求爹快点带她走……然而每次爹还没答应就突然不见了。

麦穗开始不吃不喝，四龙把饭放到麦穗面前，麦穗抄起碗来就扔到天井里。

麦穗梦见自己在沙漠里，毒日头烤着，就要渴死的时候，一下子看到了一湾清泉，麦穗便爬过去大口大口地喝了起来。麦穗一睁眼，看见四龙正用一块棉花蘸着碗里的水往她嘴里一滴滴拧水。麦穗把那盛水的碗抢起来，泼了四龙一身。

四龙抹一把脸上的水，瞪了瞪眼，最后无奈地看一眼麦穗，恨恨地转身出了屋。尽管老丈人家门难进，但是四龙还是打算去麦穗娘家试一试。

第二天，麦穗娘来了。麦穗扭头看一眼自己的娘，又闭上了眼睛。娘跪在地上求麦穗："穗啊，我知道你恨娘，也恨你哥哥。别怪娘和哥哥狠心，谁心里都有说不出来的苦啊……"

麦穗眼角淌出了泪，但是她就是不睁眼看娘。"娘，卖出去的闺女泼出去的水……自从爹走了，自打那个男人到了咱家，自从哥把我绑回双羊店，我知道我就再也没有家了……"那个"卖"字从麦穗牙缝里像小刀子一样抛了出去，把娘扎得一哆嗦。

"麦穗啊，你别这么说，你这么说，娘都没法活了。娘不想人家的钱，也不想人家的东西，娘只盼着你能过好自己的日子……你也知道，娘在这个家，做不了主啊……"娘蹲在了炕前里，四龙赶紧上去拉。娘撒开四龙的手，一下子坐在地上，呼天抢地哭了起来。

麦穗拿被子蒙住了头。

"咕咚"一声，麦穗娘突然一下子倒在地上，浑身抽搐着，嘴角冒着白沫，翻起了白眼珠。四龙吓得大叫起来。

麦穗甩开被子下了炕，娘这是羊角风的老毛病又犯了。她喊着娘，赶紧找了一根缝衣针，学着以前庄里的医生给娘治羊角风的样子，颤抖着手往娘的鼻下正中扎了一下。过了一会儿，娘喉咙里呼噜呼噜响了几声，睁开了眼睛。娘一睁开眼就抱住麦穗，失声痛哭。娘的号啕把麦穗镇住了，她从没见过娘哭得如此伤心。麦穗突然想起了娘以前在被窝里偷偷地啜泣，想起了娘在后爹面前的那种无奈和卑微……

麦穗等娘哭够了，自己也抹了抹眼泪。

"娘，你回去吧。我不去死！"麦穗直盯着娘。

"我会好好活着！娘回吧。"麦穗又重复了一遍，眼神决绝。

娘盯着麦穗看了一会儿，又叮嘱了她一番，就出门去了。娘知道麦穗的脾气——她说的话，算话！

四龙追出来要送送丈母娘，麦穗娘看都没看他一眼，转身就走了。

八

四龙一家围着一饭笆箩煮熟的地瓜干和萝卜咸菜吃起了晌午饭。四龙娘吃完手里的地瓜干，好似是指甲缝里抓进去了地瓜干瓤，她便把指头放进嘴里，用牙把指甲缝里的瓜干瓤剔出来，咂巴着嘴咽了下去。看着婆婆黑乎乎的指甲缝，麦穗突然一阵恶心，捂着心口干呕了好几下没吐出来，一看见桌上的饭，胃就翻翻腾腾地直搅和。四龙娘意味深长地瞅了一眼四龙，吃完饭后，就去了邻居王婶家。

下晌，麦穗正在蔫蔫地捂着心口难受，王婶踮着小脚来了。她来了就坐在炕沿上，拉起麦穗的手："孩子，我听说你大概有喜了，你这几个月是不是没来红的？"

麦穗手一哆嗦，这心就突突地狂跳起来，她猛然想起确实好长时间没来月事了。难道不来月事就是怀上了？回头想想，就是被哥哥送回来那天，被这该死的畜生碰过一次，难道一次就怀上了？麦穗恨得牙根都痒痒，真想撕了四龙这混蛋，不得好死的混蛋！

外面几只瘦麻雀在天井里叽叽喳喳，麦穗摸了一把锤子就扔了出去，麻雀哄一下四散奔逃飞到了树上。

"你看看啊，那些小牛、小骡子、小马驹子，小的时候没牵没挂地到处淘，爱去哪儿去哪儿。等长到差不多了，都被人上了嚼子，套了笼头，拴了起来。这些刚笼络起来的小牲口，一开始都刨蹄子，尥蹶子，大呼小叫。最后又怎样，还不都乖乖地该拉车拉车，该推磨推磨？"

"要是我自己看中的，他瞎他瘸我认。相亲都能找人顶，这是人干的事？"

"哎……这不是事赶事凑巧了嘛，本来以为四龙治好了就看不出来了，谁知道……"

"我是个人，不是牛马骡子。"麦穗心里暗骂，真是生就的奴才心，你愿意当牛当骡子，俺不愿意！

"说起来，你婶子，比你还惨。"王婶停顿了一下，打开了话匣子，"我成亲之前，连那死鬼的面都没见过。成亲时，是用门板抬着他拜的堂……"

麦穗瞪大了眼睛。

"他是个瘫子，腰以下没有知觉……办不了那事，就可着劲地折腾俺。拿手掐俺，拿嘴咬俺。那些年，俺夏天从不穿短袖的褂子，身上全是牙印和瘀青。"

麦穗情不自禁地啊了一声，瞪大双眼看着王婶。

"又能有什么法子，嫁鸡随鸡，嫁狗随狗。男人就是疯子、聋子、哑巴，那也是女人的天。摊上个什么样的男人，那是自己的命。"王婶低下头，说不下去了。

"那你就甘心？你跑啊，这样子活着还不如死了。"麦穗满嘴的不服气。

"我伺候了他二十年，守了二十年的活寡。四十那年，就真成了寡妇，这不也熬过来了？你看，四龙现在就是丑点，不缺胳膊不少腿。孩子，你就认了吧，安安心心过日子，等以后有个一男半女的，也就有了盼头。"王婶拉着麦穗的手，语重心长。

"长得丑俊，也就是相女婿那会儿，一般大的姊妹们七嘴八舌攀攀比比谁家女婿长得好。真要过开日子了，孩子啊，这些都不要紧了。我看四龙过日子是把好手，对你也知冷知热的，女人还求什么？要是找个男人长得跟花一样，却是虎狼的心肠，一句不顺耳，一事不顺心，就对女人打过来骂过去，那日子才叫难熬啊……"

麦穗不看她，也不说话，倔强地瞅着远处。天井里的梧桐树上垂下来一根透亮的丝，丝尽头吊着一个灰色的茧，茧中那个"吊死鬼"好像要挣脱什么，露出一半黑色的脑袋挣扎着。

虽然不服气，麦穗对王婶没有了刚开始的厌烦，她觉得这也是一个苦命的女人啊……

四龙躲在门边，偷听了几句，知道麦穗有喜了，欢喜得差点蹦了个蹦。等王婶走了，他便在当门里转来转去，想给麦穗做点好吃的。

麦穗低着头，手里拿着的麻线绳打了结，怎么理也理不开。麦穗拿那个牛骨拨锤子砸着自己头，怎么会这样？怎么会这样？麦穗心里发着狠：这小孽种，我坚决不能留。

后晌，四龙把自己的铺盖卷放在麦穗被窝旁边，讪讪地瞅瞅麦穗。麦穗呼啦一下把四龙的铺盖掀到炕前里："死一边去，离我远点。"四龙再搬上来，麦穗再给他掀下去。四龙叹了口气："你个娘们儿家家的，俺不和你计较。"就在炕前里铺了被窝，和衣躺下了。

麦穗拿被子蒙着头，她诅咒着老天爷。他一次又一次地往麦穗本已负累重重的身上加码。他大概想知道，到底生活沉重到什么地步，才能压垮麦穗？

那天王婶走了以后，麦穗一下子变得勤快起来。她老是抢着干男人的力气活，挑水就用最大的水桶挑得满满的，一口气挑满水缸。看得四龙娘和四龙都暗自惊奇，四龙娘心想：麦穗这么勤快，是不是怀了孩子拢了心，想好好和四龙过日子了？

麦穗发现王婶因为是小脚，每次去挑水都等在井台边上，瞅着哪个人好说话，就让人家帮着从井里提一桶水上来，她再把这一桶水匀到另一个空桶里一半。王婶用担杖挑着两个半桶水，小脚吃力地挪着，歪歪扭扭地挑回家。

看着王婶的背影，麦穗心里突然疼了一下。这个女人前几天诉说的遭遇，让麦穗觉得自己的心跟她一下子贴近了。

麦穗赶上王婶，把她肩上的担杖卸下来，挪到自己肩上。麦穗回到井台边，把王婶的两个桶打满水，给她挑到了家里，又挑了几个来回，一直给王婶挑满水缸。

一路上王婶一个劲地絮叨："麦穗，麦穗，你都怀上了，不能干这么重的活。"

"婶子，没事。你没看人家别的妇女都干活干到生，也没见人家生下来的孩子怎么着不是？"

麦穗不光挑水，王婶干起来吃力的活她都抢着干。王婶眼神不好，缝缝补补的活麦穗也全包了。王婶感动地拉着麦穗的手："麦穗啊，你这孩子心眼真好，只是挑水这样的活，以后不准你干！我虽然挑得少，多挑几趟不就有了？你这火候，胎还没坐稳，可不能累着你。"

麦穗依偎在王婶身边："婶子，你要是不嫌弃，就把我当自己闺女使唤，有什么活，你尽管吩咐。"

　　麦穗一句话，让王婶眼里含了泪花。她哆嗦着嘴唇："孩子啊，我哪里还能嫌弃，求都求不来。是你心眼好，不烦弃我这个老婆子……"王婶替麦穗捋了捋额前的头发，紧紧握住麦穗的双手。

　　快秋收了，庄里组织泼场、压场。麦穗抢着挑水、拉碌碡。那大碌碡男人拉起来都费力，麦穗拉着比男人压得都快。拉一会儿，别人坐场院边休息、卷旱烟，她就拿起簸箕，把里面的草木灰扬在没压好的松土上。

　　这么卖力地干活，麦穗发现那个小孽种非但没下来，肚子反而越来越大了。她打好了谱：干活折腾不下来，我就去买药。虽然来到这双羊店有些时日，但她却还不知道卫生所的位置，找人打听了下，倒不难找。

　　麦穗刚踏进卫生所的门，就一下子愣住了——是赵国安，他正给人对药。看到麦穗进来，他也一下子愣在那里。呵，就是这个人，让自己所有的希望化为泡影的这个人！

　　"咱又见面了哈。"麦穗直盯着赵国安。

　　"我……我……"赵国安实在不知道说什么好。

　　"这是赵医生，你拿药还是看病？"旁边一个人插了一句话。

　　"我拿药。你们这里有没有治不要脸的药，治黑心的药？给我拿点！"

　　旁边的人莫名其妙地看着麦穗，摇摇头："我看你这人病得不轻，我们这里忙着呢，没事的话出去吧。"

　　"赵医生是吧？你说说，黑了心能不能治？"麦穗逼近赵国安，连日来心里的屈辱和怒火让她的嘴唇哆嗦着。她真想上去给赵国安一记狠狠的耳光，心中燃烧的怒火甚至让她忘记了自己来卫生所要干什么。

　　赵国安脸上红一阵白一阵，他真希望麦穗能打自己一顿。

　　旁边那个人看事不好，赶紧把麦穗推出了卫生所，一下子从里面把门关上。麦穗对着门踹了几脚，愤愤地离开了。

　　四龙一开始不放心麦穗出去，一看麦穗干活这么卖力，这悬着的心就放了下来。这娘们儿终于安分了，有了孩子女人的心就被拴住了！四龙心里美着呢。地里没下种子，你还整天琢磨种胡黍还是播谷子。等种子下了地，生了根、发了芽，那就不用你费心想东想西，就等着秋后收粮了。

庄里治理涝洼地，挖沤水沟，整治条田。麦穗也不怕累，跟村里的男人们一起铲泥挖沟，毫不惜力。一群大老爷们儿看着麦穗在地里下死力干活，禁不住都暗暗叹服：四龙这小子哪辈子修来的福，他娘的找了这么个水葱一样嫩的俊媳妇？听说还他娘的识字解文，肚里的"文化水"还他娘的比男人都多，更气人的是还他娘的这么能干！

要是小满也在，大伙儿便七嘴八舌地拿麦穗和小满比，比比到底哪个更上成色。

这麦穗面皮白净，眼睛水灵，是个一顶一的美人。这小满呢，微微上翘的丹凤眼，一笑两个小酒窝，脸色微黑，但黑得俏皮，黑得让人觉得她就该这样黑，不黑还不好看了呢。大伙比画了半天，一个白莲花一个黑牡丹，还真是难分高下。

那老奎儿不阴不阳地笑着，挤眉弄眼地问那些直着眼的汉子："爷们儿，你们知道现而今有哪'四鲜'？"

"嗨，这有什么难的。出水的虾，早春的瓜，头刀韭菜，顶露水的花。"

"老奎儿，这么热的天，你说你老是穿那么长的褂子干吗？"

"过时了，过时了！我说你们不知道吧。那是'老四鲜'，现在是什么？你们听好了。出水的虾，早春的瓜，麦穗的嘴唇，小满的那'两抓'。"老奎儿不答那个人的话，继续白活这"新四鲜"。这后两句话他是压低了声音说的，那帮眼馋的男人都跟得了便宜一样，不怀好意地哈哈大笑。

有人接着说"新三美"：麦穗的眼，小满的眉，勾魂的脸蛋迷死个人。反正说来说去就是小满和麦穗。这帮人无非就是把麦穗和小满用自己的眼珠子上上下下左左右右里里外外地意淫一遍，这都是男人们眼馋却又捞不着的那点事儿。

大伙儿一看老奎儿来了兴头，有人便打趣他："老奎儿，你整天叨叨这个，嫂子你还近不了身，你干靠着难受不？"

老奎儿一听这话，接着脸红脖子粗，拔腿就走，大伙儿都在他背后哈哈大笑起来。他们不知道，在这样的"荤话"里，老奎儿会得到怎样的满足。能证明自己是个男人，哪个老爷们儿能够拒绝？

麦穗不管那些男人烙铁一样在自己身上扫来扫去的目光，只管闷头撅腚干活，越是沉的累的她越是抢着干。

麦穗看身边没人时，走路专门找坑坑洼洼的路蹦跶着走，就寻思自己摔一跤，把那个小孽种跌下来才好。麦穗还听说巴豆能堕胎，就到处打听着找巴豆。跟前没人的时候，麦穗就拿拳头擂自己的肚子。

四龙看麦穗这些日子死命地干活，以为麦穗肯定是死心塌地过日子了，自己心里也轻松起来，也有心思去想别的事了。庄里正在鼓动着入高级社，四龙拿不准主意，心想表弟赵国安是个明白人，找他问问去！四龙转身就去了卫生所。

"从互助组到初级社，从初级社到高级社，国安你给我掰扯掰扯，我有点拿不准，这高级社入好还是不入好？"

"土改以后，老百姓手里有了地，热情高涨。一开始因为村里很多劳力去支前，有的人家有家把什儿却缺劳力。再就是大家手里家把什儿不齐，有耧犁的没牲口，有牲口的没耘锄。说明白点，原来的互助组就是自愿互利，搭帮干活。"赵国安看看左右没人，一边捯饬着案子上的药材，一边跟四龙掰扯。

"到了初级社，土地、家把什儿、牲口还是归个人私有。除了自留地，剩下的地都统种统收。大家一同出力，按地按劳力分红。可是到了高级社，土地成了集体所有，大家分到手的土地没了，土地分红也没了。牲口和大的家把什儿都折价归公社，全部公有化。四龙你说，这样好不好？"

"嗯，我哪儿知道？我这不是不懂才来问你嘛。"四龙卷着手上的旱烟，一头雾水地望着赵国安。

"上面想法是好的，我总觉得这样铺大摊子，摆大架子，不是什么好事。这就像那些来找我看病拿药的人，一个身体极度虚弱的人，我要是一上来就给他服大补的药，他身体底子差，肯定不受补。应当温药慢调，才能扶正根本。我总觉得这高级社走快了，走急了，反正我是没看好。"赵国安掸了掸手上的灰，拍拍四龙肩膀，"啥事要是着急忙慌，必定有不周全的地儿。当然咱这是关起门来自家人说自家话，你自己明白就行了，别出去叨叨。"

四龙拍拍赵国安的肩膀："到底是大户人家出身，见识和我们这些小门小户的人就是不一样。"

赵国安摇摇头:"什么大户不大户的,还不都一样?"

赵国安的家世,还得从他太爷爷那辈说起。赵国安的太爷爷赵炳祺,那是大清朝山西地儿出来的状元。太爷爷生了两个儿子,一个叫赵鸿轩,一个叫赵鸿瑞。两个儿子因父亲屡屡被小人谗言所害,看透了官场险恶,不再踏入仕途,一个从商,一个从医。

赵鸿轩经商,经营茶叶和丝绸生意,票号遍布全国各地,家中养着专门的马帮,走茶马古道,汇通中外,融贯东西。后来地方匪患猖獗,土匪眼红赵鸿轩的万贯家财,绑了他的儿子,逼赵鸿轩拿出一半家财赎回儿子。那年月,赵鸿轩只得破财免灾,把儿子赎了回来。

另一个山头的土匪也眼红这宗大买卖,隔了没有两年,也绑了赵鸿轩的儿子,漫天要价。赵鸿轩因一时筹措不及,土匪以为他守财不交,遂撕票。赵鸿轩本只有这一个独子,被土匪所杀,后继无人,家道从此败落。赵鸿轩死后,赵家的这一支血脉便弦断人绝,赵老太爷便只有靠赵鸿瑞延续血脉。后来为了躲避战乱,赵鸿瑞便举家迁移到高密。

赵鸿瑞生子赵廷毓,后来又有了孙子赵国安。赵鸿瑞行医,享誉全国,甚至有从济南、北京远道而来的人求医或是慕名来访。他开的方子,通常患者三服药吃完,疾患必除;若是三服还不见好,后续便免费诊治,直到除根。赵鸿瑞行医多年,家业也越来越大,房子三进,院子大得让人艳羡。然而令赵鸿瑞没想到的是,置下这份家业,也给家人埋下了隐患。

在赵国安儿时的记忆里,家里原来那个院子确实大。院里东墙根有一个小花园,里面有各色的花草;西墙根有一个鱼池,里面养着红色的锦鲤。赵国安老是在爷爷面前唠叨:"这些鱼困在这小鱼池里,太憋屈了,把它放潍河里去吧。"爷爷对这个孙子的奇思怪想很是不屑:"你觉得它憋屈,离了这里,它还不一定活得下去呢。"

赵国安经常趴在鱼塘边上,用笊篱捞锦鲤,和那些鲤鱼嘀嘀咕咕地说话。因为这,赵国安没少被父亲数落。

"爷爷,爷爷,你看这鲤鱼困在这塘子里,它都掉眼泪了呢。"

"瞎说,鲤鱼掉什么眼泪?"爷爷好奇地把脸凑到鲤鱼跟前,"我看看,鲤鱼还会掉眼泪?"

爷爷看着那条逃到荷叶底下去的鱼，摸摸赵国安的脑袋："国安，人心善是好事，但是一味心软心善，有时候或许会害了别人。你就说这鲤鱼吧，你以为把它放河里是帮它，但是它从小到大就没在大江大河里历练过，你冷不丁把它放进潍河，恐怕它都不知道自己怎么活。"

赵国安眨巴眨巴眼，歪着脑袋不解地看着爷爷，心软心善还能害人？

后来，赵国安记得自家大院里住过不少兵，日本鬼子住过，黄色制服的人住过，灰色衣服的人也住过。这帮走了，那帮来了。有的兵一到院里就把爷爷打倒在地，有的兵却和留着茶壶盖头的赵国安嬉笑玩闹。后来不打仗了，爷爷却一次又一次被一些人带走，又伤痕累累地被放回。爷爷最后一次被放回几天后的一个早上，奶奶喊他来换药时，发现爷爷身子早已僵硬。爷爷过世后，奶奶没遵守爷爷生前的再三叮嘱，做主把家里的那个大院捐了出去。虽然奶奶也不舍得这点家业，但她更清醒地认识到，全家人的安危比这个院子重要。

赵国安秉承祖上的医德医术，年纪轻轻便小有所成。对于十里八乡那些家境不好的，他向来是先治病救人，绝口不提药费医资。后来，赵家的私人诊所被联合归公成了区卫生所，赵国安也便成了区卫生所的医生。

赵国安送四龙出来，突然看见门口蹲着一个人，心里打了个激灵。一看是傻子六，赵国安松了一口气。他拍拍傻子六："韩六方，你咋一声不响坐在这里？吓我一跳！"

傻子六吃吃傻笑着来到赵国安面前。他半低着头，从眼镜框上面看了一眼赵国安，嘴里流出的哈喇子挂在他下巴上，手一举，给赵国安来了个敬礼。他身上的棉袄领口和袖口都磨破了，露出脏兮兮的棉花绺子。两只袄袖因为积垢和擦鼻涕，泛着一层油亮亮的光。他那少了半个镜片的眼镜框上耷拉着一根棉线，随着他的呼吸，那根棉线在他鼻子下方有节奏地起起落落。

赵国安听说这傻子六可不是一般人物，他是一个什么工程院校出来的。因为土改时他家被划成地主，在没收土地和家产时他父亲和工作人员起了争执，刚回到家的韩六方不明情况，他当然是向着自己的爹，抄起家伙砸向那个把爹摁在地上的人，致使那人受伤。这性质一下子就变了，韩六方从地主崽子成了"反革命"。他被关进一座废砖窑，被逼喝尿，受尽凌辱折磨，最后疯了，才被放了出来。刚开始，有人举报傻子六是装傻，他又被重新抓起来往砖窑送。饲养员正在铡草，韩六方哈哈大笑着一下子扑向闪着寒光的铡刀，那个蹲在地上往铡刀底下搋棒子秸的人还没回过神来，只听咔嚓一声，韩六方一只手的三根手指断在地上。三根染血的指头如三个惊叹号，韩六方疼到在地上打滚，嘴里却还是哈哈笑着。这下那些说韩六方是装傻的人都闭了嘴，韩六方也就没被送进关他的砖窑，嘴里流着哈喇子，开始疯疯癫癫地到处流浪。没人跟个傻子计较，更何况整一个傻子似乎也没多大意思。

傻子六漱溜着那根早就被他用口水泡得发白的指头，朝赵国安嘿嘿笑了几声，又指着四龙，嘴里喊着麦穗名字，左手大拇指和四指圈成一个洞，右手食指探进洞里，做着淫秽的动作。

四龙一看，接着给了傻子六一脚："死痴巴，滚一边去!"说完又要踢他，傻子六赶紧捂着屁股就跑。

四龙和赵国安从卫生所出来，四龙慢条斯理地卷着旱烟，琢磨着赵国安的话。

赵国安犹豫了一会儿，问了四龙一句话："麦穗……麦穗和你，你们……怎么样了?"

"还中，还中吧。她这些日子干活可卖力了，我看是顺上套了。"四龙吧嗒着卷好的旱烟，脸上泛着红油油的光，"麦穗应该是怀上了。"

赵国安没再吭声，望一眼四龙，又低头瞅着脚尖。四龙拐进胡同，赵国安盯着四龙帽子上耷拉下来的一根线头，目不转睛地盯着线头在四龙后脖领子上晃来晃去。

赵国安回了屋，他突然瞅着屋里啥都不顺眼，拿起笤帚，狠狠地往地上扫了几下，屋子里顿时扬起了灰尘。赵国安盯着那些灰尘颗粒在门口射进的那道阳光里飘着，忽上忽下，忽左忽右……

顺上套了? 四龙，你以为麦穗是个牲口，使唤几次就顺上套了? 赵国安的心突然针扎一样地疼了一下，抓着草药的手不由自主地抖起来。

四龙刚出去，小满推门进来了。

"国安哥，忙着呢? 你脸色怎么不大好?"

"不忙，你有事？"

"没事，被俺爹叨叨得心里烦，出来走走。俺爹说你给四龙顶包，差点出了人命；还说新社会，这样子犯法。这又不是你愿意去的，还不是你大姨逼你的？"

"小满，以后不要在我面前提这事。"赵国安说着话，脸就沉了下来。

看赵国安拉下脸来，小满赶紧闭了嘴。没话找话地跟赵国安聊了几句，看他待搭不理的样子，小满咕嘟着嘴出了门。

小满回到家，把大门咣当一声关上，也不进屋，站在窗前那棵沙果树下吧嗒吧嗒掉眼泪。她发觉赵国安变了，现在动不动就给自己脸子看。

沙果树的一根树杈上系着一截晒褪了颜色的塑料扎头筋，看着它，小满的眼泪更是扑簌簌越掉越急。小满每年清明节都要在沙果树上系一次头筋，年年不落。

小时候，小满、大寒、赵国安每年清明都要在树下玩秋千。本来说好了三个人轮着荡，结果轮到大寒他就硬赖着不下来，小满就拽着绳子哭鼻子抹眼泪。赵国安呵斥大寒不准耍赖，让他快下来，大寒仗着自己力气大，别人争不过他，你越说他就荡得越高，直到秋千板都跟秋千杆平起来了，他就故意嗷嗷叫着馋小满。小满哭得更凶了。

赵国安拿大寒没办法，为了哄小满开心，他就从正好路过的货郎那里给小满买了一包塑料扎头绳。女孩子天生稀罕这些花花绿绿的东西，小满尽管头发短，扎不着辫子，但她还是带着眼泪笑了。她顾不上跟哥哥抢秋千了，跑进屋里翻箱倒柜找了一通，最后拿出一摞压得平平整整的糖纸，那是小满平时吃糖，一张一张攒下来的。她把糖纸放在大腿上一道一道地折起来，用塑料头筋拦腰绑住，糖纸展开，就成了一只只蝴蝶。赵国安又爬到柳树上折下几根柳枝，把糖纸蝴蝶绑在柳枝上，又把柳枝绑在沙果树上。嫩绿的柳枝，五彩的蝴蝶，就在清明时节的风里浮浮摇摇地飞了起来。小满拍着手，得意地瞅瞅大寒。

大寒这小子混账惯了，他从秋千上下来，跳着高想把糖蝴蝶给扯下来。赵国安这下子再也忍不住了，把大寒使劲推搡了一下。大寒没防备，一下子跌了个狗啃屎。他爬起来刚想发作，小满赶紧跑过来护着赵国安，不准大寒动他。

大寒撇撇嘴："臭嫚姑儿，我是你哥还是他是你哥？"

小满也撇撇嘴："哼，我没你这样的混账哥。"

从这以后，小满每年清明都让赵国安给她把糖纸蝴蝶挂在沙果树上，这成了小满过这个节日必不可少的仪式。一直到他们都先后上了学，小满也大了，这个仪式才成了小满藏在心里的小秘密。虽然不再绑糖纸，但是小满每年清明还是会悄悄用塑料头绳把几根柳枝绑在沙果树上。

小满不明白，那个一直护着自己、哄着自己的赵国安为什么找不着了？难道是他有什么烦心事？

麦穗折腾了好几个月，那个小孽种还是没下来。麦穗自己嘀咕："一个老畜生还不算，你个小畜生又来祸害我。"

全村的女人都开始议论麦穗。

"这女人真是能折腾，结婚逃跑，现在听说又想把孩子折腾下来。"

"麦穗跟了四龙，确实是有点屈。"

"屈什么屈？脸蛋子再好看，过开日子了，脸蛋子能顶饥还是能解渴？"

"跑不了就拿孩子出气，真是个疯子。"

"你们就是能瞎嚼舌，麦穗不是那样子的人。"王婶气不过，替麦穗辩解。

话虽这么说，王婶却对麦穗上了心，似乎也看出了苗头。她便开始明里暗里不断地给麦穗吹风："有个孩子就有个伴，你看我，孤零零的一辈子，真有那么一天自己死了都没人收尸。那死鬼喘着气还嫌恶得够呛，恨不得他快死了我好解脱。谁知等他两腿一伸走了，才知道只要他喘着气躺那儿，我就还有个伴。如今，这日子真觉得没了奔头。"

麦穗不作声。

麦穗又在挑水，路上好几拨人都叽叽喳喳议论着往队里的饲养院跑去。麦穗好奇，把缸挑满水，也跟了过去。原来是社里的老黄牛生了双胞胎，庄里人第一次见牛生双胞胎，都赶来看稀奇。

麦穗赶去的时候，老牛正用舌头舔着趴在地上的小牛犊，小牛身上黏糊糊的，浅黄色的毛贴在身上。离开母体的温暖来到这陌生寒冷的世界，俩小家伙浑身颤抖，几次想站起来又跌倒地上。母牛满眼慈爱，不停地舔着小牛，直到这两个小东西终于颤巍巍地站了起来，母牛才放心地喝起了饲养员给它精心调制的掺了豆饼的温乎水。

麦穗看着那两头小牛依偎在老牛肚皮底下，一会儿又颤颤悠悠到处乱窜，老牛便会停下喝水，哞哞地唤小牛回到身边。麦穗的眼睛突然潮湿起来。老牛对小牛的呼唤犹如一缕春风，把麦穗死灰一样冰冷的心吹出了几星暖意。麦穗望着老牛母子三个，站在那里沉默良久。

草垛上落着几只小麻雀，它们探头探脑唧唧地叫着，声音嫩嫩的，怯怯的。一只老麻雀在它们身边飞来飞去，不时地落到草垛上，蹭蹭这个的嘴，啄啄那个的毛，然后又飞起来。它这样不厌其烦地飞起落下，那几只小麻雀终于鼓起了勇气，挥动着翅膀飞了起来，在空中发出先是胆怯再是兴奋的鸣叫。

突然，肚子里的小家伙动了一下。麦穗一摸，好像一只小脚蹬在麦穗小肚子上。麦穗一摸那小脚，小家伙又淘气地从另一边打了麦穗一拳。

麦穗的心突然一动，从没有过的一种说不清、道不明，漫着甜蜜又满腹委屈的感觉，一下子涌上心头。这杂陈的五味让她满眼含泪。

孩子没罪！

麦穗一边默念，一边轻轻地抚摸着肚子里那个不安分的小家伙。小家伙在麦穗的摩挲下渐渐地安静下来，似乎是在跟自己的娘说着贴心话。麦穗不禁为自己想把孩子弄掉后悔不迭："幸亏这孩子命大，要不，娘的罪过可就大了。"

虽是冬天，这几日天气却格外暖。太阳暖暖地照在麦穗身上，麦穗觉得肚里的小家伙似乎也感受到了阳光的和暖，在里面安静极了，是不是正在吮吸着自己的小手指头看着娘笑呢？

麦穗夜里还是经常做梦，好多次梦里都会见到爹，只是梦中爹的眼里多了一份欣喜。爹的喜从何而来呢？因为自己"冻死迎风走，饿死不弯腰"？还是因为自己不再迎风走，学会了弯腰？自己一句"我不去死"，让娘放心地回了家。自己的妥协，真的也能让爹欢喜？看来对于这些至亲的人，他们希望看到的就是你能活着，哪怕你恨他们，哪怕你把他们当成仇人，他们也希望你能好好活着……

九

说来也是邪门，别人有喜，嫌饭都顶多到三四个月，可麦穗都六个月了，还是没完没了地吐，像是要把苦胆都给提溜出来。有时候她吃完饭还没离开饭桌，胃里一缩，吃进的饭菜就会稀里哗啦全部倒出来。孩子这样折腾，麦穗反倒觉得心安：孩啊，娘对不住你，差点把你祸害了，你这是跟娘生气呢。

四龙看麦穗这么遭罪，心疼得额头上全是汗，恨不得自己能替了麦穗，又是递水，又是捶背，麦穗却仍是给他冷脸子看。四龙娘背地里戳着他额头，骂他没出息。

王婶过来串门，看着麦穗的脸蜡黄，心疼得要命。有那新鲜清口的吃食，她就会从自己牙缝里省出一点来，拿给麦穗吃。王婶拉着麦穗的手，满眼怜惜地看着她本来红润光泽现在却枯黄干瘦的脸，

"孩子，是女人都得遭这些难，你好生惜护自己。四龙这孩子我从小看他长大的，老天爷不长眼让他伤成这样，这孩子心眼着实不坏。等过些时候，不嫌饭了，想吃什么让四龙给你弄。女人怀孩子的时候馋起一样东西来捞不着吃，那可真要命。"

麦穗感激地看着王婶，在这冷到让人窒息的家里，王婶的关照给麦穗逼仄压抑的空间开了一扇可以透气的小窗，这小窗透着阳光，透着温暖，让麦穗觉得这世上还有点人情味。

麦穗拉着王婶的手："婶子，俺都不好意思说。近来俺心心念念，这些天老是想吃春天地里那蒜苗子。真想，想得都困不着觉，一想起来那蒜苗子脆生生的绿，俺就跟着了魔一样，坐立难安。"

"这个可稀罕，这三九天，地还封着呢，上哪找蒜苗子去？"王婶也无计可施。四龙听了，连声说他想办法去弄，保证让麦穗吃上蒜苗子。

四龙打听了一圈，也没见谁家有蒜头。最后还是王婶跟他说，好像老奎

儿家有。四龙知道老奎儿这人刁滑，好算计，心里有点犯难。但是眼瞅着麦穗被蒜苗子馋得日夜不宁，四龙便硬着头皮，去了老奎儿家。敲开门，四龙絮叨了半天，最后说："俺娘这几天拉肚子，吃了好些药也没见效。听人说烧熟的蒜头能治好这毛病，所以过来讨点大蒜。"

老奎儿老婆张金花手里系着裤腰带从茅房里出来，瞅瞅老奎儿抢着说："四龙兄弟，大蒜今年确实收了几头，但都是留着过年伺候客的……"

四龙赶紧说他可以出钱买。张金花瞅瞅四龙脚上那双成亲时候做的新棉鞋，再瞅瞅老奎儿脚上那双露着脚趾头的破棉鞋："哪能要你的钱！唉，本来今年想给你老奎儿哥置办双棉鞋，这不，手头紧，也没弄成。"四龙会意，赶紧把脚上的棉鞋脱下来，递给老奎儿，说他正好穿不惯这鞋，自己年轻，身子火力大，穿着新鞋脚丫子整天出汗。老奎儿一边假意推脱，一边忙不迭地接了过来，穿在了脚上。

四龙从老奎儿家捧着几头蒜乐呵呵地出来。虽然他也有点舍不得那双棉鞋，但他顾不得了：一双鞋算什么？麦穗要紧，孩子要紧。四龙回到家掰开蒜瓣，放在一个粗瓷碗里，又倒上水，放在炕前，天天瞅着，盼着这蒜瓣早点发芽。炕前冷，那大蒜都快半月了也没个动静，四龙着急得围着那个碗打转转。

四龙娘发觉儿子这些日子老是冻得直跺脚，留心瞅了瞅，四龙脚上的棉鞋倒是有些日子没见他穿了。问明白原委，四龙娘拿掏灰耙敲着地，数落四龙："打到的媳妇揉到的面，女人不好惯。你这媳妇都快被你给撮上天了。你一肚子热肠子，怕只怕人家不领你的情。"四龙憨憨地一笑："娘，她领不领情不打紧，咱自己心里踏实就中。"麦穗在炕上，听着他娘俩在当门里说话，低了头，摸着肚里的孩子，长长地叹了口气。

一天夜里，麦穗一觉醒来，看四龙坐在她身边，手里捧着那个碗。"你又作死呢，不困觉坐这里干什么？"四龙讪讪地说："放在炕前，这碗里的水都结冰茬子，蒜也不发芽；放炕上，俺又怕你困觉不老实打翻了。俺拿手里热乎着它，寻思还能发芽快点，好叫你早点吃上蒜苗子。只要你稀罕的，俺上天入地也给你淘腾来。"麦穗没再吱声，翻过身去背对着四龙，两只眼睛瞪得大大的，怎么也睡不着了。

麦穗从被子上拿了自己的棉袄，扔在四龙身上："太凉了，披着吧。"四龙立马觉得自己身上像烤着了小火炉，原本冻得发木的手，一下子变暖了。

　　第二天，四龙又要在炕前躺下，麦穗用小得像蚊子哼哼般的声音招呼四龙上炕睡。四龙不相信地看着麦穗，怀疑自己是不是听错了。麦穗下了炕，把四龙的铺盖卷拿到炕上。

　　麦穗瞅着四龙："怎么过还不是一辈子，八成这就是俺的命吧。命里注定的东西，想甩都甩不掉。"四龙激动得不知该如何是好，把自己的铺盖卷一下子撇到炕角，又赶紧爬过去把铺盖扒过来，挨着麦穗的铺盖规整起来。麦穗看他这孩子似的幼稚举动，抿着嘴偷偷地笑。

　　成亲以来，四龙第一次和麦穗躺在炕上，既兴奋又紧张。他扭扭捏捏脱了外褂钻进被窝，一开始不敢靠着麦穗，侧棱着身子躺那儿。他感觉身上像有千万条虫子在爬一样又躁又痒，实在忍不住，他假装翻身，故意把手碰着麦穗指尖。麦穗的手像被虫子蜇了一下，往回缩了缩。他又试探着再把手搭在麦穗手上，麦穗这次没反应。四龙壮着胆，手指顺着她的手指慢慢滑到掌心，她动也不动；又滑到手腕，还是不动。四龙的心突突乱跳，胆子也壮起来。他的手慢慢滑过麦穗绸缎一样细滑的手臂，猛然抓住了她的肩。麦穗挣扎了一下，身上的小衫滑下肩头，露出了一半嫩白丰满的乳。四龙身上的火腾地一下点燃，一下子把麦穗揽进怀里。他喘着粗气，手像一条贪婪的蛇游移过麦穗的脸庞，抚过麦穗圆润的肩膀，揉着麦穗随着日益长大的肚子一起膨胀起来的双乳。四龙忘情地呻吟着："麦穗，我要吃了你……我想……我想吞了你……"麦穗的呼吸也渐渐急促起来，她猛然伸出双臂，环住了四龙。

　　"四龙，人家……人家怀着孩子呢……别挤着孩子……"

　　"知道，我轻点……轻点……麦穗……俺的宝贝疙瘩……俺的心尖尖肉啊……"

　　麦穗由第一次的抗拒、干涩，变得通达、润泽。四龙没想到一个女人从抗拒到温顺，会像一匹暴戾的狼变成一只如此可人的小鹿。也不全是鹿，四龙看到麦穗流泪了。她的泪让四龙一阵恐慌，但她的迎合又让四龙瞬间打消了顾虑，这眼泪和滑腻让他更加兴奋起来。

四龙一改第一次的粗暴和狂野，这一刻，四龙觉得自己不是个攫取的男人。他把自己变成一只温柔的母兽，一抚一摸的触觉里带着诠释不尽的温暖，呵护和怜爱。四龙感觉到麦穗带泪的顺从里，还有一种狼一样的热烈和劲道。

不期而至的幸福让四龙兴奋异常，他在心里暗暗发誓：这是我的女人，我要护她，疼她，一辈子，不，还有下辈子，下下辈子。

这一晚，四龙睡得很沉，很香。

麦穗却怎么也睡不着，她总觉得，爹的一双眼睛，就在屋顶看着她，一直看着她……

她扭头瞅着熟睡中的四龙，拿被角悄悄擦去眼角的泪。麦穗不知道自己为什么流泪，她知道这次的流泪与第一次的屈辱和绝望不同，她告诉自己不要哭，不要哭！可是眼泪就是不听话地怎么擦也擦不干。

麦穗想起爹，又莫名其妙想起那个能和爹说上话的女人。什么叫能说上话？是你在这个人面前能照着自己的本心活？自己在四龙面前违背没违背自己的本心？什么叫本心？

四龙突然翻身，胳膊下意识地搂住了麦穗。麦穗轻轻把手搭在四龙胳膊上，告诉自己，啥都别想了，睡吧。

寂静的冬夜。一弯新月挂在天边，忽而响起的一两声狗吠，让月亮惊悸地赶紧躲在云彩后面。狗吠停息，月亮又探头探脑地露出莹润羞怯的脸儿。

夜里，麦穗爹又来了，他拿手轻抚着麦穗的头。

"爹，你说怎么才算两个人能说得上话？"

"孩子，两人说得上话，是你想的就是他想的。是你想说的还没说，他就全知道你要说什么。"

"爹，那你找着那个说得上话的人了？俺是这辈子都找不到那个说得上话的人了。"

"孩子，别瞎想了。说得上话怎样，说不上话又能怎样？所有的疼和苦，都是因为你不甘心。人本来在地上，可是却整天巴望着天上的东西。天是高，可是你够不着啊。心落在地上，扎进土里，你看不到外面的一切，也不再巴望天上的东西，你就不会疼了……"

麦穗醒来，望了一眼旁边熟睡的四龙，长长地叹了一口气。心落在地上，钻进土里？四龙就是那片地，那堆土吗？她觉得自己的心似乎落在地上了，但为什么心还是隐隐地疼呢？为什么爹永远不给自己一个明确的答案？

麦穗的身子一天重似一天，四龙对她也格外地心疼照料。麦穗提一下暖壶，他赶紧抢下来；麦穗坐在门口的大石头上，他赶紧回屋找出他的旧棉袄，给麦穗垫在腚底下，生怕麦穗着了凉。这也不让干，那也不让拿，生怕累着了麦穗。麦穗看四龙的眼神，由原来的寒光似剑换成了冬日暖阳，四龙时常觉得这暖阳照在后背上，浑身都被燎得暖暖的。

四龙自打知道麦穗爱看书，他便经常帮着庄里有学问的人家干活。干完活，人家留他吃饭，他不好意思地搔着后脑勺："俺不吃饭。那什么，能不能把您家的书借俺……借俺两本。一本也行，一本也行……"

四龙每次都把借来的书小心翼翼地揣在怀里。麦穗只要听见四龙哼着茂腔回来了，不用问，自己又有书可以看了。

忙完营生，麦穗便拿根针把煤油灯拨得亮亮的。四龙把手箱子挪到炕中央，把书郑重地递到麦穗手里。麦穗看书，他便找一个蒲团坐在边上看麦穗。四龙有时给她披件衣服，有时给她捏捏肩膀。麦穗有时候突然打个喷嚏，嘴里说笑着："谁想我了？"四龙便把麦穗的书夺过去，不让她再看。"谁想你了？你说谁想你了？俺想你了呗。"四龙一边说，一边呼哧一下把灯吹灭，就把还想夺书的麦穗搂进被窝。

相处得久了，麦穗越发觉出四龙诸多的好处。四龙待人实诚，干活从不惜力。庄里掰棒子，别人一次掰三垄，四龙一次掰五垄，反而比别人掰得更快些。往庄稼地里挑粪，别人一次挑半满不浅的平筐，四龙偏要在筐上再堆上一个尖。四龙脑子也灵光，自己做套子套野兔和野鸡，有时候还能抓只黄鼠狼子，隔不几天，家里生活就可以改善一下。

或许真像爹说得那样——说不说得上话真的不重要？

双羊店的女人们调笑四龙："四龙，你壮得跟头牛一样，白天干活一点都不惜力气。"四龙知道这帮娘们儿嘴碎，不理她们，自己寻思，力气又攒不下，不使留着干吗？

女人们见四龙不搭腔，说话开始转向下三路，又问四龙："四龙你一身蛮力气，咋结婚的时候连个娘们儿都降伏不了？"

四龙还是那句："好男不跟女斗。"

"还好男不跟女斗，那麦穗肚子里的孩子要是不是跟你斗出来的，你愿意？哈哈，好男不跟女斗，你们两口子现在被窝里谁能斗过谁？"看她们越说越不像话，四龙红了脸，干脆扭头就走，心里千百个不服气：这帮子碎嘴娘们儿，俺就要对麦穗好，自己的媳妇俺不疼谁疼？不怕费唾沫，你们就说去！

王婶过来串门，看麦穗正在绣着长命百岁的小肚兜。王婶会心地一笑，引逗麦穗："穗啊，我瞧摸着你待四龙跟以前不一样了。"

麦穗脸一红，百般否认："哪有的事？"

王婶寻思，这孩子还害羞哩。

麦穗低着头，也不看王婶："是肚子里的孩子把俺的心踢软了，模样好看能顶饥还是能解渴？四龙对俺还真是有疼有热的。俺也想通了，寻思的东西少了，心里就安稳了。俩人搭伙过日子，什么说上话说不上话的，心肠好比什么都强。"

麦穗说完这话，自己心里突然一颤，莫名其妙地一颤，就像小时候撒谎被人识破，就像自己心里最最柔软的那块肉肉被一只手揪住，又狠狠地掐了一下。那种心尖上传来的疼，瞬间蔓延到麦穗指尖。麦穗脸上抽搐了一下，继而又露出羞怯的笑容，继续低头绣手里的红肚兜。

王婶看着四龙从小长大，虽不是自己孩子，但她一直心疼四龙。四龙小时候因为生性憨厚，不知受了别的孩子多少欺负。结了婚吧，麦穗对他横鼻子竖眼，他也一直不凉心，一直拿热心肠待麦穗，真是难得。看他们小两口热热乎乎的，王婶这下放心了。

自从麦穗把四龙的铺盖卷搬到炕上，四龙干什么都带劲，上坡犁地，下河抓鱼，嘴里都哼着小曲，对麦穗更是百般呵护。四龙娘自己嘟囔："山老鸹，尾巴长，娶了媳妇忘了娘。把娘扔到山沟里，媳妇抱到炕头上。这儿子，我看是白养了，对媳妇比对他娘上心。"话虽有点酸溜溜，看着两个人原来水火不容，现在蜜里调香油一般，当娘的心里其实也乐滋滋的。

麦穗看四龙大冬天穿着单鞋，冻得脚上都起了冻疮，后来知道是为了给自己弄蒜苗子吃，把棉鞋给了老奎儿。麦穗一边骂四龙傻，一边出去找玉米须子，给四龙塞进鞋子里，这样脚还能暖和点。麦穗又想起来自己逃跑那晚，在树林子差点被那老奎儿埋汰了，恨得牙根直痒痒。但她不敢对四龙明说，心想就四龙对自己这心劲儿，要是知道了，非扒了老奎儿的皮不可。只是嘱咐四龙："老奎儿这人心术不正，你离他远点。"

十

一九五六年腊月二十三，阴历小年。岁值隆冬，天气酷寒。

为了刹住"退社风"，上面派来了工作组。双羊店又一次召开全体村民入高级社动员大会。早上小满就听说庄里要开大会，吵吵着要去看热闹。单福根一瞪眼："工作组没走之前，不准你去村里开会，不准给我抛头露面。"

"为啥？"

"不为啥，反正你听你爹的没坏处。"

小满哼了一声，一甩辫子："我去卫生所找国安哥，谁稀罕你们开什么破会！"

会议开始了，台上坐着村支书单福根和上面来的工作组干部邢满金，台下的村民自动分成了三拨。

一拨是积极要求入社的，他们凑在一块儿，商量着如何入社。积极响应入社的都是家里穷得叮当响，就差聘老婆卖孩子的一群人。这部分人当然对入社没啥意见。入了社，从一穷二白成了集体资产的所有者，成了从大锅里分一勺饭的受益者，为何不入？

一拨是原先入社的中农，他们因为土地、牲口、农具不再分红，坚决要求退社。他们原本家里有农具有地，自己节衣缩食、攒金杠铁、没白带黑地辛苦劳作置下了这点家产。如今说收就收了，让那些好吃懒做的家伙来沾他们的光、揩他们的油，凭啥？

还有一拨，是徘徊在入和不入之间、拿不定主意的一群人，正在观望等待。他们没有多少资产，也不是一穷二白，反正入与不入都没啥大影响，就等大局已定，他们就随大流。

单福根站在台上，扯着嗓子喊破天动员大家积极入社，谁入社就是以实际行动支持上面的工作。大寒正在开会的人群旁边焗着一个水罐，他冷眼瞅了一下喋喋不休的单福根，就跟没看见一样又扫视着人群。

平地里突然起了一阵旋风，这风打着旋儿掀起一阵尘土飞扬。风柱旋到大寒那里，把大寒头顶的苇笠卷进了风里。苇笠在旋风里像一条风浪中的小船，疾速翻转，上下翻腾。旁边的人都哈哈大笑，有几个孩子拍着手追着旋风看热闹。

大寒满手腻子，没法去把苇笠抢下来，坐在那里干瞪眼。

麦穗因为受不了外面的冷，拿着马扎子站起来想回家。看着一帮孩子又跑又闹，麦穗凑过去，风口正好旋到她脚跟，麦穗一探身一伸手，把苇笠抓在了手里。

"谁的？"麦穗瞅着那帮孩子。

"不是我们的，是那个人的。"一个孩子指了指坐在墙根的大寒。

麦穗走过去："你的苇笠？喏，给你！"麦穗对着大寒一笑，看大寒腾不出手，她把苇笠直接扣在了大寒头上，转身往胡同里走去。

麦穗的笑让大寒眼前一恍惚，手不由自主地哆嗦了一下。

这么多年，因为大寒脸上的青记，因为他看起来瘆人的目光，庄里的年轻女人都躲着他。走路碰了面，女人们都一低头就过去了。

麦穗却没有一点怕他的意思，笑得那么自然，那么坦荡。在这数九寒天，这笑容让大寒感觉到从没有过的亲切，感觉浑身都暖和起来。除了自己的娘，从来没有别的女人对他这么笑过！

单福根顺着大寒的目光看过去，麦穗那件大红的棉袄让周围灰灰的院墙一下子亮了起来。直到她的背影拐过胡同看不见，大寒才继续低头干活。

人群乱糟糟的，单福根把这微妙的一刻捕捉于眼底，吧嗒着烟袋，在想着什么。

散了会，这意见不同的三拨人各自聚到一起，商量如何应对。商量得差不多了，大家就开始扯闲篇拉闲呱。

有消息灵通的人正在散布着不知从哪里得来的讯息：昨儿后晌气温降到

零下二十五度，创了新中国成立以来高密县的最低气温纪录。

大家刚要开始说铁匠家的事，有人咳嗽了一声，说话的人都左右看了看，赶紧改了话题。

这时，有人突然想起来刘麻子说过的话，不禁都为自己当时对刘麻子的鄙夷后悔不迭："神仙，真是神仙。"

"长这么大，还真没碰到过这么冷的天。"

"麻子说的大寒应验了，那大涝是不是也应验？还有……"说到这里，大家都噤了声。

原来去年底，县里号召涝洼地区开展沟洫条田化建设，治理田间地涝。双羊店的村民忙着挖沟整地，村里入社的事也让人挠头。大家在田边地头歇息的时候，刘麻子抬头看看天，手里卷着旱烟，开了腔："沟渠甫成，水大至，顺渠灌入，人几为鱼。"

大家都听不懂刘麻子的话："麻子，你叽叽咕咕地叨叨个啥？"

"大阴大阳，天必异常。至寒生冰，云气酝酿隆起如孕妇之腹，暴雨将至焉。"刘麻子把卷好的旱烟放到舌尖上拿唾沫粘好卷口，咬掉烟尾巴，也不理众人，继续嘀咕。

村里有几个学包子似是听懂了麻子的卦辞，说："麻子，你是说要有奇冷天气？又有大涝？"

"听他瞎叨叨，还云气酝酿如孕妇之腹，真是瞎咧咧！我看着这云跟往常没什么两样。"

如今天寒如此，大家于是七嘴八舌地夸着刘麻子多么灵验。

说着说着，大家把话题又转到了合作社上。听说东村的刘德宝因为不能入社，扛着红旗坐在社门口，要不答应他入社就不走。也有人哭着号着要退社，大家一时间云里雾里，不知道该何去何从。

"麻子，那你算算，这社咱们是入还是不入？初级社很快就到高级社了？哎哎，我这赤脚都撵不上啊。"

"中农不投资，贫农要预支。我看……"说话的男人被自家的女人拽了一把，没说完的半截话又咽回了肚里。

"不出小年，迎来大寒。来年暑炎，大涝屯田。"刘麻子只管吧嗒着旱烟，眼却直直地瞅着四龙。

四龙被他瞅得浑身不自在："刘叔，你瞅我干吗?"

"阳老变阴，大阳化阴。阳生阴死，男人属阳，女人属阴。大阳化阴，大凶之象。极阴极阳，叵测异常。"刘麻子忽然低头不语，把手中旱烟扔到鞋底下，拿脚使劲碾了碾。"呛哒呛……"麻子喊了两嗓子，唱开了茂腔，"包龙图打坐在开封府，尊一声驸马爷细听端详……"

四龙也不听刘麻子叨叨，埋头用一块瓦片刮着铁锨上的泥。那几个学包子知道刘麻子卦辞里是说四龙有大凶险，便都假装听不懂，继续讨论天上的云。

今年的雪的确下得特别勤，特别大。这不，天快杀黑的时候，西北风又夹着雪花肆虐起来。不一会儿，地上就积了厚厚的一层，房子、树木，整个村子，白茫茫一片。

四龙搓着被冻得赤红的鼻尖往家走，骂着这鬼天气，简直要冻死人。但他还是闲不住，雪还在紧着下，他就拿了扫帚在天井里扫了起来。

"四龙，外面这么冷，先不扫了，进屋暖和一下。听人家说这两天零下二十五度，真是见鬼了，赶上东北了。"麦穗在屋里喊四龙。

"没事，冷天不冻效力人! 我赶忙儿就扫完了。这刘麻子算得还真准，去年他说今年有大寒，还真应了验。听说后面还有大水。"四龙呼哧呼哧扫着雪和麦穗搭话。

麦穗一边听四龙嘀咕，一边在屋里拉着风箱烧了一锅开水，把开水装进汤罐，又在锅台边忙活着贴饼子。家里的那条大黄狗饿得在当门里打转转，眼瞅着锅里的黄面饼子，不住地舔着舌头。麦穗就训斥它："大黄，你快出去吧，这张着嘴的几口人都还没填饱肚子，你哪能捞着先吃啊? 今天是小年，才捞着顿饼子吃。"

大黄又转到锅台另一边，那里放着一个盖垫，盖垫上摆了三碗搀着地瓜面的饺子，那是一会儿孝敬灶王爷的。四龙娘赶紧拿笤帚把大黄赶了出去。日子再难，小年祭灶还是不能少，这灶王爷上天言好事，下界保平安，慢待不得。四龙把灶王像贴在锅台上方的墙上，供上三碟糖瓜，又点了三炷香恭恭敬敬地插在香炉里，然后把灶马像放到面瓮里先"喂马"。估摸着灶马吃饱了，四龙把它请出来放进烧纸里，点着火，那匹灶马就在升腾的青烟和全家的期冀里驮着灶王腾空而起，上天言好事去了。四龙嘴里念念有词："灶王爷爷上天堂，少言是非，多办五谷杂粮。"

看着四龙出了屋，大黄又偷偷溜到麦穗身边，越发地撒起娇来，摇着尾巴在麦穗脚底下蹭来蹭去，麦穗转到哪里它就腻歪到哪里。麦穗嫌它碍手碍脚，一面吼着大黄出去，一面拿手去扒拉它，一不留神，胳膊肘把锅台上的汤罐给碰了下来。刚刚烧开的一罐水就浇在了麦穗腿上，开水顺着裤腿流进了鞋子里。麦穗一愣神，还没弄明白怎么回事，就觉得自己半条腿、一只脚火辣辣地疼了起来。麦穗赶紧脱掉鞋子，一看脚上通红一片，起了一层水泡，麦穗疼得当即坐在了地上。

正在院子里忙活的四龙听到动静，赶紧跑进屋来。汤罐碎了一地，再一看麦穗的脚，皮肤红得像刚下生的小耗子，燎泡都起来了。

"哎呀呀，可了不得了，怎么这么不小心？"四龙赶紧把麦穗抱到炕上，让她别动。

"大黄碍手碍脚，害得我把汤罐弄翻了。哎哟……"麦穗抱着脚，龇牙咧嘴呻吟着。

四龙风急火燎地跑出去找赵国安，很不凑巧，赵国安去外村出急诊去了。卫生所里的人翻箱倒柜，也没找到治烫伤的药，只好告诉四龙："烫伤药卖完了，另想办法吧。"

四龙回到家，着急得在屋里打转转，这可咋弄？这可咋弄？四龙娘从外面回来，看着麦穗的烫伤，忽然记起四龙爷爷说过，獾油能治烫伤。

四龙也模糊记得，自己小时候不小心把手伸进刚煮熟的猪食锅里，爷爷就是用这东西给自己治过。

"我记得李家庄你三姨家今年春里逮到一只獾，她家里应该有獾油。"四龙娘忽然想起来。

李家庄离双羊店也就三四里地。"我接着去三姨家拿。"四龙一脚把大黄踢出去，接着就要出去。

麦穗担忧地瞅瞅外面，北风呼呼地刮，地上厚厚的一层雪，雪片子纷纷扬扬地越下越大。她劝四龙还是别去了，等明儿雪停了再去也不迟。四龙娘暗中给四龙使眼色，朝雪地努努嘴，意思是不让四龙去。四龙假装没看见。他瞅瞅麦穗疼到变形的脸，坚决要去。

四龙娘和麦穗都没拦住，四龙抓起棉帽子扣在头上，顶着西北风就出去了。

麦穗冲着四龙背影大声喊让他回来，四龙头也不回，急三火四地跑了。

十一

看着四龙把自己的话当成耳旁风，四龙娘心里就有点不舒坦。娶了媳妇忘了娘，这话说得真不假。

地上的雪，没到膝盖。四龙每走一步，都很艰难。不一会儿，四龙已是气喘吁吁，呼出的哈气在四龙眉毛上结了一层霜。北风裹挟着雪花直往四龙脖领子里钻，他把棉帽子往下压了压，一门心思地着急赶路。但是雪地里哪还认得哪里是路，哪里是沟？放眼望去，全是一片银白，雪片打得四龙都有点睁不开眼，他只好凭感觉往三姨庄里那个方向摸索前行。

麦穗疼得龇牙咧嘴，坐在炕沿上。大黄又摇着尾巴凑过来，麦穗气愤地骂它，拿笤帚扔它，呵斥着它为什么不去陪着四龙取獾油。听着外面北风越来越肆虐，雪花扑扑簌簌地敲着窗户纸，麦穗心口不由地一阵阵发紧。

左等右等，都过去好几个小时了，还不见四龙影儿。麦穗着了急，瘸着腿跑到婆婆屋里："娘，四龙怎么还不见影儿，不会出什么事吧？"

四龙娘黑着脸："这个犟驴，不让他去，他偏去。也不知是让哪个弄丢了魂儿，这死孩子上了哪股子邪劲，我这当娘的说话，越来越不好使了。"

麦穗一听这话头不对，也没再说别的，又回了自己屋。麦穗安慰自己，肯定是三姨看雪太大了，留下了四龙，等明儿天亮了再走。虽是这样想，却是开着门，脚上的疼痛加上心神不宁，麦穗无数次起来又躺下，一宿不曾合眼，更不得安睡。

第二天，风住雪停，日头都上了三根窗棂了，竟然还不见四龙。全家都坐不住了，麦穗瘸着腿也要出去找四龙。四龙娘叫上左邻右舍，先去四龙三姨家打探情况。到那里一问，三姨变了脸色："这孩子，急三火四地，他到这里拿着獾油就走了。俺满户家子都说雪大让他明了天再走，他死活不答应。这可怎么是好？阿弥陀佛，千万别出事，千万别出事！"

大家顾不得多说，顺着四龙可能会走的路，分头去找。沟沟坎坎，井里沟里，大家都用棍子戳着搜索了一遍，一无所获。大伙儿都不说话，心里都打着鼓。有人小声嘀咕刘麻子给四龙算的那一卦，这架势，凶多吉少！

大黄眼尖，突然之间汪汪叫着朝前面跑去。大家顺着大黄奔跑的方向往前看，不远处雪地里露出一个黑乎乎的东西，大黄跑过去，围着那个黑东西狂叫不停。大家赶紧过来，每个人的心都提到了嗓子眼。

西邻居家的栓子大声说："这地方是眼大口井，让雪给填平了。"栓子说完，大家手拉手拽着栓子，他试探着向那个黑东西伸出手去，竟然一下子扯了出来，大家都变了脸——是四龙的棉帽子。大家手忙脚乱地在雪窝里开始挖，挖着挖着，先是四龙的头，再是四龙的身子渐渐露了出来——人早已冻成了冰坨子，头发眉毛都是白的，鼻孔嘴里全是雪。

四龙手里紧紧攥着盛獾油的油纸袋……四龙娘一口气没上来，一腔坐到了地上。大伙把四龙从井底扛上来，三五个人抬着，边抹眼泪边往四龙家走去。

麦穗一直在旁边，也不哭也不动，直愣愣地瞅着四龙被挖起来，被抬着走，她也无声无息地跟着人群走。

到了家，人们把四龙抬到炕上。麦穗小声趴在四龙耳朵上轻轻说了句："四龙，咱到家了。"她赶紧找出家里所有的棉被给四龙盖上，瘸着腿跑到灶台边，生起火来，咕哒咕哒地拉着风箱。一边拉一边嘀咕："四龙冷，四龙冷，你等着，我给你把炕头烧得热乎乎的。四龙，你等着。"大伙都偷偷地扭过头去抹眼泪。

王婶拽拽麦穗："好孩子，你别吓我们，四龙不中用了，你还怀着孩子呢。你得好好的，你得好好的啊！"

麦穗一个劲地说着："四龙，我把炕头给你烧得烫烫的，你等着，你等着。"烧了一会儿，麦穗两眼一翻，咕咚一声仰躺在地上，昏了过去。

四龙家里大哭小叫，呼爹喊娘，乱成了一锅粥。赵国安出急诊刚回家，就被王婶连拉带拽地拖了来。眼前的景象让赵国安差点晕厥。四龙冻成了冰坨，被压在一大摞被子底下。大姨躺在炕上只有出的气，没进的气。麦穗躺地上，众人正手忙脚乱地又喊又抬。五虎木呆呆地坐在地上，他都不知道该哭谁好了。

赵国安示意众人放下麦穗，从药箱里取出一片小白药片，递给王婶。他拿筷子给麦穗撬开嘴，服了下去。赵国安便又去查看大姨的情形，号完脉，知道大姨就是悲伤过度，并没有什么大碍，赵国安稍稍放了点心。

赵国安瞅着这七零八落的一家人，以后的日子，可怎么过啊？

四龙娘生了五个儿子，前面的三个都没长命，只留下四龙和五虎，现在四龙又走了，五虎才十四岁。早先入社的理丧爷去走亲戚了，四龙娘因为平时为人刻薄，本家里能主事的几个男人也不靠前。四龙娘一边伤心，一边骂本家邻里："什么本家，都是些下眼皮肿，只往上看不往下看，欺负我们孤儿寡母没权没势的白眼狼。四龙啊，四龙啊，你死了，他们都看热闹啊……娘跟了你去吧……"

大家背地里嘀咕，现在才知道维好人缘要紧了吧？贪小便宜吃大亏，行下春风才有秋雨，为人就是为己啊。

赵国安一看这阵势，心里也埋怨大姨平时刁钻刻薄，到了这节骨眼上竟然没人来帮忙，但是怎么也得先让四龙入土为安。自己虽是外姓亲戚，但因为是本村，邻亲百家都熟，也不讲究外姓不外姓了，赵国安便主动拾起这烂摊子。看见赵国安来主事，那些躲远的本家又都凑了过来。

四龙娘没觉得是因为赵国安平时人缘好，那些躲远的人才过来，只道是大伙儿知道赵国安是个有用处的才来巴结，伤心加上生气，哭得更凶了。

赵国安搁置悲恸，开始料理四龙的殡葬诸事。

他在纸上写下了各项物件所需数量，指定专人负责采办分发。他安排人去亲戚家报丧，又商量调集人员，雇吹手、支灵棚；安排人四下借取五谷杂粮，赶制"五谷囤"；安排王婶找做饭的，安排栓子找开圹的，又安排举重的（抬棺的）、记账的、写倒头包袱皮的、架丧的、报庙的、送汤的……赵国安一样一样列在纸上，安排完一项，便拿笔划掉一项。虽是事发突然，他却安排得丝毫不乱。

赵国安又安排人置办了笔墨纸砚，亲自动笔写丧榜："两行血泪三秋雨，一片麻衣五更霜。碧水青天怀隐怨，素车白马动余襄。路远山高谁做主，落枝啼鸟实堪伤。"写完榜文，安排人贴在门板上。

大家正忙活着，大寒来了，这让单福根和众人大感意外。这大寒本来话就少，自从娘出了事，他更变成了闷葫芦，除了铜盆铜罐从不跟别人打交道。谁家有喜事丧亡，他从不参与。这次他竟然主动来四龙家帮忙，真是奇事。赵国安和大寒打了声招呼，又赶紧扭头忙着吩咐别人干这干那。

一应琐事，千头万绪；人头攒动，悲声四起。

赵国安看麦穗醒了，也顾不得以前的尴尬："麦穗，你不能让四龙就这么灰头土脸地走吧？好歹得给四龙洗洗脸、净净身，换身干净衣裳。"麦穗像个木偶一样，赵国安说啥她就干啥。她脑子里一团糨糊，恍惚之间，觉得四龙只是在和自己闹着耍。

四龙娘也从炕上爬起来，眼泪早流干了，一头苍白的乱发像枯草一样遮着半边脸。她扑到四龙身上，拿手给四龙暖和结冰的脸，嘴里嘟囔着："龙啊，你冷来，娘给你暖暖。俺四龙小时候最淘了，耍雪把手冻疼了，就把手伸到娘脖领子里，跟娘淘气。来，龙，再跟娘淘一次……"

麦穗迷迷瞪瞪地拉着婆婆："娘，四龙是困了，你别吵吵他，让他安安稳稳地困会儿。"婆婆甩开麦穗的手："都是你，都是你，不是去给你取獾油，俺儿他……"赵国安看大姨越说越不像话了，双臂把大姨抱住，拥着她去了别的屋。

麦穗还迷糊着，也不生气。"四龙，我给你洗干净了，你困吧……"她拿手示意周围的人，"你们都别吵，四龙困觉呢。"

铁柱和老奎儿把棺材买来了，赵国安又安排装椁。麦穗拉着四龙的手，不让别人碰，一面嘘嘘地示意别大声，一面扒拉别人抬四龙的手，怎么也不让别人近前。众人一边劝着麦穗，一边把她强行拉到一边，然后赶紧把四龙装椁。铁柱正往四龙棺材上敲钉子，麦穗急了，一下子扑上来，那把落下的锤子一下子砸在麦穗手指上，麦穗中指上接着鼓起了紫痂。她也不觉得疼，一把推开铁柱，就要打开棺盖，众人忙把她拦住。

麦穗突然抓住赵国安，哀求着："国安，四龙平时最听你的话，你赶紧让他回来。国安，你赶紧让他回来，四龙最听你的话。"

赵国安回头抹了一把眼泪，咬咬牙，叫两个身强力壮的小伙子钳制住麦穗，不让她靠近棺材。

送殡的队伍出发了，麦穗撕心裂肺地呼喊着："你们别把他抬走，你们别把他抬走，外面冷，外面冷啊……四龙，你等等我，我把棉被都给你带着……"赵国安琢磨着，麦穗挺着个大肚子，不能再受太大的刺激。他嘱咐那俩小伙子一定钳制住还不要伤了她，不让她出门。

四龙走了，炕上只留下一堆被冰雪濡湿的被褥。麦穗拿着那个盛獾油的油纸袋，一直没哭一声的她，突然狠命地拍打着自己烫伤的腿脚："都是我害了他，都是我害了他……"倒在炕上呜呜地大哭起来。

四龙的坟在村北的槐林里。雪不知什么时候又下了起来。林中一片苍茫，送殡人杂沓的足迹倏忽之间就被风雪淹没。四龙冰冻的身体和着雪花被埋进冰冻的土地。新堆起的坟茔，很快就落了一层雪，只露出斑斑驳驳凸起的黑坷垃，想要抓住什么一样，不时拦住飘飞的纸灰，又无奈地把纸灰撒于嘶吼的北风里。

麦穗泪已经流干，木然地坐在被四龙濡湿的炕席上。窗户纸上的红喜字仍在，只是红色几乎褪尽，耷拉着一角，颓败地挂在窗纸上。随着门的开开合合，那喜字在窗棂上无力地飘来荡去。

窗外飘着小雪，双羊店好似抹上了一层灰色的调子。几只瘦麻雀躲在屋檐下，有气无力地唧唧叫着。

十二

单福根吧嗒着烟袋去了村后，左拐右拐，到了他自己家原来那五亩地，现在归了社里，集体种上了麦子。单福根皱着眉头，唉，原来自己侍弄得像细箩面一样的五亩田，打的粮食差不多年年都是拔尖的。归了公以后，地里的麦子却长得像羊毛一样细，看得单福根心疼不已。

一连几个晚上，庄里没有人走动之后，单福根就从炕上爬起来，用小车推着土粪，偷偷施到自己家原来的地里。

社里的一头小牛得病死了，单福根让人把小牛扒了皮，把肉卸下来煮了。这年头，能吃顿牛肉真是稀罕。几个得知消息的人都凑过来想吃点，单福根把最好的一块牛肉留下，找一个瓦盆盛了，让铁柱给工作组的人送去。

邢满金一看有牛肉吃，这些日子下乡荤腥不见，可憋屈坏了，赶紧招呼工作组的人过来吃。

他们还没吃两口，呼啦一下子来了一群人。邢满金一愣，要把牛肉藏起来也来不及了。这群人围着邢满金，瞅着盆里的牛肉。

"你们工作组下来大吃大喝？"

"说得真好听，为人民服务？这就是服务？"

单福根从门口闪身进来："工作组的领导工作这么辛苦，他们吃顿牛肉怎么了？你看你们一个个大惊小怪的。"

人群被单福根推出门外。出了门，单福根小声跟他们说，有什么事到时候会上再反映。

本来以为"退社风"刹得差不多了，工作组的邢满金却听说，庄里不知谁又在暗中鼓动退社：他找来单福根，让他调查到底谁在鼓动退社，"你们双羊店的人，觉悟咋都那么低？"

单福根摇摇头："唉……那什么……我在会上都说破了天，还是不管用。

邢主任要不您下去挨户走访，看看到底是怎么个情况？"

邢满金回去和工作组几个人商量了一下，决定挨门挨户下去调查。

下了村，邢满金却发现大白天村民都关门闭户，连个人影都找不着，看来大家都早有准备。奇怪，这事怎么这么快就走漏了风声？不行，还得靠单福根召集人。

邢满金给单福根下了死命令，让他挨个叫村民过来反映情况。

村民没按邢满金的要求挨个过来，却呼啦啦来了一大帮人。

"你看地里麦子都长成啥样了？你还说入社好入社好？"

"坚决单干，单干好。就是天王老子来，我们也要单干！"

"你们说你们来为人民服务，把你们穿的小大衣脱下来我们穿穿？"

"你们吃得饱饱的，没事干到处窜，我们饿扁了肚子谁来管？"

"这个工作组吃牛肉，喝酒，我看就是个吃喝工作组！"

这一嗓子喊出来，人群立刻炸了锅。

人走了以后，邢满金朝着单福根吹胡子瞪眼："你这个书记怎么干的？那牛肉是不是你让人给我们送的？屎盆子怎么扣我们头上了？"

单福根很无奈地蹲在地上："邢主任啊，你也看见了，那什么……我说了也白搭啊。下一步我一定好好抓，好好抓。您就说怎么处理那几个闹事的吧？您怎么说我怎么办。"

单福根其实知道，这邢满金不会让这事继续发酵。不管怎么说，他就是吃牛肉了，这话传出去可不好听。

邢满金不死心，继续挨家挨户动员做工作。双羊店人发现，村西头的铁匠家，邢满金去得尤其勤，有时候一天去三遍。他们还发现，铁匠家的那个风骚儿媳妇穿戴跟以前大不一样，衣服花哨了，脸上也有了香味了。走起路来，那腰也扭得更晃人眼了。

铁匠和他那个憨头儿子整天在村头叮叮咣咣打铁，铁花子打得嗖嗖乱飞。

后来就有风言风语传出来，邢满金跟铁匠儿媳妇好上了。单福根早就听说邢满金好女人这毛病，他现在很是佩服自己的决定，不让小满和邢满金打照面。

快春耕了，农业社门口又开始了吵闹。想退社的村民因为没能退成，抢了社里的种子，拉走了自家入社的牲口。看到大家都抢，五虎也去抢回了自家折价入社的犁具。大家都抢红了眼，连社里的牲口草料都被人抢走了。四龙娘怕惹祸上身，赶紧去找赵国安，让他劝劝五虎，让他把抢回来的家什儿还回去。赵国安看着这乱象，让大姨不用急，看看再说。

形势越来越严峻，工作组的邢满金暴跳如雷。在村里戏台子上开起了动员大会，彻底整顿"退社风"。任凭台上的单福根喊破了嗓子，台下却吵吵嚷嚷，没人听他喊。民兵队长"咔嚓"拉了一下手里的枪栓，这声音虽不是很响，但人群却一下子安静下来。台上的单福根清了清嗓子，终于压住了场。

因为有民兵手里的枪唬着，大家这次没人再敢吵吵退社，但也没人响应积极入社。

麦穗站在人群外围，有一搭没一搭地听着上面的讲话。忽然，她觉得不对劲，一扭头，看见大寒正定定地瞅着自己。大寒的目光让麦穗感觉脊背发凉，她赶紧扭头往人群外走去。大寒的眼睛像长在了麦穗后背上，麦穗走到哪里，他的目光就追随到哪里，直到麦穗闪进胡同再也看不见。

张金花凑到单福根面前："单书记，你看大寒，眼珠子都快掉出来了。"单福根吧嗒着烟袋瞅一眼还在愣神的大寒，没吱声。

四龙走了，村里流言泛起。女人们三个一堆两个一簇，叽叽喳喳没完没了。麦穗成了她们纳鞋底针上的头油，不叨叨麦穗，她们就觉得麻线拉起来都不顺畅。麦穗更成了她们下饭的咸菜，不叨叨麦穗，她们会觉得窝头难以下咽。

"这女人，从结婚那天就开始闹，能有个好？"一个黑脸膛的女人边把纳鞋底的针往头皮上蹭，边扯着闲篇。

"人家够命苦的了，生死谁也说了不算，谁敢说自己这一辈子摊不上点事？"

"哎，克夫的丧门星，把四龙害死了，你说她自己还委屈个啥？"张金花唾沫星子横飞，附和着众人，越说越来劲。一坨干牛粪飞过来，正打在她的脸上。

"谁这么缺德？哪个孙子干的？你给我出来！"张金花一边搓着被迷了的眼，一边骂。

不远处，傻子六嘴里叼着一根麦秸草，冲着张金花傻笑。

"傻子六，你个死痴巴，怎么不把你两个爪子都铡掉，你个死痴巴。"张金花知道是傻子六扔的牛粪，大为光火，黑脸膛变成了绛紫色。

傻子六傻笑着又抓起地上一块干牛粪，那些女人赶紧骂着跑开了。赵国安走过来，抓住傻子六的手，傻子六赶紧把牛粪撇到一边。

张金花没回家，她啃着一个生地瓜路过四龙家门口，犹豫了一下，抬腿进了门。四龙娘闭眼躺在炕头上，鞋底上沾着一滩清鼻涕，一半挂在鞋上，一半耷拉着，看样子是刚哭过。

"……是老奎儿家啊……有事？"

"也没啥要紧事，打门口过，顺便进来看看。"

四龙娘慢腾腾地坐起来，鼻子还吸溜着。

"老嫂子，我听到一些不好的话，寻思烂到肚子里，想想还是不忍心。"

"说吧，有话就直说，别含半截露半块的。"

"老嫂子，人家，人家都说四龙是麦穗克死的！"

四龙娘一下子坐了起来。

"他们都说，四龙和麦穗刚说好了亲，四龙就受伤毁了脸面。刚结婚没一年，四龙又出了事，怎么就这么巧？其实……他们说得也不一定对，你要是不信，就全当我没说……有些事吧，还是防着点好，别吃了亏还不知道根源在哪里……"

四龙娘拍着枕头哭了起来："就是啊，怎么就这么巧？怎么就这么巧啊……四龙啊，你死得冤啊。"

张金花劝了一会儿四龙娘，又啃着她那个生地瓜出去了。

四龙娘在西屋哭一阵骂一阵。大黄在屋里转来转去。四龙娘拿起笤帚就打，嘴里骂着："不长眼的浪货，你个丧门星，你个败家绝户的东西，你害死了俺的儿啊。"大黄嗷嗷叫着跑了出去。

麦穗在东屋，听着婆婆不住声地从早骂到晚，骂完兔子骂鸡，骂完鸡骂狗，骂完狗骂死浪货。

麦穗拿被子蒙着头，拿手堵着耳朵，那骂声还是赌气一样往她耳朵眼儿钻。她整天以泪洗面，渐渐地饮食不进，眼泪似乎也少了许多。

半梦半醒中四龙回来了。麦穗打个喷嚏,四龙又从背后突然抱住她,哈哈,俺又想你了……

麦穗扭头,看着四龙每次陪她看书坐着的那个蒲团,蒲团还在,四龙呢?

王婶来了,看看这娘俩冷锅冷灶,既不生火又不做饭,看看东屋的麦穗,躺在炕上泪也流干了,蔫蔫的,来了人,她眼都懒得睁。王婶叹着气,回了家。她从在窝里下蛋的母鸡身子底下掏出来两个鸡蛋,揣在怀里,又来到了四龙家。锅里烧了水,打了两个荷包蛋,给麦穗端到眼前。"孩子,你不为别的,只为肚子里的孩子,好歹吃一口。"麦穗也不答应,依旧闭着眼睛,有两行清泪从眼角流进了鬓角。

王婶便跷腿上了炕,让麦穗靠在自己怀里,端起碗来,就给麦穗喂碗里的汤。麦穗紧闭着嘴,怎么也不吃。王婶着急地喊着四龙娘:"老嫂子,你快劝劝儿媳妇啊。你说她这双身子,不吃不喝,哪受得了啊?"四龙娘也不答话。五虎过来,也带着哭腔劝嫂子。

看麦穗依旧不吃不喝,五虎急得团团转,他跟王婶商量:"要不然让国安哥给嫂子打针吧,这样下去,哪受得了啊?"

四龙娘听着这边说的话,招呼王婶到她屋里去。王婶过去,四龙娘压低了声音,跟王婶嘀咕着。王婶从西屋里出来,摇着头,嘟囔着:"哪能这样?哪能这样?"叹着气就走了。

五虎不放心,跟出来问个究竟。王婶告诉他,四龙娘要王婶给麦穗留心个人家,让麦穗赶紧离了这个家门。五虎恨恨地跺着脚。王婶又告诉他,她已经劝过他娘了,就是为了孩子,也不能干这事。王婶最后叹口气:"麦穗若是有福气生个小子还好,要是生个闺女,还真不好说。"

一连几天,四龙娘瞅着黄狗的影儿就开骂:"你以为出死耍赖就挡过去了?没眼力见的东西,你给我死出去,老娘这里不白养活你……"一边骂,一边追着大黄打,大黄没处躲藏,跑到麦穗屋里。

麦穗有气无力地对着四龙娘说:"娘,都是我不好,你要打就打我吧……"四龙娘一腚坐地上,就开始哭他的四龙:"儿子啊,你怎么这么命苦啊,说了媒还没相亲就毁了相,成了亲才半年就走了人……俺的儿啊,你死得冤啊,让人克死了,咱娘俩还不知情啊……"

麦穗咬着嘴唇。

五虎一趟趟地去找赵国安，终于等到他回来了。他跟表哥说着娘和嫂子的种种境况，神秘兮兮地跟赵国安商量着什么。赵国安一开始还皱眉，后来就拍拍五虎肩膀，好似答应了五虎什么。赵国安顾不得歇息，跟着五虎来到大姨家。王婶在自家门口看见赵国安来了，马上跟了上去。

刚进屋，就听见大姨在地上鼻涕一把泪一把骂得正起劲，赵国安皱着眉头把大姨拽起来。赵国安替麦穗辩解："大姨，谁也不愿意四龙出事。但是事已经出了，埋怨有什么用？越是难的时候，一家人更应该齐心过了难关才是。"

四龙娘嘟哝着："不是她，四龙不会死。俺五个儿子没了仨，这四龙最实诚，俺的儿啊……"

看看麦穗脸色很不好，人也没精神，赵国安心里着急，这样下去会出大事。

赵国安让麦穗伸出手给她把脉，麦穗不想搭理赵国安，背过身去。

王婶把麦穗胳膊拽过来，放到赵国安手上。赵国安诊着脉，当下心里就一沉，麦穗右手脉象急剧，浮而大！赵国安把大姨拽到西屋："大姨，麦穗怀的是男孩，你这么疼四龙，四龙的骨血你都不顾了？"

四龙娘搌了一把鼻涕抹在鞋底子上，接着止住哭："国安，男女你都能试出来？"

"当然了，我从没失手过，这还有假？"四龙娘知道赵国安家从祖上就是神医，便对赵国安的话深信不疑。

赵国安告诉大姨："麦穗身体极度虚弱，精神也不行，需要好好调养，更不能再受气。"

四龙娘一个劲地点头，一个劲地怪自己老糊涂了，让赵国安放心。

赵国安思量着麦穗有孕应该是七个多月了。在这个月份，孕妇不能大声言论，不能哭号悲伤。可是麦穗却经历了如此生离死别，心里着实为她担心。他思虑再三，给麦穗开了个安神的方子，让五虎照顾她日服三副。五虎不敢急慢，尽心尽力地服侍。

从那以后，庄里人经常看见赵国安过来给麦穗把脉、开药。

麦穗没精神，一直半睡不醒的。赵国安来的时候，每次都忘不了给麦穗带点吃的、喝的，就连庄户人家平常不得见的稀罕物，也都带了来。赵国安每天给麦穗诊一次脉，按着脉象调整着方子，既遵从家传的药典古法，又根据自己的摸索辨证施治。

在赵国安的精心调养下，麦穗慢慢地好转起来，不再昏睡，脸上也渐渐有了血色。

清醒过来的麦穗只要一看见赵国安就眼里冒火。这个黑心的家伙，你打了我的黑枪，又来装什么好人？打一棍子给个甜枣？谁稀罕你这点破枣烂杏？麦穗只要看见他的影儿，听见他的声音，就赶紧从里面把门插上。

赵国安看麦穗见了自己满肚子火气，他就尽量躲着。她这身子若是肝火再旺起来，自己的努力就白费了。他只好开了方子，让五虎熬制，炖了鸡汤，让五虎去取。五虎倒是乐意为嫂子干这干那，不光是因为赵国安每次都分给五虎一点鸡汤喝，更因为从第一次见麦穗起，五虎就为有这么个模样鲜亮的嫂子感到牛气。五虎不让麦穗劳累，就让她躺炕上，做好了饭，给嫂子端到面前；熬好了汤药，吹凉了，拿手试试碗边温度适宜了，就给嫂子端到嘴边。

赵国安从大姨家出来，小满半倚在一个路边的草垛旁，手扯着草苫子的麦秸草，喊住了赵国安。

"小满，在这儿干吗？"

"等你。"

赵国安有点诧异。

"别人都在说你闲话。国安哥，你以后少往麦穗这边跑。你都不知道他们说得多难听。我……"

赵国安看着小满，他发现，小满再也不是和自己皮打皮闹，成天跟在自己屁股后头那个鼻涕虫了。

"小满，麦穗病得挺重，我是医生。再说你也知道，我欠她的，她越是过得不好，我心里越是亏欠。咱又不能堵别人的嘴，让他们说去，你别跟着瞎掺和。"

小满歪着头，可能是觉得赵国安的话有道理，脸上的阴云立时散去，和他有说有笑回卫生所了。

四龙娘吃饭的时候敲筷子打碗，弄出许多动静。五虎知道娘这是为啥，假装没听见。四龙娘骂着五虎："怎么养了你们这些没出息的东西，她是贵妃娘娘还是皇太后，伺候你老娘也没见你们这么上心！"五虎低头呼哧呼哧喝粥，不理她。娘叨叨起来没完，五虎放下饭碗："你怎么老是跟个病人计较？再说，还不是为了你孙子？"

四龙娘没好气地放下碗，鼻子里哼哼着："你娘养了你们一嘟噜四五个，也没像她这么娇贵。自小把你们一把屎一把尿拉扯大的，你们肚子里那点汤汤水水，我还不知道？"提起自己这五个儿子，现在只剩了五虎一根独苗，这一根苗苗现在还不跟自己一心。四龙娘想到这里，又咬牙切齿起来。

五虎便把赵国安说的话拿出来压她，四龙娘便不再言语了。

四龙娘偶尔也去麦穗屋里，暗地里观察麦穗。都说尖儿圆女，四龙娘看麦穗肚子圆圆的，心里就打小鼓。有时候看麦穗面朝南坐着，四龙娘突然喊麦穗一声，麦穗回头，问她啥事。四龙娘看她从右边回过头来，心里更是疑虑重重。她听老辈人讲，怀孕的人，你突然喊她，若是从左边回头就生男娃，从右边回头，就是闺女。

老婆子越琢磨越不是个味儿，越琢磨越觉得这帮混东西跟她耍心眼儿。但是国安这孩子按说不会看走眼，也从不说谎使诈。这老婆子前寻思后掂量，还是理不出个头绪。人老了奸，马老了滑。跟我耍鬼吊蛋，哼哼，看你们能耍到什么时候，咱骑驴看唱本，走着瞧！四龙娘哑然一笑。

十三

一九五七年，阴历三月初三。

麦穗终于挨到了孩子足月。一早起来，她的肚子就一阵一阵抽搐地疼。疼着疼着，麦穗感觉下边呼啦一下，一股热流顺着裤腿流了下来。她慌了神，就问婆婆："是不是要生了？"婆婆虽然对麦穗有成见，但觉得万一是个孙子呢，她还是希望自己的孙子平安，就赶紧打发五虎去叫村里的柳二姑。五虎似乎也明白了什么，跑去把柳二姑、王婶都叫了来。

这柳二姑穿着大襟褂子，头发挽着小抓髻，踩着一双小脚，跟在五虎身后赶了过来。

柳二姑先在当门供着的观音菩萨像面前念叨了一番，瞅瞅四龙娘放在炕角为她预备好的答谢包裹。按庄里惯例，柳二姑每给人接生一个娃，村里人都会扯上几尺布，买上几斤红糖答谢她。

王婶紧张地瞅着她在麦穗肚子上又按又摸。柳二姑脸色凝重，脸朝着四龙娘："嫂子，横胎啊。"王婶的脸一下子煞白，双手合十，对着柳二姑作揖，恨不得给柳二姑下跪磕头。四龙娘也着急地拿两手不住地擦着头上的汗，在炕前里踱来踱去。麦穗的疼痛逐渐加剧，在炕上打滚，但嘴巴咬得紧紧的，不哼唧一声。

柳二姑一边烤着剪刀，一边瞅着四龙娘："女人生孩子，都是大命换小命啊。要是不好，是留孩子还是留大人？"

四龙娘眼神闪了一下看看王婶，又瞅瞅麦穗，压低了声音凑到柳二姑面前："四龙都没了，你得给他留条根。"

王婶看了一眼四龙娘，摇摇头没吱声。她走过去紧紧抓着麦穗的手，似在跟她一起使劲。五虎在门外偷听，听到这里，他攥着两拳，在窗外不停地走来走去。柳二姑咬咬嘴唇："嗯，这么多年，经我手接生的横胎，大人孩子都保全的只有一个……嗯，麦穗这媳妇钳子硬，说不定能成。"

四龙娘也去当门的观音像面前，磕起了头，嘴里念念有词。

柳二姑挽了挽袖子，像下了很大决心似的伏到麦穗脸边："孩子，你忍着点，我给你正正胎头试试，成不成就看你们娘俩的造化了。"

麦穗头发滴着汗："二姑，你尽管倒腾，我……经得住。"麦穗的汗珠子顺着头发吧嗒吧嗒地滴在炕上，王婶拿了条手巾，神情焦灼地替麦穗擦着脸上的汗。五虎在屋外的窗户根下，支棱着耳朵听着屋里的动静。耳边传来二姑用力的喘息声和麦穗撕心裂肺的惨叫。

约莫过去了一个小时，柳二姑灰着脸对四龙娘说："嫂子，我看是不中用了，大人孩子都够呛。"王婶差点背过气去，也不管柳二姑满手血污，拽着她的手，一个劲地央求。

柳二姑寻思了一下，自己实在是没招了，搞不好一尸两命，催着四龙娘去请赵国安。

四龙娘头摇得跟拨浪鼓一样："女人生孩子，叫一个大男人来，像什么话？让我以后怎么见人？再说了，国安他也不愿意来。"四龙娘不赞成，但又实在没别的好主意。五虎蹲在地上，抓着头发，挠来挠去。挠了一会儿，王婶看着麦穗真要不行了，管不了那么多了，也没跟四龙娘招呼，让五虎径直去找赵国安。

五虎拉着赵国安，呼哧呼哧地喘着粗气，来到了家。虽然爷爷教过赵国安妇科类疾病及孕产处理的各种手段，但赵国安给女人接生，这还真是大闺女上轿头一回。赵国安虽有些害臊，但还是毫不迟疑地进了门。所谓医者手下无男女，女人有病，避得了爹娘避不了大夫，只要自己把麦穗当作一个普通病人，那又有什么抹不开的？赵国安想到这里，大大方方进了门。

见赵国安来了，四龙娘脸上有点不悦。柳二姑知道赵国安一向看不起她整天装神弄鬼的，收拾着东西就要走。赵国安拦住她："光贪图人家答谢你那点小利，你以为女人生孩子是母猪下崽？不知道多少人命毁在你手上啊。你也别急着走，我不方便的地方，你得帮着我。"柳二姑乖乖地放下东西，听候赵国安调遣。

麦穗脸色苍白，软绵绵地躺在炕上，像一根快燃尽的蜡烛一样无力、无助。赵国安掩饰着自己心里的痛楚，这痛楚让他心里的羞怯一下子荡然无存，他毫不犹豫地掀开了麦穗的被子。

赵国安因为紧张，手颤抖着。他不断给自己打气，一定要让麦穗活下来！"赵国安，你要是让麦穗死了，那你也不要活了！"他告诉自己。

他脑子里快速闪过所有能够拯救麦穗的办法。他闭上眼睛，额头上冒出了细密的汗珠，头脑中旋起了强劲的风暴。家族传承的中医和外地学习的西医疗法在这股风暴里激烈地碰撞、融合，赵国安对这些碰撞出来的火花进行快速的筛选、否定、肯定，并在最短的时间内做出一个连他自己都吃惊的大胆抉择！

赵国安把手放在麦穗肚子上，慢慢试探着胎头的位置，然后用听诊器听了听胎心，这个小生命的搏动已经出现了异常！这异常告诉赵国安，不可能再允许他有片刻的犹豫和动摇！

赵国安找出盛银针的小包，让旁边的人把麦穗调整了一下姿势，他便在麦穗身上找穴位。他嘱咐王婶盯着麦穗脸上的表情，一有异常，马上提醒他。一根根细长的银针被赵国安慢慢插进了麦穗身体的多个穴位。

王婶看着麦穗身上遍布的细针，手心冒出了汗。

"国安啊，你给麦穗扎这么多针……她疼不疼？"

"婶子，这是最古老的针灸麻醉，我怕她受不了。"赵国安看见大姨出了屋，继续说："孩子尽量生，实在生不出来，为了保麦穗，就得把孩子割碎了，一点点掏出来……"

王婶吓得一哆嗦，双手合十念着阿弥陀佛。

赵国安头上的汗不住地滴答着，四龙娘找来一条毛巾，系在了他头上。

赵国安用一根细针在麦穗肚皮上扎了一下，问麦穗疼不疼。

王婶对着麦穗耳朵把赵国安的话重复了一遍。

麦穗无力说话，头稍微摇了摇，眼睛对着王婶眨了眨。

"麦穗的意思是她没觉得疼，国安，你这麻醉管用！"王婶兴奋地说。

赵国安长出一口气，打开药箱，拿出一把明晃晃的刀子，放在火上烤着，烤完了放在一边备用。

他做了一个深呼吸，两只手试探着孩子的头和屁股的位置，猛然一用力！

麦穗的上身一下子从枕头上弹了起来！旁边的人都一声惊呼。

麦穗用乞求的目光望着抱住她的王婶："我没事……婶子，保孩子……想法保住孩子……"

赵国安赶紧昂起头，把快要流出的眼泪收了回去……

他每进行一个动作都紧张地瞅瞅麦穗，看看她的反应。只要麦穗有异常，赵国安会立马动用最可行的应急办法。

一块块染血的棉布被赵国安扔在地上，棉布落地时吧嗒吧嗒的声音敲击着王婶和在场每一个人的神经。

约莫过了一个小时，赵国安把一个沾满血渍的小身体慢慢拽了出来，拿剪刀把孩子连着的脐带剪断。孩子嘴唇青紫。

赵国安一手提着孩子两只小脚，另一只手往孩子屁股蛋上狠劲拍了一巴掌。

"哇……"一声孩子的啼哭让昏睡的麦穗眨了眨眼皮，周围的人都长出了一口气。

"大人、孩子都平安。"说完这句话，赵国安一下子瘫坐在地。

麦穗一直昏睡着，炕上的席子被掀掉，土炕上横流的羊水血水用柴草灰挡住洇着。柳二姑疲惫地倚墙坐在炕上："四龙啊，你这媳妇，钳子真硬，好样的。只要不大出血，就没事了。可惜你见不着自己的孩子了。"

王婶紧张地瞅着脸色惨白的麦穗："这孩子，可遭了老罪了。"

四龙娘赶紧拉了拉被子把麦穗光着的下身盖住，松弛下来的赵国安此时突然红了脸。

四龙娘从柳二姑手里抱过来孩子，迫不及待地掀开小袄看了看，是个丫头。她嘴角一沉，脸上接着就阴云密布。王婶忙不迭地抱过来，欢喜得不得了，还一直嚷嚷着闺女长得像麦穗。王婶沉思一会儿，说："生了个女娃娃，这娃娃出来那会儿，我闻到从天井里飘进来一阵杏花香味呢，就叫大香吧。"四龙娘放下孩子，耷拉着眼皮，鼻子里哼了一声："有什么好香的。"

五虎和赵国安使了个眼色，便低头看自己的侄女。他低头看看侄女，抬头看看麦穗，眼神里满是欢喜。

赵国安见麦穗醒了，赶紧把麦穗擎起来的手臂放进被子里，悬着的一颗心终于落了地。他怕麦穗看见自己会受刺激，她现在虚损成这样，自己不能再给她添堵，就赶紧收拾药箱回家去了。走时他跟大姨打了声招呼，四龙娘脸上冷冰冰的，没答话。

赵国安给麦穗接生，双羊店简直炸了锅。女人们又凑在一块儿，咂摸着这件稀罕事。傻子六坐在离这帮娘们儿不远处，嘴里嚼着一根麦秸草，嘴角流着哈喇子，指着这群人嘿嘿地傻笑。张金花拿一块石头扔傻子六："一边去，你个痴巴凑什么热闹！"

傻子六一边躲避石头，一边捡起一块干牛粪，一下子扔到张金花嘴上，扔完就跑。张金花追着傻子六，一边追一边骂。

那天四龙娘一看麦穗产下的是个闺女，本来满脸的笑容一下子僵住了，连赵国安临走跟她打招呼也没理会，心里就琢磨着：国安这孩子这是耍我呢？五虎看娘魂不守舍的样子，便凑上来："娘，你看这孩子真俊，随我嫂子呢，你看这小嘴，这眉眼，真像，真像。"四龙娘奅拉着脸回了自己屋。

五虎跟过来，搓着手，一副犹犹豫豫的样子。四龙娘斜眼瞅瞅他，心里就明白了八九分，这五虎和赵国安真是串通好了来糊弄她。五虎满脸堆着笑，凑到娘面前，一个劲地解释是他求着表哥说麦穗怀了男娃，嫂子一个人不容易，求娘看在四哥的面子上，跟麦穗好好的。

四龙娘也不搭理他，鼻子里哼了一声。

上次大会之后，邢满金发现庄里的气氛变得更加诡异，他经常看到单福根黑夜里走街串户。这家伙在忙活什么？

因为快到农忙，铁匠爷俩晚上都干到很晚才收工，真有急活，也时不时熬个通宵。这段时间，邢满金去铁匠家去得更勤了。

一天晚上，邢满金刚从铁匠家里出来，却发现单福根拿着锄头去了自己地里。大半夜的，这家伙拿锄头去干吗？邢满金很是诧异，尾随在后面。

单福根到了自己地里，在地里摊昨儿偷推过来的土肥。

"入社入社，我看早晚我这块地还得回来。"单福根一边忙活，一边嘟囔。

邢满金倒背着手慢慢走到单福根面前："单书记，这么勤俭啊，半夜里还来自家地里干活！"

单福根差一点坐地上："那……那什么……这是公家的地。我是干部，带头……带头多干点。马上该种麦茬庄稼了，我过来下点……下点土肥。"

"单福根，怪不得庄里动员工作一直进行不下去，原来你是阳奉阴违，是你在背后煽风点火是不是？"

"邢主任，您这……您这可是冤死我了。我哪敢啊？"

"不敢？不敢，你私下里拨弄你这几亩地干吗？"

"我，我带头，我带头嘛。"

"行了行了，你这点弯弯肠子我早看透了。你明里拥护工作组工作，暗地里又鼓动着大家退社，就是想鼓捣成了，你好收回你这几亩地！想蒙我？你单福根打错了算盘！等着上面处理吧！"

邢满金说完背着手走了。

单福根一下子瘫在了地上。

十四

经过生孩子这一番折腾,麦穗元气大损,整天在炕上昏睡着。因为饮食跟不上,她肚子上的刀口愈合很慢。她迷迷糊糊,整个人犹如在半空里飘来飘去。麦穗看到了四龙,四龙老是嚷着自己冷,冷到浑身都结了冰,麦穗伸手去暖四龙的脸,四龙却倏忽一闪不见了。

麦穗扭头看看躺在自己身边的大香。大香闭着眼,睡梦中小嘴一呶一呶,似乎在吸吮着什么。大香一只小手露在小被外面,指尖如一颗嫩豆,纤嫩、莹润;小鼻子像半弯月牙,光亮、莹润;小耳垂像一朵葫芦花,白净、莹润。

麦穗呆呆地看着这个莹润的小东西,四龙去了,他的血脉却通过这个小东西延续下来。麦穗伸手轻抚着大香,抚过她的小脸,抚过她的小胳膊,抚过她的小脚丫……

张金花又跑到四龙家给四龙娘"上眼药"。这次她不光说麦穗是扫把星,还说村里都传开了,孩子不是四龙的。四龙娘拍着炕沿,眼直愣愣地盯着炕前,半晌不说话。

张金花得意地走了。四龙娘跺一下脚,来到麦穗屋,摇醒了正在昏睡中的麦穗。

麦穗无力地睁眼看看婆婆,想坐起来,头一阵眩晕,就又躺下了。四龙娘看一眼麦穗,停顿了半天才说:"麦穗啊,跟你说个事。"

麦穗头微微动了动,算是回应。

"你看,你五弟也老大不小了,这转眼也快到成家的年纪。他爹走得早,也没挣下什么家业。我拉扯着他弟兄五个,淘腾了多半辈子,五个儿子没了四个,全部家当就剩这三间破房子了。五虎要是成了家,总不能还和我挤一个炕吧？你看看，你……能不能另找个去处？"

麦穗的手紧紧地抓着被角，别过头去，眼泪滚滚而下。

四龙娘也不看麦穗，一直唠叨个没完。老婆子说起现在这饥荒年头，这么大的家口，谁都吃不饱。她又提起四龙的死，发丧四龙欠了不少债。

"娘你这是干什么？你可真会挑时候。"五虎对着娘横眉竖眼，火气有点压不住。

五虎把娘连拉带拽，弄到了西屋。不一会儿，传来了他们争吵的声音。

五虎气咻咻地跑出去，一会儿拉着王婶回来了。王婶儿看看四龙娘，四龙娘坐在炕头上呼天抢地边哭边骂，什么狐狸精，什么扫把星，什么弟兄两个的魂都他娘的被勾走了。她哭诉着自己当这个恶人为了谁，还不是为了五虎这个吃里爬外的东西。

王婶一个外人，对别人的家事也不好掺言太多。她来到东屋，看见麦穗正在摇摇晃晃地收拾自己的衣物。王婶大惊："四龙媳妇啊，你这是干吗呢？你还在月子里，生的时候又折腾成那样，怎么着也得等身子硬实了再活动啊。"王婶一边夺麦穗手里的衣物，一边摁着麦穗躺下。

麦穗挡开王婶，继续收拾。我麦穗，不信靠自己就不能活！

"婶子，你听听，你看看，你说我还能在这儿待吗？"麦穗瞅一眼大香，"一天到晚，从早骂到黑。婶子，你说，这儿还能待下去？"

麦穗央求王婶，说王婶人宽厚，人缘好，让她问问单福根，社里饲养院的旁边有一间闲着的烧汤屋（专门给地里干活的人烧开水的小屋），能不能借给自己住？

王婶唏嘘着："那间小草屋哪是人住的地方？人要是躺屋里都能看着天，遇上雨雪天，外面大下，屋里就小下。这怎么使得？这怎么使得？孩子，不行你就回娘家住几天？"

"娘家？我哪里还有娘家？明明知道我被诳了，两个哥哥硬把我绑了回来。你也知道，俺的亲爹没了。哪里还有人管俺的死活？我这要是自己回去了，还指不定说出什么难听的来。"

不管王婶怎么劝，麦穗只顾低头收拾衣物被褥。大香突然哭了起来，麦穗抱起大香，拿手轻拍着孩子后背，嘴里说着"不哭不哭"，自己却也跟着哭了起来。麦穗把脸埋在大香身上，肩膀一耸一耸，无声地抽泣。

王婶背过脸去，偷偷抹眼泪："好了，孩子，你也别犯难。我去求单书记，你等我信儿。"

单福根正要往外走，看见王婶进了门。

"老嫂子，你来有事？"

"单书记，本来这也不是我的事，是四龙娘这老货要让麦穗出去住。我这不是好管闲事嘛，来问问书记庄后那间烧汤屋，能不能借给麦穗住住？"

"这个老货，四龙死了都没人过去帮忙，她还不长记性。一直这么可恶下去，我看她死了都没人收尸。"单福根在鞋底上磕磕烟袋锅，"那个小屋，还能住人？老嫂子……这麦穗……没打算再找个人家？……"

王婶摇摇头："这孩子，主意硬得很，我看一时半会儿她还没那心思。"

"中，她要觉得能住，那就去住着。趁我现在还说了算，赶紧搬过去。"

王婶回来的路上纳闷：趁他现在还说了算？单福根什么意思？他难道要不干书记了？

王婶回到四龙家里。她还是心存侥幸地先来到四龙娘的屋里，再求一次，看看能不能让麦穗等出了月子再出去住。没想到四龙娘这老婆子心肠这么硬，固执得很，一直不松口。王婶这才无奈地来到麦穗屋，告诉麦穗："小屋已经借好了，我先去给你收拾好，你看看咱什么时候动身？"

"动什么身？"五虎忽然气呼呼地摔门闯过来，抢过麦穗正在搬着的被褥："就在这儿住，我看谁敢赶你走？"

四龙娘听着这屋的动静，干咳了两声。王婶就又劝五虎："你嫂子待在这里，月子里的人要是整天受气，会落下病的。你要是真有心，那就多过去看看你嫂子，多帮帮她。麦穗一个人带着孩子，还坐着月子，真需要人帮衬。"听完这话，五虎眼里的泪直打转转。

看麦穗他们收拾着走了，四龙娘坐在炕头上，愣愣的，突然趴在炕上哭了起来。麦穗，你别怪我狠心，你要真是扫把星，在这家里，下一个克死的还不定是谁呢……要怪，就怪你自己吧！

外面不知什么时候淅淅沥沥下起了小雨，倒春寒的天，冷风嗖嗖。

来到了烧汤屋，五虎直皱眉头。用带着白灰的坟砖砌的墙基，玉米秸扎成的破门，没有窗。屋里常年烟熏火燎，黑咕隆咚，白天不掌灯的话都看不清东西。再一瞅那破锅冷灶，蜘蛛网到处都是，从墙壁上散发着一股烟呛味和霉味混合起来的难闻味道。人一进来，好几只受惊的麻雀突然扑棱着飞了出去。冷风从北墙的缝隙里呼呼地往里钻，冻得麦穗浑身一颤。大香可能也觉得冷，一直哭个不停。王婶从自己家里扛来一捆柴草，先给麦穗烧炕。这么阴冷的天，要是冻出个好歹来可怎么好？

　　五虎回家，背着他娘偷偷拿了一些吃的用的，正想蹑手蹑脚往外走。他娘从身后喊了一声，五虎吓得赶紧把东西藏在身后。

　　"把这床被也拿过去吧，那小屋，四面透风，别把孩子冻着了。"她欠身把自己平时盖的一床被递给五虎。

　　五虎吃惊地看着娘："你这样……你这样干吗还赶嫂子出去？"

　　"唉……我还不是为了你，她这样的硬命，留着她，下一个克死的还不定是谁呢。克死我不要紧，我反正也是土埋到脖子根了，我是怕你……"

　　五虎一听这话，赶紧扭头出了门。哥真是嫂子克死的？五虎想不明白。

　　麦穗搬到烧汤屋三天了。王婶自己因为受了风寒，都两天没去看麦穗了，心里老觉得不安。她瞅瞅家里也没啥可给麦穗带的吃食，无奈地摇摇头——自己也帮不上这可怜的孩子，一边感叹，一边就去了麦穗的住处。

　　推开那扇破门，眼前的情景让王婶目瞪口呆。麦穗躺在炕上浑身像筛糠一样哆嗦着，问她什么，已经不能说话，只是喉咙里发出呼噜呼噜的声音。大香赤条条地躺在地上，哭累了睡着了，冻得发紫的小脸上还挂着泪珠。王婶从没见过这情形，当时就手足无措，先把孩子抱到炕上，拿被子包起来。看麦穗的情形，应该就是听人常说的"起疯"了。

　　五虎来了。王婶听说以前邻村有一个神婆，专治月子里"起疯"。王婶让五虎赶紧去把她找来。神婆穿一身黑衣，花白的头发披在胸前，一对深陷的眼珠转动着，让人顿觉寒毛倒竖。

　　神婆拿一把生了锈的长剑，在屋里点了香，找一白瓷碗倒上烧酒，擦一根洋火点着了烧酒，燃起蓝色的火头。神婆口中念念有词，在屋里转了三圈。她瞅一眼烧酒火焰转向了东南方向，便大喝一声朝东南方向一剑劈去。也巧了，麦穗在炕上哇呀一声大叫，立马停止了抽搐。神婆一脸疲态，一下子坐在地上，直到王婶拿出预备好的红色纸包，递到她手里，她才念了几句含混不清的咒语，擦拭了一下长剑，装进剑鞘，悄然离去。

王婶和五虎看麦穗不再抽搐，在炕上安静地睡着了，俩人被惊得目瞪口呆——果然是神仙！

可是麦穗睡了两天两夜，似是永远睡不醒，渐渐地水米不进，眼窝塌陷，小脸萎黄，眼睛整天闭着，不像是好光景。五虎喂麦穗吃饭，得用筷子把麦穗紧咬的牙关撬开，拿勺子舀一勺米汤喂进嘴里，那米汤都沿着麦穗嘴角淌了出来。

五虎急了，跟王婶商量："怎么嫂子一天比一天差？不能拖了，得去医院！"

"还是先找赵国安看看，这骑骡子跨马的，麦穗在月子里，孩子也小，不合适。"王婶有点担心。

五虎嘟囔着："嫂子好像跟国安哥有仇一样，表哥再来，那更是火上浇油。还是医院保险些。"王婶叹口气，那就去医院吧。

东取西借，五虎凑了没几个钱。五虎经过大寒的住处，知道这大寒平时跟别人基本是里不搭外不交，就没进去。五虎又走了几家，实在筹不够了，又转悠到大寒门口，有一搭没一搭地进去碰碰运气。出乎五虎意料，大寒一下子掏出来五张十块的票子塞到五虎手里："先拿着这些，不够再说。"五虎惊得嘴巴张得老大，老天爷，这太阳真有从西边出的时候？大寒帮五虎从社里借了牲口套上牛车，五虎和王婶拉着一直不醒的麦穗去了医院。到了医院，麦穗的病症一点没减轻，每到夜里都发高烧，浑身筛糠一样打颤，整个病床都跟着哆嗦。医生怎么调整方案都没效果，最后摇摇头，让五虎拉麦穗回家预备后事。

王婶跪在病床边，拉着麦穗的手："麦穗啊麦穗，你别吓唬我啊……孩子还没满月啊，你不能让她没有娘啊……"

五虎牵着牛，眼泪吧嗒吧嗒地一路赶着车，一路回头看直挺挺躺车上的麦穗。

到了家，五虎把麦穗背到炕上。听人说孩子能把娘的魂唤回来，王婶便流着泪把麦穗的衣服解开，把大香的嘴巴靠在她奶头上，一边说着："香，你快喊娘，快喊娘别走，快喊啊……"

大香吸着奶头，把奶头叼得拽出来老长，却没有一滴奶。王婶看着这孩子拼命吮奶的小嘴，一腚就坐在了地上："大香啊，你娘俩的命咋这么苦啊，这孩子难道真要变成没娘的孩子？"

哭着哭着，赵国安气喘吁吁地推门进来："村里人说麦穗不中了，我过来看看。怎么会这样？生孩子都挺过来了，这是咋了？"他赶紧翻着麦穗的眼皮瞅了瞅，又试试麦穗的手腕，还有微弱的脉搏跳动。赵国安焦躁地搓着手。"到这份上了，豁出去吧，能成则成，不成那就是我把麦穗害到底了。"

麦穗微微睁了一下眼，回光返照一样，脸上浮现出一丝笑容。

恍惚之间，麦穗看到四龙进屋来了，手里提着给她套的野鸡。"四龙没走，真没走。四龙说过的，我是他的命。我在，他的命就在啊。"麦穗心里在呼喊着。她赶紧抓住四龙的手："四龙，你终于暖过来了，你终于暖过来了。我就知道，你不会扔下我和孩子不管。"赵国安被麦穗抓着手，脸不禁红了，赶紧挣开。

王婶满脸悲戚："麦穗这是烧糊涂了啊。她这眼看着都快出月子了，下面血老是不止。孩子也没奶吃，整天饿得哇哇大哭。刚开始我还以为麦穗是'赖月子'，村里有这样的媳妇，月子里吃不动喝不动，奶也不好，等出了月子兴许就好了。麦穗却是一天坏似一天。"

赵国安把手搭在麦穗手腕上，时而蹙眉，时而沉思。

寻思了一会儿，赵国安找了一个注射器的大针头，照着麦穗人中下狠手一扎，挤出几滴黑色的血来。又拿出一小瓶注射药液，似是下了很大决心，用砂轮抹一下瓶口，敲开瓶口将药液吸进针管，小心翼翼给麦穗注射。然后，赵国安攥着双拳，大气不敢出，直愣愣地瞅着麦穗土黄色的脸。

赵国安仿佛看到了那个相亲时的麦穗，一双水汪汪的大眼睛，两条乌黑油亮的大辫子。麦穗既不像那些大户人家闺女那样故作庄重，也不像小门小户女娃子那样粗俗扭捏，见个生人躲在门缝里窥望。麦穗虽羞怯得两腮绯红，又毫不掩饰自己对"四龙"满心的喜欢，甩着两条大辫子，婶子大娘地叫着，端茶倒水。

麦穗慢悠悠睁开的双眼，一下子打断了赵国安的思绪。五虎、赵国安、王婶几乎同时大喊起来：醒了！醒了！

赵国安一改往日的躲避，就坐在麦穗面前，正脸对着麦穗。麦穗一看见赵国安，心里怒火中烧，哇的一声，一口黑血吐在了炕上。王婶惊呼："可不得了了，可不得了了！"赵国安一副胸有成竹的样子："没事，不怕，让她吐。"麦穗接连吐了好几大口黑血，最后终于没了力气，像只斗败的公鸡，耷拉着头，伏在了炕上。

麦穗这病，一是难产身子本来就虚，又肝气郁结，相当于干涸之地又遇旺火焚烧，别说麦穗这身子骨，就是壮男人也扛不住。再加上搬家后受凉，真正是赶上了水火夹攻，内火外冰，火出冰拦，冰退火阻，出没出路，消没消处。扎人中，注射强心剂，赵国安也只是死马当作活马医，心里直打鼓。直至麦穗喉咙里发出了两声吞咽的声音，慢悠悠睁开眼醒了过来，他才算松了这口气。

赵国安看麦穗醒了，麻利地收拾药箱，扯一下五虎，匆匆离去。五虎随了赵国安，去拿了几服中药。王婶亲自给麦穗熬药，慢慢给她调养，心里还是不踏实，不知道赵国安是否真能从鬼门关抢回这个苦命的女人来。说来也怪，自从吐出那几口黑血，又吃上赵国安开的药，麦穗出了几回透汗，脸上渐渐有了血色，竟慢慢好了起来。五虎不敢懈怠，恨不得把潍河里所有的鱼虾都捞了来给麦穗做汤，把北槐树林子里所有的兔子都套了来给麦穗吃肉。赵国安也暗中接济。在三人的照料下，麦穗的身体渐渐硬实起来，奶水也慢慢地有了。麦穗把大香抱在怀里，小家伙没命地吮吸着麦穗的奶水，似要把欠下的吃食都捞回来。大香的小脸蛋日益丰满，麦穗脸上也有了笑容。

麦穗的小屋外，不知什么时候被人把后屋墙包了一层油布，挡住了顺着墙缝呼呼往屋里灌的北风。王婶以为是赵国安弄的，赵国安摇摇头，他倒是有这想法，但是这几天光忙活麦穗，还没腾出空来。大家都纳闷，会是谁呢？

奇怪的事接二连三。有好几次，小屋门口被人放了一个布袋。打开一看，有时候是小米，有时候是棒子面。还有一次，竟然是几只烤熟的麻雀。王婶拿着还热乎着的麻雀，嘴里嘟囔着："真是怪了，谁送的？"一边嘟囔一边问赵国安，赵国安也满脸疑惑地摇摇头。五虎凑过来："管他谁送的，先让嫂子填饱肚子再说。"

十五

自打那天麦穗醒了过来，赵国安每天都来小屋探看一下。以前赵国安怕刺激麦穗一直躲着，现在倒是横下心来，情愿等着挨数落，你骂你的，我看我的。赵国安来了就叮叮咣咣地忙活。他找来麦根草，给麦穗把漏雨的屋顶拾掇好；和了泥巴，把透风的墙上的缝隙里里外外堵死；把墙根屋角的耗子窟窿用碎石塞紧封严；把残破的棒子秸屋门换成木门。有时候，趁麦穗睡着，赵国安就给大香用药棉擦洗淹得通红的脖子底，胳肢窝，还有小腚腄儿。大香似乎对赵国安的摆弄很享受，不哭也不闹。

大寒挑着木箱路过这里，也会进来瞅瞅，有时候讨碗水喝，有时候说是走累了，过来歇歇脚。他看见有破碗破罐，就给麦穗锔一锔。单福根听村里人说自己儿子的这些举动，心里很是讶异。

老奎儿心里一直惦记着麦穗，睁眼闭眼都是麦穗那双水汪汪的大眼睛。麦穗大着肚子的时候，他不敢轻举妄动。待到麦穗生了孩子，特别是麦穗又独自搬进了饲养院旁边的小屋，老奎儿心里叨咕：这真是老天爷帮我的忙啊。

老奎儿的小姨子生了孩子，老婆"送汤米"去了，天黑了还没回来，估摸着是在小姨子家住下了。他那几根花花肠子又开始动荡不安起来。

这老奎儿在麦穗门口瞅瞅了几次，每次都不凑巧，不是王婶来就是赵国安来。还有那个大寒，经常挑着木箱从这里走，一想起他看人那眼神，老奎儿脊梁就冒凉气。

今儿个谁都没来，老奎儿兴冲冲地跑过来敲门。麦穗一看门外是老奎儿，没好气地关门，老奎儿赶紧硬推着门挤进了屋。

老奎儿拐进胡同那会儿，大寒随后也进了巷子。

大寒看着老奎儿挤进了麦穗的屋门，刚要跟进去，扭头一看，张金花从胡同口拧巴拧巴地走了过来。

大寒赶紧跟张金花打招呼："金花嫂子，干吗去了，打扮得这么俊？"

张金花一听这话，心里受用："俺妹妹生了一个大小子，我去'送汤米'来。半道上碰着年小时的姊妹了，拉着拉着天黑了。"

"老奎儿哥咋不陪着你去？"

"嗨，女人过月子，大老爷们儿去掺和什么？"

"怪不得我看着他去了那里。"大寒指指麦穗那间小屋。

张金花一愣，脸一沉，三步并作两步跑过去，一下子推门撞了进去。"麦穗……麦……"张金花假装唤着麦穗，又装出吃惊的样子，"老奎儿，你也在这里？你来干什么？"

麦穗和老奎儿都大吃一惊。老奎儿刚进门时还满嘴"荤话"，言语猥琐，一见了张金花，接着就怂了，脸上的肉硬硬的，挤出两声干笑："我没事，就是走到这里，寻思这小破屋多少年都没人住了，咋突然有人说话呢？就走进来看看是谁。"

张金花朝麦穗咧咧嘴："嗯，是啊，这小破屋哪是人住的地方？"说完，就推着老奎儿往外走。走进胡同里，张金花看看左右没人，一下子揪住老奎儿的耳朵。老奎儿被揪疼了，一边挣扎一边喊："张金花，你要干吗？疼死我了，你放开！"

"干吗？你那点花花肠子，别以为我不知道。"张金花手上更加了劲。

"张金花，我操你娘，快放开！"老奎儿给了张金花一耳光，这张金花平时跋扈惯了，冷不丁被老奎儿打这一下子，哪里肯罢休。

她松开老奎儿的耳朵，却折身回了麦穗那里。这女人嘴角冒着白沫哭骂着，一进门就开始数落麦穗："你好好的不和婆婆一起住，是不是就是为了打野食方便？看你那狐媚样子，就是专门勾搭男人的……"

麦穗拿手指了指门口，两眼逼视着张金花，一字一顿地让张金花赶紧滚出去。张金花还想撒泼，忽听得耳边一声断喝，本能地往边上一躲。只见五虎手里提着劈柴的砍刀，怒目直盯着她。

张金花一愣神，浑身冒出了冷汗。这婆娘露了怯，嘴里却还是不干不净："哟，哟，连小毛孩子都收拢了，麦穗啊，你本事可真……"一句话还没说完，五虎的砍刀劈了过来。一个人影闪身进屋抓牢了五虎的胳膊，五虎挣脱不开，歪头一看，是赵国安。五虎嚷嚷着："表哥你放手，我先结果了这大粪叉，砍了她，扔西沟里沤大粪去。"

赵国安一边说着胡闹，一边夺下五虎手里的砍刀。张金花的黑脸蛋子吓得蜡黄，再也顾不得满嘴喷粪，灰溜溜地跑了。五虎还嚷嚷着要去追张金花，让赵国安一巴掌掴在脸上，他这才老实下来。

赵国安训着五虎："你这是向着你嫂子还是害你嫂子？你要是一刀砍死那娘们儿，你杀人偿命了，你嫂子呢，又该背上什么恶名？五虎啊，你不是小孩子了，做事能不能动动脑子？"五虎悻悻的，余怒未消。

再说那张金花受了这次惊吓，哪会罢休？从那天开始，张金花见了麦穗就指桑骂槐，跟别的女人指指划划，嘴里不干不净地嘀咕着什么。她到处给赵国安造谣，说赵国安替四龙相亲时就看上了麦穗，麦穗肚子里那个孩子就是他的；还说麦穗连没成年的小叔子都不放过……

大寒挑着木箱经过这里，看了张金花一眼。大寒阴冷的目光像两把利刃，让张金花赶紧闭了嘴。

自那次口角以后，有女人扎堆做针线活，麦穗偶尔凑上去想拉拉呱，女人们却跟约好了一样，呼啦一下子都散了，谁也不理麦穗。麦穗讪讪地站在原地，走也不是，不走也不是。

几天之后，张金花开始一瘸一拐地走路。原来是她在自家门口脚底下扎了个钉子，脚心被扎了个血窟窿。

麦穗坐在屋外面，面朝着北方。

天空飘着雨丝，雨水顺着屋檐滴下来，在地上形成了一个个小窝窝。几片落叶随着雨丝落到麦穗头上，麦穗把那片叶子抓在手里，盯着它，一直看，一直看……

有时候，她在屋里静悄悄地躺着，若是听着外面有什么动静，就会呼啦一下子敞开门，嘴里嚷着："四龙？是四龙回来了吧？"门外，只有大黄在门外挺起头来，望望麦穗，又低头趴在地上。

不远处，是傻子六撵着一帮熊孩子跑，嘴里呜哩哇啦似乎是在骂他们。四龙不会回来了，她现在只有大香。大香躺在那里，无忧无虑地吸着手指，眼睛澄澈明亮。她不知道自己的娘正在经历些什么。无论外面如何风急雨骤，她的世界就是哂在嘴中的手指，津津有味。

麦穗盯着大香，眼泪不由自主地滚了下来。大香却突然扭过头来，对着麦穗笑了。大香的笑容里，是纯净，是清澈，是让麦穗心疼又心碎的酣甜。

麦穗前一刻还在怀疑，自己为什么要活？为什么历尽这么多苦难还要活？大香的笑容给了她答案：自己得好好活着，为了大香。

十六

麦穗用背带背起大香，投入到社里的劳动中。女人干的活她干，男人干的活她也毫不含糊。一月下来，带着孩子的麦穗分到的粮食，比一个壮劳力都多。

社里挖方塘，麦穗报名。麦穗的脚陷在齐膝深的淤泥里，跟男劳力一起下到方塘底，挥着铁锹往架筐里装泥。社里晒麦子，麦穗大晌午顶着毒日头，在场院里扬麦场。场院上十几个大老爷们一起扬，独有麦穗一个女人。

那些老爷们儿一开始看麦穗身轻力薄，他们打着哈哈："麦穗，快回家喂孩子去吧，这活儿，不是娘们儿干的。"麦穗也不理他们，只顾一锹一锹地在风里扬着麦粒。

一帮子女人在不远处朝着麦穗指指点点。麦穗知道，自从赵国安给自己接生，这帮人的嘴就没闲过。赵国安看麦穗一个人扬一会儿麦子，再放下木锹拿起扫帚扫扬过的麦子，他拿起扫帚想帮麦穗来扫。麦穗看都不看他一眼，把扫帚从赵国安手里夺回来。

扬场回来，麦穗身上的衣裳都湿透了。麦穗烧了一锅水，把自己擦洗干净，把湿衣服换下来洗了，晒在屋外面的铁条上。歇了歇晌，麦穗又拿起木锹去了麦场。

傍晚麦穗回到家，下起了小雨。麦穗赶紧把自己洗的衣服收起来，正要往屋里走，突然发现，自己那条碎花裤头不见了。麦穗把屋子前前后后左右右找了一遍，也没找着。麦穗摇摇头，心想可能被风刮跑了。

这些日子，赵国安的娘高玉芬听到了赵国安和麦穗的风言风语，烦得要死。老赵家可是双羊店正儿八经的人家，这孩子要改老赵家的门风？老两口一合计，得跟儿子拉拉。

说到最后，老两口转入了正题："国安，你是不是也该考虑成个家了？"一边说，一边看赵国安的反应。

赵国安一听接着摇头："这事急不得，等过几年再说。"

高玉芬直了直身子，就不再和赵国安兜圈子："国安你是不是真和麦穗不清不楚？咱这样的人家，哪能让人在背后说三道四？听说连傻子六都会说那些顺口溜了，你让爹娘怎么出去见人？"

赵国安满脸通红，矢口否认："我和麦穗清清白白，是谁瞎咧咧？"

高玉芬看儿子急头赖脸的样子，细一思忖，从小看国安也不是那混行没数的孩子，估计这事儿是谣传。但她还是告诉儿子，以后再也不准他踏进麦穗的家门，而且，她已经托了媒人，打听合适的姑娘，赶紧成亲，才能堵住别人的嘴。

"我行得端，做得正，谁爱说让他们说去。"赵国安第一次跟娘犟嘴。

赵国安爹娘不管他同不同意，忙着四处托媒人打听合适的姑娘。

转眼就到了大香"百岁"。

经过这一番波折，麦穗对大香越发疼爱。大香是个没爹的孩子，麦穗想用自己全部的爱弥补这个缺憾。别人家通常会宴请亲朋给孩子过"百岁"，可是自己一贫如洗，上哪里去淘腾这办酒席的钱？

麦穗正在屋外面晒大香尿湿的裤子，一个头发花白的老妇来到了麦穗身后。"穗儿！"一声熟悉的呼唤让麦穗心头一震。她转过身来，禁不住眼泪横流，跟踉跄着跑过去抱住这老妇："娘，娘，你怎么来了？"娘抱着麦穗，拿手捶着她："你个狠心的丫头，都不要你娘了。"

自从成亲那天自己跑回娘家，两个哥哥把她扭着胳膊送回来，麦穗就恨自己狠心的后爹，更恨那两个狠心的哥哥，所以她一直没回过娘家。麦穗虽然心里也想娘，但还是咬着牙不肯回。前前后后发生了这么多事，麦穗一直咬着牙，自己挺着，不让娘家人知道。

儿女是娘的心头肉，麦穗娘终于还是忍不住，自己找了来。她打听着到了四龙家，竟然得知麦穗已被赶出家门。麦穗娘的心，如针扎一般地疼。

麦穗引娘进了屋，大香正在炕上睡午觉。麦穗娘第一次见着自己的外孙女，一个劲地摸着大香粉嫩的小脸，嘴里叨咕着小时候哄麦穗的那一套顺口溜儿："红杠杠，绿杠杠，俺家的小孩大胖胖。白天领着上街耍，晚上给娘挠痒痒。来年送你去念书，长大中个状元郎……"一边说着，一边拿袖子抹眼泪。

娘看看这小黑屋，唏嘘着："这哪是人住的地方？"麦穗娘想起自己这闺女，她爹从小对她千宝贝万金贵，读书识字，没想到嫁了四龙弄到这步田地。娘俩拉着手，麦穗跟娘叨咕着成亲以来的一桩桩一件件的事，娘听一阵，哭一阵。

"娘，你也别伤心了，你闺女这不都挺过来了？日子就这样，只要自己别怂，就还有奔头。"麦穗替娘擦着眼泪，反倒是她来宽娘的心。麦穗娘心里暗自感叹着，看样子人都是逼出来的。她怎么也没想到，原来娇气任性的闺女，现在被磨炼成一副天掉下来都不怕的样子。

娘气咻咻地开始收拾麦穗的衣物，麦穗不解地看着娘。"不在这儿了，跟娘回家，我看那死老头子他敢撵你！"麦穗把娘按住："娘，你怎么糊涂了？我自己回去了，那个家还有我的地儿？娘你放心，我自己有手有脚，我就不信靠我自己就不能活！"

娘其实心里也明白，那个家，麦穗是回不去了。她叹口气，从贴身的口袋里拿出一个卷着的小手绢，打开来，把里面的一沓钞票塞到麦穗手里。麦穗坚决不收，娘又要哭了。"你就让娘尽尽心，大香是我的亲外孙女。孩子快'百岁'了，当姥姥的怎么着还不得给孩子个'百岁包'？你就安心收下，给孩子置办个'百岁'酒席。"

"娘，日子这么难，咱不去破费那个钱。这钱，你留着，万一有个用处。我大爷那个样，你手里也窄巴。"

娘不顾麦穗阻拦，把钱塞在炕席底下就往外走。

送走娘，看着娘留下的这十几块钱，麦穗落了泪。娘是怎样从牙缝里省出来的？娘又要受后爹多少奚落？

赵国安算着日子，大香的"百岁"快到了。这年头，买点东西不容易，好在赵国安门路多，统购的东西不够，他又托人从黑市兑付了两斤猪肉。

赵国安拿着东西来找王婶。

王婶看赵国安置办了这么多东西，不解地看着他："国安，你这是？"

"婶子，你今年七十了吧？我想弄桌酒席，给你过生日。"

"什么？什么？我过生日？不对，国安，我今年七十不假，但我生日还得好几个月呢。再说了，这年头，我一个糟老婆子，过的哪门子生日？"

"婶子，大香'百岁'快到了……这娘俩也是够可怜的，估计也没钱给孩子过个'百岁'。我寻思咱看看一起帮她给孩子过吧……怕麦穗不愿意，咱就说给你过七十大寿，你说中不？"赵国安说出了自己的计划。

王婶一拍脑门："你看看我真是糊涂了……国安，好，大香后天就'百岁'了，那我后天就过'生日'。"

"别让麦穗看出来，她要知道了，这'百岁'咱就给大香过不成了……"

王婶突然拉着赵国安的胳膊："国安……国安……你这孩子好心定会有好报……"说着话，那眼里涌上了亮晶晶的泪花。

赵国安赶紧拍拍王婶的手："婶子，我这好心也经常办坏事……"

左思右想，赵国安还是不放心，又从家里拿来鸡蛋，一坛高粱酒，给王婶送了来。他一再嘱咐王婶，千万别让麦穗看出来。

"我说孩子，这年月酒席也不用这么讲究，都知道难，薄一点大伙也不会见怪。"王婶把东西往赵国安手里塞。

"婶子，给你你就接着，我总比你们手里活泛些。"

赵国安走街串户，约请了几个平时对麦穗厚道的邻亲百家，让他们去吃王婶的"生日席"。

王婶经过赵国安允许，也叫了单福根。她想麦穗当时借那间小屋，单福根一口答应了，这个人情得还。路上碰到大寒，王婶也顺便跟大寒说了这事。

"婶子，您过生日？这么巧啊？"大寒盯着王婶看了一会儿，说了声知道了。

王婶知道大寒的脾气，说了他也不会去。

招呼了一圈，王婶走到四龙娘家门口犯了难，自己嘀咕着："叫不叫她？

叫好还是不叫好？"王婶最后还是推开了门。

四龙娘看见王婶，愣了一下。

王婶说明来意，四龙娘低头想了片刻："他婶子，还真是巧了，明儿李家庄我外甥定亲，我得去。您这七十大寿……"

王婶松了一口气，连忙说让四龙娘先忙正事，生日过不过的都不要紧。

麦穗得知王婶要过七十大寿，心里欢喜得不得了。趁王婶不注意，她悄悄把娘给的那些钱拿了一半塞到王婶枕头底下。

高玉芬和赵国安前后脚进了王婶家的门，王婶正抱着大香。赵国安好多天没见大香了，便凑了上来。这小丫头的小脸粉雕玉琢一般，一双大眼睛忽闪忽闪的，见了赵国安咧嘴就笑。赵国安喜欢得不得了，从王婶手里把孩子抱过来。麦穗在一边冷眼看着，看样子想上前夺回孩子。王婶怕麦穗当着这么多人让赵国安下不了台，赶紧吩咐麦穗："穗啊，把这白菜帮子洗洗去。"见麦穗不动弹，王婶赶紧扯了扯她："这么多人，给国安点面子。"

麦穗闷声不响地洗着手里的菜。给赵国安面子？我为什么要给他面子？人为什么都得要面子？这面子就像戏子上了妆，是演给自己看，还是演给别人看？

五虎手里拎着一只还在蹬腿的坡兔子进了门："婶子，看，今儿又多了一道菜。"

"呵，五虎是越来越能干了哈，上次逮着一只野鸡，这次又弄了一只兔子，今儿晌午可是满口肴了！"王婶不住声地夸着五虎。

五虎这段时间迷上了套兔子。男孩子野心重，套到了第一回就想第二回，有时候连饭也顾不上吃，连觉也顾不上睡。

高玉芬嘴上和王婶说着话，眼睛却不时往赵国安和麦穗这边瞟。她突然大着嗓门朝着众人说笑："你看俺这外甥媳妇都给俺姐生了孙女了，俺家国安还连个媳妇都没影呢。大伙都给俺操操心，给国安张罗个媳妇。"

"嗨，我说玉芬嫂子，谁愁也轮不到你愁啊。国安不管是论人品还是论相貌，在咱双羊店还能找出第二个来？多少大闺女都想着跟国安呢。"

听着这些话，赵国安瞅了一眼麦穗，脸上就有点不自在起来。

大家突然都停止了说笑，一齐扭头看着门口——大寒竟然来了。他手里提着一个黑色人造革皮包，脸上的青记因为激动泛着光泽。一进门他就把包递到迎上来的王婶手里，对着麦穗点点头。麦穗避开那让她不安的目光，扭头去招呼别人入座。大家心里直纳罕：这大寒，从来不掺和邻亲百家的事，现在真是改了常。

村书记单福根推门进来，靠着门边的一张桌子坐下。本来坐在这桌的大寒一看，虎着脸起身就往外走。单福根脸上有点挂不住，王婶赶紧过来招呼，扯住大寒把他拉了回来，让大寒坐在了另一桌。大寒扭头一看，身边是麦穗，又瞟了一眼单福根，闷头坐了下来。

单福根坐下，阴着脸，心事重重，一会儿做手势让王婶过来。他凑近王婶耳朵说着什么，王婶一会儿摇头一会儿点头。王婶出了门，一会儿领着邢满金进了屋子。整个席上的人都一愣，邢满金眼镜后面的细眼睛眯眯着，瞅了单福根一眼，和王婶客气了几句，就坐了下来。

席间，单福根连着敬了邢满金好几杯酒。邢满金脸上不阴不阳，故意扭头和旁边的人说话。

邢满金左右看了看："铁匠爷俩怎么没来？你们不是没出五服的本家吗？"

"我去叫了，那爷俩这几天忙疯了，顾不上呢。"

邢满金连着喝了好几杯，就起身说还有事，匆匆出了门。

单福根一犹豫，也放下酒盅，跟了出去。

麦穗怀里揽着大香，王婶便不停地给她夹菜。王婶夹着一筷子辣粉条往麦穗碗里放，麦穗赶紧摆手示意她不吃辣的。王婶一拍脑袋："你看我老糊涂了，你奶着孩子呢，哪能吃辣的？"说着话，王婶便把辣粉条挪到大寒跟前："来，大寒，你自小爱吃辣，给你这个。"大寒难得咧嘴笑笑，朝王婶点点头。

吃饭的间隙，麦穗还得不时站起来，哄着大香不让她哭闹。每次重新坐回饭桌，麦穗都很纳闷：我没夹过辣菜，怎么筷子是辣的？

傻子六在门口伸头探脑，看见没人招呼他，急得在门口搓手跺脚。麦穗笑了笑，拿了一个碗，从桌上挑了几样菜端了出去，递给傻子六。傻子六先是一愣，接着兴高采烈地抓过碗，一边吃一边冲麦穗傻笑。

麦穗扭头的刹那，眼前的景象让她目瞪口呆：大寒趁人不注意，迅速拿起麦穗用过的那双筷子，放在嘴里咪溜了一下，又赶紧把筷子放回原处。大寒眼里顿时放出异样的光彩，拿起自己筷子夹了一口菜放进嘴里，心满意足地咀嚼着。桌上的人一边吃一边嘻嘻哈哈，谁也没在意大寒这一连串动作。

麦穗打发完傻子六，没再回到桌上，抱着大香来到天井里。王婶一个劲儿地喊麦穗过去吃饭，麦穗不吱声，抱着大香看地上的一窝蚂蚁在那里忙来忙去。

邢满金离开酒席后，径直去了铁匠家，进了大门，哆嗦着手把门闩拉上。

单福根推了推铁匠家的门，从里面关上了！

"关上好，关上好啊，我给你来个双保险。"单福根嘀咕着，就把门鼻子上的锁头一下子锁死，把钥匙拿在手里，得意地往上抛了一下又拿手接住，往门墩上一坐，掏出烟袋点上，"吧嗒吧嗒"地抽了起来。

一袋烟快抽完了，单福根听见门内一声响，门闩被拉开了。

"哎！不对啊，怎么从外面锁上了？！"是邢满金惊惶的声音。

单福根磕了磕烟灰，站了起来："邢主任，是您吗？"

邢满金不敢出声。

"哦……看样我听错了，我去看看我铁匠兄弟忙完了没……"

邢满金明白，自己被单福根算计了！要是铁匠回来，他那大铁锤还不得把自己砸黏糊了？！

"单书记，单书记，你看……你看我怎么喝了那么点酒就醉了……这不，大白天走错门了。"邢满金在门里，哆嗦着跟单福根搭腔。

"邢主任，您没醉。我去看看铁匠爷俩忙活完了没，要是忙完了，我让他也去喝两盅。"

"单书记，单书记，我跟县委汇报，就说双羊店刁民太多，退社的事咱们都尽力了。"

单福根不回应。

"单书记，单书记，你这书记也尽力了，我去县里也汇报你的功劳。"

单福根"嗯"了一声。

"邢主任，我往自己地里加肥，就是想着社办不下去，我好把自己的地收回来，是吧？"

"不是、不是，是你这个书记觉悟高，把公家的地当自己的，大公无私，大公无私啊。"

"哈哈哈，邢主任累了吧？快回去歇歇吧。"

"哗啦"一声，单福根把门锁打开。

邢满金左右看看，一溜烟儿跑远了。

单福根瞅着他的背影，又扣了一烟袋锅烟丝，点上，慢悠悠地抽了两口。

这边酒席还没散，一阵狂风卷着黑压压的乌云眼看着从东南边压到头顶。俗语说：东南向，上不来，上来就能漫锅台。风里杂着尘土的气息，不一会儿，雨点子便噼里啪啦砸下来。

一场百年不遇的大雨随着一道撕破天幕的闪电突然袭来，直下了一天两夜。双羊店沟满壕平，路上的车辙里都有小鱼在游动。高密经历了新中国成立以来最强的一场暴雨。人们又想起了刘麻子那句预言："不出小年，迎来奇寒。来年暑炎，大涝屯田。"奇寒、大涝、四龙，竟然都应验了，真是神仙！

自这件事以后，邢满金和单福根竟然渐渐热络起来，两个人经常凑一块儿商量事儿。邢满金给单福根透口风，入社是大趋势，谁也挡不了，让单福根顺势而为。

过了几个月，邢满金这个工作组因为迟迟没有刹住"退社风"，县委把他们撤了回来，另派了一个工作组进驻双羊店。

邢满金走了，小满埋怨单福根："听说你抓住了邢满金不干人事，你怎么不把他交给铁匠？让铁匠一铁锤砸死这个不要脸的。"

单福根瞅瞅小满："你懂什么？两座山没有碰面的时候，两个人那就不好说了，说不定哪天又走到一块儿。要是成了冤家，日后再碰上，谁脸上也不好看。再说了，这家伙毕竟是上面的人，门路肯定比咱广，我何苦得罪他？小满你记着点，你大大这么多年之所以顺风顺水，那就是，别人看事看一步，我却能看五步，知道不？"

"我一步也懒得看。"

"这几天你把家里好好收拾一下，听说上头又派来一个新工作组，等他们来了，咱家得招待一下。"

"来了人也是农业社招待，你就别往家领了。"

"小毛孩子你知道什么？看起来咱自己招待吃了亏，这世上哪有白吃的亏？你贴进去十块，到时候回来的说不定就是二十、三十，好几倍地翻。别啰唆了，赶紧把锅台炕沿的擦巴干净，去打点酒预备一下。"

小满歪着脑袋看着他：大大脑子里怎么这么多道道儿？

村里南北路上来了一个骑脚踏车的男人，可能是骑累了，脸上流着汗，外面的制服敞着怀，露出里面月白色的白衬衣。一大帮孩子跟在后面看稀奇，一边嚷嚷一边跟着脚踏车跑。一个孩子大胆，竟然趴在后座上让那个人驮着他跑了一段路。

一般这样打扮的人进村都直接去农业社办公室，这个人却在庄东头一家门前支住了车子。

庄里人见了这个干部模样的人，摸不清什么来头，人家问句什么话，他们支支吾吾不敢吐实底。这人看他们紧张，便漫不经心拉家常，问家里几个孩子，一年多少口粮，够不够吃……拉着拉着，大家发现这人没什么架子，也不像邢满金那样吹胡子瞪眼，于是放松了戒备，对着这人数谷道茄，说着对入社的种种担忧。

这人走街串户，半晌走了将近二十家。他刚从铁柱家出来，单福根就风风火火地从胡同口赶了过来。

还差十来米远，单福根对着这人喊了起来："章主任！章主任来了怎么也不说一声呀？你看看，我也没去迎接您。"说着话，他把双手往衣服上蹭了蹭，就来和这人握手。

看这位章主任没有和自己握手的意思，单福根心里直打鼓，看样子情况不是很妙。

单福根早上得到消息，说是工作组组长章文坡已经进了村，并且告诉他，这人是公安局副局长。单福根心里揣度，看样子上面是铁了心，非把双羊店的"退社风""抢社风"刹住不可。

他在农业社里左等不来右等不见，沉不住气到村中心路上巴望。有人告诉他，早上有个干部模样的人下了户，不知道是干什么的。单福根心里一沉，赶紧打听这人到了谁家，这才在胡同口截住章文坡。

单福根想把章文坡拉到自己家，章文坡却怎么也不去，两人只好去了农业社。章文坡让单福根把支部成员都找来，开起了工作会。

章文坡打开一个塑料皮的本子，从上衣口袋里掏出一支笔，打开了话匣子："我走访了十几户，发现双羊店的百姓心是散的，大家对入不入社根本没有一个明确认识。很多人是在观望、等待，认为这是一阵风。这说明什么？说明村里的干部根本没做宣传和动员，或者即使宣传也是浮皮潦草，光刮风不下雨，就是下几个雨星也是光湿地皮不滋地儿。甚至有可能我们有些干部也在拖后腿，唱反调。"

"一个班子会不会工作，不是靠耍嘴皮子，是看你会不会调动社员的积极性，会不会让大家把劲头使出来。一心只看自己那点小利益，你们怎么去领导别人？不顾全大局，你们怎么去团结一切可以团结的力量？"

单福根拿烟袋的手有点哆嗦，从烟包子里抓出来的烟丝怎么也抿不进烟袋锅。

这个工作组长一改邢满金原来的作风，下村钻户摸透了情况，开完班子会，便让单福根组织召开全体村民大会。

章文坡在会上宣布，欢迎群众提意见，但必须一个一个挨着提，提意见之前必须先报自己的名字。他还安排工作人员将这些意见全部记录。会场一下子没有了以前的那种喧闹，人群安静下来。

大家的意见归纳起来无非就一句话，觉得自己入社吃了亏。

章文坡对群众提出的意见一一进行解答。看到大家再也提不出什么意见了，他站到了高处，清了清嗓子："一棵树木不成林，一根筷子容易断。大家入了社，帮困扶贫，有劲儿往一处使，有好事大家一块儿分。等咱农业社发展壮大了，买了耕地、播种的大机器，不比你们单门独户地老牛拉破车强百倍？再说了，很多户里连老牛破车都没有，不是缺骡子就是短马。大家要是成了大集体的人，大家还用愁该种地了没有牛，该整地了没有耙？大家不要被眼前那点小利益所蒙蔽，闹不清方向……"

双羊店人从没见过这样的干部。这章文坡口若悬河，没喝一口水，没磕巴，不间歇，讲了半晌午。他讲话不拿腔拿调，不硬搬教条，却是入情入理，叫人心服口服。

大家你看看我、我看看你，都实在找不出别的理由不入社了。

大会以后，村里墙上贴出了公告，社里的庄稼以后统一种、统一收、统一按工分分配，谁若擅自行动，当违法处理。村里人一听，那些没有工分的都急了眼，大家都怕到时候分不到粮食。

单福根被新工作组组长的魄力吓住了，看样子邢满金说得对，这合作社是大势所趋，谁也逆转不了。单福根虽不是什么俊杰，但是他知道识时务、顺潮流不吃亏，也便不再私下里煽风点火，不再鼓动闹事。

村里的气氛似乎被这位新工作组组长一下子扭转。大家似乎一下子开悟：这入不入社不光关系到生产合作，还关系到要不要社会主义，这事可就大了。

单福根跟章文坡几次角力之后，感觉到这个章文坡的确难对付。他其实也暗中佩服章文坡的人品，但是他更知道这个组长跟自己不对路。这不光是因为自己仰望他时无形中产生的那种高不可攀的距离，还因为点别的什么，单福根自己也说不清。以前那个邢满金虽说在有些事上是个无赖、混球，连单福根这样的土干部都瞧不上他，但是最后单福根却和他走得近，甚至无话不谈。单福根无数次问自己：是因为各自有把柄在对方手里捏着，互相牵制吗？是，又不全是，这是他与邢满金之间一种非常微妙的平衡和默契。

春耕开始时，还是有意外发生了。

双羊店有一家姓王的，五个儿子健壮如牛，一个个膀大腰圆，村里人都叫这弟兄五个"王家五虎"。快春耕时，这五虎伙同一些中农抢回了农具，把入社的牲口也夺了回来。弟兄五个套着车往自己地里送粪。

这"王家五虎"一路上趾高气昂，大喊着："王家就是要单干，谁要拦着就跟谁拼命。"

农业社的运粪车奋起直追。他们要在"王家五虎"运到前，把粪拉到地里。这"王家五虎"哪里能依，他们竟然用车把社里的送粪车撞翻。农业社的运粪车是大寒赶着，这家伙把鞭子往地上一扔，拿手指着王家老大："给我把车子扶起来，把车给我装好！"

那"王家五虎"仗着人多，哪把大寒放在眼里。大寒脸上的青记变成了紫红，他数着数："一……二……三……"等这个"三"字刚出口，大寒走上前，大喊一声，把王家老大举过头顶，抢了一圈。那王家老大吓得哇哇大叫。其余四个看见自己大哥在大寒手里就跟个小鸡一样乱扑棱，都吓傻了。

单福根正好路过，怕儿子闹出人命来，赶紧让大寒放手。他越喊，大寒抢圈抢得越快。单福根又气又怕，但又手足无措。

麦穗挎着个提篮正好路过，也被眼前的景象吓傻了，不自觉地就喊了起来："大寒，放下，快放下。"

听她这一喊，大寒像被施了紧箍咒，一下子刹住了，把王老大放在了地上，呆愣愣地看着麦穗。

麦穗赶紧扭头，继续赶路。

单福根愣了一下，看着那五兄弟服服帖帖地站在大寒面前，他吧嗒着烟袋往大路上走去。一路上他心里嘀咕："大寒你一门子心思都在麦穗身上，可是这麦穗似乎不接这一茬。这事儿光靠力气不行，得动脑子。这鳖蛋见了麦穗就成了木桩子。唉，急人……这犟棒孙怎么就不随我呢？"

那"王家五虎"赶紧把大寒赶的车扶起来，把散落在地上的粪给他装好。弟兄五个垂手站在旁边，看着大寒赶着车把粪运到了地里。双羊店的入社工作终于拔除了最后一个障碍，工作组也顺利完成了任务。

章文坡把大寒叫到农业社办公室，对他大加夸赞。单福根在边上，连连说这是自己儿子，这是他应该做的。大寒扭头瞪了一眼单福根，啥都没说就扭头走了出去。

章文坡拍拍单福根的肩膀："单书记，我们的工作顺利完成，感谢你的积极配合。听说下一步省里要修个大水库，双羊店这边到时候还得看你的。"

送走了工作组人员，单福根松了一口气。

十七

从大香"百岁"那天起，赵国安的婚事就成了压在他娘高玉芬心头的一件大事。

村西的王媒婆听闻高玉芬着急给儿子成家，这天领了一个平头净脸的姑娘来到赵国安家。赵国安正在天井里看书，和王媒婆打了声招呼，瞅了一眼那个姑娘，那姑娘一看到赵国安看自己，立马低了头，揉搓着衣服前襟，双手似是找不到合适的地儿放，又扭扭捏捏地摆弄着自己的辫子梢，一副局促不安的样子。

赵国安皱皱眉头，继续低头看书。

高玉芬出来，跟王媒婆打了声招呼，瞅了瞅躲在她背后的那个姑娘，冲着王媒婆招了招手，王媒婆便领着姑娘去了高玉芬的屋。三个人在屋里压低嗓音嘀咕了半天，高玉芬把她俩送出了门。姑娘临出门红着脸又瞅了一眼赵国安，赵国安起身跟王媒婆应付一句，又把目光收回到书上。

高玉芬送走她俩，来到赵国安身边，把他手里的书一下子拿开："快成书呆子了，说说怎么样？"

赵国安抬起头来，一脸疑惑："什么怎么样？"

"还有什么，那个嫚儿怎么样？中意不？"

赵国安一下子站了起来："那人就跟八辈子没出过门、没见过人一样，抠抠唆唆的。我看她恨不得找个耗子窟窿钻进去，娘你说怎么样？"

高玉芬仔细一回味，那姑娘确实是有点扭捏，也没了刚才的兴头，既然儿子没看好，也便不再强求。

赵国安心里却像平静的湖面忽然刮起了大风，久久无法平静。他又想起了三年前自己看过的那双眼睛，那双白玉盘里黑玛瑙一样的大眼睛，那双漾着欢喜、透着灵气的眼睛。赵国安努力地告诉自己不能胡思乱想，可是那双眼睛就那么执拗地晃在他眼前，怎么赶也赶不走。赵国安烦乱得头有点疼，便用拇指使劲掐着食指，掐疼了也不松手。

邻村栗承栋的女儿栗美媛自小身子骨弱，大病小灾接连不断，多次请赵国安出诊医治。一来二去，栗承栋跟赵国安性情相投，成了忘年交。栗承栋看赵国安秉性仁义，医术又高明，便想让村里的媒婆出面说合，一心要把自己的女儿嫁给赵国安。

栗美媛人如其名，生得眉目清秀，身姿袅娜，而且出身书香门第，家教家风也没得挑剔，和赵国安门当户对。因为以前找赵国安看过病，栗美媛对赵国安也是嘴上不说心里有。

在乡下，女方家主动找媒人提亲，庄户人家叫"倒提媒"，是一件很没面子的事。栗承栋犯了难：提媒没面子，不提媒又怕过了这村没了这店。他便让自己老婆找个由头去找高玉芬拉家常，并且每次都让栗美媛跟着去。一来二去，高玉芬就看出了这娘俩的心思，她对栗美媛也是十二分的喜欢。两个当娘的一拍即合，但是怎么对赵国安说，两人费了不少心思。

赵国安正在卫生所院子里翻晒刚刚进来的药材，一个男孩急匆匆赶来，"国安叔，西村有户人家的闺女得了急病，情况很不好，你家奶奶让我来叫你赶紧去看看。"

赵国安没多想，二话不说拎起药箱，随着男孩就跑了出去。

到了那儿，赵国安仔细一瞧，是以前自己经常光顾的栗家。进了门，栗承栋热情地上前招呼国安，满脸堆笑："国安，来了？"

"哦，栗叔，不是……不是说我妹妹病了吗？"赵国安气喘吁吁。

栗承栋愣了一下，心想：我闺女什么时候病来？

赵国安也心中诧异：不是有急病吗？这老爷子咋还这么高兴？

房门一开，高玉芬闪身从屋里出来，对着屋里招呼一声："美媛，过来。"那栗美媛满面绯红，羞答答的，如出水芙蓉一般从屋里来到当门。

赵国安很诧异："娘，你咋在这里？"

高玉芬只是笑，不说话，满眼喜欢地看着栗美媛。

赵国安一下子明白过来："要是没什么病，那我就走了。"说着话，头也不回地就往外走。

栗承栋不解地看着高玉芬："国安不知道？"

高玉芬一时不知如何作答，尴尬了一会儿，便喊着去追赵国安，她越追赵国安跑得越快。栗美媛羞得恨不得找个地缝钻进去。栗承栋不停地嘟囔着："这是什么事？这是什么事？"

原来，在赵国安来之前，高玉芬先探了探他的口气，果然是一口回绝。栗美媛这个百里挑一的好姑娘，儿子竟看不上，当娘的着实有点气恼。

高玉芬一直追到家门口都没赶上赵国安。到家一看，赵国安闷葫芦一样坐那里糗气，她也是气不打一处来，少不了把他训斥一顿。

"国安，你到底要干吗？你不知道唾沫星子淹死人？你这不行、那不中的，到底啥意思？栗美媛多好的嫚儿，你竟然看不中？"高玉芬越说越气，手都开始抖了起来，"你到底要咋样？美媛哪点不好？你给我说说。"

"她哪里都好。"赵国安半天闷出这一句。

"真的？"高玉芬喜出望外。

"她好不好关我什么事？"赵国安补了一句。

高玉芬气得直翻白眼。院子外头，一阵清脆的笑声传来，高玉芬一听，是小满的声音。

高玉芬一拍脑袋："哎呀，我怎么这么糊涂啊？"

赵国安莫名其妙地看着高玉芬。

"你看看，你看看，我凭着眼前现成的不抄捞，净瞎忙活。"高玉芬兴奋地凑到赵国安面前，"国安，我知道了，你打小就跟小满好得跟一个人似的，是不是你不好意思开口？我找人给你说去。"

其实，高玉芬不是没想过小满，但是她总觉得要是和单福根这样的人成了亲家，有点不对付。所以，要是另外有合适的嫚儿，高玉芬不会把小满排在前头。

"娘，你就别提这事了中不中？"赵国安这一声大吼，把高玉芬吓了一大跳。

赵国安从小到大从没跟自己的娘大声说过一句话，高玉芬哪受得了他这一嗓子，越想越委屈，坐在炕沿上抽抽搭搭地哭了起来，一边哭一边数落赵国安。

赵国安双手抱头坐那里一动不动。高玉芬训完了，见他一直不声不响，心里倒嘀咕起来。高玉芬走上前来，扯一把赵国安的肩膀，看见他脸色苍白，额头上全是冷汗。

高玉芬一看害了怕："国安你这是怎么了？是不是病了？"

赵国安拨开娘的手："没事，我心里难受。娘，我求求你了，以后别再给我叨叨这事了。"说完又拿拳头捶着自己的脑袋："您一提这事，我就脑仁疼。"

高玉芬担忧地看着他，真弄不明白这孩子脑子里都想些什么。歪瓜裂枣你看不上，可是这百里挑一的栗美媛你也看不上？打小一块儿长大的小满你也看不上？这也实在说不过去。

这更加让高玉芬确信，那些传言是真的。

夕阳被远处的树林吞噬着，只剩下半个圆轮挣扎在晚霞之上，用它最后的光辉映照着近村远树，依恋着沃野平畴。

十八

麦穗发现了一件蹊跷事，自己晾在外面贴身的小汗衫怎么也找不着了。她明明记得自己晒在了屋外的铁条上。王婶常来帮忙，也没看见。

"我也看见你把它晾在外面了，是不是被风刮跑了？"王婶提醒麦穗。

"不可能啊，今天风丝都没一点。"麦穗自己嘀咕。

"是不是让人偷走了？"王婶在屋前屋后找了一遍。

"谁那么下作？我都打了好几个补丁了，谁稀罕？"麦穗不相信似的摇摇头。

麦穗又想起来上次那条碎花裤头，难道不是被风刮跑了？

这事过去了，麦穗也没放在心上。

上次老奎儿未曾得手，越是不得手越是梦见麦穗，一梦见麦穗他就上劲，那种煎熬就像百爪挠心，老奎儿感觉自己实在挺不住了。

老奎儿拉着脸，动不动就和张金花吵架，一吵架他就砸家里的东西。张金花气急了眼，一抬脚赌气回了娘家，扔下一句话："你自己在家里混账吧，有本事把这几间破屋拆了！"

麦穗正在给大香喂奶，王婶在旁边叠着从屋外收回来的裤子。

"这些日子怎么不大见五虎了，这小子忙啥呢？"

"他呀，忙着套兔子呢，这些日子上了瘾了，什么也顾不上，大香可跟着五虎沾光了。油水跟上了，我奶也多了。"

"你还别说，五虎这孩子还真是勤快。不管他娘怎么挑弄，五虎对你们娘俩可还是一个心眼。"

麦穗笑着点点头。

一个孩子急匆匆跑进来："婶婶，婶婶，五虎的套子套了一只坡兔子，我找了他好几圈都没见他人影，你赶紧去把兔子弄回来吧，省得让别人拾了去。"

麦穗赶紧把大香交给王婶，跟着那个孩子跑了出去。

"在哪里呢？"

"就在东坡那个看林子的小屋里，婶婶你自己去吧，我娘喊我回家吃饭了。"

麦穗一听，赶紧朝东坡跑了去。

进了那个看林子的小屋，地上果然有个套子，一只坡兔子正在死命挣扎。麦穗赶紧蹲下身，去解那只兔子。

突然，有人从背后抱住了她。麦穗吓得一声惊叫，扭头一看，是老奎儿！麦穗脑袋"嗡"的一声。

老奎儿可能还抹了点他老婆张金花的雪花膏，熏得麦穗直打喷嚏。麦穗看老奎儿早把地上铺上了草垫子，看来是早谋划好了的。

麦穗心里恨恨地骂：死老奎儿，这是把五虎套到的兔子拿了这里来，又让那个孩子去喊我……都怪自己没脑子，也不想想五虎怎么会在屋子里下套……这老流氓，不收拾你，你是狗改不了吃屎啊。

"妹子，妹子，你就可怜可怜你哥吧，我实在是受不了了，没白天带黑夜地想你啊……"老奎儿死命搂着麦穗，麦穗怎么也挣脱不开。

麦穗知道这次想逃脱不容易，羞答答地扭头望着老奎儿："奎儿哥，我……我其实也知道你的心意……人家脸皮薄，你先脱吧……"老奎儿搓搓手："好好好，我先脱，俺这小心肝儿还怕羞呢。"老奎儿三下五除二便把自己脱了个溜光，麦穗恶心地背过身去。

老奎儿低头摆弄着地上的草垫子，寻思麦穗细皮嫩肉的，别硌疼她。

麦穗迅速抱起老奎儿的衣服就往外走，老奎儿喊着："妹子你要去干吗？"

麦穗说尿急，出去方便一下，顺便给老奎儿把这衣服晾晾，还抱怨老奎儿咋抹女人的雪花膏，熏得她难受。老奎儿浑身欲火烧着，脑子里早就乱了方寸，麦穗说啥就是啥，哪还顾得上思量。

麦穗抱着老奎儿的衣服，急匆匆逃离了看林小屋。"你个死老奎儿，冻死你个王八蛋。"她一边骂着，一边把老奎儿那身狗皮扔进了林子边的浑水湾。

那老奎儿赤条光腚地等在小屋里，左等不来，右等不来，唤了两声，也没人答应。阴历九月，天气已转凉，虽没有三九天冷，但要是光着身子，人不一会儿就挺不住了。老奎儿心里暗暗叫苦，让这骚娘们儿给耍了，这可咋办？光着身子，走又走不了，不走冻得浑身哆嗦。老奎儿蜷缩在犄角旮旯里浑身哆嗦着，直到天黑了，路上没人了，才青紫着嘴唇，像贼一样偷偷溜回家。

到了家门口，老奎儿心里叫苦，钥匙都在衣兜里，他娘的，家也进不去啊。仔细一瞧，咦，门开着一条缝。

老奎儿浑身哆嗦得更厉害了。真是倒霉，这张金花不是跑回娘家了吗？怎么又他娘的回来了？这娘们儿，还指不定让他掉几层皮呢！

张金花一眼瞥见老奎儿赤条光腚地回来了，火气腾地一下冒了起来。她拿了锅灶边的笤帚，一边照着老奎儿的后腚狠劲猛抽，一边拷问："是不是出去偷腥，让人家的汉子给捉奸了？你个死老奎儿，打死你个不要脸的东西……"老奎儿嗷嗷地叫唤着，一边躲避，一边解释，说是和庄里的铁柱几个坏东西打纸牌，这几个狗东西仗着年轻，欺负人，输了就让他扒衣服，结果自己输得连裤衩都没了。

张金花叉着腰，唾沫星子乱飞着："骗你老娘，鬼才相信！走，走，你敢找铁柱当面锣对面鼓对质，我就相信。"

"这三更半夜，你去找人家对质？"老奎儿心虚。

"我就知道你不敢，你个混账种，俺他娘的跟你差了十八辈！"张金花嘴角冒着白沫。

"哪来的十八辈？"老奎儿纳闷。

"你积了八辈子德娶了俺，俺倒了八辈子血霉跟了你，可不是差了十八辈？"张金花不识数。

"放你娘的屁！你快别夯着腚腄子上山，自己抬自己了。八加八是你娘的十八辈？我可是积了八辈子德，他娘的，我连个男人都当不成，我可是积了大德了……"老奎儿一边躲着笤帚，一边回嘴，心里的委屈一下子涌上来。

一听这话，张金花一腚坐在地上，开始大哭："死老奎儿，要不是结婚那天你非逼着俺弄，俺现在能是这样？死老奎儿，你当不成男人赖俺，俺当不成女人赖谁去？"

一句话把老奎儿问得不再吱一声。

麦穗好长时间没这么畅快了，丢掉老奎儿的衣服，痛快地拍拍手，脚步轻快地进了家门。

张金花躺被窝里辗转反侧，唉声叹气。半夜里她戳戳老奎儿："奎儿，要不这样，咱俩离了吧，你再找一个能生养能办事的，别绝了后。"

老奎儿背转过身来："少来，张金花，这些年我老奎儿从没动过这念头。我那是让你打草鸡了，才那样说。"

一句话，让张金花暖了心。她叹口气："要不，要不这样，你在外面混账我也不管了，你找个相好的，跟她生个孩子，生了抱回来我给你养着，怎么样？"

老奎儿爬起来瞅着张金花："瞎咧咧什么？我这样的，谁能跟我好？也就是你不嫌我。金花，男人嘛，谁不爱看那些俊女人，就是你，见了长得好的爷们儿，不也多看两眼？你说是不是？以后咱谁也别埋怨谁，这就是命，慢慢熬吧。"

第二天，张金花还在打着呼噜，老奎儿悄悄起来，穿上老婆的衣裳，去找他那身"狗皮"。他在林子边上转了好几圈都没发现，恨得咬牙切齿。

老奎儿心疼得直骂娘，虽是打了补丁的旧衣服，要是没了，自己上哪淘腾钱置办新衣？眼看天越来越亮了，看看自己这身打扮，他越想越心疼，越心疼越是着了魔一样到处翻找。

老奎儿正在路边的草稞子里翻找，迎面一个人影慢慢地踱过来。那人不时在路上停下，拿手里的小铁锨从地上铲起什么。那人越来越近，老奎儿才看明白是拾粪的老孙头，身上背着一个粪篓子。老奎儿心里暗骂，这老东西，这么早就起来拾粪，真他娘的老财迷。老奎儿怕老孙头看见自己这身打扮，赶紧猫着腰趴在一棵大树背后。这老孙头偏偏就在这里磨磨蹭蹭不挪窝，拿着粪铲子，冲着老奎儿躲藏的地方走了过来。

老奎儿慌了神，趁他还没到近前，赶紧蹲在地上往前挪。一脚踩空，只听"扑通"一声，老奎儿感觉自己掉到了一个坑里。那个老孙头似乎没听到这边的动静，老奎儿这才想起来老孙头是个聋子。一阵恶臭扑鼻而来，老奎儿感觉整个身上都黏糊糊的。他娘的，掉到了谁家的粪坑里？老奎儿心里暗骂怎么这么倒霉。他赶紧挣扎着往上爬，爬到半截，"扑通"一声又掉了下去。

老奎儿差点就在粪坑里哭爹喊娘了，费了九牛二虎之力好不容易爬上来。天也渐渐亮了，路上拾粪的人越来越多。老奎儿身上滴答着臭粪汤，一路洒下熏天的臭气，连路边的狗都离他远远的。老奎儿跑到浑水湾，也顾不上水凉不凉："他娘的，先把这身臭屎洗干净再说。"老奎儿一边骂，一个猛子就扎了下去。

从湾边经过的人奇怪地瞅着老奎儿。有人问道："奎哥，你抽什么风，这么凉的天你下湾洗澡？"

"哦，哦，我这些日子不知道咋回事，浑身发燥。医生说这是内热还是咋的，咱也弄不明白，反正就是难受。实在受不了了，就下来泡泡，你别说，还真是舒服多了。"老奎儿边说边打了一个响亮的喷嚏。

"那你就在里面慢慢舒服着，真是个怪人。"那人就像活见了鬼，赶紧地走开了。

傻子六在湾边蹲下身，用手撩起湾里的水泼到老奎儿头上："嘿嘿，舒服……嘿嘿，舒服。"

老奎儿冲傻子六大骂："去你娘的，你个死痴巴也来欺负我。滚，滚一边去！"傻子六把嘴里叼着的麦秸草拿下来，去戳老奎儿的眼。老奎儿边骂边往傻子六身上拨拉水，傻子六吃吃傻笑着离了湾边。

"扑通"一声，一块大石头突然落进水里，水花溅了老奎儿满脸。老奎儿被呛得差点没上来气。他抬头一看，傻子六不知什么时候又回来了，朝着老奎儿呜哩哇啦乱叫。

"他娘的，人要倒霉，连痴巴也来欺负。傻子六你等着！"老奎儿怒不可遏。

傻子六又要弯腰捡石头，老奎儿作势要上岸，他这才傻笑着又跑远了。

老奎儿趁湾边的人都走远了，赶紧从湾里爬上来。他双腿哆嗦着几乎走不了路，牙齿打着战，浑身筛糠一样，嘴里含混地骂着娘，踉踉跄跄往家跑。

傻子六不知从哪里招呼来一群孩伢子，他们指着老奎儿狼狈的背影，拍着手嚷嚷："死老奎儿，坏透腔，娶个老婆丝瓜秧。丝瓜秧上开谎花，谎花谢了不结瓜……"

十九

被麦穗耍了，又鬼使神差地掉进粪坑，老奎儿越想越来气：他娘的，你不愿意就说不愿意，用得着这么折腾人？

他一把抓过张金花递过来的窝头，下死命一口咬掉了半个。老奎儿一边把萝卜咸菜咬得咔哧咔哧响，一边骂："他娘的，这帮有爹娘养没爹娘教的死孩伢子！"

张金花熬了地瓜粥，老奎儿端着碗喝了几口。碗底有块地瓜怎么也夹不起来，他一边跟筷子较劲，一边嘴里嘟囔着："我就不信我吃不到你，我就不信我吃不到你！"还是夹不起来，老奎儿一下子把碗摔到桌上。

张金花就拿白眼翻他："你跟个碗置什么气？都啥岁数了，还跟个三岁孩子似的，真是的。"

"你管我呢？我愿意摔。"老奎儿上了劲。

张金花一听火气也接着窜了上来，她把老奎儿摔在桌上的碗拿起来，往地上用力一摔。老奎儿没把碗摔破，倒是张金花把它摔了个粉碎。

老奎儿一把扯过张金花的头发，啪啪两个耳光，把张金花打愣了。张金花哪受得了这种屈，一气之下，哭哭啼啼又回了娘家。老奎儿骂着："死回去吧，死了家里再也别回来。不会下蛋的鸡，还他娘的整天抅挲。"

老奎儿仇恨了麦穗一段时间，好了伤疤就忘了疼，又开始没白带黑地想麦穗。一想起麦穗那鲜葱白一样的身子，老奎儿心里还是如猫爪一般毛躁得难受。

他还是有事没事地在麦穗门口乱转悠。有时候赵国安来了，有时候五虎来了，有时候王婶又来了。老奎儿像个幽灵一样躲避着每一个人的目光，伺机下手。

晌午，麦穗把大香哄睡了，自己也打个哈欠，迷迷糊糊地就躺在大香身边睡着了。睡着睡着，麦穗感觉自己脸上热乎乎的，有点痒。麦穗睡意蒙眬中拿手抹了一下脸，翻身继续睡。

睡梦中，一条大黑狗追着自己撵。麦穗一不小心一下子绊倒了，那黑狗扑上来，拿舌头舔着自己的脸。麦穗想喊救命，又喊不出来。黑狗邪恶的眼睛盯着麦穗，露出两颗獠牙，张开血盆大口就要吞了她。麦穗"啊"地大叫了一声，睁开了眼，原来是个梦！

但眼前的情景比梦中的黑狗更让她吃惊。老奎儿的臭嘴贴在自己脸上，正满眼贪婪地看着自己。麦穗一个激灵翻身坐起来："你要干吗？"

"干吗？你个骚娘们上次竟然耍老子，我要干吗你还不知道？"老奎儿一把抓起了正在熟睡的大香，被吓坏的大香哇哇大哭起来。麦穗脸都白了，跟老奎儿夺着大香，又怕伤了孩子，心中叫苦不迭。

老奎儿突然把大香揽在怀里，一只手掐住大香的脖子，大香的嘴唇瞬间变得发紫。"想要你闺女活命，你就给我乖乖地。"麦穗顿时傻了眼，两眼冒火，但不敢再轻举妄动。

老奎儿一边掐着大香，一边瞅着麦穗："烂女人，你他妈竟敢耍老子。今儿个咱就新账旧账一起算。"

麦穗看看门外，五虎、王婶，你们在哪里呀？还有你个赵国安，你们都去哪儿了呀？麦穗一边心里打鼓，脑子一边飞快地运转，怎么办？怎么办？

"你是要你闺女的命，还是继续跟我耍花招？自己选！"老奎儿用一只手开始撕麦穗的衣裳。麦穗怒视着老奎儿，却不敢反抗。

老奎儿看着麦穗敞开的衣领下的那片晃眼的嫩白，手也不由自主地哆嗦。他一下子把大香扔在炕上，便朝麦穗扑了过来。麦穗看他丢下了大香，立马大声喊了起来。

麦穗一边抵挡着老奎儿那双乱掐乱捏的手，一边用余光搜寻着可以用来抵抗的物件。老奎儿只顾乱抓乱咬，呼哧呼哧地喘着粗气。

随着一声大喊，老奎儿突然停止了动作。

这家伙哼哼了两声，接着瘫软在麦穗身上。麦穗浑身抖着，抖抖索索地掀开老奎儿，从地上坐了起来。五虎手里擎着一块半头砖，对着瘫在地上的老奎儿怒目而视。

五虎踢了老奎儿一脚，还不解气，拿着砖头又砸在了老奎儿的后背上。砸！砸！砸！他似乎想把心中的怒火都砸出来！老奎儿刚开始还手脚抽搐着，过了一会儿，渐渐没了动静。

麦穗缓过劲来，使劲踢踢老奎儿："混蛋，别装死，你给我死出去。"几股鲜血从老奎儿嘴角鼻孔流了出来。

麦穗倒吸一口冷气，伸手凑近老奎儿的鼻孔，没气了！这混蛋死了？麦穗此时才感到脊背发凉，凉气飕飕地顺着后脖领子往上冒。五虎杀人了！五虎杀人了！小时候连爹杀鸡都不敢看的麦穗一下子蒙了！

麦穗跌坐在地，五虎手中的半头砖也"啪"的一声掉在地上。大香因为惊吓过度，哭个不停。麦穗一脸茫然，她像一条被抛上岸的鱼，大张着嘴巴。

五虎直眼瞪了麦穗一会儿，突然跑了出去。麦穗还是呆呆地瞅着老奎儿，不知道自己该干啥。

五虎一会儿又急匆匆地跑了回来，把一卷钞票塞到麦穗手里："嫂子，这是娘攒的全部家当，我偷出来了。咱赶紧走，走得越远越好。"麦穗好像忽然睡醒了一样，赶紧收拾包袱，抱起大香就往外走，五虎也紧跟着往外走。

麦穗突然停住脚步："五虎，你记住了，人是我杀的，你赶紧回家。"

"明明是我砸死的。嫂子，要不咱挖个坑把他埋了吧，神不知鬼不觉的，就当没这回事。"五虎身子抖着。

"五虎，你还小……听话，赶紧回家去。这里的事你没看见也没听见。"麦穗推着五虎让他赶紧走。

"偏不，要不就一起走，嫂子你要不让我走，我就去投案。"五虎的犟劲上来了。此刻，这个十五岁少年心里的恐惧似乎被一种叫作悲壮的东西压了下去。

麦穗坚决地摇摇头："娘只剩下你一个儿子了，你要走了，她怎么办？这年纪了，她身边离不了人。"说完便抱着大香扭头跑远了。

麦穗看见单福根从胡同口闪身过去。

出了村子，麦穗有点茫然，去哪儿呀？以前跟着四龙去过高密县城四龙的小姨家，先去那儿落下脚，下一步去哪里再另做打算。越是害怕，麦穗越感觉脚底下似乎踩着棉花一般，走起来轻飘飘的，如同喝醉酒一般。

麦穗凭记忆好不容易找到了四龙小姨家，小姨看她神色不对，问她是不是有什么心事。麦穗支吾了半天，最后说："在家吃了上顿没下顿，家里实在过不下去了，想让小姨给找个去处。"小姨沉思了一会儿，说："这样吧，我的两个闺女郭芙和郭蓉都在东北，那边的条件比咱这里好。我给她俩打个电报，你去那儿吧。"小姨看麦穗什么也没准备，赶紧给她准备路上吃的喝的，拿包袱包了，让麦穗带上。麦穗千恩万谢，也不敢耽搁，说是吃完饭接着就去车站买票。

吃饭的时候，四龙小姨注意到麦穗每次离开饭桌去盛汤或者添饭，回来就拿起自己的筷子，放在水盆里涮了又涮。小姨很纳闷："外甥媳妇，你这是怎么了？嫌筷子不干净？"麦穗一愣神："哦，哦……你看我今天真是有点神神道道。小姨家里这么干净，筷子怎么会脏。我……我可能要出远门了，心里有点不安宁……"

吃完饭，麦穗赶紧按小姨说的方向去了车站。

麦穗从车站蔫头耷脑地回来了，小姨不解地看着她。

"买票要庄里的红戳证明，没证明，不卖给票。"

"这可咋办？只能回去开了。把孩子放这里，你一个来回抱着她太累了。快去快回。"

这可难坏了麦穗，好不容易跑出来，她怎么回去开证明？但是不开证明又走不了，麦穗急得抓耳挠腮。

没办法，麦穗咬咬牙，看运气吧，能走就走，走不了就认命。麦穗一出门，竟然看见五虎倚着墙根蹲在地上。她大吃一惊，原来五虎跟着来到这里，怕麦穗撵他，在外面蹲了一夜冻了一宿。这小子蹲在地上鼻涕一把泪一把，一定要跟着麦穗走，麦穗去哪他去哪。麦穗哪里肯依，无奈地看着小姨。小姨叹口气："这孩子，怎么这么任性？去就去吧，总比在家饿死强，再说路上还能和你有个照应，你娘那边我去说。"

她也不敢走大路，抄小道，钻庄稼地，到了庄口也不敢进村，猫在一垛棒子秸里，等天全黑下来，才躲躲闪闪地出来。天上闪着几颗寒星，风冷飕飕地刮着麦穗的刘海，在她的额头上飘来荡去。麦穗总觉得背后有人跟着她看着她，老奎儿最后看她的那双眼睛，感觉就在自己后头。

麦穗一路上胆战心惊，琢磨怎么才能让单福根给自己把证明开了。到了庄里，她硬着头皮敲开单福根家的门，单福根打着哈欠，看着麦穗站在门口，他一愣怔。"单叔，我得麻烦你个事。您管着庄里的章子，能不能给俺开个证明？"

"什么证明？孩子，先进来。你怎么浑身哆嗦？是不是害冷？"看到麦穗失魂落魄的样子，单福根很是吃惊："半夜五更的，开证明干吗？"

"那个什么……您也知道，婆婆挤对俺，俺昨儿和她干了一架，实在待不下去了。求单叔帮帮俺，给俺开个证明，俺要买车票，去东北投奔亲戚……为了孩子，俺总得……总得想法活下去。"

单福根掏出烟包子，卷了一袋纸烟，点了好几次才把烟点着。他吧嗒着纸烟："这事吧，也不是很难办，明儿天亮了，我去给你盖。"

麦穗一听，心下一沉："别啊，单叔，孩子在高密俺小姨那里，我今儿还得接着赶回去。这孩子认生，我要是不回去，今儿后晌还不得哭死……"

单福根一双眼睛在纸烟的火头里一明一暗地忽闪着，一直打量着麦穗。麦穗被他看得心里发毛。她努力让自己镇定，一会儿攥着双拳，一会儿又把双手拧巴在一起，掩饰着自己的害怕。

"你得答应我一件事。"

麦穗心里咯咚一下。

"你可能也听说了，大寒这鳖蛋都好几年和我不搭腔了。我新置了一套铺盖，你帮我给他送过去吧。"

麦穗提起的心一下子落了下来："这个好说，我还当什么事呢。"

单福根把炕头上用棉单包着的铺盖抱给麦穗："走，咱先去盖了戳子，你再把铺盖给大寒送过去。我让小满去送了好几次，他都不要，这个狗日的。"

"小满，你去告诉你哥一声，就说我让麦穗一会去他那里，别让他睡下了，叫门费事。"单福根对着西屋掩着的房门喊了一嗓子，过了一会儿才听见小满不情愿地应了一声："人家都躺下了，搞什么鬼？我不去！"

单福根骂了小满一句，领着麦穗去盖好了戳子，就朝大寒住处走去。傻子六蹲在胡同口的黑影里，把单福根吓了一跳。

一路上，单福根连连称奇："真没想到，你还识字，而且证明这字写得这么板正，真是小看你了。"

"上过几年学，爹也经常教我，跟着爹看了好多没用的闲书。"麦穗没心思跟单福根叨叨，她一心想着快点给大寒把东西送去，自己赶紧交差走人。

到了大寒门口，单福根站住："我不方便进去，先家去了，你自个进去吧。"

麦穗也不多想，加快脚步推门进去。

一看麦穗进来，大寒吃了一惊，赶紧从马扎上站起来，声音有点紧张又有点兴奋地招呼麦穗。忽然他想起了什么，赶紧扑到炕上把被子一掀，似乎想盖住什么。

麦穗答应了一声，赶紧把铺盖交给大寒："这是单叔让我给你送来的。"麦穗说完就往外走。

大寒站在当门口，手放在门闩上，有点发抖。犹豫片刻，大寒还是给麦穗敞开了屋门。

麦穗突然的来跟她突然的走一样，让大寒摸不着头脑。尽管不情愿，他还是随着麦穗往外送她。麦穗一拉院门，大吃一惊，门被从外面锁上了。麦穗一下子紧张起来："大寒，大寒，我还有要紧的事，你赶紧开开门，赶紧开门。"麦穗几近哭喊，说话都有点气短了。

麦穗对他的恐惧让他非常恼火。他一边摇晃大门，一边大喊着："哪个王八蛋锁的门？快给我把门开开！混账王八蛋，快给我开开！"

见门外没有动静，大寒一边骂，一边找来一只洋镐，抡起来就朝着大门劈过去。

门外的人可能觉得情形不对，赶紧把锁给开了。麦穗用手一摇晃门，门锁落在地上，门开了，她看都不看大寒赶紧跑了。大寒追出去，发现傻子六蹲在门口，望着大寒嘿嘿傻笑着。大寒气急败坏，大声地骂着："你个坏种，说你痴，你还一肚子坏水。谁他娘的敢欺负麦穗，敢动麦穗一根寒毛，我抽他的筋，剥他的皮，王八蛋！滚，死痴巴，滚一边去！"

傻子六连滚带爬，嘴里呜哩哇啦很生气的样子，那意思，这门根本就不是他锁的。大寒上前就要揍他，傻子六看事不好，拔腿就跑。大寒心里纳闷：今后晌这事，有点邪乎。

单福根回到家，小满在屋里喊道："大大，你大半夜搞什么名堂？又是麦穗，又是我哥的，搞啥呢？"

单福根也不理小满，自己一个劲嘟囔："骂谁王八蛋？你他娘的那什么就是王八羔子，不识好歹的东西。麦穗，你等着，早晚有一天，我让你自己送上门去。你们都等着，我就不信了。"

"大大，你说什么呢？"小满实在困了，打了个哈欠睡觉了。

等麦穗再回到高密，天已经蒙蒙亮了。

时间不等人，麦穗要赶紧走。临出门，麦穗"扑通"一声给小姨跪下了："小姨，我也不瞒您了，庄里那个老奎儿耍流氓，我……我失手把他打死了……要是有人来打听我们，您就说没见过……中不中？"

小姨惊得差点摔倒，半天没说出话来。小姨最后拉起来麦穗："孩子，放心，我一个字都不会说的。"

二十

麦穗抱着大香，五虎提着行李，上了去东北的火车。随着一声汽笛长鸣，火车咣当咣当地远去了。

虽是第一次坐火车，麦穗却没有一点兴奋。她扭头看着窗外，九月末的地里漫坡金黄，树木黄绿相间，低矮的房子急速地朝后面退去。她无心看外面的景致，只盼着火车快点，再快点，好赶紧离开这梦魇之地。偶尔打个盹，麦穗一声尖叫从梦中惊醒，满脑子都是那个口鼻流着血的死老奎儿。她不敢闭眼，一闭眼老奎儿就滴着血在她眼前晃悠。

一路上麦穗拿头巾遮住了大半边脸，头扭向车窗，望着外面。过了山海关，外面的气象已与关内千差万别。极目望去，莽莽苍苍，林带绵延天边。漫天弥漫的是厚重浊黄的云，在北风的嘶吼中，从车窗外急速闪过。

五虎这里瞅瞅那里看看，满眼好奇。麦穗心里苦笑，到底还是个孩子。

麦穗一路上也不瞅五虎，五虎看嫂子铁青着脸，也不敢言语。他殷勤地照顾着大香，引逗着大香咯咯地笑个不停，似乎把家里的事情忘了个精光。

麦穗心中翻江倒海，整车厢的人都在打盹睡觉，她却一直心神不宁地大睁着双眼。

一路停站倒车，折腾了几天几宿，终于到了哈尔滨站。一路颠簸，加上担惊受怕，麦穗脸色煞白，一看到穿公安制服的人，一听到山东口音，心便会揪起来。出站口外，早有四龙小姨联系好的表妹夫常顺和表妹郭芙开着大卡车等在那里。郭芙认出了五虎，表姐弟见面少不了寒暄落泪。常顺催着回家再唠吧，带着他们上了车。

四龙的大表妹郭芙住在哈尔滨的拉林屯，二表妹郭蓉在不远的信义屯。郭芙的男人常顺在林场里开车运木材，小日子过得还算宽裕。郭蓉的男人金洪春因为上山打狍子，伤了腿，有点瘸，日子相对紧巴些，但也衣食无忧，不像关里，整天食不果腹。

常顺的头发梳得油光锃亮，穿衣打扮也蛮讲究，一眼瞅去，就是个见过世面的体面人。见了麦穗，他"表嫂，表嫂"地叫着，真不像第一次见面。大香头一次见大汽车，东瞅瞅、西摸摸，满眼的好奇。常顺就逗大香："小丫头，你快长大，我教你开汽车，嘟嘟嘟。"大香开心地拍打着方向盘，很是兴奋。

到了拉林屯，早等在那里的郭蓉全家都迎了出来。麦穗和大家寒暄，拉拉关里老家的境况。说到四龙的死，郭芙、郭蓉都不住地抹眼泪，再想到大姨其他三位表兄的早夭，心里都对大姨可怜得不行。郭芙家俩孩儿，一男一女，闺女梅子五岁，小子兴安才两岁。郭蓉家两个闺女，大闺女也已经四岁。麦穗看她挺着个大肚子，已有六七个月的光景。男人金洪春一脸憨厚，就是腿瘸了，麦穗心里暗暗惋惜。

两个表妹都争着让麦穗和表弟住自己家。郭芙家里还有一个婆婆和一个没成人的小姑子。可郭蓉挺着大肚子，她男人又瘸了，总不好再给他们添麻烦。麦穗寻思了一会儿，说："就住郭芙家吧。你姐夫在林场经常不回来，我们和你姐姐做个伴。"

在郭芙家的第一顿饭，麦穗就吃出了异样的味道。

郭芙蒸了大米饭，五虎和麦穗都是第一次见大米饭。半大小子吃死老子，那五虎狼吞虎咽，一会儿工夫就吃了三碗。麦穗一直给五虎使眼色，这家伙只顾低头吃饭，哪里看得见？当郭芙给五虎盛第四碗的时候，郭芙婆婆的脸就开始拉长了。麦穗赶紧把自己碗里的半碗米饭扒拉到五虎碗里。"来，我吃半碗就够了。五虎，你慢点吃，慢点吃，别噎着！"最后三个字麦穗故意加重了语气。五虎哪管这些，呼哧呼哧，又吃了个碗底朝天，再一瞅锅里，没有饭了，这才舔舔舌头，意犹未尽。

吃完饭，麦穗赶紧收拾桌子，洗锅刷碗。背地里她叮嘱五虎："五虎你吃饭抻着点，你得学会看眼色行事。锅里的米饭少的时候，你就少吃点。"

"我看着挺多的啊……怎么了嫂子？"五虎一脸懵懂。

麦穗无奈地摇摇头："以后吃饭你看着点我眼色，我不让你吃，你就别吃了。"

五虎噘着嘴，不情愿地点点头。

麦穗住在郭芙家倒真是个帮衬，大人孩子的衣服浆浆洗洗、缝缝补补她全包了。拾柴火、打猪草，只要是眼里看见的活，麦穗就抢着干。麦穗不光自己干，还拉着五虎干。郭芙婆婆连日来阴着的脸才渐渐放晴。

郭芙的邻居田翠经常过来串门。这娘们儿打扮很入时，经常搽一种不知名的雪花膏，香味浓烈。田翠皮肤又白又嫩，稍胖，胸脯硕大到要把衣服撑破一样，走起路来"波涛汹涌"，麦穗都替她臊得慌。田翠一来了就拉着麦穗的手，姐姐长妹妹短的，叫得比亲姊妹还亲。

郭芙不怎么爱搭理田翠，经常看她来了，就借故出门去了。麦穗经常问她："你怎么不大搭理人家？我在一边看着都不得劲儿呢。"

郭芙撇撇嘴："这女人，俺不待见！抽烟喝酒搓麻将骂人，俺看不惯！这货因为男人成分不好，她大义灭亲，跟人家离了婚，把自己择巴得一干二净。"

常顺每次回来，就给孩子们带各种好吃的、好玩的。也真怪，那个田翠每次来都碰上常顺回来，常顺便从这些东西里挑个一样两样让田翠带给她的闺女妞子，田翠那双丹凤眼就放光一样瞅着常顺。常顺嘴里嗑着松子，馋嘴猫一样偷偷瞄一眼田翠那大胸脯上面雪白的一片区域。好几次，常顺看似漫不经心地从田翠面前走过，胳膊蹭着田翠胸脯，田翠就拿手掐一把常顺，一边掐，一边斜眼瞅一下郭芙。麦穗看在眼里，心里便硌硬起这个女人来。

有时候，麦穗坐在火炕上出神。不知道关里现在什么光景，也不知婆婆怎么样了。四龙那坟头早该长满荒草了，也没个人添土上坟。老奎儿，又是老奎儿，一想到老奎儿那张七窍流血的脸，麦穗立马没有了心绪，手心里便会沁出汗来。

郭芙家屋檐下住了一窝鸟，麦穗经常瞅着那对夫妻鸟飞进飞出发愣。这鸟虽然是在别人屋檐下，终究还有个属于自己的窝。

在忙碌和惶恐中，麦穗艰难地挨着日子。半年过去了，麦穗倒觉得像过了三年。

常顺出车从外地回来，一进门就喊着五虎。"五虎去山里打狍子去了，怎么了？"麦穗一边洗着衣服，一边问。

"托人给五虎找了个林场的活，也不知道他愿不愿意干……"常顺一边逗大香，一边说着话。

"哪有不愿意的道理？五虎都半大青年了，自己也不愿意整天闲着吃白食。"麦穗一听，一下子兴奋起来。

五虎回来，麦穗嘱咐他："去了后好好干，不管在哪里，都不能偷奸耍滑。等你挣了钱，拿出一半补贴郭芙家用，一半自己留着，这样咱在你表姐家才住得踏实。对了，别人要是问你，你就说你十八了，记住了没？"

"我今年十六岁不是？明白了……明白了，我今年十八。"五虎突然醒悟过来，连连点头，让嫂子放心，自己一定好好干。经过了这段时间的磨砺，五虎似乎也比以前懂事了。

郭蓉家新添了个男娃，快过"百岁"了。麦穗又有了新活计——给新表侄做一双虎头小布鞋。麦穗铰了鞋样，买了红缎子绸布做鞋面，让常顺给捎着买回来五彩丝线。她开始忙活着给新表侄绣那小鞋，那手工常引得郭芙家的丫头啧啧惊叹，"大娘手真巧，大娘手真巧。"

足足耗了十天，虎头鞋终于做成了，玲珑精致。郭芙家的梅子把鞋捧在手里，左瞧右看，不舍得放下。麦穗按山东老家的风俗又给新表侄置办了夹袄夹裤，又绣了长命百岁的红肚兜，最重要的是，扯上几尺大红的棉布当包袱，保佑他没病没灾，长命百岁。一切预备妥当，麦穗捶捶腰，长舒了一口气。

二十一

这几天郭芙家那只黑猫发春叫猫子，半夜嗷嗷地叫，很瘆人。麦穗睡觉浅，烦得不行，夜里几次披衣起来，拿石头扔那只骚情猫。扔完石头，猫消停一会，等麦穗躺下，又开始叫唤，把麦穗恨得牙根都痒痒。郭芙家的大火炕烧得热乎乎的，晚上麦穗经常感到难耐的燥热。燥热中，麦穗趴在炕上，压抑着身体深处那种莫名的焦灼和渴望。墙上贴着一副四联画，画上几个字格外醒目：苦海无边，回头是岸。麦穗盯着那几个字看了好久，心里苦笑了一下，苦海无边，哪里是岸？

到了新表侄"百岁"那天，郭芙的婆婆和小姑子去了城里的大姨子家走亲戚去了。麦穗和郭芙也收拾利落，准备去吃"百岁"酒。郭芙抱着兴安，领着梅子，麦穗抱着大香，就往郭蓉屯子里赶。出到门口，那只讨厌的黑猫在麦穗脚底下转悠，麦穗嫌恶地呵斥它，黑猫识趣地躲到一边。

常顺出夜车回来，路上碰见她们，从车窗伸出头来，问郭芙："送你们过去吧？"郭芙瞅瞅他熬得通红的眼睛，连连摆手："不用，不用。你看你熬得眼珠子通红，赶紧回去睡觉去吧。再说屯子里路窄巴，车也不好开。"常顺也没紧着央纠，开车回家去了。

东北的三月，还是冬天。路上被压实的冰雪有半米来厚，她们小心翼翼地走着。

半路上，麦穗一拍脑门："坏了，红包袱是不是没拿?"

"不会吧?"郭芙赶紧打开手里的包袱，翻了一遍，虎头鞋、夹袄夹裤、肚兜都在，唯独少了红包袱。

麦穗叨叨着："什么都可以少，单单这红布不拿不中。包袱'包福'，就为了图个吉利。"

郭芙也觉得不能含糊："你们几个在这儿等着，我回去取。"

"算了吧，还是我回去吧。妹妹，你帮我看下大香，在这等会儿，我一会儿就回来了。"麦穗一边扭头往回赶，一边说着。

麦穗的脚步飞快，不一会儿就到了门口。屋里隐约传来"嗷嗷"的叫唤。

"这只骚猫，又跑到屋里骚情去了。"麦穗愤愤地骂着那只黑猫，推门进了屋。

屋里的情景让麦穗差点晕厥：田翠和常顺赤身滚在炕上，田翠两条白生生的大腿缠在常顺身上，胳膊搂着常顺的脖子，嘴里跟那黑猫一样忘情地"嗷嗷"叫唤着。听到开门声，那叫唤戛然而止。

麦穗感觉全身的血一下子涌上了脑门，又急又羞，抓起炕沿上那块红布，跌跌撞撞地往外窜，慌乱中一脚踢翻了地上的板凳。出了门，麦穗心都到了嗓子眼，把门一摔，拔腿就跑。

常顺披着衣服蹿出来，大喝一声："你给我站住!"唬得麦穗站在原地，不敢回头。

"今天的事，说出去半个字，你和五虎都给我滚蛋。"麦穗倒像是自己做了错事，木偶一样慌乱地点点头，撒丫子就跑。

那顿"百岁"宴，麦穗也没吃出个滋味来。眼前老是白生生的两个人滚在炕上，她心里埋汰得要死!

晚上躺在炕上，听着那只黑猫又叫了起来，麦穗烦躁得恨不得起来杀了它!

第二天吃饭，一家人围坐在炕桌边，屋子里静悄悄的，没人吱声。那只讨厌的黑猫全然不顾家里凝重的气氛，跳上炕来，瞅着碗里的半截咸鲅鱼，伸爪子就想够。

常顺气急败坏地抄起炕前里的煤铲子，狠狠地朝黑猫砍过去，嘴里骂着：

"你个白吃白喝没眼色的烂东西，除了吃我的喝我的，你还能给老子干点啥？那鲅鱼也是你能吃的？今天我就把你个丧门星送回老家，送你回老家！娘的，没眼色的东西。"

那黑猫惨叫了一声，拖着后腿逃出了屋子。常顺不依不饶，追了出去，撵上了黑猫，嘴里骂着，一阵乱打。那黑猫一开始还惨叫着，过了一会儿，没了声息。常顺还在那里疯了一样打。

麦穗放下手里的干粮，这顿饭再也吃不下去了。她出门一看，差点吐出来：那只猫成了一堆烂肉，血淋林的一地，一只眼珠子掉在了地上，一截肠子露在外面。

郭芙发现麦穗的话少了，经常躲在自己屋里不出来；尤其是常顺在家，麦穗更是见不着影儿。她心里就纳闷，这是咋的了？

又过了些日子，常顺出车回来，一家子坐在饭桌边。麦穗端上来一大盆炖好的土豆。常顺拿起筷子夹了一块土豆放进嘴里，突然把筷子一摔："谁炖的？这他娘的是喂猪还是喂人，打死卖盐的了？想齁死老子是不是？"常顺端起土豆盆，呼呼地走到猪圈边，呼啦一下子把一盆土豆都倒进了猪食槽子里。猪圈里那几头肥猪争先恐后地抢了起来。

麦穗咬着嘴唇坐在饭桌边，看了一眼还在和大香嬉笑的两个孩子，放下筷子，叹了口气，回了自己屋。郭芙跟了过来："表嫂，你咋不吃饭了？常顺他不是冲你来的，肯定是在外面受了气。"麦穗看了一眼郭芙，低头不语。

日子怎么过起来这么长？麦穗感觉自己憋闷到快要疯了。又是常顺出车回来的日子，他说想吃疙瘩面了。郭芙去面瓮里舀细面，和疙瘩，看着面上有几个清晰的大手印，扭头问常顺："顺儿，怎么这几回舀面，每次面上都有几个手印？你弄的？"

"嗯，是我弄的。"常顺扫一眼正在刷鞋的麦穗。

"搞什么名堂？"郭芙莫名其妙地看着常顺。

"做个记号，防着点。"

麦穗赶紧端起盆里的水来到院子里，狠劲地把盆里的脏水从栅栏顶上泼了出去。

终于有一天，她让郭芙放下手里正在剥着的玉米棒子，咬咬嘴唇，下了好大决心似的说："妹妹，我要回老家。"

"回去？去哪？回关里？"郭芙没反应过来。

"嗯，回关里老家。"麦穗看着郭芙，点点头。

"你是不是疯了，还是我哪里做得不对，还是我婆婆怎么着你了？她那人就这样，过日子有点急，让你烦恶了？"郭芙语气有点急。

"不是，都不是，是我自己没出息，想家了。"麦穗突然哭了起来，她心里念叨着，一定要回去，一定要回去，回去投了案，要杀要剐随他们，死了也比在这儿受这窝囊气强。

"我和大香回去，你们一家人安安稳稳地过日子……妹妹，你和常顺还行？"

郭芙愣了一下："嫂子，你是不是听到了什么？嗨，那些风言风语，我都听过不下一百回了，左耳朵进右耳朵出，权当没听过。天下哪有不偷腥的猫？"郭芙顿了顿，低下头说："再说他也没跟我撕破脸，还把这里当自己的家，还记挂着我和孩子。嫁汉嫁汉，穿衣吃饭，一个女人，有个安稳的家就知足吧。别的，别人愿意说，让他们说去。"

麦穗瞪大眼望着郭芙，没想到郭芙什么都知道！更没想到，郭芙什么都知道，还能做到这么淡定！她好像在说别人的故事，与自己毫不相干。

不管郭芙怎么劝，麦穗还是坚持回老家。郭芙把五虎和郭蓉叫过来，告诉他们麦穗要回去，想让他们帮着劝劝麦穗，让她放弃回家的打算。

"为啥回去？嫂子你咋了？我这活儿刚顺上套，嫂子你不是说让我赚钱吗？咋这么快就变卦了？再说老奎儿……"五虎瞅了一眼郭芙，咽下了后半截话。

"五虎，你就在这儿安心地干。"

麦穗铁了心，咬咬牙对郭芙说既然五虎不回去，她就自己回去。麦穗还叮嘱郭芙，别太苦了自己，女人离了男人，照样可以活。

郭芙幽幽地看了一眼麦穗："不管什么事，习惯了就好了。"

看麦穗决意要走，五虎毕竟还是个孩子，自己一个人留在别人家里，心里没有底，便也要跟着麦穗回。五虎让麦穗等他几天，等他再干七天凑个整月，把工钱支了，就跟嫂子回去。

第二天，麦穗收拾了一下随身衣物，做好了随时离开的准备。

因为要走，麦穗恨不得把郭芙以后的家务活全干了。麦穗把这一家人的脏衣服都拿过来，在院子里吭哧吭哧地洗着。正洗着，一个小伙子气喘吁吁地跑了来，是跟五虎一起在林场干活的六子。

六子慌里慌张，说起话来前言不搭后语："不好了，不好了……五虎受伤了。"

麦穗一下子站起来："你说什么？"

"我们在干活，一辆拉红松的车溜了车，结果滚下来的松木砸着了五虎的腿。"六子喘着粗气。

麦穗这一惊非同小可，把手中搓着的衣服一扔，急匆匆跟着小六来到出事的地方。

五虎已经被人救起，脸上全是血。麦穗赶过去，抓着五虎的手："怎么样？伤着哪里了？"五虎的脸痛苦地抽搐着，脸上的表情怪怪的。麦穗嗔怪他怎么这么不小心。

在大家的帮助之下，麦穗把五虎送到了就近的医院。检查完，小腿骨折！麦穗一下子蒙了。这可怎么好？自己本来想回关里的，但是又不能扔下五虎不管。五虎还差七天干满整月，就可以支工钱了。现在这情形，也真的需要钱。麦穗咬咬牙，决定替五虎把这七天的工顶上。

麦穗没跟郭芙说她去林场，却说她买好票这就回山东了。

二十二

后来郭芙才知道，麦穗并没有回山东。郭芙怎么也猜不透到底哪里得罪了麦穗，不禁感叹人情比纸薄，心里也凉了半截。

麦穗从表妹家出来，找到林场书记，要替五虎把这七天的活干完。书记是一个五十多岁的男人，姓唐，从山东过来好多年了，人一看就面善，很和气，书记媳妇人也热心。他俩看看麦穗带着个一岁多大的孩子过来做工，也没有住处，便把西厢房腾出来，让麦穗过去住。西厢房一共两间，里间原来是五虎住的，这外间就成了麦穗和大香娘俩的卧房。

干完了七天，书记开了五虎的工钱，让麦穗点数。唐书记盯着麦穗，上上下下打量着，麦穗被他看得有点不自在。她把工钱揣进衣兜，转身要走。

"麦穗，你能不能在这儿继续干？一是五虎伤了，你回不了老家，二是在这里赚了工钱，可以养活五虎和孩子。咱都是山东人，我也想帮帮你。"

麦穗犹豫了一会儿，最后还是点头答应了。

感念着书记的厚道，麦穗干活便格外下力气。书记见她带着个孩子不容易，便安排麦穗跟自己的媳妇还有一个叫柳子叶的女人一起给林场职工做饭。做饭的间隙，麦穗就和柳子叶一起在林场开荒。

林场处于两座山的交会处，放眼望去是漫山遍野的红松林。更远处，是莽莽苍苍的阔叶林带。一阵风吹过，松涛荡漾，漫山汹涌。

伐木工们一个个粗皮赖肉，面色黝黑。他们经常半敞着怀，裸露着胸前绷紧的肌肉。一歇工，他们就聚到一起，喝一口烧酒，裂开嗓门对着远山大声吼叫、唱歌。有时候，他们也招呼麦穗和书记媳妇也来喝一口。书记媳妇也不客气，拿起酒瓶就咕咚咕咚连喝好几口，看得麦穗目瞪口呆。麦穗发现有一个伐木工特别安静，他从来不像别的伐木工一样袒胸露怀，可能是因为脚有点瘸，歇工时他不大走动，经常一个人坐在那里看书，拧着眉头不知在想些什么。麦穗听大家都叫他唐骏。

有几个眼馋麦穗的伐木工，眼睛老是在麦穗身上扫来扫去。书记媳妇就骂他们："你们别跟狼似的，都给我规矩点。我这妹子，生得这个招人疼劲儿，你们这样的，想都别想。"

那几个人就一起起哄："那我们就想嫂子你吧，这样总可以吧？哈哈哈……"

书记媳妇拿嘴里的酒喷他们一脸，嘻嘻哈哈地骂他们，赶着他们去上工。

麦穗听着伐木工们铿锵的劳动号子：嗨吆！嗨吆！嗨吆嗬嗨吆！这大山里的豪放和粗犷，让麦穗暂时忘记了所有的忧愁。有时候，她也亮开嗓子，跟着伐木工们喊："嗨吆！嗨吆！嗨吆嗬嗨吆！"麦穗从来没这样尽情地释放过自己。

　　等大家都走远了，麦穗一下子躺在林中的空地上，地上厚厚的那层落叶让麦穗无比舒适和惬意。她贪婪地呼吸着落叶特有的清香，望着枝叶间洒下来的细碎阳光。那点点阳光，像一个个晶莹跳跃的生命。麦穗举起手来，那些跳跃的生命似乎被她握在手中。此时此刻，麦穗感觉整个森林都属于她，她大喊着，远处传来肆无忌惮的回声。

　　晚上，麦穗躺在大火炕上，柳子叶推门进来。麦穗赶紧披衣，从被窝里坐起来。

　　柳子叶盯着麦穗小汗衫下裸露着的白生生的一片，眼睛里满是惊艳。

　　"哎哟，妹子，幸亏我不是个男人。你简直能迷死个人啊。"柳子叶一边笑着，一边掐了麦穗的胸一把。

　　麦穗哪里经历过这样的玩笑，掐自己的虽然是个女人，她也羞红了脸。

　　"嫂子真是的，说哪里去了。"

　　"妹子，我听五虎说你男人没了。一个女人，带着个孩子，日子怎么熬啊。关里的日子苦，在林场找一个吧，不回去了。没个男人，黑夜里熬天明，更苦啊。"柳子叶丝毫不理会麦穗的羞怯，话越说越露骨。

　　"嫂子，日子熬熬就过去了。我的家在关里，早晚要回去。"麦穗赶紧把外衣穿上，柳子叶在她胸上扫来扫去的目光让她很不自在。

　　"妹妹，你看那个唐骏怎么样？他可是唐书记的儿子，就是前几年把脚伤了。除了脚不好，要人才有人才，要人品有人品啊。他有文化，本来唐书记是不让他干这种活的，但他自己偏不要沾老子的光，就要从伐木工干起。再说了，你要是有这么个干林场书记的公爹，那以后的日子还愁什么？"

　　"啊？他是唐书记的儿子？我怎么一点都没看出来？"麦穗不相信似的看着柳子叶。"是他儿子。唐骏好就好在这一点，从来不因为老子是书记就张狂。这小子要不是腿不好，找什么样的找不着？妹妹先别急着做决定，你先考虑一下，考虑好了再给我回话。"

　　麦穗眼睛忽闪了一下，看着柳子叶。

　　"唐书记为什么留你？他们一家都看好你啊。我要是有儿子，我也看好你。"柳子叶临出门笑了笑，撇下这么一句话。

晚上，听着远处嗷嗷的狼叫，麦穗蜷缩在被窝里睡不着了，耳边一遍一遍回响着柳子叶的话。新伐松木的香气弥漫在空气中，像催化剂一样催生着人类最原始的一些情愫和欲望。麦穗体内又升腾起那种久违的渴望，她把枕头紧紧搂在怀里，脸紧紧贴在枕头上。枕头上似乎有着四龙的气息，这气息侵袭了她。麦穗全身绷得紧紧的，她感觉到了自己身体深处的那种战栗。

那天以后，书记媳妇再见到麦穗，似乎比平时更显亲热，但说起话来分明有那么点不自然。麦穗刚来时，她还叫麦穗妹子，而今却改口了，直呼麦穗名字。麦穗装作什么也不知道，该干吗干吗。

唐骏见了麦穗，脸上的表情却淡淡的，冷不丁地来了一句："你有本事！"

我有本事？他这是啥意思？什么叫我有本事？麦穗被他这句话弄糊涂了。

林场发工钱，会计把工钱递到麦穗手里。麦穗一点数，多了一倍。她赶紧把多余的塞回会计手里："错了，你算错了。"

会计笑笑："你表现好，唐书记亲自吩咐，给你涨的。"麦穗愣住了。

从外面走进来的唐骏又不咸不淡地来了句："你真有本事！"眼神里满是不屑和鄙夷。

麦穗刚要追上唐骏，问他什么意思，又转念一想，一下子明白了：唐骏认为自己是因为他那个当林场书记的爹，使手段讨好他的父母，想高攀这门亲？自己涨了工钱就是沾了唐书记未来儿媳妇这个身份的光？

麦穗思索着柳子叶的话："要不是唐骏腿不好，找什么样的找不着？"唐骏腿不好，他们一家人看好自己，是因为自己结过婚，有了孩子。一个女人结了婚生了孩子那就折了价，折了价的女人就只能找一个瘸子？一种屈辱从麦穗心底升腾而起，那沓工钱被麦穗握在手里，皱成了一团。火灶里的劈柴在燃着，麦穗把那团揉皱的钱举起来，但最终还是没投进火里。理智战胜了麦穗的自尊，一个寄身他乡的人有什么自尊可言？她的自尊早已经被唐骏踩在了脚下。

柳子叶又进了麦穗屋，大香睡着了，她压低声音跟麦穗嘀咕："考虑得怎么样了？书记媳妇催我呢。你别管唐骏什么态度，他以前有个相好的，因为他伤了腿，就黄了。他现在心里有疙瘩。只要你愿意，他早晚听他爹娘的。"

"我想好了，我结过婚，还带着个孩子，配不上人家。"

"说哪里话？他一个瘸子，你能看上他就……"柳子叶看着麦穗脸色不对，没再往下说。

"嫂子，别费心了，这事真不行。"麦穗把柳子叶推了出去。

接下来的日子，麦穗发觉唐书记和媳妇都没了以前的热情。

到了下一个月发工钱，麦穗发现自己的工钱又恢复了原数，她在心里冷笑了几声。

令麦穗意外的是唐骏反而一改之前那种倨傲的眼神，见了面，竟然主动跟麦穗打招呼。

这天，唐骏来到她的屋里："麦穗，我误会你了。我就是不想让别人自作主张安排我的事。来，这是我从山里采的松子，你给大香吃吧。他们不愿意了，我偏要跟你好。"唐骏把松子放到炕上，脸上是一种主子对奴才施恩一样的表情。

麦穗把松子重新揣进唐骏的衣兜里："我们关里来的吃不惯这个，您拿回去吧。"

唐骏出去了，麦穗关了房门，在黑暗中睁着眼睛：自己是他们一家人争斗决战的一个棋子？

第二天，柳子叶没见麦穗起床，便推门进来。她大吃一惊，麦穗的炕上空空的，人不知道什么时候早走了。

她再去五虎屋里，也是人去屋空。

二十三

五虎和麦穗失手打死老奎儿那天，赵国安忽然想起了大香。他自己嘀咕，好几天没看到这小妮子了，还真想得慌。

尽管母亲再三叮嘱他不要再去麦穗那里，出了门，他走着走着，还是不由自主地就来到麦穗的住处。房门敞着，屋里也没个动静。赵国安有些诧异，抬脚走了进去。刚迈进门，他被地上的什么东西绊了一跤。定睛一看，赵国安倒吸一口凉气，老奎儿躺地上，脸上、地上全是凝固的黑血，旁边是一块带血的半头砖，炕上的被褥衣物都没了。赵国安拿拳头擂着炕沿，坏事了，老奎儿准是老毛病又犯了，麦穗这是杀了人跑了。

赵国安把手探在老奎儿鼻孔上，似还有一丝微弱的气息，他不禁喜出望外。赵国安趴在老奎儿胸口，心脏还有跳动。他两拳紧攥，老奎儿没死利索，应该是休克，自己一定要把这货救活。他急匆匆赶回家，拿了药箱，就往外跑。

"国安，你急急火火干吗去?"高玉芬很是诧异。

"娘，现在顾不上细说，回头再和你拉。"赵国安边说边往外走。

赵国安回到小屋，先把门关好，接着仔细检查老奎儿的伤口，发现后脑勺有击打伤。如果老奎儿对麦穗无礼，麦穗反抗时不可能从他后脑勺击打他，在场的一定还有另一个人!

赵国安先给老奎儿紧急处理一下，止住血，又拿一条毛巾沾了冷水拧干，包住老奎儿的脑袋。

赵国安守在老奎儿身边，隔不一会儿就试试他的脉搏。约莫过了半个多小时，老奎儿青色的面皮渐渐有了血色，赵国安又试试他的脉搏，也开始有了跳动。老奎儿胸口的怦怦跳动的声音像擂响的战鼓，让赵国安激动得全身战栗。麦穗没事了，麦穗没事了! 赵国安恨不得再给老奎儿补上两耳光，好让他快快醒来。

又等了约莫半小时，老奎儿的喉咙里有了吞咽的声音，眼睛也慢慢睁开了。他一活过来，就看见赵国安守着他。老奎儿一时都记不起来这是在哪里，自己干吗来了。赵国安看他彻底醒了，扔给他一包药片："拿回去，记得一天三次，一次一粒吃完。"

老奎儿不解地问赵国安："我怎么了? 怎么还得吃药?"

赵国安没好气："怎么了? 若不是你刚活过来，我都想再揍你一顿。摸摸自己的脑袋就知道怎么了，算你造化大，赶巧让我碰上，要不然，今天就该给你出殡了。"

这一提醒，老奎儿摸摸脑袋，生疼，感觉头也晕乎乎。他似乎想起了什么，不再问赵国安，爬起来，一路摸着头顶，晃晃悠悠地回家去了。傻子六在门口引逗大黄，看老奎儿出来，傻子六嘴里叼着麦秸草冲他傻笑。老奎儿抱着头骂了一句什么，就走远了。他走了一会儿，又抱着头回来，回来也不进屋，傍着门框："那个……国安……"

"咋了？不是走了吗？"赵国安正在清理地上的血迹。

"我就是跟你说一声，我这头，是路上碰到了坏人，嫌我身上没钱，被他们打的。你记住了？"老奎儿瞅着赵国安的脸。

"走吧，走吧。我知道怎么说。不为你，我还为……"赵国安瞅一眼老奎儿，继续低头忙活。

老奎儿走了，赵国安落寞地坐在麦穗的小黑屋里。他把头埋进双手之间，烦乱地揪扯着头发。赵国安，麦穗杀人，是你害的；麦穗在外面逃窜受苦，更是你害的。赵国安，你他娘的这辈子怎么净干些混蛋事？

杀人？对，麦穗不知道老奎儿没死，她一定提心吊胆，肯定整天做噩梦。我应该去找她，告诉她，老奎儿没死，她没杀人。可是，去哪里找麦穗？

一直没有麦穗的消息，赵国安跟丢了魂儿一样，坐立不安。

四龙娘来找赵国安，问看没看见五虎。赵国安突然一怔，难道五虎就是在场的另一个人？老奎儿是五虎砸的？赵国安把四龙娘拉到一边："大姑，麦穗也不见了……老奎儿被他俩人收拾了……"

"啊？五虎杀人了？四龙啊，你这是娶了个老婆还是娶了个害人精……"四龙娘扯开嗓门就要坐地上哭。

"大姨，现在哭骂都不管用。"赵国安一把把四龙娘拽起来，"你以后还想不想让五虎做人、说媳妇了？老奎儿没死，被我救活了！在找着他俩之前，你得封住自己的嘴。要是有人问你，你就说家里困难，他们投奔亲戚去了。"

四龙娘还在抽搭着："俺家是不是上辈子欠了这个害人精的债……"

"还说！还说！你要是这样，那我也不管了，你去大街上宣扬去吧！"

四龙娘赶紧拉住赵国安："国安啊，你要是不管我，那我现在谁也指望不上了，你怎么说，我怎么听。"

赵国安和四龙娘先悄悄地打听近处的亲戚，找了一段时间，没有线索。去高密小姨家打听，小姨也说没见。赵国安一时间失去了方向，悒悒不乐。

看着赵国安整天魂不守舍的样子，母亲高玉芬更想给他赶紧成家，有了媳妇，兴许儿子就不这么烦躁了。她总是不失时机地告诉赵国安，东村的李姑娘、西庄的王大嫚儿都托了媒人过来提亲。赵国安不耐烦地对娘摆摆手："不去！"

母亲语气柔和下来，手抚在赵国安肩上："国安啊，你是不是心里面有人了，跟娘说说，我看看是谁家的闺女这么有福气。"

赵国安皱皱眉："有什么人？我自己都不知道？"

每天黄昏时分，赵国安徘徊在村外，望着村子上空升起的炊烟在风中飘摇，听着失群的孤雁在头顶无助地悲鸣，看着西天边如血般的落霞里齐飞的暮鸦。潍河水向北蜿蜒而去，河水映照着赵国安来来回回的身影。

赵国安内心的忧闷不但没被时间冲淡，反而让他越来越焦灼。每次经过麦穗的小屋，他心里就莫名其妙地揪着疼。

高玉芬的生日到了，高密的小妹妹从城里赶了来。说是来过生日，其实就是借着这个"引子"姊妹们见一面。

吃过饭，姊妹们叙完旧，虽然恋恋不舍，小妹妹还是该回去了。赵国安借了社里的马车，让人把小姨送回去。快出庄口的时候，小姨看见迎面走过来一个扛着木叉的男人。把式喝住马："老奎儿哥，你借我的那件夹袄该给我了吧？不是说走完亲戚接着还我吗？"

"嗨，我这不是没得上空嘛，回头就给你。你哥还能落下你的夹袄？"那男人脸上讪讪的，加快脚步溜走了。

"这家伙不仗义。好借好还，再借不难嘛！"把式自己嘟囔着。

小姨突然一惊："大兄弟，那个人叫什么？！"

"老奎儿，你认得他？"

小姨突然从马车上蹦下来就往回跑："你等等，我忘了一样东西。"

赵国安看到小姨气喘吁吁地回来了，很是诧异。

"国安……国安……老奎儿……你们庄里几个老奎儿？"

"一个啊，小姨，怎么了？"

"他没死？"

"没呀。"赵国安一愣怔，赶紧把小姨拉到屋里。

总算有了麦穗确切的消息，赵国安难以抑制心中的狂喜。赵国安跟爹娘交代说要去东北进药材，收拾了一下行李，去社里开了证明，就急匆匆出发了。

二十四

几天几夜一路颠簸，几次换乘倒车，几经折腾，终于到了哈尔滨。赵国安按照小姨给的地址，费尽周折，打听到表姐郭芙家。

郭芙突然之间见到了多年未见的表弟，一看赵国安，以前那个顽皮的孩子出落得这么招人待见，谈吐之间说不出的儒雅大气。郭芙拉着赵国安的手，左看右看总是看不够。郭芙感叹着，自从来了东北，就没回过二姨家那个大院；小时候二姨家那个大院里真好玩，鱼塘、荷花池、不知名的花花草草，真想再回去看看呢。赵国安告诉表姐，大院早就捐出去了。郭芙"哦"了一声，用一句"破财免灾"来安慰国安。

赵国安却因为没看见麦穗的影儿，心里七上八下，也没心思听表姐唠叨。

他犹豫了一下，问表姐："麦穗是不是来了？怎么没见她？"

郭芙一愣："你是来找她的？"

赵国安沉吟了一下，告诉表姐前前后后的一切："麦穗以为自己杀了人，担惊受怕的，日子肯定不好过。我这次来，就是告诉她，没事了，她可以安心回去了。"郭芙告诉赵国安，五虎受伤了，麦穗也走了，不在她这儿住了。常顺知道五虎在哪个林场，但正赶上跑了长途，得一个月才能回来。

赵国安有点发蒙，心中的兴奋一下子降到了冰点。他到各个林场打听，转悠了多日，都没有消息。他又到各个小饭店、小旅店打听，几天下来依然一无所获。

赵国安买来了一摞纸和笔，走街串巷到处打听，贴寻人启事。这天，他刚在一棵树上贴完启事，一个人凑到近前看了看说："我见过这个人！"

正要离开的赵国安猛然回过头来。那个人告诉他，道外那边经常看见一个女人，跟启事上说的很吻合。赵国安简直要蹦起来，迫不及待就往那人说的地方寻去。

走路久了，赵国安的肚子开始咕噜咕噜响。他在一个小饭馆要了一碗白米饭，狼吞虎咽地吃起来，无意中一抬头，一个骑着三轮车的熟悉身影从饭馆门前的路上一闪而过。是麦穗？赵国安立即扔下筷子，跑了出去，那个人已经拐过弯去，不见了。饭钱还没付，饭店的小伙计追了出来，赵国安不好意思地对他笑笑："以为碰见个熟人，可能是我花眼了。"赵国安付了钱，走出了面馆，漫无目的地在街头逛来逛去。

路边，一拨人正扎堆讨论着什么，脸上全是悲悯的神色，偶尔一两句夹杂着"天火，天火"的话引起了赵国安的注意。他不禁走上前，听他们说些什么。赵国安听了一会儿，理出了头绪。原来是一个林场失火了，书记一家全部殒命，还有几个干活的伙计可能也没命了。赵国安心头一震，赶紧打听干活的伙计都是些什么人。一个老头儿告诉他："刚伐完的红松木，还没发车，唉……那可不是一两个钱啊……破财不要紧，关键是人都没了。一个女人带着个不到一岁的孩子，还有一个小伙子，前些日子伤了腿，没干活。听说都是山东关里来的，唉，死得好冤呢。那个孩子我见过，跟个观音童子似的，贼可惜，贼可惜。"赵国安如遭雷击。

赵国安赶紧央求着老头带路，他要去起火的地方看看。一路上老头描述着这两个人的形貌，赵国安越听越觉得是麦穗和五虎。他心里一路打着鼓，心脏都快跳到了嗓子眼，没这么巧吧？

到了那里，赵国安对着灰烬中的一片残垣断壁，不由得万念俱灰。

他失魂落魄地行走在还飘着焦糊味的山路上。被烧焦的树似一双双枯黑的手，无助地伸向天空。

心动则疼，疼则牵念，念则成殇。

赵国安漫无目的地在路上走着。路边，一个守着豆浆摊的女人，背上用背带背着一个孩子，正在那里吆喝着卖豆浆。他一下子定住了，有点不相信自己的眼睛，搓搓眼，再仔细打量着那个女人——是麦穗，真的是麦穗，他日夜寻找的麦穗！

赵国安大喊了一声"麦穗"。麦穗抬头看到了他，手里的碗"咣当"一声掉到了破桌子上。赵国安一个箭步跑上前来，忘情地把麦穗和大香拥在了怀里。

　　麦穗一下子见到关里的亲人，也禁不住放声大哭。麦穗想起来东北的前前后后，满腹的委屈和辛酸都变成了眼泪汹涌而至。

　　看着赵国安的袖子被自己的眼泪濡湿了一片，麦穗忽然止住了哭，窘迫得立刻挣脱了赵国安的怀抱，脸倏地一下红了起来。

　　赵国安也意识到自己的冲动，感觉脸上火烧火燎一般。脸上的灼热过去，他定了定神："老奎儿没死，被我救活了。"赵国安知道，这是麦穗最想听到的消息。

　　麦穗不相信似的盯着赵国安："怎么会没死？我明明看着他死了！你是不是宽我心，才这样说？"麦穗急切地拽着赵国安的胳膊，她需要一个确切的回答。赵国安坚定地朝麦穗点点头："真的救活了！"麦穗又一次抽泣起来。不能再靠在赵国安身上，她就双手捂着脸，伏在身后的墙上，呜呜地大哭起来。

　　赵国安眼里含着欣慰的泪，等麦穗平静下来。他告诉麦穗："大姨整天哭鼻子抹眼泪地想五虎，都快想出病来了。"赵国安顿了顿，眼瞅着脚尖，低声说："麦穗，能不能别再整天对我像仇人一样？我不求你原谅我，但……"

　　麦穗冲赵国安点了点头："嗯，国安，这些年让你为难了。"其实从刚才麦穗看到赵国安的第一眼起，她就一下子明白了，有些人，有些事，纵使隔了千里万里，仍然是忘不掉，舍不下。一旦这人突然出现在你的眼前，你才会发现，他其实一直在你的心里，从没走远。

　　麦穗这轻描淡写的一句话，让赵国安心里涌起了滔天巨浪。多少年了，赵国安做梦都盼着这句话从麦穗嘴里说出来！如果不是在大街上，赵国安真想帮她擦干脸上的泪痕。当然，心底里最想说的话，几次到了嘴边，终究还是咽了回去。

　　"跟我一起回去吧？"赵国安一边递给麦穗一方手帕，一边问。

　　麦穗擦擦眼睛，摇摇头："国安，其实，其实回去日子更难。我想留在这里。老家已经没有我容身的地儿了，唐书记没了，我可以另找一家做工。我还年轻，能养活自己和大香。在东北，林场多得是。"

赵国安激动地抓住麦穗的手："麦穗，难道你真不明白我的心？……你不知道，我听路上的人说你和五虎也没了……我以为这辈子再也见不到你了……我……"说到这里，赵国安哽咽起来。

麦穗低了头，心里说：你说我不明白你的心，你又何尝明白我的心呢？麦穗也不明白自己为何要留在这里，明明这些话违背了自己的心，可她就是要这么说。她想起了唐骏那种鄙夷的目光，在有些人的眼里，她是一个折了价的女人。赵国安可以不在乎，可是肯定有人会在乎。

赵国安赶紧催着麦穗："先不说这些了，先去看看五虎。"一路上麦穗说自己和五虎搬出来第二天，就听说林场出了事。她和五虎没有别的去处，一个好心的山东老乡收留了他们，在人家临时收拾出的厢屋里，借以安身。

麦穗抬头望着天。一阵风过后，原本乌云密布昏暗的天空，一下子云开雾散，阳光透过云层照了下来。

麦穗领着赵国安来到了他们的住处，收留他们的山东老乡一家出门去了。五虎正在厢屋里糊火柴盒，身边堆着一堆糊好的小盒子。麦穗喊一声五虎："你看看谁来了？"看到麦穗身边的赵国安，五虎一愣怔："表哥你本事可真大，这么远都找来了？"说着话，五虎左右看看，他怕赵国安领着人来抓他。

听说老奎儿没死，五虎差一点蹦起来："啊？怎么会没死？明明是没气了！"

赵国安一边跟五虎说着话，一边查看五虎的伤势，从随身的提包里拿出来一些治跌打损伤的药，交给五虎。然后，赵国安开始教训他："五虎你也不是小孩子了，哪能说走就走？知道的，是你自己死命跟了来，不知道的，他们是不是会说你嫂子不懂事？"

赵国安这一席话，让麦穗低下了头。五虎有点不耐烦："爱谁说谁说，不怕磨薄嘴皮子让他们嚼去！"赵国安轻拍了一下五虎的脑袋，摇摇头。

麦穗兴奋地嘟囔着："五虎，国安救活了老奎儿，我们没杀人，我们真的没杀人……"

"嫂子，表哥是不是来接咱们回去的？"

"五虎，你跟他回去吧。我打算留在这里。"麦穗忽然又神情黯然。

赵国安看着麦穗，眼睛里满是失望。

赵国安嘱咐五虎，让他少走动，先把伤养好。他得再去一趟郭芙家，来了东北，还没见到郭蓉，表姐弟分离了这么多年，怎么着也得团聚一下。赵国安临走时看着麦穗，希望她能改变主意，但是麦穗终究还是没松口。

　　赵国安离开后第三天，又急火火地跑了来，手里拿着一封电报。麦穗疑惑地看着他，他一边把电报递给麦穗，一边说："大姨病危，让速归。不知道你和五虎的地址，就把电报打到郭芙那里了，幸好我回去赶上，要不然误了大事。"

　　五虎一听娘要出事，咧嘴就开始哭哭啼啼："嫂子，咱们回去吧，咱们得见娘最后一面。"

　　麦穗茫然地坐在地上的破草毡上，到底回还是不回？婆婆五个儿子没了四个，剩下五虎一根独苗，怎么也得回去送终。再说自己和她毕竟婆媳一场，尽管被她赶出家门，但是嫁了四龙，她就是自己的娘，自己不回去，心里怎么过得去？

　　在赵国安和五虎的劝说下，麦穗不再犹豫，回！

　　处理完一些事情，赵国安背着五虎，麦穗抱着大香，一行四人去了车站，坐上回关里的绿皮火车。一声汽笛长鸣，火车头上的烟囱冒出了黑烟，火车咣当咣当驶离了站台。铁路两旁的树木飞快地向后退去。

　　车窗外，夜的幕布徐徐拉开，快速后撤的远山近树都蒙上了一层不可预知的神秘。

二十五

　　车厢里，五虎和大香坐在一边。五虎不知从哪弄来一根麻线，把线两头凑在一起打了个结，绕在手上和大香玩起翻绳来。

　　这一路上麦穗似乎觉得比来的时候时间过得格外快，是因为老奎儿没死？还是因为身边那个逗着大香咯咯笑的赵国安？麦穗又想起那年踩着高跷，自己拿红绸子打过的那个"呆头鹅"，禁不住微笑了。

麦穗扭头瞅一眼赵国安，他此刻正看着远处，脸上似乎也浮现着笑容，他在想什么呢？也在想当年那个"呆头鹅"？还是在想那个舞着红绸子的嫚儿？

麦穗的目光在赵国安身上缠绕了一会儿，赵国安一侧脸看她，她便赶紧把头转向窗外。

赵国安歪着头打量麦穗。麦穗的眼角已经有了细微的皱纹，这些纹理像一片片刀锋在赵国安心里划了一下又一下。麦穗只有二十四岁，这个女人承受了太多太多本不该属于她的苦和难，而这一切的制造者，就是他赵国安……要不是自己告诉麦穗电报这回事，她甚至不打算回来……

赵国安的眼睛里突然蒙上了一层雾，他赶紧把头扭向一边。

半夜之后，车厢里响起了此起彼伏的鼾声。

五虎睡着了。赵国安抱着大香也睡着了，便没有了清醒时的矜持，头不知不觉地靠在了麦穗肩上。麦穗心里波澜翻涌，她没想到，真的有这么一天，赵国安会离自己如此近。麦穗想想这几年的风风雨雨，自己能坚持到现在，支撑自己的，除了大香，其实就是身边的这个人。不管怎么恨，有些心底的东西却是根深蒂固，你尽管拼命否认，但却不能抗拒。它会在每一个不眠的深夜不请自来。

麦穗把大香轻轻从赵国安怀里抱过来，自己调了调身子，让赵国安以最舒服的姿势靠在自己身上。

一路风尘仆仆，麦穗他们回到了高密老家。走了这么长时间，家中的那条大黄狗竟然还守在小屋外，无精打采地趴在地上，瘦骨嶙峋。大黄见了麦穗，眼睛一下子亮了起来，很努力地站起来想跑到麦穗面前，但身子摇晃了几下，又无力地跪在了地上。它只好摇摇尾巴。麦穗抱抱黄狗的脖子，便径直往婆婆家走。

刚转过胡同，迎面来了王婶，挎着一只提篮。两人一见面，就像失散多年的母女，一下子抱在一起，放声大哭。王婶奇怪，问麦穗怎么突然回来了。麦穗说了婆婆的电报，还说她就剩五虎一个儿子了，怎么着也得回来送终啊。王婶一脸犹疑，说那就赶紧过去看看吧。

拐进婆婆家的那条胡同，麦穗一下子就傻了眼。婆婆正坐在门口的磨盘上优哉游哉地晒太阳，哪里像病重的样子？

赵国安赶紧把大姨推进院子，关了大门。

五虎走到近前，不解地看着娘："娘，你不是病了吗？"四龙娘一把抓住五虎的手腕，骂着五虎："什么电报？你这没良心的东西，竟然撇下你老娘跟一个外人跑了。"麦穗扭身就要走，四龙娘猛喝一声，叫住了她。这老婆子呼天抢地边哭边说，列数麦穗的种种罪状："麦穗啊麦穗，四龙待你怎么样啊？你怎么这么不懂事，害了四龙一个还不够，又来害五虎？你出去打听打听，外面都怎么传？"

老婆子一口气没上来，捂着胸口咳嗽了一阵，继续骂："你们这些没良心的，把俺养老的家底儿都偷走了。"

五虎赶紧凑说："那是我拿的，不关嫂子的事。"

"你一个小孩子，没人指使干不出这事来。"四龙娘撸了一把鼻涕，抹在鞋底子上。

麦穗也不争辩，五虎沉不住气了，赶紧辩解，是他自己死命要跟着去的。四龙娘骂五虎这个吃里爬外的白眼狼。麦穗冷眼看着婆婆，不回嘴，但也不示弱。

婆婆末了又来一句："麦穗啊，你就饶了俺家的人吧。你看看，那些嚼舌头根子的货们说的那些话，你就不觉得臊得慌？你再找个人家又不难，离了双羊店，大家都干净。"

麦穗淡定地听婆婆在那里骂，一脸从容地在那儿听着，不怒不恼。

婆婆的侮辱责骂，麦穗真的没太在意，她心中燃烧着的，是对赵国安的熊熊怒火——赵国安又一次骗了自己！

婆婆骂完了，麦穗扭头怒视着赵国安："赵国安，我是不是上辈子欠你的？你何苦这么费尽心思一次又一次地坑我骗我？我这辈子最恨的，就是别人骗我！"

"我没有……麦穗，我只是想，想让你回来……"

"够了，你太会演戏了，当医生真是屈你才了！"

赵国安说不出话，他还能说什么？他又能怎么说？他以为他对麦穗的情分能让她原谅自己撒的这个谎，可是看到她眼中决绝的寒意，心里真是叫苦不迭：本以为麦穗这次彻底原谅了自己，现在看来，是你他娘的赵国安一厢情愿罢了。

赵国安垂头丧气地走出了院子。他做梦也没想到，自己辛辛苦苦不远千里寻回来的，却是这样的一个结果。

赵国安突然想起小时候爷爷对他说的那句话：心软心善，有时候也会害人。

赵国安不知道自己是怎么回家的。高玉芬看见儿子失魂落魄地回来了，也没见他进什么药材，心里很是诧异。

小满推开赵国安家的大门。一个月不见，赵国安发现小满满脸憔悴，脸瘦了一圈，再也不是那个脸蛋红扑扑黑乎乎的小满了。小满看着赵国安，红着眼圈只问了一句："你到哪里去了？"就再说不出话。她不明白，赵国安有什么事能出去这么长时间？出去这么长时间，走的时候竟然连个招呼也不打……

赵国安似乎也没大有心绪理会小满眼中的幽怨，跟小满打声招呼，便埋头不语。

小满自觉没趣，有一搭没一搭跟高玉芬聊了几句，便走出门去，路上碰见了哥哥大寒。大寒挑着木箱子，头发挓挲着，嘴唇上鼓着脓包疮，倒是眼神跟突然发现了金元宝一样炯炯放光。

这一个月没在家，赵国安发现不光小满，庄里气氛也有点异常。自己走的时候，地里的庄稼快要收了，大家都谈论着今年是个好年景。没想到回来一看，大片的地瓜烂在了地里，大片的玉米棒子倒在地里没人收，都生了芽。丰产没丰收！

这么短的时间，高级社成了人民公社，双羊乡和山甫乡合并成了星火公社。庄里还流行着一个新词："平调"，街头巷尾都在谈论着"平调"。什么东西都平调，什么事情都平调：切菜板子刀，担杖钩子筲，权把扫帚锨，犁耙绳套鞭，什么东西都调了。庄里的人除了一双筷子一个碗，其他都成了公家的。

赵国安还发现这么短时间竟然冒出来好多炼钢的土炉，到处都是。他还听说，村里建起了公共食堂，大家都去公共食堂吃饭，谁家的烟囱冒烟就会被举报。有的人家就因为家里烟囱冒烟，被村里的联防队员砸了锅。不光炼钢，到处都大兴水利，赵国安听说，可能今年还会有一个省里的大工程。

赵国安到家板凳还没坐热乎，单福根就过来找他。

"你可真会图清闲，走了这么些日子，你都不知道庄里发生了多少事。麦穗是你找回来的？"单福根明知故问。

"嗯，是我找回来的。"赵国安不明白单福根语气里因何带着火药味。

"你们别当我不知道，麦穗这是杀人未遂，凭这个，就够她喝一壶的。"

单福根一句话，让赵国安回过头瞅着他。他不明白，这事老奎儿要流氓在先，定不会自己说出去，单福根又如何知道得如此清楚？这单福根闭口不提老奎儿作恶，只咬定麦穗是什么居心？

赵国安一路上琢磨着这事，稀里糊涂就被单福根拉到了炼钢工地。

双羊店一派繁忙景象，炼钢工地红旗招展，锣鼓喧天，嘹亮的歌声响彻天空。白天烟雾滚滚，夜间炉火通明。庄里的大喇叭正在广播，广播员激昂的声音让人顿生万丈豪情：全党全民团结一致，赶英超美，为生产1070万吨钢而奋斗……

工地四周，到处是标语口号：上到九十九，下到刚会走，脚踏地球手攀天，英雄集结把钢炼，一日等于二十年。

人们吃三喝四，大家都亢奋地喊着号子：白天使劲干，晚上加油干，荒山野岭变良田，废铁变钢亮闪闪。

有抡着大锤砸矿石的，有推着车子运矿石的，有守着高炉当火头军的……

近处"一脚蹬""猪嘴炉"喷火吐焰，远处高炉林立，火光冲天。

这一去不要紧，赵国安在炼钢工地三天三夜没能合眼。实在困得睁不开眼了，他坐在地上打起了盹儿。突然身子一歪，赵国安自己醒了，扭头一看，旁边一个男人一下子滚到了沟里。赵国安刚要去拉他，他却接着躺在沟底打起了呼噜。

单福根还交代给赵国安一个任务，让他编歌词赞颂这大好形势。赵国安瞅一眼热火朝天的工地："书记，我只会看病抓药，哪有本事干这活儿？"

"我看你不是干不了，是思想有问题吧？总路线、大跃进、人民公社这是当前的三面大旗，国安你是文化人，按说你该高举红旗走在其他人前头。"单福根阴着脸，瞅着赵国安。

"嗨，不就是编个顺口溜吗？这有什么难的。"刘麻子凑过来，拍拍国安肩膀，"从前二郎能担山，担山不算啥稀罕。今日咱们能搬海，龙王都得听使唤。能叫河水来灌溉，能叫粮山像泰山。如今来把钢铁炼，一日等于二十年。"刘麻子说着这顺口编出来的歌词，满脸戏谑地瞅着国安。赵国安也不答话，左右看了看满脸疲惫却满眼放光的人们。人人心中似乎都有一个宏大的目标，这个目标虽然不能消除他们身体的疲惫，却让他们没有半句怨言。他无意中一歪头，麦穗竟然也在炼钢的人群中忙活着。

单福根溜达到不远处，一会儿瞅瞅麦穗，一会儿瞅瞅大寒。他终于还是走到大寒面前，一边掏出烟包子装烟，一边喊住见了他扭头就走的大寒。

"你先站住，我知道你遇到了一个对手，只有我能帮你。"

大寒不理他，头也不回地继续走。

"大寒，我明明跟你说了麦穗为什么跑，你怎么就没抓住这次机会？我给你支的招你一个也不用，老奎儿要是死了，你把他扛到石坑里制造一场意外，麦穗会不会感激你？老奎儿要是还有救，那你就把他送到医院救活，这样你不但救了老奎儿，还救了麦穗。救命的大恩，麦穗能一点不动心？可你一点都不听，还是让赵国安抢了先。你要是听我的，至于这样？"

大寒低着头一声不吭。

"你稀罕谁，你自个心里清楚。赵国安，就是你最大的对手。麦穗这次是他找回来的，如果是我，发现杀人当天就把麦穗给弄回来。先不说这些，大寒，回家吧，先回家，我说过，我有办法帮你。"

大寒扫了一眼单福根，犹豫了一下，还是在单福根失望的眼神中走开了。

"真他娘不像我单福根的种。"单福根狠劲抽了一口烟，朝炼钢炉走去。

在大家热切的眼神里，第一炉钢就要出炉了！人们围着一个小炼炉，司炉工戴上厚手套，要打开出钢口。大家都安静下来，等待着这个神圣的时刻。

门开了，没有期待中的钢水流出来。单福根围着炉子转了一圈，东瞅瞅西看看，一脚把炉子踢倒。一块废铁和矿石炼在一起的铁疙瘩滚了出来，炼钢炼出了蜂窝样的海绵铁。

单福根不死心，炼不出钢来，兴许是炉子小了，便又到高炉那里忙活起来，弄了半天，还是一块铁疙瘩！单福根一腚坐在地上，抽出烟袋吧嗒起来。这么个炼法，炼上三年也出不来钢，怎么完成炼钢任务？

上面派来的技术员凑过来："单书记，这种情况是炉子温度不够，炼钢炉必须保温，火必须加旺。"

"怎么保温？怎么加旺？"

"炉子外加砖，炉子内加劈柴。"

"从哪里弄砖？"

"让村民献。"

于是，村里的大喇叭开始号召大家献砖、献柴。

庄里人搜遍了大街小巷，找遍了墙角旮旯，还是有好多人完不成献砖任务。村里村外的树大多数被砍了，王婶家完不成献柴任务，把家里的一副棺材板献了出去。献砖任务更是难坏了好多人，刘麻子家差得更多。上头下了死命令，完不成任务就拆房子扒坟。单福根把没完成任务的户主集中起来，传达了上头的命令。

"老少爷们儿，这不是几块砖的问题，是关系到那什么我们的革命大生产，关系到那什么我们赶英超美的大目标。上级说了，你们那什么拆房扒坟也要完成献砖任务。"

民兵队长邢连富领着一帮人，牵着牛，拿着绳子，来到刘麻子门口。刘麻子听见人群吵嚷，赶紧开门出来。

"你们要干吗？"

"干吗？你没完成献砖任务，我们来扒房。"

说着这话，他们就开始把拴在牛锁头上的绳子往刘麻子家门楼垛子上拴。

刘麻子急了眼，从家里草苫子上拔下一把二齿钩子。

"我看谁敢！"

"麻子，别牙犟，你老婆是党员，竟然带头完不成任务。你看看我们敢不敢？"说着这话，一个民兵把背在肩上的步枪端在手里，拉了一下枪栓，一边吩咐牵牛的民兵：拉。牛身上的绳子绷紧了，刘麻子家的门楼垛子开始扑啦

144

啦往下掉土灰。

刘麻子挥舞着二齿钩子向那个赶牛的家伙抡过去。

"停下，停下……刘哥，别乱来！"

赵国安一边拉住了牛缰绳，一边喊着刘麻子。

邢连富一看赵国安来了，示意牵牛的民兵停了下来。

"他的砖任务，我来给他完成。邢队长，可以吧？你家大叔的病见好了？"

"可以，当然可以。嗯嗯，吃了你的药，俺爹那病好多了。"

赵国安前几天才治好了他家老爹的病，邢连富不能不给他个面子。"麻子，国安给你完成献砖任务，我们就不扒你的门楼垛子了。你动不动就抄家伙，早晚要吃大亏。"

刘麻子鼻子里哼了一声，转头走向赵国安。

"国安，你自己的任务就够忙活的，还能给我完成？"

"嗯，放心。我家天井里原来有个窖子，里面全用砖砌的，我拆了它，咱两家就差不多够了。"

刘麻子抓着赵国安的手："兄弟，你可帮了我大忙了。这样子，你家那个窖子这不就废了？"

"别啰唆了，走，帮我干活拆砖去。"

邢连富跟单福根汇报情况，说是村民的献砖任务都基本完成了。单福根扭头瞅了他一眼，说还有一户没完成。邢连富赶紧问他是谁。单福根指指大寒那三间打着砖地基的土坯房："还有这一户，去把他房子给我拆了。"

"什么？那……那不是大寒的房子吗？你们没分家，你完成了也就是他也完成了。"

"我说他没完成就是没完成，别因为他是我儿，你们就祖护。听我的，扒房。"

邢连富愁眉苦脸地挠着头走了，这单福根，哪根筋不对，自己儿子的房子都要扒。

单福根瞅着大寒那几间屋：狗日的，你不是不回家吗，我让你住在露天地里，看你回不回家？

随着邢连福一声吆喝，几个青壮年男人爬上了大寒屋顶，开始扯屋顶的麦秸草。大寒挑着一担水从外面回来，一看这几个人在扒自己房子，接着撂下担杖，走上前来。

"你们这是干什么？"

"大寒兄弟，单书记说了，你没完成献砖任务，我们要来扒你房子取砖。"

"下来！你们都给我下来！"大寒眼里喷火一般，像一只要吃人的怪兽。

屋顶的人无动于衷，继续往下面拆草。邢连福有点心怯地看着大寒："大寒兄弟，单书记的指示，我们也不敢不听。"

大寒紧攥双拳，像一只被惹怒的狗熊在天井里转了几圈。他走到墙根，腰一弯，两臂张开，"嗨"地大喊一声，一下子擎起了躺在墙根的一个磨盘。大寒脸上的青记变成了紫色，脖子上的青筋暴突着："有本事你们就在屋顶上别下来！"

邢连福一看傻了眼，吓得脸色煞白。这磨盘要是砸在身上，非把他砸成肉饼不可。"大寒，你别乱来，千万别乱来。你们，下来，赶紧下来。"

房顶上那几个人看事不好，赶紧从房顶下来，脚不沾地溜走了。

二十六

从东北回来那天，麦穗带着大香又回到她的小屋，她茫然地坐在冰冷的炕上，百思不得其解。赵国安，赵国安，你为什么一次又一次地骗我？相亲你冒充四龙，去了东北你又一封电报把我骗回来。赵国安，这辈子掉在你给我设好的坑里，我快要爬上来的时候，你又往下推了我一把！麦穗想到这里，抓起灶台上那只去东北之前留下的破碗，狠劲地摔在地上。那只粗瓷碗在地上碎了个七零八落。

赵国安本来就被母亲看得紧紧的，现在麦穗看见他就眼里恨不得冒火，他是不能再来了。

四龙娘三天两头过来找事，站在门口，一脚门里一脚门外，唾沫星子乱溅。说出的话冰冷如刀，麦穗哪里最疼，她那刀就专往哪里捅。

偶尔的一次，四龙娘一进门看着大香，瞅着大香粉雕玉琢一般的小脸，煞是可爱。一看见奶奶过来，大香竟然咧开嘴甜甜地笑了。老婆子突然心里一动，禁不住也想走上前亲亲这孩子。还没凑到近前，四龙娘突然想起了村里那些流言，看模样，大香怎么也不像四龙的孩子。四龙娘的脸一下子又冷了下来，心里就骂这货肯定不知是谁的野种。

"大香啊，你这模样随谁啊？我怎么看着咱不像一家人啊？"四龙娘边说边看麦穗反应。

唰唰唰，麦穗拿着手里的笤帚使劲扫着地上的土，恨不得把这老婆子一块扫出去。

四龙娘看麦穗对自己的话也不回应，自感没趣，发完疯，踮着小脚走了。麦穗倚在门边，看着婆婆的背影转过弯去，她还站在那里一动不动。婆婆越是这样，她对赵国安的恨就越是在心里升腾积聚。大黄跑过来，摇着尾巴舔她的手，麦穗呵斥着它让它滚开。大黄赶紧跑到墙角，趴在了地上，满眼委屈地看着她。

四龙娘前脚刚走，单福根就过来找麦穗，让她去炼钢工地干活。麦穗犯了难：孩子怎么办？

"不会让你婆婆看着？"单福根给她出主意。

麦穗摇摇头，思来想去，还是决定带着大香去干活。单福根故意等着麦穗，一路上有一搭没一搭跟麦穗唠家常。快到工地了，单福根干咳了几声，最后好似下了很大决心，扭头问麦穗："孩子，想没想再找个人家？"

麦穗有点意外："不想，我现在啥都不想，只想好好把孩子养大。"

单福根不和麦穗一起走了，他望了一会儿麦穗的背影，心事重重地点上一袋烟，望着大寒的住处旁那棵枣树出神。透过枣树枝叶的太阳光斑像一个个小太阳，刺得单福根皱起了眉头。

从麦穗小屋出来，半道上四龙娘碰见了多日不见的铁柱娘，领着两个城里人打扮的一男一女，男的手里提着一个乡下人没见过的黑皮包，女的浑身干净利落，身上散着一股好闻的香皂味儿。看两人的神情，应该是两口子。铁柱娘跟四龙娘打了声招呼，告诉她是青岛来的远房亲戚，两口子没有生养，想来村里看看，谁家里孩子多养不了的，来领养一个孩子。

四龙娘两眼突然一亮，假装无意地随便问了句："嗯嗯，要是谁家的孩子跟了这样的爹娘，真是造化呢。哎，只是自己的孩子要是没啥利，谁舍得啊？"

那对青岛来的夫妇听着话里有话，赶紧追问："大娘是不是有合适的娃娃？"

"我就是随口一说。"四龙娘赶紧走开。

麦穗带着大香来到工地，加入热火朝天的炼钢大潮中。

张金花和三五个妇女聚在一起，没有别的话题，除了麦穗还是麦穗。

大寒阴着脸，听着那些女人瞎叽喳，脸上的青记更青了。

奇怪的是，过了没几天，这些女人在工地上都突然变成了哑巴，再也不唾沫星子乱飞了。因为这几个人一连几天都遇到了同一件事，就是自家的大门上都被人泼上了血。也不知是什么血，黑红一片，看着骇人！

麦穗背着孩子，拿着大锤砸着矿石。崩起的石子经常落到大香头上，大香就会哇哇大哭。王婶实在看不过眼，一把把大香从麦穗背上夺过来："孩子这么小，你这不是让她遭罪？大香细皮嫩肉的，在这里烟熏火燎，不顶事啊。"王婶抚摸着大香小胳膊上一道小血口子，大香又疼得哭了起来。

"婶子，我也不愿意让孩子遭罪，没办法啊。"麦穗替大香擦擦泪。

"你如果放心，我给你带着孩子吧？"

"我当然放心。但是怎么好让婶子受累？你这么大年纪了……"麦穗犹豫不决。

"只要放心就好。大香乖，走，跟奶奶回家，让你娘安心干活。"王婶说着话，便抱着大香走开了。

麦穗望着王婶的背影，看了好一会儿。

单福根看见大寒也在工地上，犹豫了一会儿，还是凑到他身边。大寒看他过来，扔下手中的铁锤就要走。单福根压低嗓音："那些血，是不是你给人泼上去的？"

大寒站住脚待了一会儿，没回答，继续往前走。

"你不承认我也知道，你稀罕麦穗，我真的可以帮你，只要你回家。"

大寒猛然转过身来看了单福根一眼，扭头望着炼钢炉边的麦穗，撂下一句话："你帮不了！"

尽管大寒还是走远了，尽管大寒的语气硬邦邦的，单福根心里却是异常激动：这么多年，大寒第一次开口跟自己说话！

单福根瞅着麦穗："我就不信！"他把手中的烟袋锅使劲往树上敲了敲，朝人群走去。

王婶走在路上，自己寻思：不行，四龙娘这死老婆子，是个倒了杆子不沾泥的货。她自己不给麦穗看孩子，我要是把孩子接过去，她指不定说出什么难听的来。王婶还是去了四龙娘那里，想让她帮麦穗照看大香。四龙娘瞅瞅王婶，先是不哼不哈，实在让王婶絮叨得烦了："孩子是谁的还不一定呢，我干吗去出那些力气。"

"老嫂子，这话咱可不能乱说，说出来，伤人。"王婶心里暗骂，这死老婆子，心比石头还硬。

"我劝你别多管闲事，我的孙女你来看，我看你就是成心来硌硬我。"

一句话，把王婶气得直哆嗦，本想把大香给麦穗送回去，但是王婶看大香这些日子，在工地上晒得身上脸上都褪了皮，原来粉丹丹的小脸都变得又黑又瘦。她终究忍不住，就把大香抱回家，让麦穗安心去队里干活。

大香不在麦穗身边，赵国安又得以有机会照顾大香。每天上工之前，麦穗早上把大香放到王婶那里，麦穗前脚走，赵国安后脚就到。给大香好吃的，好玩的，有时候，就掏钱给王婶，王婶推辞不要。

赵国安就握着王婶的手，看看大香："婶子，别屈着孩子。"

王婶叹口气："国安啊，我怎么看着麦穗对你还不如以前了，你俩这是咋了？这么好的俩孩子，怎么心就拢不到一块儿呢？"

赵国安无奈地摇摇头："婶子，没法说。您也知道，有些事，它本不是我的意思……唉，在麦穗眼里，我是个不要脸的大骗子，翻不了身了。"

大香腻在赵国安怀里不肯下来，他抱着大香，心里说不出滋味。

四龙娘自从见到了那青岛两口子，几晚上辗转反侧都睡不着，大香的小脸老是在她眼前浮现。麦穗，你克死了四龙，又拐带着五虎去东北，有你个扫把星在，这个家没有好。你不知道羞臊地和赵国安搅混不清，你怀了别人的野种还把我当傻子赖在俺家里，你害了俺儿还对我横鼻子竖眼没个好脸……

四龙娘越寻思越生气，越寻思越伤心。

"你害俺儿，那我也让你尝尝孩子没了的滋味！"四龙娘满肚子怒气从炕上爬起来，她要去找青岛那两口子。

一见面，四龙娘就哭鼻子抹眼泪，青岛两口子大惊："大娘，你这是咋了？"

"唉，说来话长。俺有个孙女，儿子没了，媳妇要改嫁，孙女以后没人管了，想找个好人家收养。"

那两口子一听，很是惊喜："大娘，俺们能不能见见这孩子？"

四龙娘犹豫了一会儿："唉，自己儿子就留下这一根独苗，我真不忍心啊……"

两口子一听，相互看一眼："大娘你放心，我们会对孩子好的。"

四龙娘临走留下话："可能得耽搁几天，儿媳妇出嫁之前，还不舍得孩子，你们耐心等等，让她娘俩再亲几天。"走出去又回来千叮咛万嘱咐："这事千万别让别人知道，乡下娘们儿嘴碎，走漏了风声，孩子长大了再找她亲娘就不好办了。"两口子连连点头，一个劲地拉着四龙娘的手："大娘，你想得真周到。"

四龙娘赶紧抽回手，瞅瞅左右没人看见，赶紧走了。

回家后，四龙娘又懊悔起来："唉……大香那个小样儿，还真是招人疼……"但是一看到四龙屋那空着的土炕，她又给自己打气，让这个女人也尝尝孩子没了的滋味！

四龙娘一连几天都偷偷瞅着王婶的举动。这王婶对孩子太上心，大香几乎一刻都不离她的视线。都过去四五天了，这老婆子急得团团转。

机会终于来了，在天井树荫下面，王婶把大香放在筐箩里哄睡了。王婶这几天老是内急，一看孩子睡了，急匆匆跑去了茅房。四龙娘心里大喜，蹽着小脚，麻利地抱起大香，脚底抹油，溜得飞快。

远处有个身影，看着像赵国安。怎么办？四龙娘环顾左右，旁边有草垛。

有了！她赶紧转到垛后。

赵国安脚步声近了。"大姨？我明明刚才看着是她，这是去哪了？咋眨眼不见了？"国安疑惑地自言自语。

"国安，我这不憋着尿了，在草垛后面解手呢。咋了？找我有事？"四龙娘躲在垛后，怕他绕过来找，赶紧回话。

"哦，没事没事，我就是奇怪怎么突然不见你了……我走了。"赵国安脚步声渐渐远了，四龙娘从草垛后转出来，擦了把额上的冷汗。

四龙娘不敢耽搁，找到了早就联络好的青岛两口子。那两口子从四龙娘怀里接过熟睡的大香，一看大香这小模样，两个人欢喜得不得了。

"大娘办事真利索，这孩子虽然睡着，一看就是个漂亮嫚儿。"那男的赶紧掏衣兜，塞给四龙娘一百多块的奶水钱。老婆子推让着，青岛女人给她揣进兜里。刚要出门，四龙娘又回头嘱咐一番："千万别走漏风声，要不然，孩子大了回来找他娘，你们可就白养她了。"

青岛两口子赶紧点头："大娘放心，我们即刻动身返回青岛，连铁柱娘都不会知道。"

老婆子又抹抹眼泪，指指熟睡的大香："把她那小花褂给我吧，留个念想。"

那两口子赶紧找出自己预备好的新衣服，给大香换上，把旧的递给四龙娘。

那女人使劲抱了一下四龙娘："大娘，你别难过。你如果想孩子了，可以随时去看她。"

"嗯，孩子跟着你们这样的人家，我放心，不用看，不用看。"四龙娘瞅瞅没人，赶紧走。路过铁柱家的门口，门里的黑狗冲着她汪汪地叫了几声。

路上，四龙娘突然觉的心里空落落的，说不出个啥滋味，眼角不自觉地流下泪来。

老婆子自己劝自己，四龙没了，这孩子早晚是别人家的，已经这样了，豁出去了。

她把大香的小褂拿回家，把家里正在鸡窝下蛋的母鸡抓出来，一刀剁了头，鸡血淋在大香的小花褂上。她把小花褂揣在怀里，来到铁柱家，瞅瞅没人注意，偷偷把小褂扔进了铁柱家的狗窝里。四龙娘嘴里"咕咕咕咕"地唤着鸡赶紧出门，迎面碰见铁柱："柱子，没看见俺家的芦花鸡？"铁柱摇摇头，四龙娘赶紧踮着小脚回了家。

二十七

王婶解手回来，忽然不见了笸箩里的大香，这心就突突地狂跳起来。在天井里转了一圈，没有！这么小的孩子，就是跑也跑不了这么快啊。王婶又出了院子，是不是谁家的媳妇跟她闹着玩，把孩子抱走了吓唬她？

虽是这样安慰自己，王婶的手心里还是汗涔涔地。她双手合十，嘴里嘟囔着，菩萨保佑，菩萨保佑，千万别出事，千万别出事。王婶见个人就问，"看没看见大香，看没看见大香？"

大家都摇头："孩子不是你看着吗？怎么倒来问我们？"

王婶越寻心里越慌，找了半晌，还是不见孩子影儿，王婶急得一个人跺脚又垂泪。她正哭得起劲，铁柱小脸煞白跑了来，手里抓着那个满是血迹的小花褂，拽着王婶，

"奶奶、奶奶，你看看，这是不是大香的小花褂？"

王婶抓过来一看，一下子呆了："铁柱，这是从哪里找到的？"

铁柱拽着王婶到了自家的狗窝那里："奶奶你看，地上还有血来。大香，是不是……是不是让俺家的狗给吃了？俺这狗好几天没食喂了，是不是饿疯了……"

王婶一腚坐在地上："这可怎么好，这可怎么好？我把孩子看没了，孩子可是麦穗的命啊。孩子要是让狗给吃了，我老婆子怎么有脸见麦穗啊？"

麦穗从工地干活回来，径直去王婶家接大香。一路上麦穗想着，王婶跟自己非亲非故，她却把自己当亲闺女看待。王婶老伴死得早，也没留下个后，自己日后一定把王婶当自己的亲娘孝顺，为她养老送终。

"婶子，大香，我回来了。"麦穗喊着，推门进屋。麦穗突然大叫一声，她简直不相信自己的眼睛：王婶吊在房梁上，脚底下是踢翻的凳子！麦穗飞奔上前，一下子托住王婶的腿，身上还是热的。

麦穗大声哭喊着："婶子，婶子你这是干吗？好好的，你这是干吗呀？"麦穗大声喊着救命，正好经过的赵国安听到叫声，一下子闯了进来。呼啦啦屋子里来了好多人。赵国安让麦穗托住王婶的腿，自己踩着凳子解开绳子。手忙脚乱把王婶放在炕上，麦穗又哭又喊着撸着王婶胸口，抚摸着她脖子上那道勒痕。

赵国安赶紧把王婶头摆正，用力按压王婶胸部，大伙都屏气凝神看着王婶。

忙活了好一阵，王婶慢慢睁开了眼，大家一起欢呼起来。

王婶翻身爬起来，扑通一声就跪在了麦穗跟前。大伙一阵嘘声，麦穗蒙了，这是唱的哪一出啊？

王婶抱着麦穗的腿："麦穗，好孩子，婶子对不起你……婶子没脸见你了。"

"婶子，婶子，咱有话起来说，你这是要折煞我。"麦穗赶紧往起拉王婶。

"大香……大香让铁柱家的黑狗给吃了。我有罪啊，我有罪啊……"王婶以头抢地，痛不欲生。

铁柱赶紧过来，把事情的前前后后跟麦穗说了一遍。麦穗听完站在那里，木偶一般，没了声息。

赵国安在一旁攥着双拳："怎么会？不可能，铁柱家的黑狗，平时小鸡小猫走到跟前，它都不欺负，怎么会吃掉一个孩子？"

王婶抖索着双手，拿着大香被血染红的小褂给他俩看。"这是在铁柱家狗窝里找到的。"

麦穗抓着那件衣服，两眼一翻，扑通一声躺在了地上。赵国安慌忙抱住麦穗，赶紧施救。王婶也捶胸顿足地："阎王爷，你把我老婆子收了去吧。"

赵国安一边掐着麦穗人中，一边安慰王婶。

麦穗醒过来后，眼直直地瞅着屋梁，也不哭也不闹。一会儿，两股血从麦穗鼻孔里流了出来。

"黑狗吃掉了孩子？"赵国安不信，坚决不信。"不行，我要去找大香。狗把孩子吃了？打死都不信。"

赵国安先来到铁柱家，看看到底是真是假。刚迈进门，眼前景象让赵国安倒吸一口凉气，那条黑狗，被开膛破肚吊在了树上，狗的内脏裸露在外边，心脏还在突突地跳动。大寒正把黑狗的胃从狗肚子里扒出来。一看赵国安来了，铁柱娘哭着过来："国安，村里人都说是俺的黑狗吃了大香，俺自己的狗俺自己清楚，打死俺都不信。你是明白人，你看看狗的肚子里到底有没有孩子的骨肉，你得给俺证明清白。"

赵国安接过来大寒扒出的狗肚（胃），割开，里面空空的，啥都没有。再说了，大香这么大的孩子了，就是被狗吃了，难道能一次全部吃完，什么都没留下？

赵国安蹲在狗窝旁边，告诉铁柱娘："这狗，真是枉死了。"

大寒扔下手中的砍柴刀，长出了一口气坐在了地上。赵国安刚要跟大寒说话，大寒一声不响，起身就走了。赵国安嘀咕着，这大寒，越来越让人琢磨不透了。

尽管孩子还没着落，但是只要狗肚子里没有，大香就有活的希望。赵国安急匆匆赶回王婶那里，也顾不得平时和麦穗的芥蒂，他兴奋地大声喊叫："狗肚子里什么都没有，大香肯定还活着。"麦穗一听，眼睛接着亮了起来，撒丫子就往外跑："大香在哪里？我要去找大香，我要去找大香。"

王婶和赵国安追上她，三个人分头从村里找，找遍了本村，找邻村。被问到的人都说，这些日子怎么这么多丢孩子的？一个箍炉匠也来打听说是丢了孩子。麦穗心急如焚，也顾不得听别人议论，一说没见过，便匆匆离去。他们几人找了将近一个月，一点音信都没有。麦穗舌上嘴角都是水泡，心中燃起的希望，正一点一点被失望湮灭。

单福根一开始还催着国安去干活，王婶告诉他麦穗孩子丢了，单福根的目光里满是怀疑："不会是偷懒吧？我看赵国安对大生产有情绪。"

"书记您说哪里去了？哪有为了偷懒诅咒孩子的道理。赵国安可不是您说的那种人。"王婶气不打一处来。

单福根吧嗒着眼皮，琢磨了一会儿，把小满叫到身边，让小满给大寒传个话，就说麦穗孩子丢了，让他赶紧帮着找。

"我也不用传话了，俺听人说哥早就忙着打听孩子下落了。怎么偏让他找？爹怎么不说让我帮着找呢？"小满不解地看着单福根。

"我自有打算，你别抄捞。"单福根看看小满，"小满，你也老大不小了，别整天没心没肺地。该留意的人，你也留点意。没事，多去国安那里走动走动，你俩从小一块长大的，别大了反倒疏淡了。"

小满一听赵国安，满脸堆笑："爹你放心，我和国安哥，疏淡不了。"

搜寻了几日，大香音信皆无。麦穗坐在小黑屋外面，面朝着北方，一坐就是一下晌。有时候，她在屋里静悄悄地躺着，若是听着外面有什么动静，就会呼啦一下子敞开门，嘴里嚷着："大香，是大香回来了吧？等着，等着啊，娘这就给你开门。"等到看看不是她的大香，她便一腚坐到地上。

河水依然静静流淌，炊烟照旧摇曳在傍晚染着霞光的暮色里。

麦穗眼前的一切却好似彻底失去了颜色。恍惚中，她觉得爹又来了。爹把麦穗揽进怀里。

"爹，支撑我活下去的最后一样东西，老天爷都要给我拿走？爹，你告诉我，到底是为什么？我真的没有力气再走下去了，爹，我没力气了……"

"孩子，人生有七苦，生、老、病、死、怨憎会、爱别离、求不得。无处求，求不得啊……"

"无处求……求不得……"麦穗在梦中喃喃自语。

村里看林子的老头，大清早经常被麦穗吓一跳。林子里雾气大，看林老头隐隐约约地听到什么声音，跟念经一样。走近了一看，是麦穗跪在四龙坟前，嘴里念叨着："四龙你个混账东西，你耍鬼调包诳了俺来。诳了来，俺认了。你个混账东西，扔下俺娘们儿不管了。你还没赎完诳俺的罪过，你就走了啊……你快告诉我，大香去哪了呀？咱们的闺女去哪了……你快告诉我……"

看林老头招呼麦穗，麦穗像从另一个世界醒转了过来，也不答应，只是用手撑着地，两条腿肯定是麻了，试了好几次，才从地上站起来。她不看别人，也不言语，悠悠荡荡地兀自往村子里走了回去。村里的人，经常看见麦穗三更半夜不睡觉，到处游荡找她的大香。赵国安心里跟猫抓一样，每次都远远地跟着麦穗，生怕她有什么闪失。

这几日怎么没见大姨？赵国安自己心思，大香总归是大姨的孙女，老太太一心疼，不会出什么事吧？

赵国安赶紧往四龙家跑去。他推门进了屋，四龙娘躺在炕上，嘴里嘟囔着："让你也尝尝这滋味儿……"

"大姨，什么滋味儿？"

四龙娘不说话，又开始不住地擦眼泪。

赵国安安慰她："铁柱家的狗肚子里啥都没有，肯定不是狗吃了，大香还有希望。"大姨手一哆嗦，把炕桌上的粗瓷碗碰翻，水洒了一炕。

四龙娘赶紧下了炕，说要是没事的话，她要出去串个门儿，说着就往屋外走。赵国安摇摇头：大姨今天真奇怪。

因为赵国安经常出诊，到底是消息灵通些。他无意中听说，前些日子铁柱家来了两个青岛人，似乎想打听收养一个孩子。赵国安还听到小道消息，大香很可能被这两个人抱走了。赵国安当即心头一震，终于抓住了一条线索，有线索，就有希望！

思虑再三，赵国安觉得靠自己去青岛，万一碰上不讲理的主儿，恐怕不但要不回来孩子，还会打草惊蛇。万一那家人把大香藏起来，就麻烦了，还是找公安靠谱些。赵国安跑到公社驻地找公安报了警，并且提供了青岛夫妇来过村子的线索。丢孩子这样的大事，谁都不敢耽搁，公安同志立刻向上面汇报。县公安局立刻出动，调查摸底，锁定目标，出击救援。

赵国安跟随着公安，马不停蹄来到青岛。

大队部里，单福根正心烦意乱地叼着烟袋围着桌子踱来踱去。"这个赵国安，太不把我放眼里了，我是村书记，庄里出了这么大的事，理当先让我知道，联系公安也该是村支部的事。"如果单福根先知道这事，那带公安去青岛的会是大寒，绝不会是你赵国安。单福根为自己失去了一次笼络大寒的绝佳时机万分惋惜，骂娘跺脚。

村里的干部，还有得到消息赶来采访的县里宣传部的干事，更有赶来打探消息的村里的男女老少，熙熙攘攘挤了大队部一院子，都在翘首以盼青岛那边的消息。

赵国安他们来到一个看似机关宿舍的小院，找到了那家门口。他闭着眼，双手交叉攥在一起，颤抖着抱在胸前，似是在祈祷什么。公安同志示意赵国安敲门，他们都躲到了拐角。赵国安长吁一口气，敲响了门。

那对夫妇把门开开一条缝，一看是陌生人，心里便很警惕，不让赵国安进屋。

"你找谁？"女人从门缝里露出半边脸。

赵国安站在门外，刚要回答，里面一个孩子哭了起来，国安一听，是大香的声音。他朝外面大喊了一声"有孩子"，自己硬推开门，一下子闯了进去，公安闻讯都冲了进去。

大香一双大眼睛瞅着赵国安，脸上还挂着泪，一见赵国安，咧嘴就笑了。赵国安一把抱起大香，把大香的脸贴在自己胸口上，眼泪不自觉地流了下来。

公安掏出了手铐，就要铐上这两口子。赵国安拦住他，让他坐下来，回头看着一脸惊愕的夫妻俩，让他们向公安交代一下事情的经过。

这对夫妻都是知识分子，看得出也是通情达理的人。他们没想到，一个老实巴交的乡下老太太，还能编出这样的瞎话，还编得这样天衣无缝。夫妻俩一个劲地道歉："都是我们的过错，我们应该亲自见见孩子的娘，就不会出这样的纰漏。只是一看着这孩子，我们太喜欢了，也没细想就抱了回来。"看着他们态度诚恳，也没抵赖抗拒的意思，公安教育了一下他俩，也便不再追究。

夫妻俩把大香还给赵国安，得知他们付给大姨一百块钱，赵国安从衣兜里掏出钱，数了一百块还给夫妇。他又数出三十块钱，递给他们，感谢这些日子把大香养得这么白白胖胖的，一看就是没吃屈。夫妻俩怎么也不收赵国安的钱，只是舍不得孩子。

赵国安抱着孩子往门外走的时候，女人跑到他跟前，抱着大香，泣不成声。赵国安让大香对夫妻俩挥挥小手，说："你们要是喜欢，就让大香给你们做干闺女，等她长大了，过来看你们。"夫妻俩含泪点点头，别过脸去，不敢再看孩子一眼。

赵国安和公安驱车从青岛回来，一路上他紧紧地把大香搂在怀里，生怕她再丢了。还没到村口，村里的高音喇叭便开始广播大香找回来的新闻。

驻公社的公安人员、公社的干部们都候在路边。知道消息的村民也放下手里的家伙，有的人还把工地上的锣鼓家什儿拿了来，敲锣打鼓等在村口，看到公安的偏三轮摩托开来，大家一拥而上围了过来。

大寒站在人群外，使劲伸着脖子看了看抱在赵国安怀里的大香，低头走远了。单福根拦住大寒："我说大寒你怎么这么木头，我起先都给你线索了，你都不去青岛找，赵国安是在我之后得到的消息，他却去青岛把孩子抱了回来。大寒啊大寒，你知不知道大香对麦穗有多重要？这关键时候你怎么就靠不上去呢？其实孩子回来不回来不重要，你找不找才是主要的，麦穗知道不知道你去找才是主要的，你这光自己私下里忙活，人家谁去领你的情？"

大寒不理单福根："不要以为你什么事都能管，你就是一个村书记。"

单福根骂了一句："不识好歹的狗东西，烂泥糊不上墙。"

二十八

听到消息的王婶激动得一路小跑，来到了麦穗的小屋。她拽起麦穗就往外跑，麦穗蔫头耷脑地，王婶一边跑一边说："大香回来了，大香找回来了。"麦穗一听，这会儿变成了麦穗拽着王婶撒丫子跑起来。到了村口，她简直不相信自己的眼睛，大香在赵国安的怀里，正瞪着一双水汪汪的大眼睛，饶有兴趣地瞅着那些使劲敲锣打鼓的人。麦穗咬咬自己的手指头，很疼，不是做梦。大香，真的是大香！看到麦穗来了，赵国安赶紧把大香递给麦穗。

麦穗接过大香："怎么找到的？怎么找到的？谁找到的？她在哪里来？"麦穗已经语无伦次，嘴唇哆嗦着都不知道从哪里问起。

回到家，麦穗一直抱着大香不肯撒手。找大香的这些日子，历经两个多月的煎熬，麦穗像被挖走了心肝，她怎么舍得孩子？王婶也激动地抱住她们娘俩，哭喊着老天有眼，老天有眼啊……

麦穗忽然想起了什么，把大香递给王婶，跟王婶说她有点事，一会儿就回来。

出了门，麦穗径直去了婆婆家。她走到门口，一脚把门踹开，进了婆婆屋。

婆婆正躺在炕头上，嘴里哼哼着什么。

四龙娘一见麦穗，一个激灵坐了起来。毕竟是心里有鬼，老婆子没了以前的那种盛气凌人，眼光躲闪着麦穗的逼视，假意问了一句："孩子找到了?"

"找——到——了!"麦穗一字一顿，斩钉截铁!

婆婆心怯地瞅一眼麦穗："真的假的?"她一下子坐直了身子。

麦穗对老婆子咆哮着："感谢您老人家，没让狗吃了俺的孩子。俺该给您磕头谢恩，谢谢您的大恩大德。来来来，俺给您磕个头!"

四龙娘坐不住了，把腿垂在炕沿上，想走，还是嘴硬："找着就找着了，跟我那么大威风干吗?"

麦穗不回答她，抄起炕桌上的茶碗"嘭"的一声摔在地上，茶碗破碎的声音让老婆子浑身一颤。麦穗接着把炕桌掀翻在地，把窗台上的煤油灯砸在了炕前里。满屋子充斥着煤油的味道。

四龙娘更加疯狂地叫骂起来，麦穗一不做二不休，把倒在地上的煤油灯拿起来，来到屋外。她把剩余的煤油甩手泼到了屋顶的麦秸草上，从屋里找了洋火，划了一根火柴，点着了一把玉米秸，一下子扔到了房顶上。

房顶的火借着风势，一会儿便呼呼地燃烧起来。麦穗站在天井里，冷眼看着屋顶越来越猛的火势。屋顶扑下来的火星蹦到她脸上，她也不躲闪，定定地瞅着越来越高的火头。

四龙娘听着动静不对，也顾不上叫骂了，屁不待腚地跑了出来。看着房顶上呼呼肆虐着的火苗子，老婆子一下子瘫坐在地上。

"四龙啊，你娘没法活了。呜呜……这是要造反啊……"四龙娘手里拿着水瓢往屋顶上泼水，这点水哪里管用，徒劳而已。

村里的人看到了火，挑水的挑水，拿锨的拿锨，朝着起火的方向跑了过来，吵吵嚷嚷过来救火。四龙娘一看来了这么多人，一下子来了劲头。

她又开始呼天抢地地哭起来，一边哭一边数落麦穗："俺上辈子造了什么孽，摊上这么个儿媳妇。呜呜，她克死俺儿，拐走小叔子，现在又把俺的老窝也点了，呜呜呜……"

大家也顾不上听她哭诉，都吵吵嚷嚷忙着救火。众人挑水的，挑土的，提桶拿架筐，一派混乱。大家往房顶泼了几桶水之后，收效甚微，火借着风势，冲上了天。大家七嘴八舌，议论着火势太猛谁都无计可施。只有几个胆大的小伙子爬到房顶，把还没烧着地方的麦秸草先扒掉，免得火苗蔓延到别家。

一时间，庄里鸡飞狗跳，喊声震天，火光照得人心惊胆战。

公社和县里来的人正在大队部研究怎么处理四龙娘的问题，忽然有人报信，四龙娘家里被放火了。大伙都一愣，一拥而出，庄里西北角上火光冲天，大家吵嚷着救火，匆匆往那儿赶。

到了四龙娘家，老婆子还在地上鼻涕一把泪一把。公安拿了铐子，先把她铐了起来。四龙娘惊诧地望着这些人："你们凭什么铐我？是她点的火。"

公安面无表情，斥责着这老婆子："吃了官司还跟没事人一样，光卖孩子这一个罪名就可以判你个十年八年的，知道不？"

"我没卖，我没卖！麦穗你个烂女人，我就是要让你尝尝孩子没了的滋味……"老婆子一边挣扎一边咬牙切齿地指着麦穗。

公安们又开始调查点火的人，麦穗也不躲避，自己走上前来："是我点的。"公安们上前把麦穗也铐了起来："不管什么原因，纵火就是犯罪。"

听到消息，赵国安一下子着了急：这个麦穗，这不是自己引火烧身吗？他急匆匆来到大队部，和公安们说着什么。

麦穗被公安带走，大香哭着闹着不让麦穗离开，公安干脆让麦穗带着孩子上了车。

大寒这几天忙里忙外的不消停，单福根知道自己这儿子的脾性，不放心。大寒出门之后，他叫人偷偷爬墙进了大寒屋里，看看他在忙活什么。

那个人爬墙出来，手里拎着一袋子东西，打开一看："里面装着雷管和炸药！"单福根差点坐在地上。

他跟那人说："哦，这是社里要打井，我让他预备的东西，这个二货把这些放在家里也不怕出事，真是胡闹。这事你别声张，大寒这犟驴不知好歹，知道咱动他东西咱都没好果子吃。"

把那个人支走后，单福根跺着脚骂大寒："这个没脑子的东西，他这是要去攻击公安局还是要去劫狱？这个死孩子，真他娘的一根筋！"单福根恨恨地把那包东西扔进了庄后的大湾里。

村里人发现，大寒这几天像丢了魂儿一样在大街小巷犄角旮旯里翻找什么东西。他嘴里嘟囔着："等着，等我找回来有你们好看的，你们都给我等着。不分好坏你们就抓人，他娘的，就是欺负好人有本事。"

单福根闷声不响，只是若有所思地抽着烟袋。

赵国安几次托人说情，公安局那边回了话：鉴于四龙娘年纪大了，关几天，教育一下，不追究刑事责任。麦穗还有个孩子需要照料，认罪态度也良好，关几天也放了吧。

赵国安终于长吁了一口气。

过了不到十天，麦穗就带着大香回来了。四龙娘也挪着小脚回了家。

本来以为麦穗会被关上几年，没想到这么快就回来了。最先预言麦穗要被关几年的张金花似乎很没脸，便又开始和那些爱打听事的女人聚在一起，磨牙倒嚼。

"好了好了，孩子也找回来了，人也都放回来了，这回都该安心干活了。"单福根又开始发号施令。

"这钢还炼？"有人问单福根。

"不光炼钢，下一步还要大兴水利，形势一片大好啊。我听说还要修一座大水库呢。大家都养足精神，准备大干一场吧。"

一场风波，如巨浪滔天，汹涌过后，终于平息。

麦穗和婆婆被关了几天，先后被放了回来。大家议论了一阵之后，失去了新鲜劲儿，村子又恢复了往日的宁静。

双羊公社成立后，公社卫生院在双羊店成立。原来的村卫生所也改叫双羊大队卫生院。

单福根放出的消息果然不是空穴来风，双羊店开始统计修水库出伕的名单。高密西乡人都被这条消息振奋了：把潍河拦腰建一座水库，那这条"坏河"就再也不能逞凶了！

二十九

流淌了千百年的潍河将被拦腰斩断，建一座山东最大的水库——峡山水库。

夕阳以摧枯拉朽的疯狂点燃了近村远树，映红了沃野平畴，渲染着潍水寒烟。潍河两岸都被涂上一层瑰丽的金色，荻花飘絮，暮鸦翎雁在霞光暮色里盘旋。

这无数次泛滥肆虐、吞噬过无数生命的潍河水，此时却是如此恬淡，如此安然。

一九五八年十一月六日，随着震天的锣鼓喧响，峡山水库破土动工。

高密、昌邑、安丘、潍县四地联合参与建设。

村书记单福根会上再三强调，每家至少出一名劳力。

大家果然是热情高涨，出伕名单不到三天就定了下来。如今一溜儿马车在村中心路上等着，等人到齐了就出发。

五虎因为受伤还没好利索，村里就让麦穗去顶这个名额。

麦穗把大香托付给王婶，又急急地收拾了一个包袱。有一双还没纳完的鞋垫，麦穗拿起来又放下，犹豫了好一会儿，还是放进了包袱里。

麦穗从胡同口急急忙忙跑出来，一手扯了扯身上的蓝方格小褂，一手扶着车架杠一下子跳上了马车。她拍拍因为匆忙突突急跳的胸口，呼出一口气。麦穗光洁的额头上布着一层细密的汗珠，脸上泛着潮红。她突然闻到一股淡淡的中草药味道，扭头一看，坐在身边的人是赵国安！赵国安刚要张嘴说话，只见麦穗脸一沉、眉一皱，翻身跳下车。她站在路边扭头看着后面的马车，想看看后面那辆车上有没有空地儿。

好几辆马车从麦穗身边经过，麦穗瞅了瞅，车上人挨人，自己根本就挤不上去。

麦穗看看前后几辆车都满了人，又看见赵国安离了原来的位置，自己不用再挨着他坐，便咬了咬嘴唇，示意旁边的人拉她一把，又上了原来的马车。麦穗把下巴抵在包袱上，冷着个脸，一句话也不说。

出伕名单中，小满也在内。单福根嘱咐赵国安，去工地除了干活，主要是担起工地上的医疗事务，还让他照顾着点小满。赵国安满口答应。

单福根看人已到齐，赶紧喝住了众人的喧闹。他一声令下，打头的车把式把鞭子一甩，马蹄得得，队伍浩浩荡荡向峡山工地进发。

大家一个个像远征的斗士，眼睛里呈现着莫名的兴奋。提起潍河，大家都心有余悸。一九五〇年的一次大水，一下子淹了好几个县，昌邑城关的郑家庄整个村子二百户人家无一幸免，洪水让这个村一夜之间从地图上消失了。老百姓口中都传着一句顺口溜：开了吴家漫，昌邑潍县去一半；开了红崖口，昌邑潍县跟着走；开了田家湾，淹了东半天；过了胶莱河，淹了三合山。

想到他们要去战天斗地，去把这条洪灾不断、害人不浅的"坏河"改造驯服，大家都难以掩抑自己的兴奋。

一路颠簸，一路兴奋，一路喧嚷。

走了约莫一个钟头，打头的车把式喝住马，喊一声"到了"。大家纷纷下了车，东瞅瞅西看看，满眼好奇。

工地北面的山上写着"腰斩潍河，造福人民"八个一人高的大字。斜坡上到处都是用白石灰刷写的大标语："鼓足干劲，力争上游，多快好省地建设社会主义""战胜严寒锁潍河，不让坏河再逞凶"。工地上随处可见飘扬的小红旗，上面也写着各种各样的口号。整个工地锣鼓喧天，大小车辆一齐上阵。

昌邑、潍县，安丘、高密四个县分别负责四个工段，工地整体管理实行责任制，干部实现三包一保：包班、包任务、包教育、保证按时接班。工地模仿部队化管理，一个县为一个兵团，团下设营、连、排。一个公社为一个营。每人每月粮食定量，五十斤毛粮，两斤细粮。

高密县调集了约两万名社员，副县长章文坡亲自担任峡山水库高密工段总指挥。双羊公社为一个营，营长是陈家胜。

章文坡？大家觉得这名字好耳熟。

整个高密县工地，只有两部链轨拖拉机，搬石运土几乎全靠车推肩扛。

昌邑工地最积极，别的县还在分工安排，他们的社员已经开始喊着号子开了工。安丘的一看，也不甘落后，赶紧吹了一声小号，大小车辆也开始行动。

高密人也紧锣密鼓往前赶。陈家胜营长点着人头，正在安排搭伙分组。这陈家胜原是山甫乡人，双羊和山甫合并为一个公社后，他就成了星火公社的社员。这家伙身体粗实，人生得黑，所以都叫他黑炭头。陈营长粗声大嗓，"奶奶个熊"是他挂在嘴边的口头语。

工地上左边是一溜儿独轮小推车、藤条篓子和小推车的袢；右边停着两辆插着小旗的链轨拖拉机。

水库施工的第一步，就是库底清基。陈家胜对如何清土、如何运土大体做了交代，就开始念分组名单。

"……韩六方、麦穗……"陈家胜念到麦穗这一组，大家一下子笑了起来。

傻子六吃吃傻笑着来到陈家胜面前。他半低着头，习惯性从眼镜框上面看了一眼陈家胜，用他的标志性动作打了个敬礼。大家一看他这个滑稽样，笑得更欢了。

陈家胜一愣，一下子把傻子六扒拉到一边，又喊了一遍："韩六方？韩六方在哪里？"傻子六嘴里叼着根麦秸草，眼睛眯眯着，大喊了一声："韩六方，到！"

"营长，他就是韩六方。"有人指指傻子六，对陈家胜喊。

村里登记出伕人员时，也不知谁使坏，给傻子六也报了名。

"奶奶个熊，你来凑什么热闹？"陈家胜一看韩六方就是这个傻子六，赶紧拿笔把他的名字划掉，嘴里一边骂着，又一次把他扒拉到一边。

"赵国安、麦穗一组。"陈家胜把赵国安和麦穗安排在一起，赵国安推车，麦穗拉车。麦穗皱起了眉头，拿起一块坷垃在手里使劲捻巴。

等陈家胜安排完分组，麦穗瞅一眼赵国安，突然站起来："陈营长，我不同意这么分。"

赵国安诧异地看着麦穗。大伙先瞅瞅麦穗，又瞅瞅赵国安，最后瞅着陈家胜的嘴巴。

"哎哟，人家是那个林什么玉，哪干得了这活啊？陈营长，看看有没有嗑瓜子喝茶水儿的活，分给她吧。"不知谁阴阳怪气地喊了这么一嗓子。

麦穗也不争辩，倔强地看着陈家胜。

陈家胜抬头一看，面前的麦穗结结实实地晃了一下他的眼。片刻走神之后，他黑脸一沉，心里暗骂：奶奶个熊，你以为自己长得俊就可以这么多事？

"那你自己单干推车吧，没人给你拉。要不你就跟韩六方搭伙。"陈家胜沉着脸，斜楞了麦穗一眼。

"单干就单干。"麦穗从保管员手里拿过小推车的袢，选了一辆小推车，又搬了两个篓子捆在小推车两边，就装土去了。

陈家胜倒一下子尴尬在那里。他只是随口这么一说，没想到这小娘们儿当了真。话都说出去了，他也不好收回，只好露出大白牙无奈地一笑，继续人员分工。

麦穗拿铁锹把篓子装得满满的，把袢挂在肩上，往上起身时，身上的重量让她趔趄了一下。一边看着的陈家胜嘴角也不由自主地抽了一下。麦穗最终还是把车子推了起来，歪歪扭扭运了第一趟土。虽然寒风料峭，没到半道，她脸上的汗已经开始吧嗒吧嗒往下滴。第二趟再推时，麦穗的步伐就从容了许多。

放眼望去，昌邑、安丘、潍县、高密工地上，只有麦穗一个女人单独推车。

傻子六也乐得没人搭伙，他就坐在一边，嘿嘿傻笑着看热闹。

四个工段，大家比着喊，比着干。昌邑这边喊：加油加油，力争上游。安丘这边就喊：不怕苦不拍累，寒冷面前不后退。高密这边陈家胜听了赶紧招呼："奶奶个熊，伙计们咱也喊起来吧！谁有响亮的词？赶紧报上来！"

"古有愚公把山移，咱把洪水来根治。斗天筑坝兴水利，管叫坏河没脾气。"刘麻子领头吆喝了一嗓子。陈家胜瞪大眼看着他："吆呵，刘麻子你真中，奶奶个熊，你还别说，这词还真挺响亮。"

陈家胜振臂一呼，大家便学着刘麻子齐声呐喊起来。

虽是隆冬数九，汗水却把人们身上的衣服都湿透了。小伙子们都扔掉棉衣，嘴里喊着"一、二、三"，甩开膀子拼了起来。有的人嫌小车装得少，两边的篓子还嫌不够，就在小推车车把处再横放一个篓子，还嫌装得少，篓子里又码成一座小山。男人们推车，妇女们在前面弓着身子用绳子拉车。拉着拉着，经常听见"嘣"的一声，拉车的绳子突然断了，把拉的人和推车的人闪个人仰马翻。

工地的宣传栏内，接着贴出了宣传材料。宣传栏上题目醒目，插图生动。听着不远处宣传喇叭里昂扬奋进的旋律，看着宣传栏上催人奋进的事迹，让人平添几分干劲。

歇工的时候，大家都坐在自己的锨柄上喘气歇息。麦穗浑身要散架一样，恨不得立刻躺地上昏死过去。但是她不敢坐下，更不敢躺下，生怕自己一坐下、一躺下，骨架会哗啦一下子散在地上，就再也站不起来了。麦穗一边揉着酸疼的肩膀，一边凑近宣传栏那边，看着上面的宣传内容。

陈家胜凑近一个中年男人："伙计，这是个大嫂儿还是个小媳妇？你看她老盯着宣传栏，她识字？这女人咋这么犟？"

"她叫麦穗，孩子都有了，不是大嫂儿。男人死了。听说她亲爹跑黄县，是个学问人，所以这闺女也识字。"陈家胜待要继续问，看着别的县又开始干活了，他赶紧一吹哨子，继续上工。

说到这里，那个人指了指别处。陈家胜顺着那人的手指看过去——赵国安可能嫌锨头有点松动，正在用一块石头敲着锨柄。

"认识那个人不？"

"认识，叫赵……赵国安不是？"

陈家胜认识赵国安，是双羊店的医生。这赵国安一表人才又懂医，前年他还想给自己的表妹牵线搭桥说给赵国安，可惜没成。

那人还想说什么，看陈家胜走远了，才闭了嘴。

三十

工地最难挨的是晚上，少数人住在附近村庄老百姓的偏房里，大多数社员都在野地里支起席篷，地上用秫秸箔搭一地铺，铺上一层麦穰包就成了大通铺。棚子里人挨人，人挤人。有起夜上茅房的，回来就再也找不到能躺下去的空地儿。有的棚子里，实在没法安排，干脆男女混杂躺在一起，天寒地冻，大家都不敢脱衣睡觉，高密人都知道，这叫"囫囵滚个子。"

棚子里汗味、馊味、脚臭味，混杂一起；呼噜声、磨牙声、睡语声，此起彼伏。大家都是一身泥一身汗，谁也别嫌谁。

又到白天上工，有人故意问麦穗："怎么着，今儿还是一人单干？"麦穗摇摇手里的袢："嗯，单干。"

陈家胜搔搔头说："麦穗，我看你也别逞强了，那些大男人都不顶事儿，别犟了，搭伙吧。"

麦穗咬着嘴唇，似乎有些犹豫。虽然歇了一晚，她浑身还是酸疼不已。突然觉得脖子上有个东西在爬，麦穗赶紧用指头摁住了那个东西。她小心捏着凑到眼前，指缝之间露出跳蚤的半个身子。刚来了两天，身上竟然有了跳蚤！麦穗怕跳蚤逃脱，放在指头肚之间使劲捻着。

"赵国安，你还和麦穗搭伙。"——陈家胜的这句话让麦穗立刻拿定了主意。"不用，我还是单干。"刚才还在愣神的麦穗，脸一下子沉下来，接着就推起了独轮车。

陈家胜又一次把自己晾在了那里。他挠了一下头，嘴里嘟囔着："奶奶个熊，陈家胜你怎么这么不长记性？"

经过了前几日的体力透支，麦穗看起来有点力不从心了，手上的泡挤破了，被汗水一浸，生生地疼。大伙看见她一握小推车把，嘴就痛苦地吸溜一下。推着车，她的腰弯得更厉害了。肩上的袢在车把上挽了好几道，肩膀才能用上劲。麦穗晃晃悠悠，趔趔趄趄，眼看就要车翻人倒。

赵国安压低声音招呼韩六方："韩六方，去帮帮。"她指指麦穗。

"嘿嘿，俺不去。嘿嘿，她是那个林……什么玉，找那个贾……什么玉吧。嘿嘿，俺不行。"傻子六朝赵国安挤着眼，嘴里继续嚼着麦秸草。

"我看你就是装痴，你就装吧。"赵国安笑着拍拍韩六方。

刘麻子在人群中唱起了茂腔：

> 铁面无私坐南衙，
>
> 赤胆忠心保国家。
>
> 香莲状告陈驸马，
>
> 只因他杀妻灭子理太差。
>
> 哪怕他皇亲威风大，
>
> 难逃爷的虎头铡……

陈家胜朝刘麻子翻翻白眼："奶奶个熊，别唱包黑子了，赶紧给我干活去，都没看见我们比人家昌邑都落下一大截了？"

大家往手上吐口唾沫，有的抡起洋镐，有的拿起铁锨就开始铲土。那些年轻力壮的男人推车都有妇女在前面用绳子拉着。工地上的人，看着麦穗倔强的样子都唏嘘不已。麦穗目不斜视，只盯着小推车和篓子。

小满虽不是和赵国安搭帮，但是只要她拉的车子比赵国安的早到，她就赶紧折回身来，给赵国安搭把手。

中间歇工的时候，筋疲力尽的麦穗再也没有力气硬撑着去看宣传栏，她坐在偏放在地上的小推车把上，双手抱着膝盖，趴在腿上就睡着了。

上工的小锣一敲，麦穗一个激灵醒了过来。她前后左右找自己的袢，暗自纳闷：明明放在身边了，怎么不见了？扭头一看，在旁边的土堆上。麦穗摇摇头，自己这是累糊涂了呀。她又装了满满一车土，弯腰把袢搭在肩上，运足了力气，推起车来就走。

麦穗气喘吁吁，前面是一个大上坡，她略一停顿，咬一咬嘴唇，铆足了劲，便推着车子朝坡顶冲去。还没到坡顶，只听"咔嚓"一声，搭在肩上的袢突然断了。麦穗还没反应过来怎么回事，便一个趔趄，扑倒在面前的车子上。装满土的车子从坡上迅速下滑，麦穗在车子推动下也往下滚。好几百斤重量的一车土，眼看就要从麦穗身上碾压过去，旁边的人都大声惊呼。傻子六收敛了脸上的笑容，也不嚼麦秸草了，一下子站了起来。

正在推车的赵国安扔下手中的推车，眼疾手快地捡起地上一根不知谁拉车的绳子，手臂向相反方向一扬，绳子用力往前一甩，一下子套住了麦穗推车上的篓子。他狠命一拉，推车偏离了麦穗下滚的方向，一下子侧翻在地。这一连串动作速度太快，旁边的人都看得目瞪口呆。车子一倒，赵国安因用力过猛，双膝一下子跪在了一堆尖茬的石头上。小满大叫了一声，赶紧跑过去拉赵国安。

赵国安惊魂未定，也没看自己受没受伤，一骨碌爬起来就奔到麦穗面前。他将躺在地上爬不起来的麦穗扶着坐起，一看麦穗没啥大碍，才放了心。麦穗甩开赵国安的手，定了定神，去扶自己车子去了。

赵国安这才感觉到自己双膝刀割般地疼，低头一看，裤子已经磕破，鲜血顺着裤腿止不住地往下流。他一下子坐到地上，从随身的衣兜里掏出绷带、药面，瞅了一眼麦穗，便开始为自己止血、包扎。不远处，一位戴眼镜、穿中山装的中年男子站在那里，看到眼前发生的这一切。他走上前来，看看麦穗受没受伤，又蹲下来看赵国安在那里娴熟地包扎。

小满跑到赵国安面前，急切地问他腿伤严不严重。赵国安摆摆手："没事，大男人，没那么娇贵。"

小满嘟着嘴一屁股坐在土堆上："逞什么能，带累别人受伤。"

陈家胜听到消息赶过来，拿起断成两截的袢，嘴里嘟囔着："都是新袢，怎么会断呢？奇怪……"

大家仔细瞅着章文坡，感觉这人好面熟。

单福根一拍脑袋："嗨，我想起来了，就是那个驻咱双羊店的工作组组长。真是巧了。"

"章县长，您就是章县长吧？您是驻双羊店'入社'工作组的那个组长不是？那时候您是副局长，现在都是副县长了呀？"

"我是章文坡，单书记，咱们又见面了。这里还有一个熟人呢，那个邢满金组长还记得不？他也来了。"

章文坡扭头招呼正在工地边上划灰线的一个人。

大家一看走过来的这个人，戴着眼镜，细眯眼，正是以前驻双羊店的那个邢满金。

小满突然记起了单福根说过的那句话：两座山没有碰面的时候，两个人说不定哪一天还会走到一块儿。转悠了一大圈，竟然又和这家伙转到了一起。大大这话说得真没错。

单福根赶紧上前和章文坡、邢满金握手。

寒暄之后，章文坡又凑到赵国安那里。等赵国安忙活完，章县长像在努力回忆什么一样，目不转睛地盯着国安的脸："小伙子，你是干什么的？还随身带着这些东西。这包扎技术跟谁学的？"

"是俺爷爷教的，祖传。"

两个人你一句我一句攀谈起来，一听眼前这个小伙子是赵鸿瑞的孙子，章文坡惊讶地大张着嘴，更加认真地端详着赵国安的脸："像，真是太像了。"

"嗯？"

"小伙子，我是章文坡。"

赵国安赶紧站起来，早就听说过高密指挥部现场总指挥就是副县长章文坡，没想到在这儿见到了。

章文坡拉着赵国安的手，激动得语无伦次："终于找到恩人了。"

赵国安不解地看着他："恩人？"

原来，十几年前，章文坡随了同学来双羊店"赶山"，结果一匹马受了惊吓，踩伤了不少"赶山"的人。赵国安的爷爷赵鸿瑞就在山会上，救治了被惊马践踏受伤严重的章文坡。章文坡是一个穷学生，家在外地，身无分文。赵老爷子不但没要钱，临走又开给他好多治跌打损伤的药。章文坡来高密任职后一直打听赵鸿瑞的下落，听说恩人已经过世，恼恨自己不能报答大恩。天不负人，没想到竟然在这里见到了他的孙子。

章文坡早就听说赵国安博学多才，不但跟爷爷学会了中医，而且去外地医院学过西医。他搂着赵国安的肩膀，来到指挥部的席篷内，两个人相谈甚欢。他不时对赵国安伸出大拇指，棚内不时传出两人爽朗的笑声。章文坡不明白：像赵国安这样的人才怎么会埋没在双羊店？赵国安笑笑："人嘛，很多事都由不得自己。我爷爷干过不少好事，但也干了一些错事，或者说在别人眼里的错事。"

章文坡拍拍赵国安的肩膀："不用说了，我也听说过。知道你家原先有个大院，驻过军。但那时候，谁要占咱们的院驻军，咱老百姓也不敢说个'不'字不是？谁来了咱也不敢往外撵。"

赵国安点点头，又无奈地摇摇头："如果不是因为这些，我现在……其实我也知道，要不是以前爷爷为下不少好人，有人力保我们家，现在我是啥样，还真不好说。我也想明白了，在哪里还不一样活？"赵国安虽然这样说，但眼神里却满是不甘。

"慢慢来，总有熬出头的那一天。你有文化、有技术，这样的人才不可能永远被埋没，你赵国安绝不仅仅属于双羊店。"

单福根把小满叫到面前，叮嘱他一定好好照顾赵国安。小满瞅了大大一眼："来的时候你不是说让国安哥照顾我吗？怎么又成了我照顾他了？"

"没事多和赵国安说说话，交交心。"

"这个不用大大操心，我和国安哥从小没有不说的话。"

"还有，尽量离这个邢满金远点，能不碰面就别碰面。"

"大大，我看在双羊店最后那些日子，你俩处得挺好的了不是？我还用防着他？"

"小满你记住了，有些人处得好，不是因为交心，是为了牵制，绑在了一块儿。听你大大的，准没错。"

"我的娘哎，怎么这么麻烦？"

章文坡和赵国安在工地上转悠，熟悉情况。

"你们怎么还找来这么一个人？"章文坡指指正在津津有味吃着指头的傻子六。

"哦，本来没有他，当时报名出伕的时候不知谁捣蛋给他报上了。来就来吧，他又不捣乱。"赵国安瞅瞅傻子六，用手中的干净药棉替他擦了擦嘴角的哈喇子。傻子六愣怔了一下，瘊子上的长毛抖了好几抖，又低头继续咬着被他漱溜得发白的指头。

章文坡领着赵国安到处转悠，熟悉各个科室和席篷，不时跟他交代着什么。他随口说了一句:"我看昨天那个女人真不懂事,你救了她,她倒不哼不哈地,跟个没事人一样。"赵国安赶紧替麦穗解释,是他自己做错了事,有错在先,她在气头上,所以才这样。章文坡拍拍他的肩膀:"好小子,有心胸。"

赵国安眼神接着黯淡下来,摇摇头:"我真的欠她的……"

三十一

水库开工转眼一个月过去了,为了提高效率,工地实行三班六作制,粗分三八,细分四六。每天分三班,每班八小时,分两次上工,每次四小时。每排一百人,三班倒,白黑干。工具实行五统一:统一按值折价,统一使用,统一管理,统一维修,统一折价赔偿。人员统一编号发牌,对号交接。全工地所有排以上单位,都参加劳动竞赛,单位对单位、兵对兵、将对将,各个县区都开始大比拼。工地还开展"爱工具、保安全、高工效"红旗竞赛。哪个营干得快、运土多、质量高,哪个营就会得到帅旗。那帅旗长一丈一,宽三尺,插到哪个工段,哪个工段的人脸上就会映照着无上荣光。

昌邑的卜庄营被树为典型,帅旗经常飘在他们工地。卜庄营的人在营长方长文的带领下,干劲十足,豪气冲天,有的人下雪天都光着膀子上阵。

这样的红旗竞赛让整个峡山工地都沸腾了,大家心里只有一个信念,那就是:眼瞅红旗,干!干!干!拼!拼!拼!

昌邑的卜庄营出了一个一车推一千五百斤的"大力士"刘进宝,高密就出一个连续二十七天平均每天推土三十八方的"铁人"胡学平。本来整个工地平均每人每天的推土量是三四方,有这几个标兵一带动,人人不甘落后,推土量加了又加。各个工段的典型层出不穷:什么"五虎上将""八大金刚",什么"十八勇士""一百单八将"。女人们也不甘落后,先后涌现了"刘胡兰""钢铁姑娘",还出现了一个清一色娘子军的"穆桂英排"。

高密这胡学平只要一把小车把抓在手里,脸上的肌肉就绷得紧紧的,眼睛大睁着，犹如一只下山的猛虎。他虽然推着一车一千多斤的土，走起来却是脚下生风。陈家胜只要一看见胡学平上土，就赶紧敲着小锣，为他叫好加油。

受这胡学平感染，半大的光头小伙子赵来喜也跟着学样，装了一平车土还嫌少，叫嚷着让装车的人给他继续装上一个尖顶。谁知道他一推车子，来了个车仰土翻，还差点把自己整个埋进土里，惹得旁边的人哈哈大笑。陈家胜走上前把他从土里扒出来，笑着照他屁股就是一巴掌："小和尚，才几岁就来出伏？赶紧回家吃你娘的奶去吧。"

这来喜拍打着身上的土，臊得满脸通红，但还是嘴硬："哼，你才吃奶呢。瞧不起人？我都十五了，是你们把土给我装偏了。坏死了，你们！"

赵国安过来扒拉一下来喜圆溜溜的光脑袋："小家伙，你恐怕是这工地最小的干将了，干活别使猛劲，你还没长够身量呢，伤着胳膊腿、扭着腰可不是小事。"来喜也跳起来扒拉一下赵国安的脑袋，学着他的口气："哈哈，你还没长够身量呢，伤着胳膊腿、扭着腰可不是小事。"

陈家胜看来喜不服气，疾步走上前来，一把扯住来喜的裤子就往下拽："小屁孩，还嘴硬，我看看你零件长全了没有。"

来喜一边护住裤子，一边骂着陈家胜这个坏种。

傻子六也乐了，嘴里嘟囔着："哈哈，君子坦蛋蛋，小人藏鸡鸡……哈哈哈，君子坦蛋蛋，小人藏鸡鸡……"

赵国安指着傻子六，笑得直不起腰来："这个韩六方，都说你傻，我看你就是各一路聪明嘛。"

麦穗听见傻子六这话，也笑得坐在了地上。

旁边的人都有点懵懂，他们不知道坦荡荡和长戚戚，当然也就无从知道傻子六这话有啥好笑的。他们当然更不明白为啥全工地唯有麦穗和赵国安在笑。

麦穗突然意识到什么，赶紧止住了笑容，扭头往一边走去。

这段时间，赵国安成了工地上的大忙人，他不但得干好办公室和卫生科的工作，还得和其他干部轮流下工地干活。

大多数人都在为这冲天的干劲拍手叫好，赵国安却隐隐有点担忧。

天上不知什么时候飘起了雪花，雪片在呼号的北风里砸在人们的脸上。

人们似乎在和这风雪赌气，风雪越是肆虐，人们的口号越是响亮。

这天，赵国安正在办公室里埋头整理材料。

章文坡笑盈盈地走了进来，拍拍他的肩膀："又接到了新任务，考虑了一圈，非你莫属。"赵国安从文稿堆里抬起了头，瞅瞅章文坡。原来是县里来了通知，为了提高社员的素质，便于工地思想动员，县里决定在工地成立"识字班"和红专学校，对工地的文盲们进行扫盲。章文坡让赵国安再推荐个人当老师，赵国安想都没想，就推荐了麦穗。

"一个女人，能行？"章文坡有点不大相信。

"您相信我，准没错。"赵国安给麦穗打包票。

章文坡指着赵国安："嗯，你嘛，我还真是信得过。"

"办学习班，这是大好事，很多人活了一辈子，连自己名字都不会写。"赵国安一副胸有成竹的口气。

说干就干，赵国安统计了一下"识字班"和文盲人数，从工地上找了一扇破门板当黑板，一切准备停当。他考虑着，除了教大家识字，还应该教他们点基本的医疗急救知识。

每到工间歇息，陈营长便拿一个小镗锣，当当地敲，招呼"识字班"们过来上课。有些粗笨些的妇女，扭扭捏捏地不想来。陈家胜就撇撇嘴："奶奶个熊，拿捏什么，又不是叫你去跟男人上炕！"惹得妇女们就追着他打。他就一边敲着小镗锣，一边喊得更起劲："喂喂喂，大家快看啊，这娘们追着俺上炕啊。"工地上的人就都跟着起哄取笑。

傻子六也嘿嘿傻笑着，追着陈家胜跑。陈家胜拿着锣锤指着他："奶奶个熊，你个坏透腔的东西，一听上炕你也知道急火。"傻子六就上去抢陈家胜的小镗锣，陈家胜拿大巴掌假装要扇他。傻子六赶紧抱住头，嘴里嘟囔着："林什么玉，嘿嘿，贾什么玉，嘿嘿……"惹得满工地人都笑得更欢了。

刘麻子哈哈大笑了两声，又开唱了：

　　　　你看那金丝柳枝戏牡丹，
　　　　你看那喇叭花儿爬出墙。
　　　　你看那桃花跟着杏花开，
　　　　好似孩儿跟着娘……

174

麦穗也在旁边，赵国安讲完，就轮到麦穗上去讲。在麦穗注视之下，赵国安莫名地有点紧张，心里像打小鼓，而且鼓点越来越密。他不时地做出清嗓子的声音，以掩饰自己内心的紧张。

赵国安在简易黑板上写写画画，先从汉字的一横一竖、数字从一到十慢慢教起。小满仰着脸目不转睛地瞅着他。看见这些妇女们学得这么认真，连那些粗手笨脚的汉子们也被吸引了过来，跟着凑热闹。

赵国安不光教她们识字识数，还给她们讲高密的由来，讲大禹封国，讲高密西汉六代封王，讲刘墉，讲郑玄，讲韩信潍河沙囊筑坝水淹龙且军。陈家胜唠叨："赵国安，你不教大家识字，讲这个干吗？"

"陈营长，咱不光得识字识数。高密人不知道高密事也不行，不是？"赵国安瞄了一眼正听得聚精会神的麦穗。赵国安从第一天开始讲课，就希望自己能讲出麦穗不知道的东西，希望那个女人不只是坐在地上的时候才仰望自己。

麦穗有时候坐在土堆上独自出神。她眼前一会儿是看高跷时那个挡住自己傻呆呆的赵国安，一会儿是在东北找到自己时那又喜又惊的赵国安，忽而又是把自己反绑着双手扔在炕上的四龙，忽而又变成老奎儿血淋淋的脑袋。麦穗嘴角刚刚浮现的笑容随着她狠劲撒出去的土坷垃一并扔进了风里。

"人家正在想好事呢。"张金花的声音打断了麦穗的胡思乱想，原来是因为麦穗的袢断掉了，陈家胜来给麦穗送一个新袢，走到跟前，麦穗也没发现。陈家胜把新袢晃了晃，递到她手里。麦穗接过来就把袢扔到了小推车的脊梁骨上："我已经有袢了，其实不用新的"。

"我怕那根半新不旧的，也不保险。"陈家胜看了她一眼说。

麦穗扭头瞅了一眼张金花，她不知道这个女人从哪天起对她充满那么大的敌意。

有人拽了拽麦穗："该你去讲课了。"她赶紧起身走到前面的土台子上。

张金花一边和众人磨牙，一边三转两转转到了麦穗的小推车旁边。她趁人不注意，把麦穗的那条新袢拿在手里转到了一个土堆后面。张金花手里抓着一块破碗片，正在吭哧吭哧地割那条新袢。忙活了一会儿，张金花把那条新袢拿起来瞅瞅，虽然中间的纤维被割断，但是外面包着的还是完好如初，不仔细看，根本看不出有什么异样。张金花站起身来，满意地点点头。

张金花一回头，突然"啊"地大叫了一声，傻子六正提着裤子乐呵呵地看着她。她一看是傻子六，刚才变白的脸色又恢复过来："你个死痴巴，尿尿还悄没声地，吓我一跳。"说着拿手里的袢抽了一下傻子六，就朝人群走去。

大寒在不远处盯着张金花。大寒的目光对于张金花来说比刀子都厉害，让她脊背发凉，手心冒汗。

老奎儿两手拿着两张铁锨走过来，把一张递给张金花。张金花白了老奎儿一眼，没好气地接过来。

"这又是咋的了？谁惹你了？"老奎儿眼睛瞅了一圈，不明白老婆突然哪来的气。

张金花不搭理他，拿着铁锨就走开了。

麦穗上完课，大家也该上工了，各人找各人的工具去装土。装完土，张金花把绳子搭在肩头，对着老奎儿喊了一声"走"。老奎儿把袢搭在肩上，往手心吐了一口唾沫，"嗨"了一声，推起了车子。

张金花时不时瞄一眼麦穗，麦穗今天推车倒是很从容。张金花突觉肩头的绳子一偏，一下子被绳子拽倒在地上，回头一看，老奎儿也人仰马翻，啃了一嘴泥。

"他娘的，这工地上的袢都他娘的糊弄人，怎么老是断？"老奎儿一边吐着嘴里的土渣，一边被张金花拽着从地上爬起来。

张金花抓起地上的袢，捻了捻，中间的纤维有割过的痕迹！她又瞅瞅已经推了好几趟土的麦穗，自己嘟囔着："不对……不对呀……"

老奎儿捂着大腿喊："可不是他娘的不对，弄些什么破烂玩意儿来糊弄人？"张金花满脸迷惑，也满脸愤怒："就是，这是谁他娘弄些破烂玩意儿？"

陈家胜也满脸惶惑，这是怎么了？怎么接二连三断袢？大家七嘴八舌，可能就是碰巧了呗，十个指头还不一样齐，东西质量也有好有次。

大寒坐在旁边一个倒扣的箩子上，脱下一只鞋，倒着鞋窝里进去的沙土，嘴角带着一丝轻蔑的笑。

三十二

春节就要到了。俗话说，要饭的过年也要歇三天。工期再紧，年还是要过的。赶在小年前，腊月二十二工地停了工，各村出伕的劳力回到庄里开始忙年。

街上有孩子在唱顺口溜：二十三，摆糖瓜；二十四，扫房子；二十五，磨豆腐；二十六，炖锅肉；二十七，杀只鸡；二十八，把面发；二十九，蒸馒头；三十晚上熬一宿；大年初一扭一扭……

麦穗回到家，这个年怎么过？都说小孩盼过年，大人忙种田。自己忙活了一年，也没给大香添置一件新衣裳，就连锅碗瓢盆也没买上一样新的，看着灰突突的屋子，麦穗心里是说不出的沮丧。

腊月二十九，麦穗强打精神打了糨糊，贴了对联，又用红纸剪了几个喜庆的图案贴在墙上，算是有了一点过年的气象。大香顽皮，小手一抠把一个剪纸扯下来一半，麦穗一边吼着大香，一边又拿糨糊抿了抿，把它粘牢。剪纸上那一对红蝴蝶飞在一朵牡丹花上，喜庆、吉祥。

麦穗想起自己小的时候，爹都会给自己带回来两朵大红的头花，正月初一早上，她早早爬起来洗脸梳头，还非得赖着让爹亲自把花给她戴在头上……

麦穗赶紧抹了一把眼泪。

本来还在吵吵闹闹的大香一下子安静下来，以为是自己扯破剪纸惹娘生了气，赶紧坐在炕角上怯生生地瞅着娘。

四龙娘路过麦穗门口，伸着脖子往里瞅了瞅，又不声不响地回了家。

天擦黑了，五虎端着一瓢面，胳膊弯里夹着一棵大白菜，朝麦穗的小屋走去。路上，他脚下被什么东西绊了一跤，差点摔倒在地。五虎嘴里嘟囔着，发现瓢里的面洒了一些，就赶紧蹲下身，把地上没沾上土的面小心地捧起来放进瓢里。

五虎正在忙活着，赵国安提着一个筬筬走过来。他示意五虎别吱声，把筬筬递给五虎，又朝麦穗屋里指了指，赶紧离开了。五虎会意，揭开筬筬上的包袱一看，有肉有面，还有一挂小红鞭炮，他也顾不上收拾地上的面了，赶紧给麦穗送进屋里。

"五虎，你拿的什么？"

"娘知道你没预备年，让我给你送点东西。还有……"

"都不宽裕，你们自己留着吃吧。"

"谁家过年不吃顿馉扎（饺子）？嫂子你就别犟了。"五虎瞅了瞅筬筬里的那块肉，禁不住咽了一下口水，"嫂子你要是嫌过年冷清，咱就一块儿过年？"

麦穗摇摇头，拿过筬筬来瞅了瞅里面的东西，愣了一下，扭头瞅了瞅五虎。麦穗把鞭炮拿出来，又去锅台边拿了刀，把肉割下一少半留在案板上，又把面留下一些，把筬筬递给五虎："你要是不拿走，这些我也不留。"

五虎咧嘴笑了笑，挎起筬筬出了门。他知道推辞也没用。

年除日到了，五虎过来帮着麦穗烧纸点香迎财神，跪地上磕完头，五虎用长杆挑着鞭炮领着大香去文昌阁"唤喵"。

"早去早回。"麦穗一边赶馉扎皮儿，一边嘱咐五虎。

文昌阁那里早就聚集了一帮子打着灯笼"唤喵"的小子和小嫚儿，大香跟着他们学舌："喵来……喵来……我的小牛快回来……喵……喵来……我的小牛快回来……"

孩子们拉着手围成一个圈唱着："一根绳，两根绳，不让小牛离开城；一根线，两根线，不让小牛上潍县……"

大香歪着脑袋，不解地看看五虎，又看看左右的人："牛牛在哪里……我要牛牛……"

旁边一个白胡子老头正在给一帮孩子讲小牛的来历，五虎赶紧拉着大香凑上来听。

原来是韩信当年率十万大军攻打城阴城，当时守城的是大将军龙且。围攻数日没有攻克，韩信就在潍河上游围水灌龙且，初次筑坝六十六尺，放水后城阴城毫发未损。第二次韩信筑坝八十八尺，还是没能攻陷。无计可施的韩信找来法师，法师献策："城阴城内有一头神牛，两次放水都被神牛喝了。要想制服神牛，必须筑坝百尺，水里加上麦糠。"韩信将信将疑，因为没有别的对策，就采纳了法师的建议。

神牛看大水又来了，张口就喝，结果水中的麦糠呛到了神牛，神牛把前两次喝进去的水也喷了出来，龙且大军被淹，神牛也被冲走，当地人插木拦牛也没奏效，最后在潍县被"围"住了。

五虎带着大香听得入了迷，早把麦穗的嘱咐忘到了九霄云外。

等五虎和大香"唤喵"回来，麦穗已经把煮熟的馉扎从锅里捞了出来。供奉完灶神，麦穗捞了一满碗馉扎，端起来朝外走去。

走到门口，麦穗愣了一下，王婶端着一碗馉扎正迈进一只脚来。

"婶子，你看，我正要去你那里呢。"

她俩都站在原地，互相瞅着，不约而同地笑了起来。

"看看，看看，咱娘俩想到一块儿去了。"声音里是说不出的温暖和满足。

正月十五元宵节刚过，工地就来了开工通知。各路人马又重整旗鼓回到工地，热火朝天的劳动竞赛又开始了。

忙腊月，闹正月，拖拖拉拉到二月。

赵国安以工程指挥部工作人员的身份，找到陈家胜。陈家胜有点奇怪，一脸懵懂地跟着赵国安来到指挥部。赵国安一边整理着桌子上的文件，一边看着一脸疑惑的陈家胜，示意他坐下。

说了几句工地日常事务，赵国安似是无意地问了一声："麦穗近来怎么样？还是一个人单干？"

陈家胜笑笑："奶奶个熊，这小娘们儿真是犟，你看她那单薄样，来阵风就能刮倒，自己单干还不想被别人落下，这样子下去，早晚吃不消……"陈家胜话说到这里，脸竟然有点红，赵国安假装没看见。

"还打算让她一个人单干？"赵国安一边清嗓子一边问。

陈家胜搓搓手："我当然不想这样，就怕麦穗不服从。原来两次让她跟你搭伙，她都把我晾在了那儿。奶奶个熊，还真拿她没办法。"

"凡事动动脑子，办法总比困难多。"赵国安便凑近陈家胜耳边，低声嘀咕着什么，两个人聊了好久。陈家胜出去后，赵国安坐在那里出神。

第二天，陈家胜开工间会，他一脸严肃："我听到消息，有人举报咱们营搞封建主义，说是我让一个女人自己单独推车。已经有人往上面反映，说咱们营有虐待妇女的嫌疑。"

众人一齐把目光投向麦穗，麦穗低着头，不说话。傻子六嚼着麦秸草，脚趾头从鞋子的破洞里钻出来，两个脚拇趾在那里跷来跷去地相互打架，嘴里嘟囔着："林什么玉……"陈家胜把傻子六赶到一边："去去，开会呢，别在这里捣乱。"

"经指挥部研究决定，安排麦穗同志到营部炊事班上工。"陈家胜眼睛扫了一圈，看看大家反应。

张金花的脸接着变了模样："我看，营长有私心。"

陈家胜瞪了她一眼："奶奶个熊，有些人说话要注意影响，别没组织没纪律。这不是我一个人的决定，是指挥部研究一致通过的。"

麦穗本来还想推辞，让张金花这一搅和，她还铁了心偏就应承下来，在别人或艳羡或嫉妒的目光里，跟陈家胜去了炊事班。

营部的炊事班里原来有三个人，老憨、贺老二和英子。老憨人如其名，一脸憨厚，英子说他嘴拙得像棉裤腰。贺老二是个瘦高个，年纪比老憨小，面皮白净，话也不多。英子从鼻梁至两腮散布着不稀不薄的雀斑，嘴唇饱满，见人说话前先咧嘴笑。

英子话多，像个叽叽喳喳的小山雀不停不休。她一见麦穗，一惊一乍地来了一句："天啊，天底下真有仙女一样的美人！啧啧，你看，这眼儿，这眉儿，这嘴儿，这唇儿，姐姐这是怎么长的？"小嘴说起来没完，反倒把麦穗弄得不好意思。

陈家胜咧着嘴望着麦穗笑，指着英子笑骂："奶奶个熊，这贫嘴丫头，嘴跟个刀子似的，没人要，以后肯定找不着婆家。"英子还想上前犟嘴，陈家胜那两个大牛眼瞪着她，让她赶紧领着麦穗熟悉一下炊事班里的家把什儿。

麦穗在席篷搭成的伙房里转了一圈，一口十六印的大铁锅，大风箱，大黑瓦盆……麦穗很快便跟炊事班的人熟识起来，尤其是那个英子，整天跟她形影不离。

晌午住了工，伙房里贺老二拿木勺子敲着盛满棒子面黏粥的盆子，招呼大家过来打饭，麦穗负责给大家往碗里盛地瓜干。傻子六也叼着麦秸草拿着个破碗凑了过来，把碗递到贺老二手里。贺老二抬头一看是他，把碗给他扔到一边："一边去，不干活，吃饭你倒挺积极。"傻子六哇哇大叫着要去夺贺老二手里的勺子，贺老二一木勺砍在他头上。傻子六捂着头搓着脚委屈地坐地上大哭。旁边的人都撵着傻子六一边去。傻子六赌气一腚坐在旁边土堆上，不再要吃饭，只是拿愤怒的眼神瞪着别人吧嗒着吃饭的嘴，眼里似要冒出火来。

邢满金来了，他一边和旁边的人说着话，一边把手里的粗瓷碗递给麦穗。

"好了！"麦穗给邢满金盛了地瓜干，喊了一声。

邢满金抬头瞅了一眼麦穗，手一哆嗦，大张着嘴巴，就像被施了定身法一样定在那里。

"新来的？昨儿伙房里还没有你呢。"

麦穗顾不上和他搭话，继续给别人盛饭。邢满金找了旁边一个土堆坐下，一边吃饭一边往麦穗这边瞅。

赵国安来晚了，拿了两个地瓜面窝头，贺老二把锅底的残粥用勺子刮了刮，凑合了半碗。他刚要蹲下吃，一眼瞅见傻子六满脸怒气坐在那里。赵国安走过去，拿起傻子六的碗，把自己碗里的粥倒了一半到他碗里，把手里的两个窝头也给了他一个："韩六方，来，吃饭。"

傻子六先是一愣怔，接着又傻笑起来："嘿嘿……有饭吃了，有饭吃了……"他傻笑着，端着碗瞅瞅那几个撵他的人，躲到一边狼吞虎咽地吃起来。赵国安冲他笑了笑，坐在土堆上吃了起来。

来喜凑到赵国安面前："叔，我吃不了这么多，给你一半。"赵国安赶紧推让："胡闹，你正长身体呢，不吃饱哪行？"来喜白他一眼，嘴里嘟囔着："你们不都说我小吗？人小饭量就小呗。"

陈家胜赶紧插嘴："哈哈，他不是饭量小，是有奶吃。"

来喜抓起一把土，就往陈家胜碗里扔，陈家胜赶紧笑骂着背过身去。

赵国安吃完，正要跑到水盆边去刷碗，被傻子六一把夺过去，替他仔仔细细地刷起碗来。赵国安笑着摇摇头，由着他去。

麦穗正在刷着碗，英子神神秘秘地凑到麦穗跟前。麦穗瞅她一眼，拿指头点一下她的鼻子："这丫头，笑得阴不阴、阳不阳的，肯定又憋着坏。"

英子凑近了麦穗，压低了声音："姐姐，你看那个赵国安对谁都那么好心，真是个大好人啊。我怎么听说那个赵国安一直对你有意思呢，你咋对人家不理不睬的？姐姐，多好的个人啊，要模样有模样，要学问有学问。多少嫚儿都上赶着呢……"说完，英子学着陈家胜腔调来了句："奶奶个熊，他咋就没有缺才的埝儿呢？"

麦穗拧了一下英子胳膊，便不再理她，撺着她一边去。英子看麦穗不高兴了，赶紧凑上来："你俩，你俩是不是有啥过节？"

麦穗也不回答她，只顾低头干活。

下了工，工地上的人都歇了，麦穗躺在大通铺上，翻来覆去睡不着。麦穗心情烦乱地穿衣起来，来到了席篷外，抬眼瞅着天上的月亮，那轮清月在几朵白牡丹般的轻云里时隐时现。

月辉清冷。远处隐隐约约一两声狗吠，给这清寒的夜色点染上一抹烟火气息。麦穗呆呆地瞅着那轮圆月，瞅着瞅着，她似乎又看到了四龙在雪地里被冻硬的身体，似乎看到了隐没在荒草野地里四龙的那座孤坟。麦穗的心情也一如这深冬腊月里的旷野，一下子荒芜起来……

陈家胜出来巡视工地，远远看见麦穗站在席篷外，加紧脚步跑了过来："奶奶个熊，这么晚了你怎么还在外面？不累啊？"

麦穗赶紧揉揉肚子，说可能晚饭吃得有点急，肚子不大好，出来顺顺气。说完，麦穗就猫腰进了席篷。麦穗回头一看，陈家胜还直愣愣地傻站在月光里看着她。

三十三

这些日子，工地上的红旗竞赛有点白热化。看着那高高飘扬的帅旗，大家都有点拼命的架势。干部、医生都轮流着去干活，不管什么身份，都和社员一样，同吃同住同劳动。

工地上的大字报一天一换，宣传着劳动积极分子和先进单位，也批判着消极怠工和损公肥私的落后甚至"右倾"分子。

大字标牌插在土坝上：大干巧干，誓夺上游。万人万车，日产二十方。兵对兵，将对将，八比八看比着上。

工地上人员庞杂，加上竞争激烈，难免有磕磕碰碰。双羊营和昌邑卜庄营因为工程弃土堆放位置，互不相让，一度剑拔弩张，火药味很浓，争斗大有一触即发之势。

起因是卜庄营清理好的工作面和双羊营搭界，双羊营这边的老奎儿推着一车清基清出来的弃土走在边界上，卜庄营这边的一个中年男人突然对着老奎儿比画着大声嚷嚷，老奎儿回头一看，是自己车子上的篓子破了，弃土漏在了卜庄这边。

"干吗干吗？我们刚清出的底基，赶紧给我们弄干净！"

"篓子漏了，又不是成心的。"老奎儿听着那人说话的口气，也上了火，说话带着枪药味。

"你还有理了？臭毛病不少！"卜庄营那边的人也不是个善茬儿。

老奎儿和几个双羊店人都甩下车子，往卜庄营那边凑过去。西南角上陈家胜一声哨子响，招呼人去那边装车。这几个人指着那个嘴里不大干净的卜庄人，说了句："你等着。"

大家又都不甘心地骂了几句，往陈家胜那边去了。

这老奎儿本来在庄里混到没大有人搭理，出了双羊地儿，一庄人甚至一个公社的人都成了一家人，颇有点兄弟被人欺、全家都上阵的架势。

卜家营那边的人也故意把那杆插在土堆上的帅旗拔出来，举在头顶呼啦啦摇了几圈，威风凛凛。

这事虽然因为陈家胜一声哨子响不了了之，但气氛自此就有了那么点异乎寻常的微妙。

一天半夜，英子突然肚子里翻腾，肠子像被人揪着一样疼，这是要闹肚子。英子闭着眼，迷迷糊糊小跑着来到席篷区外的土堆后面，一阵稀里哗啦，这疼痛立马减轻了不少，英子长出了一口气。月朗星稀，英子哈了一口热气。

英子打个哈欠，忽然一个黑影在土堆后面一闪，吓得她急急火火提上了裤子。那个黑影在慢慢向英子靠近。英子吓得腿肚子哆嗦，大声喊着"抓流氓"。那个黑影犹豫了一会儿，赶紧向远处跑去。

男席篷里的老憨第一个出来，连声问："怎么了？怎么了？"

英子声音打着战："一个流氓看俺解手。"老憨顺手拿起靠在席篷外的二齿钩，就朝着英子指的那个方向追去。其他人听到动静，也都从席篷内跑出来，一时间，工地乱成了一锅粥。

前面那个人影看后面有人追，左拐右跑一会儿狂奔，一会儿隐身，想把尾巴甩掉。他没料到老憨腿长步子快，又有一身的憨力气，眼看着就逼近了那个人。只听一声大喝"哪里跑"，老憨一跃而上，把那人扑倒在地。老憨骑在他身上，举拳就打。那人在老憨腿底下嗷嗷大叫。其他人也都围了上来，大声嚷嚷着："打死他，打死他。"贺老二眼尖，一下子认出来这家伙是邻县一个开拖拉机的小子，怪不得他往昌邑工地跑。昌邑席篷内的人也听见了动静，都出来查看出了什么状况。他们近前一看，一帮子高密人正围着自己的拖拉机手大打出手。

两边积攒的怒气终于火山爆发了。双方都大喊着抄家伙，拿铁锹的拿铁锹，拿二齿钩的挥舞着二齿钩，嘶喊声此起彼伏，一时间杀声震天。陈家胜揉着惺忪的睡眼也跑了过来，昌邑那边一个营长模样的人正指挥着他那边的青年拉开架势，杀将过来。

麦穗不知道发生了什么，看见大家都抄家伙，便也拿着铁锹随着人群赶了过去。那个挨打的青年刚好挣脱了老憨的铁掌，擦着鼻血就往昌邑工地跑。

昌邑的工头扭住他的脖子："跑什么跑？说说，他们为什么欺负你？"

英子气鼓鼓地说："他耍流氓。"麦穗赶紧走到满脸委屈的英子面前，拉着她的手拍拍表示安慰。

那个营长一脸横肉，瞪了英子一眼："你能去解手，俺这位兄弟就不能去解手？你这模样也没那么勾人吧？"然后斜眼瞅着麦穗，嘴里不干不净，"偷看这娘们，还有个看头。"

陈家胜一听这话，立即火冒三丈，拿身体把麦穗往身后一挡，抬手推搡了一下昌邑营长的前胸，嘴里喊着："奶奶个熊，你他娘的嘴放干净点！弟兄们，抄家伙上吧，砸这个臭流氓，还等什么？"高密这边的人亮出了工具，一时间乒乒乓乓，短兵相接，两边就干了起来。

陈家胜一边护着英子和麦穗，一边大喊着："打架是爷们儿的事，你们俩都一边去，赶紧回席篷。"

英子拉着麦穗撒丫子往席篷跑，麦穗听着那厮杀之声，跑着跑着，突然停住了脚步。英子以为麦穗又要回去，拉着她快走。麦穗拽着英子："不行，怕要出大事。走，找人去！"

英子不解地看着麦穗，麦穗拉着英子跑到了指挥部门口。

麦穗推着英子："你去敲门叫人，就说打起来了。"

英子嘟囔着："他们这些人耍笔杆子可以，打架不行。"

麦穗执意让她敲，听到敲门，赵国安披着衣服出来了，不解地看看英子，又瞅瞅麦穗。

"大半夜的，你俩搞啥呢？"赵国安边问边把胳膊往袖子里塞。

英子告诉他高密和昌邑打起来了，赵国安一听，赶紧跑着去叫醒了民兵连的三个人，让其中一个腿脚轻快的赶紧去昌邑工程指挥部找负责人。另两个人随着他，英子和麦穗一路指引他们来到战场。

人还没到，远远就听到杀声震天，赵国安着急地加快了步伐。赶到现场，赵国安喊话已经不起什么作用，他从民兵手里一把夺过枪，抬手往天上放了一枪。本来喧闹的人群，一听见枪声，一下子静了下来。大家都把目光聚集到赵国安身上。赵国安环视了一下众人："今天这事不管什么原因，也不管什么人，统统都给我放下手里的家伙。谁要再敢轻举妄动，小心枪子不长眼。"

昌邑那个营长瞅一眼赵国安,鼻子里哼了一声,嚷嚷着:"别仗着人多就可以欺负人。"英子又把事情起因给赵国安说了一遍,赵国安走到那个拖拉机手面前,逼视着问:"她说的不是假话吧?"

还没等那人回答,只听"呼"的一声,一块石头照着赵国安头顶砸来。站在旁边的麦穗想都没想,一把将赵国安推到地上,石头贴着麦穗耳根"嗖"的一下飞了过去。人群一阵骚乱,赵国安赶紧爬起来,接着制止高密这边抄家伙的人。

麦穗趁人不注意,赶紧低了头,悄悄退到人群后面。这突如其来的举动把麦穗自己都吓了一跳,她眼前的世界突然凝滞了片刻。好在大家都在狗撕猫咬,没大留神刚才这一幕。

那个惹事的拖拉机手红着脸,半天没吭哧出一句话来,最后急了眼:"我,我是为了我们的帅旗。我就知道,我们营老是先进,很多人都想趁机捣乱。我看她偷偷摸摸往旗那里走,我以为,我以为她要搞破坏……"

赵国安再追问一句:"是不是真的?"

那个点了点头。

"你别听他瞎咧咧,他就是耍流氓。一个'识字班',她能干什么?就是把帅旗拔走,能有什么用?奶奶个熊,揍这个狗日的。"陈家胜不依不饶。

赵国安又把陈家胜叫到面前,陈家胜嘴角正流着血。赵国安一巴掌抡过去,把陈家胜打了个趔趄。赵国安对他怒吼着:"作为一个营长,竟然用这种简单粗暴的方式处理事情,引起这么大的动静,要是出了人命,你能担得起?"

陈家胜不服气:"奶奶个熊,这小子耍流氓,欺负我们高密女人,就是不中!"

昌邑那边的一个排长一看陈家胜这么硬气,指着几个受伤的昌邑人,嘴里喊着:"兄弟们,有仇的报仇,有冤的报冤,别听他啰唆,上吧!"

两边的人眼看又要开始火拼。那边不知谁扔了一把镐头,朝这边砸了过来,陈家胜拿手里的二齿钩挡住了镐头,火星乱蹦,震得他手臂酸麻。厮杀之声随之而起。

昌邑那个营长举着棒子就朝陈家胜抡过来。"呼、呼"接连两声枪响,那工头手中的棒子被震落在地。人群又一次安静下来。赵国安扭头一看，来的人是昌邑那边的统战部王部长，是赵国安派那个民兵请过来的。赵国安快速赶到王部长面前，两人简短地交流了几句，互相一点头。两人同时往天上放了一枪，先控制住局面。然后他俩各自吩咐自己的人，把昌邑那个营长和陈家胜都反剪着双臂控制起来。

赵国安喊着话："谁要再敢乱来，后果自负，都统统给我回去睡觉。有什么事，指挥部会来处理。"

大家一看各自领头的都被抓了起来，纷纷放下手里的家伙，恨恨地回去睡觉去了。赵国安跟王部长打了声招呼，让两个民兵押上陈家胜，回了指挥部。

陈家胜一路嚷嚷着："凭什么抓我，奶奶个熊，咱的人被欺负了，咱还得装孙子？奶奶个熊！"

赵国安照后腚给了陈家胜一脚，气鼓鼓地瞅着他："你给我老实点，遇事就知道蛮干。今天要是出了人命，你能兜得起？陈家胜，咱能不能长点脑子？为了平息这件事，你要被关禁闭。"

陈家胜梗着脖子，满脸的不服气，嘴里不停地嘟囔着："高密人被人家骑脖子上拉屎，窝囊！"

赵国安不理他："先关禁闭，什么时候想明白了，再出来！"

第二天，高密和昌邑两边的负责人又碰了个头，平息此事。昌邑工地指挥部对拖拉机手做出了挖大粪两个月的处罚，营长被撤销职务。高密这边陈家胜被关禁闭两个月。说起双方长期以来积攒的仇怨，其实也没什么大事，都是鸡毛蒜皮。说到底，就是眼红那杆帅旗。

工地上人手紧缺，陈家胜被关了一周后，赵国安叫人把他放出来。他垂头丧气来到赵国安面前。赵国安瞅瞅他："想明白了？"

陈家胜不服气地朝赵国安瞪瞪眼，嘴唇动着，没出声。

"来人，继续关禁闭，关满两个月。"赵国安朝门外喊着。

"服了，服了，服了还不中？奶奶个熊，这么些天不见日头，差点把我憋出尾巴来了。"陈家胜赶紧低头认错。

赵国安白了他一眼，鼻子里哼了一声："我看该把你交给昌邑那边，让他们来处置你。"

陈家胜低了头，其实他也知道，赵国安是为了平息事态，才当着那么多人扇他耳光；为了保护他，才关他禁闭。他像个大姑娘一样扭扭捏捏地凑到赵国安面前："那个什么……我脾气急，你别跟我计较。"

"想通了？"

"想通了。奶奶个熊，要不是兄弟你，我怕是已经进去了。"赵国安站起来，拍拍陈家胜的肩膀："知道你是个直肠子，我赵国安可是真心把你当兄弟呢。"

陈家胜摸着后脑勺，嘿嘿傻笑起来："就是，就是，咱本来就是好兄弟。"

"找个机会，你给昌邑那边道个歉，这事就过去了。"赵国安拍拍陈家胜的肩膀。

"啥？还得道歉？我的面子往哪里搁？那你还是关我吧。"陈家胜摆出一副无赖样。

"陈家胜！这不是面子不面子的问题。这关系到两个兄弟县之间的安定团结，关系到工程进度的大局，你懂不懂？这会儿跟我讲面子，少来这套。"坐在一边一直没说话的章文坡拍着桌子吼了起来。

"好好好，我面子不值钱……道歉就道歉！"陈家胜第一次见章文坡发火，气焰接着熄了大半。他瞅了一眼赵国安，心有不甘地撇撇嘴。

"这就对了，能屈能伸，才是爷们儿。"赵国安转怒为喜。

清明难得晴，谷雨难得阴。清明时节的雨总想跟桃红柳绿赶着趟儿来凑热闹。

高密和昌邑双方工地在一个下雨天，得一个不能上工的空闲，赵国安和昌邑那边指挥部联系沟通，决定两县社员们举行了一次"大联欢"。他故意安排陈家胜在联欢会上演一个节目——拉二胡。拉完了，陈家胜站在台上，向昌邑的社员们致歉。赵国安走上台，拍拍陈家胜的肩膀，把昌邑那个营长请上台来，把他和陈家胜的两只手放到了一起。两人握手言和，台下掌声雷动。

麦穗站在台下，眼睛竟然也莫名其妙地跟着湿润起来。麦穗以为自己长久以来的憎恨和仇视是那么牢不可破，可是就在石头向赵国安袭来的那一瞬间，她却全然忘记了自己。这块石头，把她的仇视和戒备一下子击垮。麦穗赶紧摇摇头，她不允许自己胡思乱想，告诉自己那只是人之常情罢了，如果是一只小猫小狗，她也会去保护它！

麦穗不知道，那晚之后，赵国安也在无数次地回味那个意想不到的瞬间，一遍又一遍，一遍又一遍……麦穗扑向自己时，那眼神是纯粹的，是义无返顾地，是不假思索地……

自从那次械斗之后，陈家胜和赵国安成了无话不谈的好兄弟。高密工段的副指挥出于身体原因调离指挥部，章文坡让赵国安临时代理副指挥。陈家胜有事没事就跟在赵国安后头，别人便打趣他："陈营长，快成了赵指挥的保镖了。"陈家胜一脸严肃："奶奶个熊，你们知道什么，我跟着俺兄弟长学问呢。"

赵国安一表人才，又加上在工地的出色表现，众多姑娘芳心荡漾，都争先在赵国安面前赚脸。甚至为了早上给赵国安打水，争得不可开交，谁要是赶上了这趟美差，一天都会喜滋滋的。

英子看在眼里，对着麦穗扮着鬼脸："让她们觍着个脸献殷勤去吧，哼，我看姐姐不用争，人家心里装着的就是你呢。"

麦穗接着拉下脸来，狠狠地瞪着英子："再胡说撕烂你的嘴！"

"识字班"的姑娘们越聚越多，不光为了识字，还为了接近赵国安。

陈家胜也坐在旁边，拿着笔在那里吭哧吭哧学着写字。对于他来说，写字无异于张飞拿绣花针，自己实在不是干这活的料。

赵国安刚讲完了算术课，便有好几个"识字班"姑娘拿了各自的白搪瓷茶缸子给国安端了水来。陈家胜乐呵呵地瞅着赵国安。赵国安也不接她们端来的水，跟她们客气了一下，便拿起放在边上的军用水壶喝了起来。

女人们开始聚一起喊喊喳喳。

"那个麦穗识字不少啊……"

"嗯，听说她爹很厉害，不过最后也是吃了识字的亏。"

"咱不识字也不照样一天三顿饭？她识字，还不和我们一样推小车？"

"女人，学问多了，心气高了，也不是什么好事。这不，男人都给克死了。"

张金花一边掺言，一边瞅着不远处的麦穗。

"都给我闭嘴，你们这帮子娘们儿，不知道学好，就知道嚼舌根。看看人家麦穗，就知道趴那里用功学习。"陈家胜不知道她们正在议论麦穗。他这一句无异于火上浇油。女人们背地里议论得更凶了。

"女人本事大了不是好事，她前几年那可真不是好折腾，双羊店都快被她翻了个了。"张金花嘴角冒着白沫，在那里说个不停。

三十四

邢满金最近有事没事就到"识字班"里串游，有时候就凑在麦穗跟前，有一搭没一搭地没话找话。麦穗听说这个邢满金很有些来头，要不然不敢这么嚣张。

邢满金还是和那年在双羊店驻村时那个模样，干巴精瘦，戴着眼镜，一说话，镜片后面那双细长的眼睛就会眯起来，让人觉得莫测高深。

工地上的伙食越来越差，棒子面供应越来越少，地瓜干是主食，还定量供应。偶尔炖一回大白菜、馇一顿小豆腐那就算是改善生活，白面更是稀罕物，只有过年过节才可以吃一回。晌午吃饭的时候，麦穗这几天老是烧心，看着这样的饭菜实在没有胃口。邢满金走过来，趁人不注意，把一个不知从哪里弄来的白面馒头塞到麦穗碗里。

麦穗惊惶地看了他一眼，赶紧把馒头又给他塞了回去。邢满金还要往回塞，陈家胜闪过来，一把夺过馒头："哟呵，哪来的白面馒头？不会是偷来的吧？"

邢满金镜片后的细眼又眯了起来："滚一边去，你是哪山上的猴子？我也是你能问的？"麦穗的不领情让邢满金恼羞成怒，陈家胜撞到了枪口上。

陈家胜脸红脖子粗，两个人针尖对麦芒，争抢起来。他俩手里的地瓜干撒了一地，两人干脆把饭菜撒一边，撸撸袖子，拉开架势就要干架。

赵国安跑过来，揪住陈家胜的耳朵往一边拖："你小子就他娘的会干架，看来禁闭关少了，不长记性。"赵国安把他揪到指挥部，陈家胜一路哎哟不绝。

赵国安放开他的耳朵，指着他："说说吧，又是为啥？"

"还兄弟呢，下手这么狠。"陈家胜揉着被揪红的耳朵，"邢满金这狗娘养的，对麦穗没安好心，我看着来气。他仗着有后台，整天牛逼哄哄还不干正事，奶奶个熊。"

赵国安正在擦着桌子的手一下子停住，目光定在陈家胜脸上，眼睛里是让人捉摸不透的若干意思。

赵国安盯着陈家胜："邢满金就那德行，见了女人就挪不动腿。麦穗跟别的女人不一样，家胜你别想多了。不管他是谁的人，也不管他后台有多硬，他就是皇子皇孙，麦穗也不会看上邢满金的。"

陈家胜不解地看着赵国安："你怎么这么肯定？"

"麦穗的心气儿高着呢。"赵国安收拾着文件。

"你咋看出来的？我怎么没发现？你看她平时冷冰冰的，有时候闹起来还像个小孩。"

赵国安不再理他，陈家胜知趣地退了出去。

为了不让各个工段形成衔接处的断层，指挥部下了命令，进度慢的工段必须抓紧撵上进度。双羊工段为了撵活，打连班成了家常便饭。连轴转了三四天之后，民工们都有点吃不消了。

来喜扶着锨柄坐在土堆上打盹，口水从嘴角流下来，在胳膊上积了一小滩，一只大头蚂蚁在这滩口水里挣扎。这大头蚂蚁拼尽全力刚从口水里脱出身来，又有一滴口水流下来把它重新淹没……

陈家胜饶有兴趣地瞅着那只蚂蚁出神。

来喜突然往边上一倒，把出神的陈家胜吓了一跳。他刚想去扶，这小子自己一下子正起了身，吧唧吧唧嘴，又继续睡了过去。过了一会儿，来喜又往边上倒去，自己又迷糊着正过来。

陈家胜咧嘴笑了笑，小声嘟囔了一句："这熊孩子！"他起身坐到来喜往下倒的那一边，来喜再一次倒下来时，脑袋就枕在了陈家胜的胳膊上。这小子找着了依靠，便舒服地躺稳了睡。

不一会儿，陈家胜也低下头，靠着来喜的头，打起了呼噜。

麦穗在不远处看着这一大一小两颗脑袋挤在一起，又看着那只挣脱了口水的大头蚂蚁摇晃着湿淋淋的大肚子。

昌邑那边一声小号响，陈家胜"呼"地站了起来，把来喜一下子闪在地上。来喜一边擦口水一边从地上爬起来："你个黑炭头，我招你了惹你了，把我推地上！"

陈家胜指着来喜："你个不知好歹的熊孩子，滚一边去！"

谁知来喜这家伙也是一头小犟牛，梗着脖子和陈家胜理论，扯着陈家胜的胳膊不让他走。陈家胜气得黑脸膛都发紫了："小混蛋，再不松手我打你！"

麦穗一边笑着一边过来拉来喜："来喜，你真是冤枉陈营长了！"

来喜越发地来了劲："营长也不可以欺负人！他就是看我不顺眼，黑炭头，黑心眼！"陈家胜真火了，抡起胳膊给了来喜一巴掌。来喜顺势扯住陈家胜的胳膊，冷不防咬了陈家胜一口。

麦穗赶紧把来喜拉到自己身后，摆手示意陈家胜不要再闹了。

赵国安一把扯住陈家胜："你跟个孩子叨叨什么？"

"他娘的，好心没好报，真窝囊。国安你以前说好心干孬事我还不信，这回我信了。"

陈家胜话一出口，麦穗愣了一下，赵国安也愣了一下。

麦穗斜了一眼赵国安，闷闷地钻进了席篷。英子睡相难看，一半脑袋在草垫子上，一半脑袋枕在麦穗枕头上，枕头底下麦穗还没纳完的一双鞋垫露出了一截。麦穗把鞋垫往枕头底下塞了塞，坐在那里出神。

邢满金把这一切都看在眼里，气呼呼地训陈家胜："你就这么带队，怪不得你这个营的进度赶不上人家卜庄营。从现在开始，你们不准歇工，解手不准出工地，吃饭不准坐下，听清楚了没？"

赵国安走上前来："人又不是机器，不歇怎么能行？解手不出工地，难道你让这些大闺女小媳妇在人群面前解手？"

"少啰唆，这里还轮不到你说话。"

赵国安瞪了一眼邢满金，转身去了指挥部。

三十五

与粮食紧缺的现实形成鲜明对比的，是越来越汹涌澎湃的农业生产大跃进。"人有多大胆，地有多大产，跨黄河、过长江，争取实现亩产万斤粮。"今天报纸上报道亩产五千斤小麦，明天广播里就会有亩产万斤棉花。被这些消息振奋着，为了实现万斤目标，高密全县男女青壮劳动力全面实行组织军事化、行动战斗化、生活集体化。他们食宿在田间，日夜奋战。"高密大地无冬天，地冻三尺照样干""干到腊月二十九，吃了饺子再下手"……身处其中，每个人似乎都释放出了无限的生命热情，但是地里的粮食却没因为人民的热情而亩产万斤，有的甚至百斤都不到。

工地的条件越来越恶劣，前方全靠后方支持。老百姓缸里没粮，拿什么来支援工地？天上毒日头烤着，地上泥水散发着臭气，赤脚干活的好多社员的脚丫都开始溃烂。加上物资紧缺，社员根本吃不饱，人心越来越涣散。随着大坝越筑越高，推车上土越来越困难，一人推车得十几个人拉才能把土运到坝顶。

章文坡发现昌邑工段的进度也慢了下来，整个工地的人都有点松懈的苗头。章文坡召开指挥部会议，让大家分析一下目前状况的原因。赵国安说主要原因就是大家吃不饱，再就是坝坡越来越高，取土坑越来越深，速度肯定会慢下来。邢满金却两眼放光，说把这事交给他解决。

邢满金赶紧召集开大会。在会上，邢满金给大家鼓劲："同志们，大好的机会来了，那个帅旗整天在昌邑工地飘你们就不眼红？"

邢满金见大家都不吱声，继续说："都说'风水轮流转，今年到我家'，为什么标兵营就不能是咱高密？还是大家干劲不足，思想觉悟不高。我看卜庄营进度也慢下来了，敌退我进，趁着他们慢下来，咱们就该迎头赶上。"

"铁人"胡学平第一个响应邢满金的号召，本来一天推三十八方，但是坝筑到三米多高后，他一天的推土量减到了十几方。胡学平在大会上痛哭流涕，为自己的退步愧悔不已，发誓一定要迎头赶上。

大家都举着拳头响应着胡学平："排除万难，迎头赶上，坚决不当落后分子！"喊声如远天边的雷，震天动地。

这一次大会后，大家的干劲又一次被点燃。你昌邑不是慢吗？好，你们慢，我们偏要快，弯道超车，我们就要趁这机会超过你。

"铁人"又恢复了以前的装土量，装车的人说行了，他还喊着让人装。就连那个来喜，也开始嚷嚷着加大装土量。上坡上不去，他就半坡歇息，休息一会之后，大喊着"冲啊"，就一口气趔趄到坝顶。

正值盛夏时节，毒日头肆虐。工地上异常憋闷，很多人感觉喘气都有点不顺畅。

赵国安担心的事还是发生了。

那个一车推一千五百斤的"铁人"胡学平，那天刚把一车土卸下往回返，本来还在跟旁边的人开着玩笑，却突然面容凝固，"咕咚"一声倒在了地上，旁边的人都大声惊呼起来。胡学平倒地后抽搐了几下，便不再动弹。赵国安闻讯赶紧过来，试了试"铁人"的鼻孔，摇了摇头。"铁人"倒下了！胡学平死了！

看着"铁人"的尸体被拖拉机运走，人群中有几个女人坐在地上号啕大哭，突然间涌上来的绝望击倒了大家刚刚站立起来的信心。看着别人哭，来喜也禁不住大放悲声："'铁人'都没了，'铁人'都没了呀，我们还怎么超人家卜庄营，怎么超啊……"赵国安抱着头蹲在地上，也在无声地抽泣。

这一天，昌邑工地因为中暑，也死了一个人。

工地重新被一种逼仄和惶恐笼罩。

大家七嘴八舌地问："国安，他这是什么病？是不是人家说的断肠痧？"

"不对吧？是不是低头黑？"刘麻子插嘴道。

赵国安摇摇头，自己心里嘀咕：我早就说过，人不是机器！

"这活还怎么干？饿着肚子推小车？谁能顶得住？"

"这水库啥时候能修起来啊？不会让我们在这里干一辈子吧？我看快赶上秦始皇修长城了。"

大家不知从什么时候起开始抱怨。

生病的人接二连三，请假的人越来越多。邢满金下了死命令，除非伤了残了，否则一律不准假。

有一条消息让人心更加动荡：高戈庄一个男人因为请假不准，竟然自己铲断了四根手指！

人心涣散的迹象让指挥部心急如焚。这样子下去，进度哪里跟得上？

指挥部开始对大家开展"诉潍河的苦，算解放后大修水利的账"的思想教育。章文坡站在高处大声喊着："修水库不是修长城，修长城修一辈子都修不完。咱修水库顶多三年，大家想想发大水的时候，想想我们那些被大水冲走的爹娘和兄弟姊妹，咱们这点苦算得了什么？我们的社会主义觉悟真的就这么低？我们的革命意志真的就这么经不起考验？……"

等章文坡说完，邢满金清清嗓子站上高台："我们的工序都是压茬进行，我们上土进度慢了，下一个班的整平就得拖后，整平拖后，再后面碾压也得耽误。同志们哪，我们不光是在修水库，我们正在进行的是社会主义的大建设。困难是暂时的，我们要有必胜的信念……"

邢满金让大家轮番上前诉潍河的苦，那些因为潍河泛滥失去亲人的社员，诉说着这条"坏河"曾经留给自己的无法弥合的伤痛，他们一个个泪流满面。有一个四十来岁的男人，说起一家八口被大水冲走，只有自己因为当天在外地才幸免于难。说到动情处，他捶胸顿足，说剩下自己，倒还不如跟他们一起去了……

人群静悄悄的，突然有人举起拳头大喊一声："坚决完成任务，决不拖社会主义的后腿。"

"战胜困难锁潍河，不让坏河再逞凶。"大家一起喊起了口号。

工地贴出了大字报，对工地出现的落后分子进行了通报批评。有人把小推车推回了家，也被人揭发了出来，上了大字报。

诉苦大会几天后，胡学平的猝死留在大家心里的阴影渐渐消散，工程进度又有所加快。

因为工地这些日子出现的伤亡事故，总指挥章文坡安排赵国安经常到工地巡视。赵国安巡视到工地东南角，面前是一个高高的弃土堆。赵国安心里烦闷，信步顺着土堆往上爬。爬到顶上，却看见土堆后面有个人扭身急匆匆地跑远了，剩下一个女人在那里嘤嘤哭泣，衣衫不整。赵国安仔细看那个跑远的人，好像是邢满金。

赵国安怕那个哭泣的女人难堪，赶紧离开。不一会儿，邢满金从赵国安身边经过，左腮上鼓着几道抓痕。赵国安更确信土堆后跑远的那个家伙就是他。

赵国安便对这个邢满金格外留意起来。邢满金在工地上，经常利用巡视之便在女人堆里东掐西捏。这货得了哪个女人的便宜，便会给这个女人安排轻松点的活，甚至送给她们不知从哪里搞来的头绳、手帕之类的小物件。

赵国安巡视回来，正趴在桌子上整理文件。邢满金推门进来，赵国安瞧瞧他的左脸："挂彩了？干啥去了？"邢满金细长的眼睛在眼镜片后狡黠地一眯，恨恨地骂："不小心让野猫挠了一爪子。"赵国安也不点破，继续看着手中的文件。邢满金凑到赵国安面前，脸上堆着讨好的笑，帮他整理着有点乱的桌子。

赵国安莫名其妙地看着他："有事就说，不用拐弯抹角。"

邢满金凑近了赵国安，眯起眼镜后面的细眼，压低了声音："人家昌邑工地正在搞工具革新，你说咱这边不也得搞一下？"

赵国安放下文件："嗯，进度越来越慢了，上一车土，得十几个人拉，确实得想办法了。"

两人又有一搭没一搭地聊了点别的，赵国安感觉跟这个邢满金谈不来，自己也不知道哪里不对，反正就是谈不来。

邢满金眼镜片后的细眼睛又一眯，看似无意地说："哎，那个麦穗，你说人家爹娘怎么生养的？同样是一个鼻子两个眼，怎么长在人家脸上就那么好看呢？"

赵国安把文件往桌上一扔，脸沉下来："邢主任，眼下咱们最要紧的不是这个吧？"

邢满金讨了个没趣，阴着脸从办公室出来，看见麦穗正在淘洗中午要吃的地瓜干，本来懊丧的脸一下子笑成了一朵花。他凑到麦穗近前，殷勤地要替麦穗舀水。麦穗抢过来水瓢，不用他帮忙。

邢满金看着麦穗那双摄人心魄的大眼睛，那魂儿早飞到了九霄云外。他眼镜片后的细眼睛放着异样的光亮，跟着麦穗进了伙房。麦穗也不正眼瞧他，忙活自己的活。英子正在往伙房里抱柴火，邢满金吩咐她去把他办公室里这月采买材料的账本给他拿过来，他要核对伙房物资。英子不情愿地应了一声，噘着嘴出了伙房。

麦穗蹲在那里忙活着，邢满金贼溜溜的目光老是在麦穗弯腰时领口处露出的雪白的胸脯上扫来扫去，猛然之间抓住麦穗的手。麦穗没料到这畜生如此明目张胆，使出浑身的力气挣脱他。

"邢主任，这是工地！"一个洪亮的声音从邢满金背后传来。邢满金回头一看，赵国安满脸愤怒地站在他身后，因为激动，太阳穴的青筋都暴突出来。

邢满金回头一看是赵国安，满脸不在乎，不甘心地松开手，临走拍拍赵国安的肩头："兄弟，自己有点数，别啥人都想管！"

赵国安推开邢满金放在自己肩头的手，轻蔑地哼了一声。邢满金细眼睛习惯性地一眯，瞅了一眼麦穗，扔下一句"走着瞧"，就出了伙房。

只听伙房门外扑通一声，麦穗抬头一看，邢满金摔了个狗啃屎。他从地上爬起来，上去就给傻子六两脚，一边踢一边骂："死痴巴，让你不长眼，让你乱伸你的狗腿。"原来是傻子六躲在门外一伸腿，把邢满金绊倒了。傻子六也不吱声，只是埋头抱着自己被踢的腿，往手上吐口唾沫，一个劲地在被踢的腿上搓来搓去。

麦穗蹲在原地，手里搅着盆里的棒子面，红着眼圈，眼泪扑簌簌地落入盆里。赵国安走过来，沉默了一会儿，说道："要是实在干不下去，就回家吧。"

麦穗拿手捂住嘴，抽泣起来。英子拿文件回来，看见赵国安在，麦穗在哭，有点莫名其妙。英子嘴快，质问赵国安："你是不是欺负麦穗了？那个邢混蛋呢？"

赵国安瞅着英子说："以后，你和麦穗不管干什么尽量搭个伴，别分开，明白？"

赵国安又回过头来看着麦穗："出来这么长时间了，要是想孩子就回去看看。要是不想在这儿干了，我也可以给你周旋。"一提到孩子，麦穗哭得更凶了。

赵国安给英子使使眼色，意思是让她哄哄麦穗。英子会意地朝赵国安眨眨眼，便来到麦穗身边，哄麦穗止住哭。

麦穗还真是好长时间没见大香了，一想到大香那让人怜爱的小样，她的心一下子疼了起来，恨不得马上见着孩子。邢满金并没走远，这一天里，邢满金就像只饿狼一样，麦穗走到哪里，他的目光就跟到哪里。

三十六

天刚放亮，工地上又即将开始一天的忙碌。麦穗早早地起来，找陈家胜请两天假回家。麦穗平时在工地上没白没黑地干活劳累，顾不上想太多。赵国安一提孩子，像一根针一下子扎在了麦穗的心坎上。

陈家胜看着麦穗肿得厚厚的眼皮，着急地问："咋了？病了？"

"我出来这么长时间了，孩子还小，托庄里王婶照看着，想回去看看了。"麦穗不想提到那个人，一提他就恶心。

陈家胜脸上紧绷的肌肉这才放松下来，连声说："是该回去看看了。"

他略一沉吟："这样吧，明天再走好不好？今儿个工地上吃饭的人多。"

麦穗很诧异，没看出今天人多啊！既然陈家胜这么说，麦穗想想，也不差这一天了，明天就明天吧。夜里，麦穗感觉席篷外老是有灯光亮着，因为要回家，她心情激动，在大通铺上翻来覆去，这灯光照得她更睡不着了。直到夜深了，外面的灯熄了，她才迷迷糊糊地眯了一觉。

第二天，麦穗一早跟英子告了别，就往家里赶去。

麦穗走在田间的小路上，路两边各色野花开得热烈，打碗花顶着露水仰着或粉嫩或淡蓝的脸儿，在盈盈绿色里吹着喇叭。清晨的雾气氤氲着绿色的庄稼和树林，田野里到处都是青草的清香。远处不知名的鸟在轻声地啼唱。麦穗深深地吸一口这带着青草芳香的空气，不由得加快了步子。

"麦穗，等等我，等等我。"有人在后面喊着麦穗。麦穗停住脚步，疑惑地转过身，只见陈家胜气喘吁吁地跑了过来，黑黑的脸膛上全是汗。见了麦穗，他倒有点不好意思，一只手背在身后，一只手挠着后脑勺，憨憨地笑着。

"陈营长，有事？"麦穗不解地看着陈家胜。

陈家胜把那只背在身后的手慢慢转过来，手里提着一个藤条编的笼子，笼子里是一只瞪着一双无辜的小眼睛、怯生生的小斑鸠。麦穗看着陈家胜，他抹把黑脸膛上的汗："知道你要回去，也没啥好东西送给孩子，昨儿后晌抓了只斑鸠。嘿嘿，奶奶个熊，我手笨，这笼子我昨晚忙活到大半夜才编完。"

麦穗接过笼子，看看陈家胜那双大粗手，不由地笑了起来："怪不得昨儿后晌老是亮着灯，难为你了陈营长……"

见麦穗收下了，陈家胜开心地笑了。

"麦穗，你笑起来真好看，以后，多想开心的事，多笑。"麦穗笑着点点头，嘱咐陈家胜赶紧回去，工地上事多，不能耽误。陈家胜像完成了一项重大任务，长出了一口气，迈开轻快的步子，往工地跑去。陈家胜此刻心里比蜜还甜——地里的庄稼今天格外葱绿，树上的鸟儿叫得格外动听，连他平时嫌吵噪的蝉鸣，今天也变得无比悦耳。他甚至跑着跑着在田间小道上蹦了几个高……

麦穗一路上不时地瞅着这只小斑鸠，想象大香见到它时该是多么惊喜。她想到自己小时候跟着哥哥们在那无垠的田野里抓蝈蝈、挖耗子；想到自己出去割兔子食，在林子里玩疯了，快晌午的时候，赶紧找几块树枝垫在提篮底下，顶上盖一点草充数。想起这一切，麦穗脸上绽放着孩子般的笑容。麦穗一路和斑鸠说着话，远远地看见村子的影了，更是加快了步伐。

邢满金眯着眼来回找了好几遍都没看见麦穗，进了伙房，英子正在烧火。邢满金眯着细眼睛，连声质问麦穗人呢。英子眼皮也不抬："病了，请假回家了。"

"工地上人手这么紧缺，谁准她的假？不是不伤不残不准请假吗？"英子推说她也不知道。邢满金气鼓鼓地来找赵国安，一进门就大吼大叫："我看这工地要乱套！都自由散漫，想干吗就干吗，都还有没有组织纪律？这活还想不想干了？"赵国安知道是因为麦穗请假，却哼哼哈哈地假装不知道。

邢满金没好气地从指挥部出来，斜眼瞅了一下傻子六。傻子六正叼着麦秸草，流着哈喇子，傻笑着望着他。邢满金走上前，气呼呼地给了傻子六两脚。

"邢主任，你干吗？你欺负他不觉得伤天理？"看邢满金还要踢，赵国安一下子跑上前把傻子六护在身后。

"韩六方，没事你别在工地上了，省得碍人家事。"赵国安又回头跟傻子六说话。

邢满金白眼看看赵国安："你装什么好人？"嘴里嘟囔着，甩手朝远处走去。

傻子六躲在赵国安身边，抱着赵国安的胳膊，就是不走。赵国安没办法，只好把傻子六领回席篷。赵国安沾湿毛巾，给傻子六擦了一把满是污垢的脸。他突然目不转睛地盯着傻子六的脸，因为刚刚傻子六的目光里有一种他从没见过的东西一闪而过。

"嘿嘿嘿，林什么玉……嘿嘿……贾什么玉。"傻子六看着赵国安，又开始傻笑。

"你呀，工程院校的高材生，在咱高密恐怕找不出第二个，真是白瞎了，白瞎了。"赵国安瞅瞅他，满眼疼惜，无奈地摇摇头。

陈家胜正在给社员记工分，嘴里嘟囔着英子几个工，麦穗儿个工。邢满金一听麦穗，马上凑过来："麦穗无故旷工，工分清零。"陈家胜不理他，继续记。

邢满金气急败坏，一把扯过陈家胜的本子，嘴里骂骂咧咧："妈了个巴子，你陈家胜算个什么东西，我说的话竟然当耳旁风？"

陈家胜把记工笔一扔，黑脸膛变成了紫色，把袖子一撸就朝邢满金走过去。邢满金一身干瘦，看到黑塔一般的陈家胜来到自己面前，心里便有些发虚。陈家胜到了邢满金面前却没动粗，而是靠近他的耳朵嘀咕了几句什么。邢满金一开始还气焰嚣张，渐渐地脸色由红变黄，又由黄变白，最后变成了铁青色。陈家胜说完，转身离开。那邢满金犹如一条夹尾巴狗，灰溜溜地走开了。

不远处的英子好奇地凑到陈家胜面前："陈营长，你怎么三两句话就把那畜生镇住了?"

陈家胜摆摆手:"我会降狗术,你小孩子家家的,别瞎打听。"英子噘起了嘴,白了他一眼,干活去了。

陈家胜自那晚联欢拉过二胡之后,就再没碰过那把二胡。这些日子,他却把落了灰的二胡擦得锃亮,每天歇工后都拉上一段,二胡的调子竟然也被他拉出了喜庆的节奏。大伙儿都嘀咕:"这家伙,准是碰上喜事了。"陈家胜听了也不吱声,心里美:老子就是碰上了喜事,天大的喜事。

麦穗到了家,王婶正在给大香喂饭。她刚一打开门,大香小眼珠子一骨碌,马上看到了娘。大香也顾不得吃饭了,大喊着娘,就朝麦穗奔了过去,一下子扑到她怀里。这丫头抱着麦穗的脸就亲,抹了麦穗一脸的饭渣子。

王婶一看麦穗回来了,满脸笑容,拍拍大香:"这小嫚儿,奶奶白天黑夜带你,还是跟你娘亲啊。"

大香懂事地回过身,小嘴立马凑过来又抹了王婶一脸饭渣子,逗得王婶和麦穗都哈哈大笑起来。

"你看,这真是个小人精呢,怪不得连国安都那么疼她……"王婶赶紧住了嘴,偷偷瞄一眼麦穗。

麦穗似乎没听见,举着手中的鸟笼子给大香看:"嫚儿,你看看这是什么?——小斑鸠。"

大香看见麦穗手里的鸟笼子,一下子什么都不顾了,抱着它就跑一边去。小丫头不会说小斑鸠,噘着小嘴,"小鸠鸠、小鸠鸠"地招呼着笼子里的小鸟。麦穗朝王婶努努嘴:"看看,看看,有了小斑鸠,咱俩都靠边站了。"

看着麦穗那发自内心的笑容,王婶心想,这孩子好久没这么笑了。王婶目不转睛地盯着麦穗看,麦穗被她看得不好意思,笑着问她:"婶子,你不认识俺了?"王婶点点头,告诉麦穗,看着她开心,自己心里就敞亮。

闲聊了一会儿,麦穗从身上掏出了几张粮票和布票,递给王婶。王婶不解地看着麦穗,麦穗告诉她,她用工地上挣的工分跟别人换的这些。王婶帮忙照看大香,这吃的用的,总不能让她再掏腰包。王婶坚决不收,打开炕上的手箱子:"你看看,这都是国安给我的,他说不能屈着孩子。"手箱子里竟然还有个鸡蛋。

大香看到了鸡蛋，凑到麦穗身边抱着她的大腿说："奶奶说，奶奶喂嫚嫚，一个蛋蛋去一边边，一个蛋蛋去一边边。"王婶的脸一下子臊得通红。原来以前王婶把鸡蛋嚼了喂大香，鸡蛋咬进嘴里，越嚼越香，实在忍不住了，王婶咽下去一小口。王婶双手合十告诉自己，只尝一点点，只尝一点点，结果尝着尝着，半个鸡蛋就没有了。王婶就在大香面前叨叨，没想到这小丫头还跟她娘学舌。麦穗假装不明白大香说的什么意思："婶子，以后不准要赵国安的东西，我能养活孩子，也能养活你。"

看麦穗不在意，王婶红了的脸这才慢慢复原。她趁机试探麦穗："国安这孩子人出息，心眼又好，老多姑娘上赶着他呢，你就别老是冷着人家了。"

麦穗不接话，岔开了话题。

王婶吞吞吐吐地告诉麦穗回来得正是时候，四龙娘得了急病，瘫了。麦穗没听明白，王婶又重复了一遍："你婆婆瘫在炕上了，五虎一个人给她挖屎挖尿。家里埋汰得简直进不去人了。"麦穗收敛了笑容，低着头不说话了。

"那死老婆子，她欠你的，我就是说说，你不用挂心上。"王婶说着这话，拿眼瞅着麦穗。麦穗叹口气，没吱声，抱起大香，扔下一句"我去看看"，就出了门。

麦穗来到婆婆门口，又犹豫了一会儿，最后还是走了进去。

站在房门口，人还没进去，屋子里就有股骚臭味顶得麦穗直想吐。麦穗皱了皱眉，来到屋里，五虎正在把着他娘小便。他抱着娘，底下是一只脏兮兮的尿壶，尿液淋得里里外外，炕前里湿了一大片。麦穗瞅瞅炕上的被褥，都脏到没法看，婆婆头发上的虮子都生到了发梢。四龙娘和五虎一看麦穗来了，都大感意外，一时之间竟不知说什么。五虎红着脸："嫂子，俺娘这是报应。你看，得了这受罪的毛病。"四龙娘羞愧地别过脸去，背对着麦穗朝里躺着。

麦穗抱着大香倚在房门上瞅着婆婆背过去的身子，往日的一幕幕如在眼前。"本事呢？怎么不骂了？再起来打狗骂鸡啊！再起来指东骂西啊！大香越长越好看了，看看有没有人家要，保证卖个好价！"麦穗这嘴跟刀子似的，扎下去刀刀见血。

老婆子不由自主哆嗦了一下，心想今天掉你手里了，你看着办吧。

　　麦穗放下大香，突然凑到婆婆跟前，五虎手心里冒出了汗：嫂子这是明摆着来报仇的！

　　麦穗也不说话，一下子把婆婆身上那床破棉被一掀。

　　"嫂子……"五虎喊了一声。麦穗也不吱声，把那床又臊又臭的棉被扔到炕前里，又吩咐五虎，把婆婆那身脏衣服褪下来。五虎心里直打鼓，但转念一想，娘以前做得实在太过分，嫂子怎么惩罚她都不过分，但是嫂子你要动手打人的话，那我……

　　麦穗不理五虎，她到灶房里生起了火，烧了满满一大锅开水。麦穗把婆婆的脏衣服放在大木盆里，浇上开水，放上碱面。不一会儿，大盆里飘起了密密麻麻一层鼓着肚子被烫熟的虱子，大香害怕得直往麦穗怀里钻。麦穗把衣服烫在盆里，又去把那床破被拽到天井里，把被面拆下来，棉絮晾在挂衣绳上。

　　洗完了，麦穗又进了屋，用脸盆盛了开水，试试冷热，把脸盆放在炕沿上，把婆婆的头发散开，摆弄着婆婆的脑袋想摁到盆里。四龙娘心里害怕，用脑袋挣着麦穗摁她的手。麦穗"啪"的一声打了婆婆手背一巴掌："少跟我来这套，就凭你做的那些事，现在把你摁了盆里淹死也不解恨。怎么了，现在没本事了，害怕了？"

　　四龙娘便横下一条心，闭着眼任凭麦穗摆弄。

　　麦穗让五虎找来篦子，她拿麻线把篦子齿紧了紧，又往篦子上洒了点烧酒，就给婆婆篦头上的虱子。那虱子沾了酒，很容易就从头发上篦了下来。五虎把麦穗篦下来的虱子收拢好，拿铁铲子盛着，放到煤油灯火上，噼噼啪啪地烧着，屋子里散发出一股难闻的焦煳味。

　　五虎在一旁看着，眼里泪汪汪的："嫂子，我是他儿，伺候她天经地义。但娘在你身上有罪，你不用伺候她。"麦穗看看五虎："不管怎么说，我跟了你哥，她就是我的娘。她是错过，但是现在不能了，我还怎么和她计较？"麦穗一脸坦然。

　　五虎呆呆地看着麦穗。

　　给婆婆篦完头，麦穗又把拆下来的棉单泡进盆里，哐哧哐哧地洗了起来。

毒日头底下，五虎看着不忍心，一个劲地嚷着："嫂子别洗了，留着我洗。"麦穗埋怨地看他一眼："你洗？你怎么早不洗？这都馊成啥味了？"

五虎不好意思地搔搔头："俺从小没干过这些活。"五虎凑过来："嫂子，要不你还是回来住吧。"

麦穗停下搓着衣服的手，把盆里的脏水一下子泼到地上："看看这水，你还能不能收起来？"五虎无奈地摇摇头。

屋里头，大香在炕上抓着奶奶的手，给奶奶数手上几个簸箕几个斗。四龙娘的手被大香肉乎乎的小手摆弄着，眼里不觉就流下泪来，嘴里哼哼着："大香……香啊，奶奶对不住你……奶奶有罪……"

四龙娘用手支撑着爬起来，从炕席底下掏出一个小布包，哆嗦着双手，小心地打开。四龙娘让五虎把麦穗叫进来，麦穗满脸狐疑进了屋。

婆婆打开那个小布包，把里面零零散散的钱都放到麦穗手里："孩子，我这当娘的……呸，我不配你叫我娘。这是我这辈子攒的所有家底，你看我这样子，也给你看不了孩子……你拿去，给大香买点好吃好穿的，也让我这老婆子免免羞脸。"五虎被娘的举动惊得张口结舌，他知道，嫂子是坚决不会收的。

"好，这是我该得的。"麦穗一脸坦然地接过这个手绢包，毫不客气地把钱揣进了衣兜。五虎惊得嘴张得更大了。

四龙娘这才如释重负一般，又躺了下去，她的手又摩挲着大香的小手，眼睛闭着，脸上露出轻松的笑容。

麦穗又去了天井里，继续拆洗被褥。忙活完了，麦穗的脸被毒日头晒得通红。她去屋里抱起大香，招手示意五虎出来。五虎随着麦穗出来，麦穗从衣兜里掏出那个小布包，原封不动地塞进五虎手里，五虎推让着。

麦穗指指屋里，让他别声张。五虎不解地看着她，麦穗笑笑："娘这么大年纪了，又得了这病，说不定哪天说走就走了。我收着，是为了让她心安，让她心里的罪过减轻些，要不然她就是走了也合不上眼。"

五虎激动得嘴唇哆嗦着："嫂子，她都那样对你了，我都替你恨她，你……你还替她着想。"麦穗笑笑："现在她不中用了，我还去捏着过去的错和她计较，不让人笑话？"

大香拿小手替麦穗擦着脸上的汗，麦穗抱着她出了门。五虎站在那里，望着麦穗的背影，直到麦穗拐过胡同口。

胡同口，不知谁家的院墙外探出了一枝火红的蔷薇，鲜艳的花儿你争我抢地挤着堆儿，盛放在枝头。在夏日的骄阳下，在如洗的碧空中，摇曳着灼灼芳华。大香指着墙头的花，嘴里哼哼着，眼里满是兴奋和期待。麦穗看看左右没人，一手抱着大香，一手迅速摘了一朵，插在大香头顶的小鬏鬏上。大香乐得抱着麦穗的脸，吧唧吧唧使劲亲。

晚上，麦穗搂着大香躺在土炕上。这丫头任性，睡觉也不让麦穗把那朵花摘下来。麦穗闻着大香头顶那朵蔷薇散发的香味，一阵阵清爽的风从窗棂间吹进来，拂着麦穗的轻梦。

梦中的麦穗突然被一阵身体深处的热流搅醒了，一种莫名的渴望纠缠着她。她浑身燥热，身体内似乎燃起了熊熊的火！那是一种怎样的感觉？是四龙第一次撕裂自己的那种？不是。是她真心把自己交付四龙那种？也不是！

麦穗诅咒着，压制着。她惊奇自己竟然又一次有这样邪恶的欲念，她为此感到羞耻万分。她骂着自己，麦穗啊麦穗，难道你是一个不正经的女人？

强烈的焦灼终究还是让麦穗难以自持，攫取的欲望战胜了麦穗的羞耻之心。麦穗喘息着把枕头紧紧搂在怀里，夹在双腿之间。她感觉枕头也抱住了自己，一股强大的力道直抵身体的纵深处。那一刻，麦穗感觉自己坠向了一个深渊，坠落……一直坠落……又突然从深渊中腾空而起，飞升，一直飞升，飞到一个极顶，一声巨响，轰然爆炸！

麦穗感觉自己双腿间湿了一片……

释放，轻松，羞愧……从四面八方一齐向麦穗铺天盖地压来……

麦穗回味着自己释放的瞬间那个一闪而过的影子，不是四龙，是……麦穗猛然把枕头扔到炕前里。

她扯过被子蒙住脸……

麦穗在家待了两天，请假的日子也到期了。她收拾东西，准备回工地，猛然之间抖落了一条紫色的纱巾。麦穗一下子愣住了。这是爹留给她的唯一一样东西！有一次爹从黄县回到家，给了麦穗这条纱巾。在麦穗为这条纱巾欢喜雀跃的时候，娘却在他的箱子里发现了另一条一模一样的纱巾。娘不吱声，她旁敲侧击证实了那条藏着的纱巾确实不是买给她的，于是爹和娘之间爆发了麦穗记事以来最惨烈的一次战争。这次的吵闹以后，娘和爹再也没在一个炕上睡过。麦穗长大后才明白，那条纱巾，爹是买给另一个女人的。而那个女人，一定就是那个能和他说上话的女人。

因为娘，麦穗从来没敢戴过那条纱巾。没人的时候，麦穗经常偷偷找出来围在脖子上，用一块破镜片照着看。麦穗感觉自己的脸在淡紫色的映衬下添了不少神采。她不禁又脸红了，觉得自己在和爹串通一气欺负娘。她犹豫了一下，还是决定把纱巾带上。

看着麦穗要出门，大香哇哇大哭起来。麦穗赶紧放下手里的东西，假装躺炕上要睡觉。王婶趁大香放松了警惕，赶紧把大香抱走。

怕大香看见自己再哭闹，麦穗眼里含着泪，扭头快步跑了出去。

三十七

峡山工地需要从高密调运一批石灰，赵国安调度了几个赶马车的把式，还要一个领队的。工地上三班倒，正赶上陈家胜夜班，他主动要求自己去领队。赵国安想想也实在没别的人选，嘱咐了一通就让他去了。

从高密城到水库有几十里路，装满石灰的马车走得格外慢。陈家胜在打头的一辆车上。他快马加鞭，盘算着麦穗请假的日子也到期了，兴许还能捎她一程。远远地看见麦穗的村子了，陈家胜不住地瞅来瞅去，真希望麦穗出现在村口。

到了麦穗村口，陈家胜故意拉着缰绳，让马放慢了速度，东张西望，就是不见麦穗的影儿。陈家胜招呼一声后面几辆马车的车把式："奶奶个熊，牲口都累了，卸下牲口，歇会儿脚。"

大家把马解了套，累得气喘吁吁的马儿来到田边的草地里，悠闲地啃起了青草。被马啃过的草地弥散着一股特别的清香，陈家胜无心闻这青草香。

眼看太阳越来越毒了，他失望地吩咐一声："套车，走人。"

本来精神昂扬的陈家胜此时就像霜打的茄子，再也没了精神头，自己嘀咕：不是说好了请假今天到期吗？咋不见人？陈家胜蔫头耷脑地坐在车辕上，摇鞭子似乎也没了力气，任由马儿自己控制着速度。那匹马似乎看出了他的心思，开始偷奸耍滑，脚步越来越慢，不时用嘴掠一口路边的青草。陈家胜没好气地往马屁股上抽了一鞭子。马儿便低下头，加快了步伐。

走着走着，陈家胜忽然眼前一亮。在一条田间的顺水沟里，盛开了满沟的野菊花，那花儿争先恐后地在骄阳下挺着娇嫩的淡紫色的小脸。在这花丛中，麦穗穿着一件月白色上衣，紫色的纱巾随风飘荡。陈家胜发现麦穗像个看见了满地宝贝的孩子，正在欢天喜地地采着野菊。

陈家胜看得呆了，在这片小小的花海里，麦穗便是这万千野菊花中最耀眼、最动人的那朵！

他甚至不忍心招呼麦穗，直到她一抬头瞅见了车队。一看陈家胜坐在打头的马车上，她赶紧把手中一大把野菊花藏在身后，招呼陈家胜："陈营长，这么巧？我正要回工地呢。"陈家胜心突突地乱跳，抿着厚嘴唇偷着乐。他朝麦穗挥挥手："哎，你还没长大呢，还摘花掐草的。这也太巧了，真是有福之人不用忙，这不，省下你大步量着这好几十里路了。快上车，快上车。"

麦穗快步跑过来，一边跑一边把纱巾扯下来装进衣兜。麦穗跟后面的车把式打了声招呼，一下子跳上了陈家胜的马车，坐在家胜身后的车前杠上。陈家胜立马精神抖擞，厚嘴唇都快咧到了耳朵根。他赶着马车，还不自觉地哼起了小曲。麦穗打趣他还真是好兴致，陈家胜背对着麦穗咧嘴笑，心里那个美啊。

陈家胜突然想起了什么，从衣兜里左掏右掏，变戏法一样掏出来两颗糖块儿。他赶紧塞在麦穗手里，麦穗张开手仔细一看是彩纸包着的两颗糖。

"陈营长，不年不节的，这东西可真稀罕。你把我当孩子呢？我不要，你留着拿回家，给你家虎子吃去。"麦穗笑着往陈家胜衣兜里塞。

后面的把式从马车上下来，紧跑几步来到陈家胜的马车边，伸手就过来抢："好你个陈营长，刚才装货那会儿我就发现那个保管塞给你两颗糖，问你竟然不说。这会儿倒拿出来了。"边说边斜着眼瞅着麦穗。

"一边去，大老爷们儿吃什么糖？俺给俺孩子留着呢。"陈家胜边说边捂紧口袋。那个人不依不饶，从马车上扯下家胜，一边笑着，一边挠着他胳肢窝，从他兜里往外掏。陈家胜好似要跟人家拼命一样，两人杀猪一般鬼哭狼嚎，直到把那家伙打得告饶夹着尾巴跑到了自己马车上。

麦穗坐在车上，看着这两个孩子似的大男人打打闹闹，也禁不住哈哈大笑。

一路上，陈家胜也不知哪来那么多话，一直喋喋不休跟麦穗唠家常。唠他两年前去世的老婆，唠他怎么去峡山工地的，唠他五岁半的儿子怎么怎么盼着有个娘……麦穗一直听他唠叨，不时地插一句半句。麦穗心里嘀咕：这陈营长，平时看着嘴笨得像棉裤腰，没想到话还真是不少。

马车走出了不到十里地，真是应了那句话："六月的天，孩子的脸"。黑沉沉的云彩如大兵压境，顷刻之间从西天边涌了上来。陈家胜瞅瞅这黑云，幸亏马车上都有油布，赶紧吩咐下去："伙计们，赶紧把石灰盖好。这天阴得可真快，奶奶个熊。"

车把式们不敢怠慢，赶紧拿车上的油布把车盖得严严实实。人还没坐回到车上，大雨点伴着让人胆战心惊的响雷就噼里啪啦地砸了下来。麦穗惊叫一声，瞅了瞅身边也没个雨具，心里暗暗叫苦，这下要成落汤鸡了。

陈家胜盖好石灰，忙不迭地上了车。好一场倾盆大雨，雨中还夹杂着冰雹，砸得车上的油布"砰砰"作响。马车走不了了，他吆喝大家把牲口卸下来，人都钻到车底下避雨。车底下空间太小，陈家胜一半身子露在外面。尽管在车底下，雨水还是顺着车底盘滴到麦穗身上。陈家胜毫不犹豫把自己小褂脱下来，双手撑着，给麦穗搭起了"棚子"。麦穗让他赶紧穿上，陈家胜也不作声，胳膊举高，把小褂撑起来给麦穗挡雨。

麦穗像一只羽翼未丰的小鸽子，蜷缩在陈家胜这只大鸽子坚实的翅膀底下。她的一缕淋湿的头发贴在陈家胜的胸口，像一只小手，撩拨着陈家胜本来就突突狂跳的心。麦穗甚至能听到陈家胜扑通扑通心跳的声音，闻到了他身上那种彪悍的男人气味。她红了脸，不再说话，只盼着这雨和冰雹快点停下来。陈家胜却在心里默默祷告，老天爷可千万别停下来——虽然他的后背因为只顾遮挡麦穗而暴露在肆虐的冰雹之中，被砸得揪心疼。

陈家胜的小褂能挡住冰雹，却挡不住雨。不一会儿他俩浑身都淋了个透。淋湿的上衣紧贴在麦穗前胸，胸前那凸显的轮廓让麦穗羞赧到无地自容。陈家胜无意中一瞥，那黑脸蛋子也红成了猪肝色，心里便更像揣了只兔子，怦怦乱跳；又像装了块火炭，火烧火燎。两个人便各自看着远处，再也没了话题。

也不知过了多久，雨终于停了。麦穗尴尬地把胳膊抱在胸前，陈家胜把小褂放下来，胳膊早已酸麻，头上被砸了两个乌青的大包。麦穗满眼歉意地瞅瞅陈家胜，张了张嘴，终究还是没说什么，下意识地往外挪了挪，离陈家胜远了点。

麦穗低着头，一路上再也不说什么了，原先手中捧着的那束野菊花，早被雨淋得跟麦穗此时的心绪一样，湿漉漉，有点凌乱……

麦穗真想找这样一个宽厚的胸膛，在自己受了委屈，在自己没了主意，在自己冷、自己疼的时候，可以倚一倚，靠一靠……

可是，麦穗内心深处，却又有一些不甘，似乎还有一些更难以割舍的东西困扰着她。到底是什么呢，这个困扰她很久的疑问，麦穗自己也难以理清。那是一种恨，又是一种爱，这两种情感在她内心争斗了好久了，有时候恨占了上风，有时候恨又被爱打得落荒而逃……

陈家胜不知道为什么麦穗突然心事重重，并且一下子坐得离他那么远。他用还在酸疼的胳膊搔着后脑勺，努力回忆自己什么地方冒犯了麦穗，但实在想不起来自己哪里做得不对。

陈家胜挥着鞭子，狠劲往马屁股上抽着。奶奶个熊，他只恨这雨为什么这么快就停了下来。他盼着西边再飘来一片云彩，他希望再来一阵大雨，他希望再来一阵冰雹，要是没雨没雹，哪怕来一阵大风也是好的。他只希望麦穗跟刚才那样，像只受惊的小鹿蜷伏在自己面前，离自己近点，再近点。他希望前面的路长点，再长点……

尽管陈家胜不情愿，马车还是在晌午之前到了工地。招呼人卸下了石灰，陈家胜突然浑身一阵冷战，接着打了一个响亮的喷嚏。麦穗赶紧去了伙房，熬了一锅姜汤，端给刚才赶马车的把式们，麦穗把那碗姜丝最多的最后端给了陈家胜。陈家胜找了一个空碗匀开，让麦穗也喝点。

邢满金眯缝着镜片后的细眼睛站在不远处，看着麦穗还未干透的衣服紧贴在身上展现的身体轮廓，那眼镜后面便喷射出异样的火焰。他慢悠悠晃到麦穗跟前，麦穗转身要走，他吆喝一声"站住"。麦穗也不回头，顿了顿，继续往伙房走去。

邢满金不禁恼羞成怒，紧走几步赶到麦穗面前："这位同志，你无故脱岗旷工，经指挥部研究，你不能再在伙房干下去了，从今天开始，去工地干活。"

麦穗抬头瞅了他一眼："双羊公社的人员分工，好像是陈营长管吧？"

邢满金恼羞成怒："连陈家胜都归我管，你嚣张什么？"

"你管谁我管不着，我只知道，我归陈营长管。别人的话我都当是放屁。"麦穗说完，扭头绕过挡在面前的邢满金，钻进伙房，去放下盛姜汤的碗。

英子在伙房里拉着风箱烧水，听见邢满金刚才的话，"呼"的一下站起来，麦穗赶紧伸手把她摁住。

英子不服气地蹲下继续烧火："狗仗人势。"

麦穗嘘了一声，示意英子不要再说了，麦穗实在不想因为自己连累了口无遮拦的英子。她小声说："大不了我回家看孩子，我还不想在这儿干了呢。干完这几天，我就回家去。"

自从麦穗这次请假离开工地，邢满金心里就认定了是赵国安故意把麦穗挑唆回家。哼，怎么那么巧？早不病晚不病，偏找这节骨眼病，你赵国安平时装得人模狗样的，我看也是一肚了花花肠子。哼哼，想跟我耍花招，咱们走着瞧。

三十八

章文坡副县长要去高密城开会，大约得半个月。章文坡叫来邢满金，跟他交代工地上的大小事务，临时由邢满金代理总指挥。邢满金满脸诚恳，一个劲地请他放心。赵国安推门进来，章文坡一笑："国安来得正好，我正要找你，你跟我去县里开会。这些日子，老是忘事，现在感觉什么工作都离不开你了。去县里有什么事你帮我提点着点，你自己也长长见识。"

赵国安爽快地答应了。

邢满金镜片后的细眼睛眯了一会儿："章县长，别呀。国安现在是工地的骨干，是我们的主心骨啊，他要是离开了，我都不知道怎么干了。现在工期又抓得这么紧，让国安留下吧，让他留下吧。"

章县长略一沉思："好吧，还是工地的事重要些。既然这样，那你有什么事一定要跟国安商量。以后你们要拧成一股绳，把工地上的事料理好。"邢满金赶紧点头让章县长放心。

章文坡走了没两天，赵国安被邢满金意外地调到物资科。

陈家胜打趣赵国安："现在这差事可是大权在握，工地上的物料可都得经你手啊。"

赵国安笑笑："都是革命工作，干什么还不是干？"

邢满金这几日干劲十足，工地上扎起了宣传大棚，棚上插满了彩旗。各民工营也都办起了宣传棚，有了自己的宣传队。大家发现邢满金开会上瘾，隔三岔五就开大会，开会时指挥部的宣传棚上插上"帅"字旗，这还不够，每辆推土的小车上也插上了小旗，上面写着"战天斗地""力争上游""降龙伏虎"的标语。

营与营、连与连、排与排之间每天都搞劳动竞赛，竞赛成绩黑板上一天一报。捷报频传，卫星火箭满天飞。

邢满金还下了死命令，不准无故请假旷工。这家伙整天亲自巡查，一心想找一个出头鸟，杀一儆百，以树威严。

机会终于让他逮到了，刘麻子的老娘去世了，跟陈家胜请了半天假回了家。刘麻子回家因为出殡的一应琐事跟老婆发生了口角，脸上被老婆抓了好几道血印子。刘麻子回到工地刚要开始忙活，两个肩上背着枪的民兵一人挟持着刘麻子的一条胳膊把他扭到了宣传大棚前。

"你知罪不？"邢满金气势汹汹走上前来，眯着镜片后的细眼睛，瞅着刘麻子。

"不知，我回家给老娘出殡，哪来的罪？谁都是爹生娘养的，谁他娘的也

211

不是石头缝里蹦出来的。"刘麻子昂着头，语气强硬。

"嗯，你回家出殡没罪，但你打了党、跟党做对，是不是有罪?"邢满金气势逼人。

"我打了党? 我跟党做对? 您可别乱给我扣帽子，我担不起。"

"你老婆是不是党员? 你是不是跟她打架? 你还动手打了她? 你嘴硬什么?"

"头一次听说，打老婆还打出毛病来了?"刘麻子梗着脖子，据理力争。

"我看你气挺足，味挺大，刺挺多! 今天我就放放你的气，去去你的味，拔拔你的刺!"

邢满金指挥着围观的社员过来批刘麻子，大家也实在批不出什么来。邢满金急了眼："谁不下老实批，做老好人，今晌午谁就别吃饭。不是，谁包庇、讨好打党的人，谁就是跟刘麻子一伙的，是反革命。是反革命就得抓起来坐牢。"

"刘麻子打卦算命，搞封建迷信。"

"刘麻子整天唱茂腔，人家唱新歌新戏，他还唱那些莺莺红娘。"

……

刘麻子一开始还挺着头瞪眼看着那些批他的人，批到最后，他双膝跪地，头被摁在地上，任凭别人怎么说，都不再吱声，认打认罚。

赵国安听说这事，赶紧放下手里的活，从人群外挤进来，一下子把刘麻子从地上拉了起来。

"大伙都散了吧，散了吧。"

邢满金瞪大了眼瞅着赵国安。

"你凭什么让大伙散了?"

"邢指挥，刘麻子就是和老婆拌了几句嘴，两口子吵架。因为他老婆是党员，你就说他打了党;那你看看他脸上这些血印子，是他老婆给抓的，这个又怎么说? 咱也不能一面子情理，是不是? 再说了，现在这工程紧着赶进度，这一大帮子人都在这里干这个，我们这工期耽搁了，谁负责?"

大家都随声附和赵国安。

赵国安一席话让邢满金无言以对，看看人群也散开了，邢满金踢了刘麻子一脚："下不为例！"

赵国安搀起刘麻子。刘麻子面色苍白，额头上全是土，他紧闭着眼，浑身哆嗦着。刘麻子握着赵国安的手："国安，谢谢你。不是你，那个浑蛋还指不定把我怎么样。"

赵国安拍拍刘麻子的肩膀："以后注意点，好汉不吃眼前亏，别硬往枪口上撞。"

第二天，邢满金倒背着手又在工地巡查，突然看见来喜坐在车把上，身子伏在小推车脊梁骨上在那里打盹儿。邢满金气不打一处来，疾步走上前，"啪"的一声打了来喜的光头一巴掌。来喜愤怒地扭头，看了看是邢满金，又低下了头。

"吆呵，我看你们这几天都有点抁挚啊，不是这个偷懒就是那个怏怏，思想有问题哎。"他边说边揪来喜的耳朵。

来喜满脸通红，没有丝毫精神，耷拉着眼皮喊疼："我今天浑身没力气，难受……我真的难受。"

"谁不难受？少跟我来这套，这样子干一辈子，也创不上标兵营。"邢满金指着来喜，让他赶紧推车。来喜只好晃晃悠悠站了起来，推着车子去装土。

赵国安看邢满金走远了，赶紧叫住来喜，一摸他的额头，吓了一跳，烧得厉害！赵国安赶紧压低声音："你回席篷去。"

来喜抿着嘴看着赵国安："我……我不敢……"

"没事，我给你拿两片药吃上，发发汗，回去睡一觉就没事了。你把自己盖得严实点，别人看不着你。"赵国安回去拿了两片药让来喜吃了，看看没人注意，他带来喜回到席篷。席篷里热得像蒸笼，赵国安拿了一个草垫子，给来喜铺在席篷外的背阴处，让他躺下，又找来一块破席盖在他身上。赵国安瞅了瞅，不细看还真看不出来席底下有人。安顿好来喜，赵国安才放心地回到工地。

三十九

双羊店村书记单福根因为临时被委派押运一批土工布到峡山，来到了工地。双羊店的人看见他来了，赶紧凑上前打招呼。

邢满金一看是单福根，赶紧走上前来。他把夹在耳朵根的一根旱烟递到单福根手里，单福根拍拍手中的烟袋："我来这个，习惯了。"

两人说着话，就进了指挥部。

陈家胜不明白：这邢满金跟单福根怎么这么近？刘麻子告诉陈家胜，邢满金在双羊店驻点，当年上了邪劲，和铁匠的儿媳妇搞到一起了。单福根碰上了，不知为什么替邢满金把这事瞒下了。陈家胜嘀咕，难怪邢满金在单福根面前这么乖觉，跟条狗一样。

每次单福根来工地，邢满金和他就窝在指挥部里唠半天，有人进去，他俩就赶紧闭嘴。

今天因为工序调整，白班的人虽然干了八小时，需要打连班。因为打连班，伙房里晚饭给了平时一倍半的分量，倒是比平时混了个肚儿饱。吃饱了，大家也不觉得累，喊着号子继续加班。

汽灯挂在竖起的木杆上，把工地照得灯火通明。

打连班的人刚把活干完，看着几辆马车由远及近来到面前。赶车的赶紧招呼大家："伙计们，赶紧来卸玉米。"

大伙一听有玉米，一个个来了兴头："伙计，哪来的玉米？以后可以吃棒子面饼子了，是不是？"

"是，是，现在县里都号召支援工地，这是老百姓从嘴里省出来的。"

大伙一听，一拥而上，顾不得打连班的劳累，抢着卸车。

单福根从马车上跳下来，招呼着邢满金。这可是刚下来的新玉米，装了满满一马车。赵国安因为被安排在物资供应科，来工地的不管什么物资都得经过他验收。他知道这几车玉米来得不容易，现在全县都响应号召支援工地建设，大家的口号就是：每人省下一两粮，支援峡山大干将。赵国安从车上抽出两麻袋来，拆开验了验货，黄澄澄的新玉米，没问题。赵国安摆摆手，让社员们卸车。

邢满金拽拽单福根的衣角，两人钻进了席篷。

卸下的粮食存在库里，赵国安看一切安置停当，这才放心地去干别的。仓库保管员过来锁库门，赵国安觉得他面生："你刚来的？叫什么？"

那个保管员三十来岁，很机灵的样子："嗯，我叫张保全，刚来了四五天。看您像个干部，您在哪个科？"

赵国安笑笑，往卫生科走去。

把玉米卸完，大家这才意识到确实累了。刘麻子拿着铁锨往席篷走，嘴里大喊着："我的娘啊，终于可以困一觉了。"一边打哈欠，一边使劲把铁锨往地上一扎。突然，一股带着腥味的东西"嗞"的一声喷了出来，弄了刘麻子一脸。刘麻子一个战栗，低头一看，脚底下是一块破席。赶紧揭开地上的席，就着灯影一看，他一下子瘫坐在地上。

来喜的脖子被铁锨铲了一道大口子，血汩汩地往外冒。

那些没躺下的人一下子凑过来，看了一眼，都嗷嗷大叫着跑远了。

"死人了……死人了……快来人啊，死人了。"

指挥部的人闻讯都赶了过来，赵国安一看眼前的惨状："来喜，来喜啊……"他一下子扑在来喜身上。赵国安发现这一锨铲在来喜脖子的大动脉上，已经没救了。

邢满金脸色煞白，搓着手在那里转来转去。他突然变得气急败坏："来喜，来喜这家伙原来偷懒，躲在这里睡觉，怪不得我没见他。谁让他回来睡觉的？谁干的？"

"可能是他自己偷着回来的吧？他生病了……实在干不了活。来喜啊来喜，你怎么这么倒霉啊……来喜，我不是成心的……你别怪我，我真的不是成心的……"刘麻子跪在来喜身边痛哭流涕。

邢满金一脸无奈："大家也别愣着了，他是哪个庄的？谁家的孩子？赶紧通知家里人吧。哎，干工程就跟行军打仗一样，死个把人很正常。为社会主义水利建设牺牲，也算是死得值了。"

刘麻子一愣，这可不是邢满金一贯作风。他竟然没揪着自己不放，看他批斗自己那个狠劲儿，这会儿还不得杀了自己偿命？

邢满金说这一番话，其实是心里发虚，他怕社员们埋怨他不让来喜休息，来喜才会偷着躲到这儿藏着，要不然来喜也不会死。

刘麻子扯着赵国安的胳膊："国安，国安你一定救救来喜……他，他还是个孩子啊……"

赵国安无力地摇摇头："没救了，已经没救了……"他摇摇晃晃离开人群，来到大坝，站在坝顶，欲哭无泪。赵国安又想起了爷爷那句话：心软心善，有时候也能害人……

来喜的尸体被哭哭啼啼的家人运走，整个工地很快恢复了正常。在大家眼里，这么大的工程，死个把人可能真的很正常。

别人都不知道来喜是赵国安藏起来的，而赵国安在邢满金面前也没站出来坦言事情的真相。赵国安知道，自己即使说出来，来喜也活不过来，然而，这真的是自己掩藏真相的理由？纠结和愧疚让他寝食难安，一连两天他水米未进。

麦穗眼瞅着棚顶坐在伙房里，拿起勺子茫然地敲着锅台。她站起身走出棚子，刚出门口又折回身来，这样出来进去折腾了好几趟，最后又一屁股坐在灶膛前。麦穗终于好似下了很大决心，把一个空面袋子口对着盆子，抖抖索索敲打了几下，面袋子里落下来少许玉米面，麦穗把这点面加水调成糊糊。她又往锅里添了一点水烧开，熬了一点玉米面粥小心翼翼盛在碗里。

麦穗瞅瞅旁边的英子没反应，就拽拽她，又指指盛粥的碗。英子有点蒙："我吃过饭了。咋？你要给我吃小灶？"

麦穗没好气地瞅她一眼："谁说给你来？那谁……有人两三天没来吃饭了，你没发现？"

英子敲敲脑袋，恍然大悟："哦，是赵国安！对，对，你不说我还真没注意，赵国安好几天没打饭了。"说到这里，英子又突然扭头直盯着麦穗，看得她心里发毛。

"看什么看？有毛病啊你，再不送过去就凉了。"麦穗赶紧去刷锅。

"有毛病的不是我吧？为什么你自己不去送？"英子坏笑着把麦穗扳过身子面对着她。

"要不是上次回去知道他一直照顾大香，我才懒得管他呢。你爱去不去，不去你就倒了！"麦穗赶紧挣脱走出伙房，不再理她。

英子端着一碗棒子面粥和一个黄面饼子进了赵国安的办公室。

"赵指挥，你怎么能不吃饭呢？工地正用人呢。人是铁，饭是钢，一顿不吃饿得慌。"

赵国安抬起失神的双眼，不解地看着英子。

"赵指挥，这可是麦穗亲自给你做的。"英子目不转睛，观察着赵国安苍白的脸。

这句话果然奏效，赵国安的手哆嗦了一下，脸上的表情明显地有了暖色。英子笑嘻嘻地把碗放在桌上，把饼子横放在碗沿上。临出门，她一回头，看见赵国安已经端起了碗，便一蹦一跳地回了伙房。

赵国安捧着那碗玉米粥，坐在那里出神。

四十

赵国安自己煎熬了几天，繁忙的事务和紧逼的工期逼迫他放下了来喜，又把心思放在了工地上。大家听说来了新玉米，都来了干劲。这上顿地瓜干、下顿还是地瓜干，大家实在是有点吃不消了。赵国安也给大家打气，玉米已经磨成棒子面，大伙就不用光吃地瓜干了。大家一听，都拍手称好。

晚上一顿玉米面饼子，大家开开心心像过年。像铁柱这样饭量大的，一顿竟然吃了十几个大饼子。好多人吃完晚饭，撑得不敢去睡觉，胀着肚子，在工地上溜达消化食。

第二天，都到上工的点了，大家都还没动静。赵国安有点纳闷，挨个席篷看看，好多人都躺在床上喊肚子疼。

陈家胜就骂："奶奶个熊，都跟八辈子没吃过饭似的，吃顿玉米饼子至于撑成这样？"那些吃得多的社员，都拉了一天肚子，大家便拿他们取笑逗乐。

第二天、第三天，拉肚子的人越来越多，有的人甚至开始上吐下泻。最厉害的是铁柱，人已站不起来。赵国安开始警觉起来，越琢磨越不像是吃撑了。当天下午，铁柱已经昏迷不醒。工地上几乎所有的人都出现了呕吐症状，气氛一下子变得凝重起来。

赵国安赶紧派人把铁柱送去医院，医院检查完，说是食物中毒。铁柱吐出的全是黑色的黏状物，在医院里待到第三天，医院下了病危通知。到了第四天早上，护士查房，发现铁柱的身体已经变硬，人不知道什么时候断了气。

这一下大家都慌了神，工地上人人自危，大家宁肯挨饿，也不敢再吃工地上的饭。

邢满金在指挥部里咆哮着："章县长才走了这么几天，就出了这么大乱子？你们都是干吗的？"赵国安和其他干部都垂头站在那里，谁都不知道问题出在哪儿。邢满金嚷嚷着赶紧报警。

"能不能等章县长回来再决定？我们先自查一下，到底是哪里出了毛病。"赵国安总觉得事情蹊跷，他想能自己解决的话还是尽量别弄出太大的动静。

"自己查？人都死了，你们倒是查呀！"邢满金咄咄逼人。他撺着人去报了警，公安已经介入。在情况还没明朗之前，伙房里的几个人都被公安控制了起来。

邢满金提醒公安："估计伙房的人下毒是不可能，他们能有什么动机？会不会是玉米出了问题？"

赵国安一拍胸脯："不可能，我亲自验的货，都是新玉米。"

"难道是去磨棒子面时让人给换了？"赵国安说完，找来那两个去推磨的人。

"你们去磨上推的时候是不是离开人了？"公安正了正帽子，瞪着这两个人。

"没呀，我俩一直都在。点着罩子灯，我俩昨晚黑灯瞎火地忙活了半后晌，哪有空离开？"

那是哪个环节出了问题？赵国安望着他俩，百思不得其解。自己验货的时候，随机挑了两麻袋，都是好好的玉米，怎么可能发霉？先不管这个，先把中毒的社员治好再说！赵国安赶紧调配治食物中毒的方子，让工地的人都每天服用。

"看看库里的玉米怎么样。"刑满金一句话提醒了来调查的公安。一行人去仓库取出还没加工的玉米，从麻袋里抠出一捧，竟然都是长了绿毛的发霉玉米粒。

赵国安一下子傻了眼："怎么可能？绝不可能，我亲自验的货！明明都是新玉米！"他当即下令，伙房里停止再做棒子面的窝头，继续吃地瓜干。

刑满金又眯起眼镜片后面的细眼睛："这个问题值得研究，一分钱一分货，新玉米和霉玉米那可不是一个价，这里面有人搞鬼？"刑满金说着话，又眯起眼睛来瞅着赵国安。

刑满金忙进忙出，配合公安调查情况。

两天之后，赵国安在众人诧异的目光中，被公安带走了。傻子六哇哇大叫着拦那两个公安，刑满金揪着他的耳朵，把他连踢带拽弄到一边。

大家在工地上都议论纷纷："听说赵国安用发霉玉米冒充好玉米，贪污了玉米差价，会不会被判死刑？"

"真是知人知面不知心，谁能想到，赵国安是这种人……"

"赵国安，我看不可能，他怎么都不像那种人。"

刑满金脸上露出轻蔑的表情："这可没法说，翻脸猴子变脸狗，他以前不这样，不代表现在不这样。坏人脸上还刻着个坏字？"

陈家胜得到了消息，黑脸蛋子成了铁青色，拿铁锨砍着地上的石头，砍得火星子到处乱迸："奶奶个熊，谁都可能贪污，赵国安绝不可能！谁他娘的再乱放屁，我劈了他。"大家瞅一眼陈家胜那瞪着的大牛眼，赶紧住了嘴干活去了。

眼瞅着过去了七八天，赵国安还没被放回来。大家这回觉得赵国安贪污肯定是真的了，三个一堆五个一伙议论起来，都感叹人心难测，画猫画虎难画骨，知人知面不知心啊。陈家胜这几天经常在公社和工地之间来回跑。说赵国安贪污，他坚决不信。可是，去哪里找证据呢？

刑满金这几天干巴精瘦的腰板挺得绷直，他拿着自己写的大字报往宣传栏走去，大字报的标题是：赵国安的丑恶嘴脸。

陈家胜气不过，想往前面冲，刘麻子和旁边的人一使眼色，赶紧把陈家胜摁住了。刘麻子对着正在试图挣脱的陈家胜低语："这家伙正想找你的茬儿没门路呢，你要自己送上门？眼下最要紧的是什么，你不明白？你要是被他弄起来，谁替国安出头？"一席话，把陈家胜镇住了。得，爷办完正事再找你个畜生算账！

陈家胜皱着眉头，在工地存放粮食的临时仓库周围转悠。他希望能找到哪怕是一点点对赵国安有利的证据。

有个陌生男人坐在仓库门口的地上，嘴里哼着小曲，半躺在门上优哉游哉。陈家胜从没见过这个人："干什么的？"陈家胜大粗嗓子一声吼，把那个人吓得一哆嗦。他一个激灵从地上站起来，满脸赔笑看着陈家胜。他说他叫张保全，是邢主任亲自让他来的。

一提起邢满金，这家伙立马神气起来。

"奶奶个熊，邢满金让你来的就了不起了？你神气什么？出了这么大的事，你竟然还在这里唱小曲，唱你娘的歪歪腔。"陈家胜看这个人一副贼头鼠脑的猥琐样，皱皱眉头继续粗声赖嗓地吼他。

"邢满金邢主任亲自让我来的，章县长不在，他可是高密工段最大的干部了。"这张保全一副得意扬扬的嘴脸，继续炫耀，"听说赵国安贪污要被枪毙。我说这位营长，你还敢说邢主任不好？"张保全凑到陈家胜面前。陈家胜恨不得踢他两脚，满嘴骂骂咧咧，走开了。

陈家胜看见大寒在一个土堆旁边似是有什么心事一样，转来转去，便朝大寒走了过去。

大寒抬头看见了陈家胜，犹豫了一会儿，几次欲言又止，最后还是凑到陈家胜面前："陈营长，几天前我起夜，看到有人从粮库拉走了一车东西，那人很像仓库那个新来的保管员。"

陈家胜一个激灵："你看明白了？"

"千真万确，别的人我都熟，这家伙是新样子，所以很好认。"大寒很确定地点点头。

陈家胜把大寒拉到一边，又详细盘问了一番。

"席篷离粮库那么远，你起夜还能到那边去？"陈家胜不解地看着大寒。

"那天夜里真奇怪，我起夜时发现一个人影，鬼鬼祟祟的，就跟上去。他就在前面走，但是他又不怕我，好像故意引着我往那边去。"大寒一边说，一边皱着眉头。

"啥？怎么你越说我越糊涂了？"

"反正我最后看见那个张什么全拉了一车东西，然后引着我的那个人就不见了。"大寒自己也觉得奇怪。

"那个人会是谁呢？"陈家胜紧锁着眉头。这单大寒，自从来到工地，只知道闷头干活，从不和别人搭腔。大伙都背地里说他三脚踢不出个屁来，没想到这关键的时候，是他站了出来。

临走，陈家胜嘱咐大寒，这事千万不要走漏风声。陈家胜现在感觉到处都充满危险，稍有不慎，就会出乱子。

陈家胜走了，大寒扭头看见麦穗在不远处，便朝那边走了几步，又定住脚，扭头朝席篷走去。

麦穗一个人痴痴地站在那里，思绪纷乱。麦穗感觉自己只剩了一具空壳，她已经失去了重量，整个人在恍恍惚惚地飘着。麦穗曾经选择死，那时她对死无惧无畏。可是如今，当这个男人的生死牌被握在别人的手里，当她在胆战心惊地等待着那张被甩出的牌的时候，她发现此时的自己是如此卑怯和懦弱。

生如蝼蚁，死如尘埃。这个闯进她生命里的男人，这个曾经给了她无尽欢乐和憧憬的男人，这个让她恨到骨髓、痛彻心扉的男人，真的要化作尘埃了吗？

当天半夜，张保全正在仓库的地铺上说着睡语，两个黑影悄悄拨开门，溜了进来。两人一进门，一下子把张保全捂着嘴巴摁住。张保全一下子惊醒，刚要喊，嘴里就被塞进了一团臭烘烘的东西。张保全拼命挣扎，其中一个蒙面人给了张保全后脖颈重重的一击，这家伙接着瘫软在地。两个蒙面人反剪着绑了他的双手，装进麻袋，抬了出去。

这两人抬着张保全走了一会儿，来到离工地三里开外的一片繁茂的槐树林子里。一棵歪脖子槐树上，挂着一盏汽灯。灯光下，是陈家胜不耐烦地等在那里。那两个人来到陈家胜面前，把麻袋扔在地上打开，把昏死的张保全拖了出来。陈家胜上前冲他的脸就是一巴掌，张保全哆嗦了一下睁开眼，迅速从地上爬起来，满眼愤怒地盯着眼前的三个人，努力想吐出嘴里的东西。陈家胜扯出塞在他嘴里的烂手巾，这家伙接着大喊救命。

陈家胜一把拽住张保全的领口："奶奶个熊，小子，你叫吧，这树林子密，没人会听见的，你最好给我老实点。"

那两个人都摘了遮着脸的黑布，一人拿一根木棍，虎视眈眈地朝张保全靠近。张保全看看四周漆黑一片，这荒郊野外，他知道喊也没用。

"知道为什么弄你来这里吗？粮库里的玉米怎么回事？把你干的勾当给我老实交代。"陈家胜把一个缺边少沿的黑陶罐往张保全身边挪了挪，这一晃荡，罐里的臊臭气接着散发出来，旁边那两个人禁不住捂起了鼻子。

张保全哆嗦着望着陈家胜："什么玉米、棒子的，你们到底要干吗？我什么也不知道。我是邢指挥的人，你们可不能乱来！"

"哟呵，邢指挥那可是个大人物，我好害怕。俺从小胆小如虎啊。"陈家胜做出很害怕的样子。

旁边那两个人小声重复了一句"胆小如虎"，都捂着嘴偷笑起来。

"俺什么都信就是不信邪，爷什么都怕就是不怕鬼。"看着张保全提起邢满金那副趾高气昂的样子，陈家胜瞪起了大牛眼，朝那两个人一扬头。他俩走上前来，掰开张保全的嘴巴："小子，不说是吧？爷让你尝尝这茅坑里的黄面汤的味道，里面还有又白又嫩的活蛆，滋味肯定是不孬。"

陈家胜拿了一个破木勺，舀了一勺大粪汤，举到张保全嘴边。张保全瞪大眼睛看着勺里的东西，大声嚷嚷着："你们这是犯法，我要去告你们。"勺沿刚碰到张保全的嘴唇，这家伙就干呕起来。

等他干呕完了，陈家胜又问了一遍："说还是不说？"那家伙还是死不开口。旁边一个人忍不住了，一把夺过陈家胜手中的木勺，一勺粪汤就灌进了这家伙的嘴里。张保全一阵稀里哗啦，差点把肠子都吐了出来，一边吐一边大骂。陈家胜本想吓唬吓唬他，没想到这家伙还真是嘴硬。陈家胜就不怕这硬气的人，接着又舀了满满一勺粪汤，拿到灯影底下，让张保全看了一眼里面正在蠕动的白蛆，扬手又要给他往嘴里灌。

看到那勺粪汤里的"祖宗"，张保全再也撑不住了，扑通跪在地上喊："我说，我说，我全说。"

张保全交代，他是邢满金新招来的仓库保管员，是邢满金让他半夜把赵国安验好的玉米换成了霉玉米，换出的新玉米被邢满金卖给了一个外地人。事后，邢满金分给了他三十多块钱。陈家胜拿手擂着旁边的歪脖树："奶奶个熊，这个狗娘养的邢满金，真他娘的不是个人。过两天把你刚说的一个字不差地再讲一遍，说错了我就扒了你的皮！"

陈家胜让这俩人这些日子啥都别干了，在树林子里搭个棚子，就看着这张保全。陈家胜不动声色地回到工地。邢满金这几天不见了张保全，心里直打鼓，急得团团转。陈家胜看着邢满金气急败坏的样子，他倒跟个没事人一样，该干吗干吗。这天下工后，他去了水库工地边附近的一个村子，那里有一个他要找的人。奶奶个熊，降狗术，要派上用场了。

四十一

到了村里，陈家胜径直去了那间破败的碾坊。碾坊外有一棵苦楝树，树上一束束青色的果子散发着微苦的味道。在碾房里，他找到了一个挺着大肚子的女人。

女人警觉地看着陈家胜，浑身哆嗦着："你……你是谁？是不是那个畜生让你来的？你别想再害我。"

陈家胜离那女人还有两丈远就停在那儿，他看见那个女人手里攥着一把尖刀，眼里全是恐慌和仇恨。

碾台上放着一小卷破烂不堪的铺盖，女人的裤脚处破得丝丝缕缕，碾坊里充满着一股怪怪的味道。

"你别怕，不是邢满金让我来的。我早就听说过你的事，我来找你，是想给你个报仇的机会。"陈家胜满眼恳切地看着这个女人。

看陈家胜并无恶意，那女人紧握着刀子的手有所放松。陈家胜趁机跟她攀谈："说说吧，邢满金派人来找过你？"

"那个畜生上次派了一个人来，说是听说我被赶出来了，给我送吃的，给我送了几个包子。那人还说让我放心，只要我不去公家闹，以后邢满金会给我找出路。我把包子放在碾砣子上出去了一趟，结果跑来一条狗把包子吃了……结果那狗还没走出碾坊就死在了地上……"女人说到这里，呜呜哭了起来。

"这个畜生，他糟蹋了我，还要来灭口……畜生，这个畜生……"

陈家胜只听说过邢满金祸害了这个女人，没想到他能恶毒到如此地步，竟然要赶尽杀绝。他一边骂着邢满金，一边气愤地拿脚踢着碾台。

两个人坐在碾台上，谈了好长时间。那个女人，不时地摇头，说话间不住地掩面哭泣。

说到最后，陈家胜"呼"的一下站起来："奶奶个熊，你要是站出来，还能有比你被赶出家门，住在碾坊里更坏的结果？你这样忍气吞声，别人是不是更编排你作风不好，是不是更得说你小小年纪不学好？当然了，你自己愿意替那个混蛋背黑锅，让他继续在外面祸害人，那我也没办法。"陈家胜说完这一席话，气呼呼地就往外走。

那个女人趴在碾砣上放声大哭起来，看陈家胜还没走远，她抬头看着陈家胜："我去……你说得对，我已经这样了，挑明了又能咋的……我去就是了。"

陈家胜赶紧跑回来，把那个女人从碾台上拉起来，安慰了她一通，嘱咐她，等时机到了，他会随时来找她的。陈家胜终于长吁了一口气，大踏步离开了村子。

一阵风吹过，树上掉下的一颗苦楝果打了一下陈家胜的头。他把那枚楝果捡起握在掌心，叹息这女人的命，比这果子还苦……

麦穗碰见回到工地的陈家胜，她张了张嘴，想问什么，最终还是没开口，低头进了席篷。

章文坡从县城开会回来了，听说工地出了状况，不禁皱起了眉头："怎么搞的？"邢满金垂手肃立："章县长，工地上出了大事呢。就等着您回来向您汇报。"邢满金于是把赵国安如何偷换玉米，如何"贪污"玉米差价，如何被公安给关了起来都说了。

当然，章文坡听到的汇报，是添了很多料，调了油、拌了醋的。

章县长满脸狐疑地看着邢满金。说谁贪污他都信，说赵国安贪污，打死他都不信。邢满金强调了一句，公安要的是证据。一句话，让章文坡一时难以应对。

章文坡让人捎口信，让公安局局长过来见他。

陈家胜看到两个大盖帽乘着偏三轮摩托来到工地，径直去了指挥部。他扔下手里的活，离开了工地。他要去碾坊找那个女人。

到了那里，陈家胜大吃一惊，女人放在碾盘上的铺盖不在了，里外转了一圈，也没个人影。陈家胜一跺脚：这个㞞货，一定是变卦了。陈家胜没处撒气，就撸撸袖子，气愤地推着碾砣转了好几圈。

推完了，陈家胜气喘吁吁，靠在碾砣上喘粗气："奶奶个熊，要知道你变卦，我该早拽着你去说明情况。唉……"他边说边拿手捶着碾砣。陈家胜气呼呼地出了碾坊，一路走一路骂。走了一段，陈家胜还是不死心，又原道返了回来。

"您……您来了？"那个女人胸前抱着一个包袱低头靠在碾屋的门口柱子上，满脸愧疚的样子。

陈家胜一下子蹦起来："来了，来了！我以为，我以为你变卦了，跑了呢。"

"嗯……不瞒您说，我是真想跑来着。可是，我又能跑到哪里去？哪里能容得下我？转了一圈，想想还是你说的对，我已经要饭住碾坊了，再坏还能坏到哪里去？实在不行，不是还有一条命？我不能让那个混蛋继续胡作非为。"那女人咬咬嘴唇，一下子把铺盖扔回碾盘上。

陈家胜咧着厚嘴唇，点点头，笑了："你终于想通了，好，好！走，这就跟我走。"

公安局局长恭敬地肃立在章文坡面前，向他汇报案件的情况。因为缺少必要的证据，一直没大有进展。

章文坡沉着脸："我们可不能冤枉一个好人。没有证据，就随便抓人？"

"玉米是赵国安验的货，他是第一责任人。再说因为中毒出了人命，不抓个人，恐怕工地会乱。"公安局局长看着章文坡，小心翼翼地说。章文坡略一低头，手指敲着面前的桌子，脸色凝重。

一直在外面侧耳听动静的陈家胜推门进来，章文坡看见他身边还跟着一个挺着大肚子的女人。

章文坡不解地看着陈家胜："家胜，我正在谈正事，你回头再进来。"

陈家胜也不出去："我也是来说正事的。"

他朝那个女人点点头："说吧，让章县长给你做主。"

女人还没说话，眼泪先下来了。她哽咽着说："就在半年前，邢满金到俺庄里催交粮食支援工地……这个混蛋糟蹋了俺，俺怀了孕。现在被爹娘赶出了家门，住在庄里的碾坊里。庄里的人在背后指指画画，俺都不想活了。几次自杀，都被人救下来……苦命的人，连死都死不成。反正庄里人都知道了这桩丑事，俺也豁出去了，不能再让恶人继续害人。"那女人说到这里，已经抹了几次眼泪。

章文坡手里握着茶缸，恨不得把它捏扁。他真想不到，邢满金在自己的眼皮底下，竟然干这伤天害理的事。

女人还在哭哭啼啼，两个人拖着张保全走了进来。章文坡更是诧异：今天这都是怎么了？陈家胜上前拽了一下张保全的领子："奶奶个熊，你给我实话实说，有半句假话。老子还让你喝黄面汤！"张保全哆哆嗦嗦地把邢满金如何找他顶替原来的仓库保管员，教他如何半夜里把玉米掉了包，邢满金如何把新玉米卖给了外地人，分给他多少钱，都一五一十地交代了。交代完，他没忘了加一句："我没有半句假话。请领导看在我坦白的份上，宽大处理。"

陈家胜恶狠狠地瞪了他一眼，这小子立刻住了嘴，垂头站在那里。

章文坡看看公安局局长，又看看陈家胜："陈营长，这一切你是怎么发现的？"

陈家胜清清嗓子："是国安兄弟教我的——遇事要少冲动，多动脑子。这个女人的事，我早就知道，一直没揭发邢满金。但是这次，他这么陷害国安，我是不会忍气吞声了。"

章文坡拿起茶缸往桌上使劲一砸，对公安局局长说："如果查明这是事实，你们一定要严肃处理。不管他是谁，也不管他后台有多硬，只要犯了罪，坚决从重从严，绝不姑息。"

公安局局长肃立地看着章文坡，请示："那我们，是不是可以带走当事人调查？"

"那还用问？按程序你们该怎么办就怎么办！"章文坡说着，太阳穴的青筋暴突出来，一下子无力地坐在了椅子上。陈家胜心里也替他难过，他知道章文坡这人正气、要面子，在他的眼皮子底下出了这样的事情，他肯定心里不好过。

邢满金还在工地一角倒背着手巡视，一个公安走上前，把他扭到了偏三轮摩托斗里。这家伙挣扎着，叫嚣："你们也不问问我是谁？"

公安给他带上铐子，把他摁住："嚷嚷什么？抓的就是你。"

赵国安当天就被放了回来，陈家胜走出好远去迎接他。陈家胜眼睛里噙着泪，紧紧搂着赵国安的肩膀，一路相拥着回到了席篷。麦穗站在大坝上，看见赵国安头发凌乱、满脸憔悴地回到了工地。她知道，赵国安的目光无数次从她脸上扫过，她偏要做出一副不悲不喜的表情。

麦穗狂奔着回到席篷，用被子蒙住脸，蒙了好久。

单福根又来到工地，他铁青着脸，直接走到大寒跟前。大寒扭身就走，单福根一声断喝："单大寒，你给我站住！"

大寒没站住，继续杠杠着头往前走。

单福根气呼呼地攥着大寒："我说你这几年锔大缸是不是锔傻了？你为什么去帮赵国安？搞倒赵国安对你有百利无一害。你知道我费了……"单福根突然止住话。

大寒回过头来冷冷地看他一眼："赵国安不是坏人，我也不想他被别人坏。"

单福根自己低声骂着大寒这个一根筋的牛头钻货。

一个月后，英子兴冲冲地跑回伙房，冲着麦穗大喊着："你们听说了没？邢满金被判了死刑，正在游街示众呢，听说很快就要被枪毙。"

"这畜生，枪毙一百次都不解恨。"麦穗恨恨地从菜叶子上择出一条虫子，拿一片叶子包了，把那虫子一下子从后屁股捏出了绿色的黏状物。

"我还听说，那个被她糟蹋了的大肚子嫚儿，昨儿个也跳了潍河。"

麦穗手一哆嗦，心像被针猛然之间刺了一下，低头不语。

英子继续唠叨："她跳河头天晚上，回了一趟家，说她已经报了仇，坏人被抓起来了。但是她爹嫌她不干净，丢不起这人，不让她进门。她给爹娘磕了个头，抬腿就走了……她爹娘在尸体旁哭了大半天呢。哼，早知这样，就不该狠心把闺女赶出家门。我真不明白，干坏事的明明是邢满金，怎么到头来成了女人的错？"

"这世上的事，不是咱觉得该怎样就怎样……"麦穗淡淡地回了一句。

英子像只小山雀，又开始没完没了地叽叽喳喳："对了，那个陈家胜这次干得真漂亮，跟着赵国安，他真是长进了不少呢。以前他还神神道道地说什么降狗术，原来他降狗的法宝就是那个大肚子嫚儿。"

英子自顾自地对着麦穗絮絮叨叨，麦穗却眼神直直的，心思不知去了哪里。

"听说这次单大寒提供的线索管了大用。这个人，一直觉得怪怪的，没想到这次帮了大忙。"

"什么怪怪的？"麦穗突然回头问英子。

"不跟你说了，我看你这些日子魂儿都没了。哼，跟你说了半天，你都不知道人家说的啥。"

章文坡来看赵国安。看到自己的爱将身上脏兮兮的，满脸疲惫，章文坡一个劲地拍着赵国安的肩膀："让你受委屈了，那个祸害会得到应有的惩罚。"

赵国安笑笑："没想到我这辈子还能去那种地方。章县长，这些日子我也在琢磨，你说什么是好人，什么是坏人？"

"咋突然这么问？"章文坡一时之间被赵国安问住了。

"我总觉得，好人也有一念之恶，坏人也有一念之仁。如果我这次被枪毙了，你说我是好人还是坏人？"赵国安望着工地上熙熙攘攘的人。

章文坡走过来，拍拍赵国安的肩膀："国安，咱不想这些了。"

邢满金被游街示众，大家交头接耳，工地上传得沸沸扬扬。但在章文坡面前，大家都刻意避免提起邢满金。

陈家胜把邢满金被枪毙的消息告诉了赵国安，发现他没反应，问道："你的仇终于报了，我咋看着你不高兴？"

"一个人不管活着的时候是好还是坏，是善是恶，一条命没了，都不是什么值得高兴的事。"赵国安定眼看着陈家胜。

"我真没想到这么快，原以为至少得半年。"陈家胜说。

赵国安锁着眉头："听说现在各行各业都跃进。公、检、法合署办公，一长代三长，一员顶三员，还大力倡导一员办三书，就地办案，就地审判，马上执行。"

"哪三长？哪三员？哪三书？国安你咋啥都知道？"陈家胜望着赵国安，满眼都是钦敬。

"三长就是公安局长、检察长、法院院长。三员就是候审员、检查员、审判员。三书就是候审终结书、起诉书、判决书。"赵国安轻戳着手中的蘸笔，"家胜，我也不是啥都知道，但咱们也不能光瞅着眼前那一亩三分地。嗨，看我，扯得太远了。不磨牙了，走，干活去。"赵国安边说边站起来，朝外面走去。

"国安这小子知道的真多！"陈家胜搔着脑袋，嘀咕着跟了出去。

晚上，赵国安躺在铺位上，辗转反侧难以成眠。白天的消息让他毫无来由地异常烦躁，对于邢满金来说，犯下了恶能够受到惩罚，这何尝不是一种解脱？而自己，虽然不想愧对任何人，但这辈子愧对的人却又为何那么多？……如果不是自己冒名相亲，那麦穗就不会嫁给四龙，不嫁给四龙，那四龙就不会去找什么狗屁獾油，不去找獾油，那四龙也不会掉进井里冻死……这世上哪来那么多假设？过去的永远不会重来，没来的谁也不知道接下来会发生什么。

此时，赵国安的心中在翻江倒海。他面前闪现出了来喜的光脑袋，他又看到了来喜被砍的脖子，看到了断颈喷出的鲜血……假着舍小顾大的名义，我们谁没欠下良心的债？虽然我们有很多的理由安慰自己，但夜深人静的时候，谁又敢扣着心口对自己说"我无愧于人，我无愧于世"？……

四十二

上次的玉米中毒事件让章文坡蓦然惊觉，看似风平浪静的工地，一撒手却闹出了人命。这样的惊天风波让章文坡暗下决心，得彻底来一次大整顿了。

章文坡说干就干，大刀阔斧地开始了整顿。先是免了一些在科室磨洋工的闲差人员，接着是工地上偷奸耍滑的一律整顿，整顿无效的坚决清退。

雨季来了，眼看一个工段的工期就要到了，工地上条件却越来越恶劣。社员们每天四点就上工，晚上将近八点才收工，有时还要加夜班。不光工时长，社员们根本不能吃饱，每人一顿饭只分一个半斤的地瓜干窝窝头，哪还有什么油水？窝窝头就咸菜疙瘩就是一顿的伙食。

工地上有宣传大棚，每天都有新战报，当然也有"抛卫星""放火箭"，想尽一切宣传手段来鼓舞社员士气。人是铁，饭是钢，肚子里没食，身上就没劲。再怎么鼓动，终究是经年累月的高强度劳动，不少民工身体已经垮了下来。好几个人都全身水肿，不用说干活，连站都站不住了。

赵国安看在眼里，急在心里。

下一步怎么办？就是把大家累死，这工期也赶不出来。

指挥部的人冥思苦想，在劳动工具上打起了主意。

昌邑卜庄营的营长首先研究出了拉车的新窍门。他们在坝顶打上一个木橛，木橛上固定一个滑轮，又在小推车的牵引处加一个"U"形圈。绳子连在"U"形圈上，通过坝顶的滑轮绳子再折回来，拉车的人往坡下拉绳子，小推车就往坡上走。卜庄营给这个家什起了个有趣的名字：倒拉滑车。

赵国安就琢磨，要是把人力换成机械，那岂不是更省力？工地上倒是有几台闲置的柴油机，但是却没派上用场。

赵国安召集陈家胜等几个营长坐下来，大家一起商议。因为对机械没啥研究，商议了半天，也没啥结果。快散会时，有人突然提议，可以从铁木厂找技术工人来想办法。高密工段指挥部下辖一个铁木厂，工地上所有工具都是铁木厂负责生产。

赵国安按这个建议请了铁木厂的几个专门研究机械的技术工人，请他们亲临工地，查看现场用的工具和实际施工条件。查看完了，赵国安就和工人师傅一起研究怎么改进设施，革新工具，提高效率。

赵国安从办公室出来，远远看见傻子六坐在昌邑工段那里，嘴里呜哩哇啦不知说些啥。赵国安这才发觉，这几天这家伙也不知哪根筋不对，老是坐在昌邑工段那里。

第二天，陈家胜突然兴冲冲跑来找赵国安："快看快看，国安你快看。"

"干吗呢？让猫咬了？"赵国安给了陈家胜一拳。陈家胜顾不得细说，拉着赵国安就去了坝顶。只见一台柴油机在坝顶突突突响着，柴油机拉着六七根传送带，传送带一头带一个铁钩，铁钩挂在套在小推车轮毂的一个 U 型圈上，不用人力，后面推车的人只要把握着小推车方向，就在柴油机动力牵引下上到了几米高的坝坡上。一台柴油机可以同时带六七辆小推车，这速度，简直让赵国安目瞪口呆。

赵国安大睁着眼前后左右看了一圈："谁弄的？谁弄的？"

大家都摇摇头，他们也不知道谁弄的，反正一早起来上工，这些东西就摆在那里，柴油机转着，带着一根绳子在那里上上下下，大家试探着把绳子上的钩子挂在小推车上，竟然带着车子往上爬坡。

工地上的人给这玩意儿起了个形象的名字——爬坡器。有了这爬坡器，这上坡运土只需要把挂钩一挂，一台柴油机牵引着传送带，拉着好几辆小推车耀武扬威地爬在坝坡上，那效率真是没的说！大家跟赵国安一样有一个共同的疑问——这是谁干的？但被这新工具带来的高效率振奋着，大家很快把这个疑问搁置一边，管他谁弄的，好使就行。

仅仅革新上坡运土这一项还远远不够，赵国安想解决一下长距离运土速度缓慢的问题。

赵国安先琢磨怎么改进手推车，单靠这独轮两篓推石运土，赶工期实在是无望了。赵国安窝在席篷内，拿纸壳制作模型，他办公桌上奇形怪状的大小车辆放了一大堆。陈家胜过来，拿起一个斗车模型："手艺不错嘛，拿回家，给俺虎子玩去。"

赵国安一把夺下来："一边去，我在干正事，不知道人家急得跟热锅上的蚂蚁似的？"

"正事？哼哼，我看你就是那个木匠皇帝，这也叫正事？"陈家胜一边说一边把玩着这些模型。他把几辆类似的斗车排成一排，拿线绳连在一起，放在一杆木尺上，拉着头车。

"会动，国安你看，它会动！"

"去去去！小子，一边去。"赵国安一声大叫，把陈家胜吓得一哆嗦，手里的斗车都东倒西歪。

"奶奶个熊，你教人识字可以，这玩意儿，你玩不了。"陈家胜摸摸赵国安的额头，嬉皮笑脸，"我试试，是不是感冒发烧烧糊涂了？"

赵国安挡开他的手，不理他，独自瞅着这些零零碎碎发呆。陈家胜瞅瞅赵国安："奶奶个熊，你就在这里魔怔吧。"陈家胜推门往外走，把趴在门缝上的傻子六差一点撞倒，傻子六捂着鼻子哇哇大叫起来。"你这家伙，趴门上干吗？走吧走吧，别添乱了。"陈家胜喊着。

一会儿，陈家胜领着铁木厂的技术工进来了。

这几个工人中，最年长的那个于师傅一进门就毫不客气地坐在赵国安对面的椅子上，他耳朵上夹一支铅笔，说话声大气粗，看样子他是那两个年轻技术工的老师。赵国安一口一个"于师傅"叫着。他知道，这于师傅是铁木厂的"大拿"，自己能请来，已是天大的面子。

赵国安拿起那几个被家胜连在一起的斗车，跟技术工比画着。那两个技术工在纸上画着图，不时拿探寻的目光看看他们的师傅。那于师傅对赵国安一副不屑一顾的样子，在他眼里，文人只会纸上谈兵，这技术活，他们全得靠边站。

在用铁轨还是木轨的问题上，双方各执一词，分歧挺大。斗车的动力问题也一直解决不了。那于师傅一直一言不发，只在一边看热闹。赵国安和铁木厂的那俩年轻技术工在热烈地讨论着，看样子，也没弄出个黑的白的来。

指挥部的灯彻夜没息，赵国安第二天黑着眼圈，脸上阴云密布。

赵国安一整天都像霜打的茄子，蔫头耷脑。开饭时他瞅着那地瓜面窝窝头，一点食欲也没有。

一连几天晚上，赵国安在铺位上翻来覆去睡不着。他烦躁地披衣起身，走出了席篷。

赵国安坐在工地的土堆上，抬头看着天。淡月疏云，繁星点点。那弯新月在一片白牡丹般的轻云背后忽隐忽现，四周初起的薄雾里隐约传来忽远忽近的虫鸣，不远处的水塘里不时传来一两声蛙鼓。这如水的夜色，这悠谧的天籁，让赵国安似乎暂时忘却了白日的喧嚣和愁烦。

夜深了，赵国安有点瑟缩地抱了抱膀子，赶紧回了席篷。

第二天天还没亮，赵国安又早早地醒来。昨夜做了一晚上的梦，梦中他一直在倒腾那辆斗车。斗车！桌子上的斗车被规整地码在一根木轨上，斗与斗之间用铰链连接着，车阵前面有一个牵引绳，赵国安拉了拉那根绳子，斗车竟然往前动了。一列斗车在威武前行，赵国安兴奋地大叫一声，再拉拉绳子，斗车在桌面上拐了个弯。只要用牵引绳连接到柴油机上，这列土火车就可以自己走了！

"赵同志，我看我们在这里也没啥用，我们还是回去吧，您另……"推门进来的于师傅一眼瞅到了桌子上正在前行的斗车，眼睛瞪成了铜铃。

他疾步向前，从赵国安手中抢过了牵引绳，拉了几下，斗车沿着木轨向前走着。

于师傅不相信似的看看赵国安，凑到桌子跟前，趴下来，仔细盯着赵国安桌上的新发明。

"好，这设计很专业。"

那个于师傅赶紧拿下耳朵上夹着的那支铅笔，在图纸上写写算算。随后进来的那两个年轻的技术工也凑过来研究了一番："嗯，你这斗车的比例基本符合设计要求。"于师傅不禁对着赵国安伸出了大拇指，脸上再也没有傲慢之气。那两个年轻人也一个劲地冲赵国安点头，都用崇拜的眼神看着他。

"你真是牛人啊，俺们这些搞专业好多年的人，都没想到这一出。"

赵国安不好意思地笑笑："不是我弄的。"

"真谦虚，不是您弄的难道是神弄的？"

"真……"

那三个人没人听赵国安解释，都忙着计算把斗车按比例放大到实物尺寸，赶紧批量投产。

半月之后，新研制的木轨斗车上了工地，这车一次能装七辆手推车的土方量，却只需要一个人操纵柴油机拉着就可以完成，并且卸车都是自动化，不需要小推车那样用人力又拉又拽。

章文坡现场看了赵国安的发明，脸上挂着欣慰又自豪的笑容。他拍拍赵国安的肩膀："我果然没看错人。"

"不是我设计的，都是铁木厂师傅们的功劳。"

"国安你小子跟我还谦虚什么？师傅们都跟我说了，你真是好样的。"章文坡对着他竖起了大拇指。

赵国安到处跟人家解释，大家哪里肯信。

到底是谁？到底是谁有这样的本事？我一定要把他找出来，这是一个天才。赵国安的眼睛里满是疑惑和渴望。

陈家胜在一边看得目瞪口呆："奶奶个熊，好你个赵国安，除了不会生孩子，啥都能拿得起来，你小子的头简直不是脑袋。"

英子又在麦穗耳边吹风："看，我们的赵指挥多厉害。"一边说一边斜眼瞅着麦穗。

麦穗就跟没听见一样，不吭一声。

那个神秘的人小试牛刀，这一发便不可收了，赵国安桌子上隔三岔五就会摆着一个改良的器械模型。

最有用的是木制羊角碾——把木板围成一个圆桶，桶表面做上一些木角，用铁箍起来，桶里面放上石头，用牲口拉着轧路用，一个羊角碾，可以碾压一百个人的上土，再也不用四五个人提着石夯一下一下来夯实土层，速度是原来的好几十倍，碾压质量更是提高了不少。高密工段的社员们拉着羊角碾，喊着号子，自豪和兴奋洋溢在脸上。看着卜家营的那杆帅旗，他们一个个眼里放光，满是期待。

用了一段时间的羊角碾之后，碾压到了郑公段又出现了新问题。羊角碾碾轧黏性土是把好手，但是对于沙性土却是无用武之地，不管怎么碾压，沙都是松散的。双羊的郑公段全是这种沙性土！

这一难题又难住了章文坡和赵国安。他俩绞尽脑汁，也没想出解决办法。

折腾了一夜也没睡好，赵国安起来后发现办公桌的白纸上写得密密麻麻，他疑惑地拿起来，一看到沙性土碾轧几个字，一下子来了精神头。

这纸上竟然写着一个沙性土碾压的方案。

赵国安不等天亮，赶紧找章文坡汇报这个办法。看了方案后，章文坡连连拍手叫好："妙，真是妙。国安，我是不是得把你当神供着？"

赵国安赶紧说："不是我想出来的。"章文坡笑着摇摇头，时间紧迫，赶紧试验一下这个方案的可行性。

赵国安按纸上说的，先往沙性土层上倒土，土层积到一定厚度，再安排人安装两台喷灌机，往土层上灌水。随着水流浸泡透了整个土层，水的下渗带动土层下沉，土层下沉压实了底下的沙层，沙性土的碾压问题就这样解决了！

这接二连三的惊喜让赵国安更是抓耳挠腮地想找出这个人来，但是竟然一点线索都没有。

随着工程的推进，溢洪道开始修建。修建溢洪道需要大量的石材，去哪里弄那么多石头呢？指挥部人员打上了附近的草山和鞋山的主意。炸山采石，如此庞大的石材需要量，只有采用群炮多孔爆破。爆破前需要打钎凿眼放炮。这种打钎凿眼费时费力。

那个神秘人已经好长时间没有了动静。这家伙消失了？赵国安暗自思忖。

又是一天一觉醒来，赵国安发现桌子上躺着一根压扁的铁条，铁条头上有个弯钩，赵国安目不转睛地瞅着这根铁条，这是干吗使的？低头一看，铁条底下压着一张纸，纸上写着密密麻麻的字。他拿起来一看，欣喜若狂。

拿着铁条来到开辟出的采石断面，赵国安按照纸上的说明，仔细瞅着岩石的断面，果然如纸上所说，断面处并不是整体的岩层，石与石之间都有松软的缝隙。赵国安拿铁条的弯钩掏石与石之间的缝隙。掏出缝隙后，国安又按照纸上提示的步骤往缝隙里面放一丁点炸药，把小缝炸成大孔，里面再放置大量炸药，便可炸出大面积的岩石。这一下子，省却了在岩石上打眼的时间，那进度是嗖嗖地往前赶。

整个峡山工地都传开了。

"听说了没有？高密西乡出了一个天才。"

"听过听过，听说这人还是个了不起的医生呢。"

"怎么这么神？吹的吧？"

"哪天咱也去看看，真邪乎！"

高密的，外县的，都有人慕名前来。赵国安每次都避而不见。大家七嘴八舌，纷纷议论着这个神人。

其他县里的总指挥听说之后，也纷纷派人来参观学习。甚至外省的水利工程施工人员，也一批接一批过来取经。一时之间，闹得轰轰烈烈，赵国安成了无人不知无人不晓的大名人。

越是这样，赵国安越是烦恼。一是那个神秘人物一直没有着落，二是他发现麦穗这几天在工地上已经晕倒了好几次。他上前想给她看一下到底什么毛病，她却冷着脸，一副拒人于千里之外的架势。

麦穗已经好几个月没来月事了，偶尔来一回，也是稀稀拉拉的一星半点。英子多次劝她找赵国安看看。麦穗瞪着眼："离了他赵国安我死不了，瞎操心！"气得英子把头一甩，扭身就走。

赵国安只能暗中观察麦穗的脸色，凭他多年的经验，麦穗晕倒应该是贫血加上劳累所致。他私下里给麦穗配了几副药，等天黑下来，看看四周没人，让陈家胜给麦穗送过去。陈家胜巴不得麦穗能快点好起来，拿了药，就去找麦穗。

麦穗瞅瞅陈家胜手里的药包："干吗？又来个瞎操心的。"

陈家胜看麦穗冷着脸，心里便没底，心想搬出副指挥赵国安来，兴许能好使。陈家胜搔着后脑勺："那个什么，赵副指挥说工期紧，工地上的人都得保证不能生病。这药，是他派给你的任务。"

麦穗轻蔑地哼了一声："还副指挥，就是临时替人家顶班，你还真拿他当个干部？我不用他管，你跟他说，我就是死了也跟他没有半点关系。"碰了一鼻子灰，陈家胜悻悻地回去见赵国安，一下子把药扔给他。

"咋，你去她也不要？"

"我怕她不要，跟她说这是你派给她的任务，谁知道她一点都不买账，奶奶个熊。"

"要是我好使，还用让你去？你是真傻还是假傻？"赵国安瞅着陈家胜，一副恨其不争的神情。

陈家胜被赵国安莫名其妙一顿抢白，心里窝着火：我咋成了风箱里的耗子，两头受气？奶奶个熊，都他娘的狗咬吕洞宾。

赵国安也气不打一处来，不理陈家胜，独自一人出了指挥部。

"都这么晚了，你去哪？"看着赵国安赌气出去了，陈家胜赶紧问他。

"不用你管，不中用的东西。"赵国安一句话把陈家胜噎回了自己的席篷。

"哼，你爱去哪去哪，关我屁事！"陈家胜自讨没趣，回去睡觉了。

赵国安深一脚浅一脚来到基坑底，觉得一阵凉快。一块大石头把他绊倒了，他干脆躺在了潮湿的地上。刘麻子也不睡觉，不知在哪里唱起了茂腔：

> 那边厢来了一个女娇娃，
>
> 头上戴着一枝花，
>
> 身上穿的是绫罗纱，
>
> 杨柳腰一掐掐，
>
> 水红的腰带腰中扎。
>
> 我心里想着她，
>
> 我口里念着她，
>
> 这一场相思就把人害煞吧……

这茂腔把赵国安听得泪水涟涟，任凭眼泪滚滚而下，也不擦拭。他觉得自己的心一阵一阵抽搐着疼，身体在向一个深不可测的方位坠落。赵国安也说不清自己要坠向何处，自己为什么流泪，他一直觉得一个大男人流泪是件很丢人的事。可是心里那种难言的滋味像游蛇一样咬啮着他的五脏六腑。

四十三

躺在库底基坑一通发泄之后，赵国安的心潮渐渐平息。他感觉外面露水越来越重，知道这夜露伤人，于是从地上爬起来，往指挥部走去。

推开门，眼前的景象把赵国安吓了一跳。韩六方！韩六方正满脸凝重地趴在他的桌子上，在写着什么！

他没想到赵国安悄无声息地一下子闯进来，赶紧放下笔，立马换上一副傻相。

"别装了，我一直琢磨这个神秘的人是谁……这几天我就一直在注意你，果然是你！"赵国安激动得一下子抓住韩六方的手腕，"走，找章县长给你请功去。"

韩六方一下子挣脱赵国安的手："你敢！你要是敢把这事说出去，那你就是我这辈子的仇人。"

"为什么？我不能冒领你的功劳，那些新奇玩意儿，大家都以为是我研究出来的。这样子我心里不安啊。"

"你要是说出去，那才是害我害到家了。"韩六方朝他扬了扬左手。

赵国安愣了一下，看看他那三根触目惊心的断指，一下子回过神来。

"就当什么都没发生，记住，那些玩意儿都是你研究的，都是赵国安研究的，你记住了没？"韩六方满脸严肃地看着赵国安。

"为什么要帮我？你要知道，万一事情败露，你可是没什么好结果。"

"你是这个工地上唯一叫我名字的人，他们都叫我痴巴、傻子，而在你嘴里，我永远都是韩六方。你也是这个工地上唯一把我当人看，保护我、给我饭吃的人。"韩六方眼圈红了起来。

赵国安紧紧握着韩六方的手："我只是随手做了一点点小事，你就这么记着。你可是帮了我的大忙，不，你是帮了高密工段，帮了整个峡山工地的大忙。"

"你记住了，韩六方永远是个痴巴。"

"我知道。总有一天，我赵国安要堂堂正正为你韩六方请功。"

外面有脚步声，还没等赵国安说完，韩六方又一脸傻相赶紧钻出了指挥部。赵国安拿起韩六方留在桌子上的纸，他的手因为激动，在剧烈地颤抖。

第二天快晌午的时候，赵国安在工地巡视。突然，他听见伙房那边一阵骚动，几个人都往伙房跑。

赵国安担心的事情还是发生了——麦穗又一次晕倒了，而且是差一点倒进刚烧开的一锅热水里，伙房里的人都炸了锅。英子赶紧丢下手里的活，把赵国安拉了过去。赵国安看着麦穗苍白的脸，嘴唇毫无血色，指甲甚至都变了形。他断定，是营养不良引起的严重贫血。

赵国安给麦穗开了药，让英子熬给她喝。英子把汤药端给麦穗，麦穗瞅一眼那碗，连碰都不碰。"我看你就是装硬，硬给我们看，真要是心里没人家，你上次怎么不让那个昌邑人劈了他？"英子好劝歹劝，麦穗就是不松口。赵国安一筹莫展，这个女人，这不是跟自己的身体过不去吗？

在一边着急的，还有陈家胜。

陈家胜挖空心思，也没想出个主意，得想法给麦穗补补啊。趁工地歇工休息，他来到附近的村子里，看看谁家有老母鸡，要是能倒腾一只，那是最好不过了。转了大半个村，别说鸡了，鸡毛都没有半根。也难怪，这年头，人都吃不饱，哪来的粮食喂鸡？

本来日头就毒，这下子，陈家胜就像墙头上那棵被太阳烤蔫了的野草，无精打采，耷拉着头。

"咯咯哒，咯咯哒……"陈家胜的耳朵一下子支棱起来，谁家的母鸡叫？还是刚下完蛋的母鸡！陈家胜一下子来了精神头，循着鸡叫声就到了一个小院。一个老太太正在掏鸡窝里的蛋，那只刚下完蛋的芦花鸡，生怕别人不知道，咯咯哒哒地炫耀起来没完。

看见有陌生人进来，老太太很诧异，警惕地瞪着陈家胜。陈家胜赔着笑脸："大娘，您这鸡该有两年了吧？"他没话找话。

老太太满脸得意："嗯，三年半了，这鸡是我的命根子呢。"说完，她对这个突然进来的陌生人一下子警惕起来。

陈家胜看老太太一脸防备，赶紧套近乎："大娘，您这鸡，卖不卖？"老太太白了他一眼，这才知道，这家伙是冲着她的鸡来的。不说还好，一说这话，老太太往门外搡着陈家胜，就要关大门。陈家胜赶紧往里蹭："大娘、大娘，只要您卖，多少钱都中！"

"多少钱都不卖，你这真怪，难道还要强买强卖？"

任陈家胜磨破了嘴皮子，老太太就俩字：不卖。

陈家胜还真没见过这么犟的老婆子，奶奶个熊，简直就是油盐不进。陈家胜求鸡不得，悻悻而归。

晚上躺在大通铺上，陈家胜怎么也睡不着，那只芦花鸡老是在他眼前晃悠。这老顽固，竟然给多少钱都不卖，真邪门儿。

陈家胜翻来覆去，突然想起了什么，一咕噜爬起来，跑到赵国安那里。赵国安刚迷糊要睡着，被他摇醒。

"兄弟、兄弟，借我点钱！"

"半宿半夜的，借钱干吗？"赵国安迷迷糊糊的，掏了掏所有衣兜，又从铺底翻了个遍，凑了五块多钱。

"年底还你。"陈家胜拿了钱就走。

陈家胜回到席篷，从大通铺底下掏出自己从家里带来的家当，找出一个前几年用过的鱼钩。他拿着鱼钩，鼓捣了半天。

第二天，天还没亮，陈家胜去草棵子里抓了一只蚂蚱，拿茅草穿过蚂蚱鞍子，这蚂蚱蹬着腿就再也跑不了了。准备停当，陈家胜就拿着准备的家伙出发了。

到了老太太院墙外，陈家胜爬上墙头，院子里静悄悄的，没一个人影，那只芦花鸡正在树底下刨食吃。

陈家胜把蚂蚱挂在鱼钩上，小心翼翼地扔到芦花鸡跟前，手里拿着一根连着鱼钩的线。因为紧张，他的手止不住地哆嗦着。

那鸡突然之间看见肥美的蚂蚱，先是一愣，接着拿嘴一啄，就把蚂蚱吞了下去。陈家胜欣喜若狂，赶紧拉线绳，那只鸡疼得叫了两声，被钓了起来，拼命地扑棱着翅膀。

鱼钩卡进了芦花鸡的嗓子，那鸡挣扎着，却再也叫不出声来。陈家胜从口袋里掏出一个蓖麻叶包成的小包，扔进了老太太院子里。

突然，房门"吱呀"一声开了。原来是那老太太听见了芦花鸡的两声怪叫，赶紧从屋里出来。

陈家胜一下子从墙头蹦下来，抱着芦花鸡，手掐着鸡脖子，撒丫子就跑。墙根一个树墩子把他绊了一跤，脚上的一只鞋子挂在了树墩上，他也顾不得捡，抱鸡鼠窜。

老太太忽见墙头上一个人影一闪，却不见了自己那只芦花鸡。这可是抢走了她的命根子，老太太踮着小脚，赶紧出了大门口，只见那个人影拐过墙角不见了，她哪里能撵得上？

老婆子一腚坐在地上，拍着大腿，号哭起来。邻居听见动静出来，问她为啥。老婆子鼻涕一把泪一把，说她的鸡被人抢了去了。

那邻居一听心里咯噔一下，这事大了！原来这老婆子的老伴过世头七时，她做了个梦，梦见老头子回来了。老头子说他的魂没走远，她明早一出门，第一眼看到什么活物，就是他还阳的魂儿附在了那上面。

老婆子早上一觉醒来，这梦跟在眼前一样，她还真就信了。赶紧打开门，老婆子第一眼就看见那只芦花鸡在门口撵一只飞蛾。自此，这只芦花鸡就成了老婆子的命根子，她宁肯自己吃不饱，也要好生伺候她这"老头子"。

邻居也是个热心人，查看了一圈，看看坏人有没有留下什么痕迹，突然瞅见了地上那只鞋。鞋上满是泥巴，邻居仔细研究了一会儿，根据鞋上的新鲜黄泥，断定是修水库那边过来的！邻居给老婆子支招，去工地找他们当官的去。

陈家胜气喘吁吁回了工地，去伙房找了一口双耳小铁锅，提了一桶水，就去了上次的槐树林子。母鸡已被杀完挂在树上，他找了几块脊瓦支起了铁锅，赶紧点火烧水，秃噜鸡毛，掏干净内脏，拾掇利索了，把鸡炖上。

陈家胜炖着母鸡，锅底下燃着他找来的枯树枝，文火慢炖。锅里开始香气四溢，陈家胜禁不住舔舔嘴唇吸吸鼻子，太香了！他真想尝一口这鸡汤，又赶紧打消这念头：这鸡，可不是给你陈家胜吃的！

天已经过了晌午，估摸着工地上人都已经歇晌了，陈家胜把炖好的母鸡盛在水桶里，拿锅盖着，就回了工地。他绕过那些在树底下歇晌的社员，径直去了伙房。

麦穗正靠在灶台上打盹。陈家胜盛了一碗汤，推醒麦穗。麦穗看看碗里的鸡汤，疑惑地看着陈家胜，

"干吗？这么香，什么好东西？"

"国安说你贫血，我给你买了只母鸡炖了汤，赶紧趁热喝。"陈家胜压低嗓音生怕别人听见。

麦穗扭头朝一边："你哪来的钱？肯定不是你的主意，我不喝。"

陈家胜最怕麦穗上来犟脾气："你看，我鞋都跑掉了一只，哎哟哟……"他突然龇牙咧嘴，觉得脚底下生疼。陈家胜一直着急忙慌，忙活完了，这才意识到自己光着脚跑了好几里路。奶奶个熊，怎么脚底下这么疼？

陈家胜把碗先放了灶台上，翻过脚掌来一看，脚心扎着一块玻璃碴子，一抬脚，伤口直冒血。陈家胜坐在地上，龇牙咧嘴地说："你看，为了这只鸡，我都这样了，你忍心不喝？"

麦穗低头不说话了，陈家胜催她："快喝呀，再不喝就凉了。"麦穗赶紧端起碗，大口大口把汤喝了下去，喝完，那眼里的泪花就要往下掉。

"你就为了碗鸡汤，值当这样？说说吧，这脚咋回事？"

陈家胜刚要张口说话，外面吵吵嚷嚷嘈杂起来。陈家胜脸色一沉——要坏事，赶紧把桶藏好，出了伙房。

果然是那个老太太，陈家胜知道躲也躲不过去，干脆迎了上去。

那个老婆子一瞅陈家胜那只光着的脚，气呼呼地走上前来就揪住了他衣领。"就是他，这个挨千刀的，偷了俺的老头子。"

众人愕然，陈家胜去偷人家老头子？陈家胜也愣了："我……我偷你老头干吗？我又不是没有爹……"

同来的还有老婆子的邻居，吵着嚷着要见这里最大的官。

赵国安循着吵闹声过来，看陈家胜被一个老太太拽着领子，狼狈不堪，赶紧上来问什么情况。老太太哭哭啼啼，吵着嚷着还她老头子。赵国安丈二和尚摸不着头脑，先劝她消消气，有啥事慢慢说。

问明白了起因，赵国安先把老太太让进指挥部把她稳住，然后把陈家胜

拽到一边。陈家胜百般抵赖，死不认账。老太太急了，拿手里陈家胜掉下的那只脏鞋就要打他。"你的鞋都在我手里，你还赖！赶紧把鸡给我！"

陈家胜没办法，只得承认，说自己半年没见荤腥了，馋得慌，把鸡杀了，吃了。

老婆子一听跟疯了一样，嚷嚷着："你吃了俺老头子，我也不活了。"一头就朝陈家胜撞了过来。陈家胜不敢躲，怕她撞到地上真摔出个三长两短来。老太太撞过来，陈家胜就势抱住她的膀子，一下子把她摁在凳子上。老太太不依不饶，一口一个"还我老头子"，哭喊着，鼻涕抹陈家胜一袖子。

陈家胜鼻子都气歪了："奶奶个熊，我就买了你一只鸡，碍你老头子什么事了？"

"你那是买？真新鲜，你那是偷。不是，你是抢，明抢豪夺，你就是个土匪。这样的人，该枪毙。"

赵国安一听，心里一惊。这家伙，又惹大祸了，真要是抢的，那可不是小事，真得坐牢。

陈家胜理直气壮："我就是买的，不信，你回去看看。我把钱用蓖麻叶包了，扔你家院子里了。你这一只鸡，我给你五块钱。按说，这些钱可以买三只了。"赵国安听到这里，悬着的心落了地，还好，这陈家胜没犯什么大错。

"五块钱？你就是五十块也买不到俺老头子。"

赵国安来到老太太面前："大娘，我敢以性命担保，这鸡绝对不是他去抢您的。大伙说是不是？"赵国安看着众人，问道。

"就是就是，回家看看，都给您留下钱了，肯定不是抢的。"

"别仗着你们公家的人多都过来欺负俺老婆子。俺不管是不是抢的，赔俺鸡，赔俺老头子。"这老婆子油盐不进。

赵国安掏了掏自己所有的衣兜，又招呼指挥部的人连粮票带布票凑了起来折合十几块钱："大娘，您看，您这只鸡，俺们出的可是大价钱，都可以买一群鸡了。"

赵国安好说歹说，老太太就是不松口："俺不要钱，俺就要俺老头子。"

实在没有办法了，赵国安挤出了人群，前后左右瞅了瞅，刘麻子正靠在小推车边卷旱烟。

"刘哥，过来！"赵国安冲刘麻子招招手。

"干吗？"刘麻子睁开眼。

"看样子得你出马了，这老婆子信鬼奉神的，只有以毒攻毒了，你来解决吧！"

刘麻子白了一眼赵国安："听你这意思，我这都是鬼神邪说了？你爱找谁找谁，俺本事小了，这么大的事，俺解决不了。"

"嗨，我哪敢轻看你，谁不知道你'活神仙'的大名？你跟那些装神弄鬼的巫婆神汉可是大不一样……我知道这样的小事不该麻烦你，这简直是杀鸡用了宰牛刀。"赵国安看刘麻子沉着脸，赶紧解释。

"俺从十几岁跟着俺爹钻研《周易》，阴阳五行这可是大学问。命宫、胎元、大运、小运……这些我说了也没几个人能懂……"

"知道你是有学问的人，自然不会计较我一时说错了话。我的意思是这样的紧急关头，只有你出马才能控制局面。"赵国安知道自己言语有失赶紧补过。

赵国安一席话让刘麻子舒坦了，沉着的脸也有了笑模样："知道你国安不是那些俗人，我才跟你说这些。那些人，我才懒得跟他们说，说了他们也不懂。这事交给我，你就放心吧，看我的！"说着话，刘麻子挤进人群，来到老太太面前。

"大娘，你认得我不？"

老太太仔细瞅瞅刘麻子，摇摇头。边上的人都朝着老婆子嚷嚷："你连'活神仙'刘麻子都不认识？"老婆子才知道这就是传得神乎其神的刘麻子，马上满脸虔敬地看着他。

"我说的话你可听？"

"你说，你说。俺听，当然听。"

刘麻子闭目掐指嘴中念念有词，掐算了一会儿，突然睁开眼："大娘，大爷可是去年七月七走的？"

"是，是。"

"他的坟可是在南河崖第二棵槐树边？"

"是，是。神仙，你真是神仙。"老太太脸上更是诚惶诚恐。

"大爷下葬时，是不是淋了雨？"大家都瞪大了眼看着老太太是点头还是摇头。

"哎呀，俺服了你了。是啊，下葬那天本来大晴的天，结果下了棺还没填土，突然就下了雨。"那老太太仰着脸，像看神仙一样瞅着刘麻子。

"这就对了，大爷入土时淋了雨，他又是属鸡的，雨打鸡毛，地下阴湿，他的魂儿七日不得离身。等离了身，却已找不到他的元身。他便托梦给你，结果你就认准了一只母鸡就是大爷的化身。其实你是错会了他的意思，把那只鸡当了命根子护着。他只有等一个有缘人能把那只附他魂儿的母鸡杀了，这样他便可以在那边把魂儿重新招引一遍。那个杀这只鸡的人，就是这个有缘人。"

"真的？"

"反正我说了，信不信由你。"

"俺信，俺信。"老太太双手合十，对着刘麻子低头作揖。她又回过头来，对着陈家胜这个"有缘人"低头作揖。

刘麻子得意地冲赵国安点点头，退出了人群。

赵国安搀着老太太的胳膊赶紧送走她，生怕她再生出什么事端。陈家胜对着老太太的背影嘱咐一句："别忘了院子里的钱，用蓖麻叶包着，在门口靠南墙根那边。"看她挪着小脚走远了，赵国安终于松了一口气。他扭头看看陈家胜，这家伙坐在地上，捧着脚板子，龇牙咧嘴，一副痛苦模样。赵国安赶紧凑过去，一看，脚底下扎了玻璃碴子。赵国安拿了镊子，小心翼翼地把玻璃夹出来："扎进去足有半寸深，居然走了这么多路，真不知道你怎么能挨住……"

麦穗看着扔在地上沾着血的碎玻璃，赶紧别过头去。

陈家胜扭头瞅瞅麦穗，咧着厚嘴唇："嗯，心里装着天大的事，自然就不觉得疼。"

赵国安挑起一块酒精棉，拨开陈家胜脚上的血口子，力道莫名地有点大。

"哎哟，你要疼死我？"陈家胜额头上渗出了汗珠子。

"不是装着天大的事，不觉得疼吗？"赵国安一边收拾地上的玻璃和药棉，一边淡淡地说。

赵国安一言不发回了席篷。

麦穗独自爬到了坝顶。

四十四

自从那一天赵国安发现了真相，这傻子六再没在工地出现过。别人都没在意，一个傻子嘛，就像一只苍蝇、一只蚊子，消失了就消失了，谁有空去操这闲心？赵国安心里却空落落的，他时刻注意着，盼着韩六方哪天又突然出现在自己面前。

陈家胜一瘸一拐地在工地上忙活着。赵国安每次给他处理伤口都紧皱眉头："整天泥里水里的，你看你这鞋，臭得能把人熏倒。这样子下去，会把你脚丫子感染烂掉。"

陈家胜不以为然："你们文化人就是娇贵，小时候整天脚上豁口子，也没见感什么染。"

"你就嘴硬吧。换双鞋吧，我真不是吓唬你。"赵国安拿药棉替他擦着伤口里的脓，一边瞅一眼从身边经过的麦穗，他手上的力道一下子又加重了。

"我的娘啊，你使这么大劲干吗？疼死我了。"陈家胜大叫着，挣脱着赵国安抓在手里的脚。

"你不是不娇贵吗？这点疼都受不了？"赵国安的语气有点生硬。

对赵国安突然而来的坏情绪，陈家胜有点莫名其妙。这家伙，近来也不知咋回事，阴晴不定，喜怒无常。

赵国安刚给陈家胜清理完伤口，英子跑了来："赵指挥，章县长叫人到处找你呢，赶紧看看去吧。"赵国安赶紧收拾了药箱，去了指挥部。

见赵国安进来，章县长起身掩了门，坐在对面打量着他。

赵国安被章县长看得心里发毛："章县长，找我有事？"

"听说那个陈家胜抢劫？"章文坡犹豫了一下，好似不知怎么打开话题。

"没有的事，完全是误会。家胜人是大大咧咧，但是办事还是靠谱的。那鸡是家胜买的，钱都是从我这里借的。真的，真的，那个老太太回家找到了家胜给他留下的钱。"赵国安急忙替陈家胜辩解。

听赵国安说完，章文坡本来绷紧的脸一下子放松下来，转而又意味深长地说："我听到了一些风言风语，既然你这样说，我就放心了。看来都是无稽之谈，不过我还是想提醒你一句，国安你可是我这么多年以来最看重的一棵好苗子，咱不能因为一些无关紧要的人、一些无关紧要的事毁了自己。"

赵国安何其聪明，他当然明白章文坡所指为何。他也不辩解，只是让章文坡放心，他心里有数。

"有数就好，忙去吧。"章文坡心里一块石头落了地，他朝赵国安摆摆手，示意他可以走了。章文坡叫赵国安来，确实是事出有因。他听工地上疯传，赵国安和陈家胜为了一个女人争风吃醋。今天看赵国安替陈家胜辩解，如果传言是真，赵国安怎么会为对手开脱？章文坡的指头有节奏地敲着桌子，自言自语："赵国安，我看好你小子，你可不能给我出岔子。"

麦穗在伙房里把锅碗瓢盆洗刷完毕，看着陈家胜在不远处晃悠。她坐在那里出了一会儿神，回到席篷。麦穗从自己的铺底下翻找出一个针线包，里面有一双纳了一半的鞋垫。她手里拿着鞋垫，又在那里愣神。

陈家胜一瘸一拐地从席篷前走过，麦穗喊住了他："陈营长，你等等！"

陈家胜停住脚，扭头往席篷里看，一看是麦穗叫他，接着眉开眼笑。麦穗出来，拿手比量了一下陈家胜脚的大小，回棚里找出剪刀，把手里的鞋垫剪掉了一圈。

"可惜喽，可惜喽，好好的鞋垫，你铰了干吗？"

"不干吗，你垫有点大了，非剪不可。"

"这是要给我纳？"陈家胜的黑脸膛接着通红，声音也兴奋起来。他看着麦穗一缕头发散在嫩白的脖颈上，真想替她拢一拢。

"你现在脚伤了，脚底下得干净点。"麦穗冷脸低头铰着手里的鞋垫，不看陈家胜。

看到麦穗脸上不悲不喜淡漠的神色，陈家胜伸出的手赶紧缩了回来。

陈家胜走了，麦穗瞅着地上铰下来的残屑。

麦穗把铰在地上的碎屑打扫干净，找出针线，开始给陈家胜纳鞋垫。

赵国安不放心陈家胜的脚，每天督促他过来清洗换药。陈家胜那鞋子实在太臭了，这样子下去几时能好？赵国安翻腾了半天，找出自己的一双鞋让他试试。

陈家胜扭扭捏捏："怎好穿你的鞋？我这脚把好鞋糟蹋了。"

"别跟个娘们似的，让你换你就换，我可不想每天闻你这臭脚丫子味。给你换药弄得我手上都臭烘烘的，不知道的，还以为我是贩咸鱼的呢。"

陈家胜不好意思地咧嘴傻笑："哈哈，奶奶个熊，贩咸鱼也不赖嘛。"

赵国安把一双八成新的"千层底"扔到他脚边。陈家胜一边谦让，一边就穿在了脚上。这鞋比陈家胜的脚大了一圈，陈家胜赶紧脱下来："我说不穿吧，你看看，不合适，还把鞋给弄臭了。"

赵国安找了一些药棉，塞在鞋前头，让他再试试。

陈家胜又把那鞋穿在脚上："奶奶个熊，这下正好了。"陈家胜突然想起了麦穗铰小的鞋垫，原来那鞋垫的尺寸跟赵国安的鞋似乎是差不多。

陈家胜这些日子走路特别注意脚底，一是因为脚疼，更是因为脚上的新鞋让他加倍爱惜。这样的"千层底"，他做梦都想有一双，但是自从老婆走了，哪里还敢有这样的奢望？

麦穗忙里偷闲终于把鞋垫赶了出来，住工后赶紧找陈家胜试试大小。

陈家胜捧着那双鞋垫，端详着上面细密的针脚："奶奶个熊，这么好看的东西，怎么忍心放脚底下踩？尤其是俺这双臭脚。"

"这不是因为你伤了吗?，伤口还疼不疼了?"麦穗的语气充满了关切。

这语气让陈家胜欣喜若狂："疼啥疼，早就不疼了。"陈家胜一边说，一边在地上踩踩脚，想证明给麦穗看。没想到一用力，那伤口又挣开了，疼得他抱着脚在地上打转转。

"我看你就是嘴硬，硬充英雄好汉。"麦穗一边笑，一边嗔怪着陈家胜。她让陈家胜脱了鞋，试试大小。

陈家胜美滋滋地脱了鞋，做金鸡独立状，让麦穗试尺寸。

麦穗把鞋垫放进鞋里，怔了一下，怎么会小了？麦穗拿问询的目光看着陈家胜。陈家胜搔搔头："奶奶个熊，这鞋子是国安给我的，我不要，他偏给。这年月，挣双鞋不容易。"

麦穗没再吱声，低头比画着陈家胜脚的尺寸。

陈家胜跷着一只脚，扭头看见赵国安路过。他刚要说话，身体一下子失去了重心，朝一边歪了下去。慌忙中麦穗一把扶住他，陈家胜用手抓着麦穗的胳膊，直起了身子。赵国安朝陈家胜点了点头，算是打了招呼，就逃也似的走开了。

麦穗却生怕赵国安听不见，大声嘱咐陈家胜："疼就别硬撑，身体是自个儿的。这年头，就得自己心疼自己，人心隔肚皮，指望谁都不如指望自己。"

赵国安知道麦穗是说给他听的，皱皱眉头，加快了步子。他窝进办公室，掩了门，谁都不让进来。案头的文件乱七八糟，赵国安的心绪也纷纷扰扰。一不小心把桌上的墨水瓶打翻，墨汁沿着桌面蜿蜿蜒蜒画着诡异的图案，赵国安也不收拾，直着眼看墨汁肆意流淌。

麦穗回了伙房，她知道自己说的话赵国安都听见了，似乎是很解气！

四十五

一九五九年阴历六月，正值三伏酷暑，阴雨连绵。

工地因为实行轮换，赵国安他们这一批人将被第二批暂时换下，回家休整。

小满回到家，小嘴嘚吧嘚吧跟单福根讲工地这段时间发生的稀罕事。

"小满，你得帮你哥，其实帮你哥也是帮你自己。"

"你说什么？大大，我怎么听不明白？"

"你呀，还真是不开窍。"单福根吧嗒着烟袋，瞅一眼一脸懵懂的小满。

"大大，你说我哥什么时候才能回家住啊？他怎么就这么犟啊？"小满一边揭开锅盖看看家里有什么好吃的，一边问爹。在工地这些日子，可把她折腾坏了。

回到家的赵国安接到公社王委员通知，让他去一趟。赵国安不知道王委员叫他干什么，他出诊还没回到大队卫生所，就被半路上截了过去。到了那里才弄明白，公社里正在对以前平调的物资、现金进行统计，抽调了卫生院几个人去统计，导致人手紧缺，让他来公社卫生院帮忙。这公社卫生院和大队卫生所虽然都在双羊店，但公社卫生院高一级，设备、人员配置水平也高出不少。王委员一见赵国安就很有好感："小伙子，好好干。章县长不止一次夸过你呢。"赵国安笑着点点头。

一天，赵国安正趴在桌子上忙活着，王委员急急火火地跑进来，拉着他就走："有个急病人，赶紧过来看看。"

到了另一个办公室，赵国安看见一个二十出头的小姑娘，嘴角歪着，嘴唇哆嗦着一句话也说不出来。赵国安一看，这是发了吊传风。王委员介绍说这小姑娘是公社的办事员，名叫韩卫冬。

赵国安找了一根麦秸草，从药箱里取出一包小药面，吹进她歪嘴角相对一侧的鼻孔，众人都聚精会神地看着韩卫冬。真是神了，韩卫冬的脸不一会儿就恢复了原状。韩卫冬摸摸自己的嘴角，一双水汪汪的眼睛看着国安，一个劲地谢了又谢。

直到赵国安的背影走出去好远，韩卫冬还捂着脸站在那里出神。这样体面的男人，这么神奇的医术，韩卫冬怀疑自己是不是在做梦。

韩卫冬自从那天在公社见了赵国安，就三天两头来找他看病。今天说自己嘴角杠硬，还是有点不得劲；明天说，自己这几天胸口发闷，是不是心脏不好了。赵国安给她号脉，她却直瞅赵国安。赵国安几次看她也没啥毛病，心里有点不耐烦。有时候，韩卫冬干脆不看病，过来就坐在赵国安旁边，看他忙活。

"卫冬，你忙你的去。你看，我这里这么多人，也顾不上你。"

"没事没事，你不用管我，我就在一边看看，看看就中。"韩卫冬不知是真不明白还是装不明白。

赵国安便不再理她，愿意看就看吧，反正我也不理你。唉，林子大了，难免出几只怪鸟。

歇工的这些日子，陈家胜有事没事老是往麦穗这边跑，有时候说是找赵国安有事，顺便过来看看麦穗。有时候又说他儿子虎子病了，找赵国安看病，是虎子听说大香养了只小斑鸠，非得要来看……反正每次来都有说得过去的理由。虽说是托辞，不过他倒真是带了儿子来。这虎子剃着小光头，只在头顶留了茶壶盖那么大小的一撮头发。一双小黑眼珠透着灵气，看见什么都好奇，滴溜溜乱转。皮肤随他爹，有点黑。

以前陈家胜来，麦穗都是为了脸面上过得去，所以支应着，每次都那么不咸不淡。这次，麦穗却似变了一个人，拉着虎子的手，亲得跟自己儿子一样。"这小家伙，虎头虎脑的，这名字还真没叫错。"虎子嘴也甜，头一眼看着麦穗就叫姑姑。

也许都是小孩子的缘故，大香见了虎子也不生分，两个小人儿"哥哥、妹妹"地互相喊着。两小家伙一起撅着屁股，逗弄着笼子里的小斑鸠。

玩到兴起，陈家胜把大香举起来，让她骑跨在自己脖子上，双手擎着大香的小手，嘴里喊着："呜……开飞机喽，开飞机喽，呜呜……"大香咯咯地笑着，快活得像林子里的百灵鸟，连虎子都嫉妒了，抱着陈家胜的腿争着让他也"开飞机"。麦穗看着这三个长不大的家伙，自己也禁不住跟着开心笑闹起来。三个人从屋前闹到了炕上，陈家胜突然感觉身子底下一沉，起来一看，土炕陷下去一个窟窿——他们把炕压塌了。

陈家胜对着虎子和大香吐吐舌头："奶奶个熊，惹祸了。"

陈家胜赶紧去和泥，出去半天才回来，手里拿着也不知从哪鼓捣来的墼块。陈家胜把压坏的墼块起出来，把新墼块换上，用泥砌好，然后把炕面用新泥抹平。陈家胜又把炕席全部掀了，找了找平时漏烟的炕缝一并抹上。麦穗傍在门边，看着陈家胜忙着，一直看……

陈家胜抹完缝，又到门外找了一把草，放到灶膛里，准备点着了试试炕还漏不漏烟。可能是草有点湿，一直闷着，点不着，陈家胜沉不住气使劲一拉风箱，火头猛然一下窜出来，差点把陈家胜的眉毛烧着，吓得他一声大叫。浓烟"呼"地从锅洞子里冒出来，把四个人都呛出了眼泪。

麦穗被呛得抹着眼泪直嚷嚷："哎呀陈营长，你要呛死我们啊。"

虎子一边咳嗽一边喊："姑，我爹平时做饭就这样，他就不会烧火。姑，你就给我当娘吧，给我和爹做饭。"

麦穗一下子僵在那里，陈家胜搔搔头发，偷偷看了一眼麦穗，收起了脸上的笑容。

临走的时候，麦穗送出门去。两个小人儿竟已熟络到难舍难分，大香眼泪汪汪地拉着虎子不撒手。

麦穗看见赵国安从胡同里拐过来，一下子拉起虎子的手："好孩子，以后常来，大香愿意跟你玩呢。"然后转脸对陈家胜笑着说："家胜哥，以后常来啊。"陈家胜兴奋地点点头，厚嘴唇都快咧到了耳朵根。

赵国安紧走几步，不想让他们看到自己。偏偏陈家胜眼尖瞅见了他，大喊着"等等"，就朝赵国安赶了上去。看到赵国安往这边看，麦穗迎着他的目光，毫不避让。麦穗这目光，有种让赵国安浑身一颤的寒凉。

看见麦穗转身进了门，陈家胜抑制不住自己的激动，抱着赵国安的膀子，拿拳头擂了一下他的肩膀："兄弟，有戏。"

赵国安扭头瞅着他："什么有戏？"

"麦穗啊。麦穗对俺，不跟以前一样了，你看她刚才对虎子那亲热劲。奶奶个熊，你说俺是不是有戏？"

赵国安耷拉着眼皮："嗯，有戏就好……"

"你小子，今天丢魂了？"陈家胜只顾自己高兴，没发现赵国安情绪不对头。

临走他又擂了国安肩膀一拳，领着虎子回了家。

赵国安看着麦穗的门口，定在那里站了很久。

胡同口的梧桐树在烈日下撑着巴掌大的叶子，酷热让它们搁置了春天初来、绿叶萌发时那雀跃的期冀。就像枝叶缝隙里那细碎的天空，春秋时的明朗和通透，变成了此时的压抑、逼仄和密不透风。

四十六

赵国安回到家,掩了大门,找出家里藏了多年的高粱烧酒。

他哆嗦着双手揭开坛盖,从小滴酒不沾的他,抱着坛子咕咚咕咚地喝了起来。那喝下的烈酒,瞬间化成了热泪,在他脸上肆意流淌……

几大口酒下肚,他感觉自己全身的血液沸腾起来,整个人似乎有点飘忽,眼前的物件渐渐变了形,窗在转,屋顶在转,手扶的墙也在转,麦穗……麦穗似乎也在他眼前转。

赵国安晃晃悠悠来到公社卫生院,值班的人不在,他一头倒在值班室的小炕上,拿枕头压住头,又哭了起来。

麦穗突然推门进来,来到赵国安身边,一双柔软的小手替他擦着满脸的泪痕。赵国安先是惊愕,接着一下子兴奋起来,一把把麦穗拥在怀里。赵国安把脸埋进麦穗的发里,狂喜连同委屈一起涌上心头。赵国安不由自主地啜泣起来,他的泪和着麦穗的泪顺着两个人紧贴的面颊在肆意狂奔。

赵国安吻着麦穗满脸的泪水,他滚烫的嘴唇找寻着麦穗的嘴唇,他周身火一样的狂热似乎要把麦穗点燃!

赵国安疯了,像要报复谁一样,发狂地把麦穗抱到了炕上。麦穗也不拒绝,顺从地迎合着他。赵国安放下了心中所有的羁绊,先是探寻一样极尽温柔,突然又以一种跋扈的姿态,横扫一切!他肆无忌惮地放纵着自己……

狂风暴雨过去,赵国安渐渐平复了自己的呼吸。一双温柔的手,缓缓轻抚着他脊背上的汗珠,耳边一个甜腻的声音在轻声呢喃:"国安哥,国安哥,我是你的了,你跑不掉的,我是你的了。"

赵国安一下子睁开眼,不是麦穗,是韩卫冬!他一骨碌跳下炕,发觉自己赤裸着身子,赶紧抓起一件衣服遮挡在腰际。韩卫冬没想到赵国安有如此大的反应,她扯着被子盖着自己的前胸,满脸委屈又疑惑地望着赵国安。

赵国安快速地穿上衣服，又把韩卫冬的衣服扔给她，让她赶紧穿上。赵国安颓然地坐在地上，扇着自己耳光，骂自己不是人，请韩卫冬原谅。

韩卫冬下来炕，拉起赵国安的手。她流着泪跪在赵国安面前，一遍遍地重复着："是我自己愿意的，国安哥你不要这样。你不要这样。"

"滚！给我滚！"赵国安突然之间像一头暴怒的公牛，两眼血红瞪着韩卫冬。韩卫冬倒退着出了门，捂着脸跑远了。

赵国安感觉自己像犯了弥天大罪，再也不敢面对麦穗。偶尔路上碰到，赵国安像做贼一样，目光游移，仓皇地夺路而逃。看到麦穗从自己身边走过去了，赵国安就会回过头来，望着麦穗倔强的背影渐行渐远，痛苦地双手抱头蹲在地上，使劲撕扯着自己头发："赵国安，你怎么可以这么混蛋？你怎么可以这么混蛋？"

多日不见，这天赵国安刚到公社卫生院，韩卫冬又来了。她脸色蜡黄，满眼是彷徨和无助。赵国安看了她一眼，马上把目光移开。韩卫冬怯生生来到赵国安身边，低着头，几次欲言又止。

赵国安扭过头来："有什么事就说。"

韩卫冬把头低到胸前，嗫嚅了半天挤出了一句："我大概……是有了。"

赵国安惊愕地瞪大了眼睛："有什么了？"

韩卫冬告诉他，自己可能怀孕了。

赵国安差点跌坐在地，手中的药瓶掉落地上，药片洒了一地。赵国安知道，这辈子，他再也没有资格站在麦穗面前说他最在意的女人是她了，是的，再也不可能了。这句埋藏心底多年的话，现在看来，它的归宿只有两处——心与坟墓。

韩卫冬拽拽他的胳膊："国安哥，你不用为难，你要是看不上我，那就给我开副药，我吃了把孩子打下来。我不会怪你，真的……真的，是我心甘情愿的，我不怪你。"

赵国安痛苦地摇了摇头，让他先回去，容他再想想。

韩卫冬临出门，正一脚门里一脚门外，赵国安扔过来一句话："我会娶你的。"

韩卫冬听见这话，不相信似的傻傻地在原地愣了一会儿，忽又拿手捂着嘴，又哭又笑着跑了出去。

赵国安蹲在地上捡药片，脑子里一片空白。

高玉芬知道了儿子要娶韩卫冬。她见过韩卫冬这姑娘，虽不是样样都合心合意，倒也实在挑不出什么大毛病。只要儿子能结婚，封住那些闲言碎语，她的心便实落下来。

赵国安家里热闹起来，高玉芬、赵廷毓两口子恨不得让全村的人都知道赵国安要娶亲。

虽然这年头兴新事新办，但是爹娘就他这一个儿子，硬是不动声色地把该走的礼数都走了下来。定亲，下媒启，请客，送日子，该走的礼数都已走完，也进了阴历的六月底。正日子定在了六月二十八。老赵家整个家族的人都忙里忙外，一切准备就绪，就等着大喜日子那天把新娘子娶进门。

对赵国安爹娘来说，儿子结婚是天底下头等大事，两人马不停蹄，忙里忙外。

赵国安却老是窝在家里，不闻不问，任由爹娘操办。爹娘有的事实在替他做不了主，问他一句，他眼皮都不抬："说是简单点就行，你们还非得走老路子。没看别人家，两个人胸前戴上两朵花，请几个人来热闹一下就完事。哪像你们弄得这么麻烦？你们看着办吧，你们觉得中就中。"

高玉芬就抱怨："是你娶媳妇还是俺娶媳妇？"看儿子也不搭理，高玉芬摇头叹气，真不知道儿子想些啥。

有件事上赵国安倒是很固执。赵廷毓要请村里的鼓乐班子在结婚当天来助兴，赵国安坚决不同意，说现在不兴这个了。赵廷毓大发雷霆："我就你这一个儿子，一辈子就热闹这一回，这事，坚决不能听你的。"赵国安一摔门，头也不回地跑了出去。高玉芬忧心忡忡：这孩子，这些日子我怎么瞅着有点反常？从小到大，还真没这么不听话……都敢冲亲爹甩脸子了。

正日子到了，天还黑着，过来帮忙的本家邻居都到齐了，独不见赵国安的影儿。

高玉芬心里埋怨着：这孩子，怎么这么不懂事？她在赵国安门口喊了两声，屋里没动静，她便直接推门进去。一进门，一股刺鼻的酒气差点把她顶了回来。

高玉芬气不打一处来："小祖宗，你怎么还学会喝酒了？这得灌了多少啊？都大早上了，还满屋子酒气。"高玉芬拽着赵国安的胳膊，赵国安脸朝下趴在枕头上，嘴里嘟囔着："麦穗，你有什么了不起。我赵国安，没有你，我照样活得好好地……我照样活……"赵国安似被一只无形的手扼住了喉咙，本来翻江倒海的号啕变成了压抑的啜泣。赵国安嘴里咬着枕头，脸上的狰狞让高玉芬心惊胆战，她赶紧上前安抚儿子。赵国安甩开娘的手，趴在枕头上像个孩子似的呜呜哭了起来。

高玉芬愣在那里，看来那些流言真不是捕风捉影，都这时候了，你小子跟我来这一套，你这不是要娘的命吗？

高玉芬把赵国安扶起来，赵国安却又软绵绵地倒了下去，再扶起来，再倒下。

赵廷毓走进来，赵国安还在那里嘟囔着麦穗。他一把扯起赵国安，啪啪两耳光。打完了，赵廷毓大吼一声："赶紧收拾利索，去接卫冬进门。"高玉芬心疼得心直哆嗦，从小到大，赵国安从没挨过爹娘戳一指头。

赵国安半靠在墙上，胃里一阵一阵乱翻腾，后背一阵阵痉挛着干呕。高玉芬赶紧调了碗蜂蜜水，给他灌下去，让他解酒。

赵国安摇摇晃晃地扶着娘的肩膀，硬撑着出来跟帮忙的人打招呼。他像个木偶一样随着母亲的指引干这干那，迟钝的目光与外面的阳光相遇，让他忽然头晕目眩，他抓紧了娘的胳膊，才不至于摔倒在地。终于招呼完了，赵国安一腚坐到凳子上，胃里一阵痉挛，又开始干呕起来。

时辰到了，赵廷毓终究还是没顺从国安，请了村里的鼓乐班子。班子的鼓乐手们穿戴一新，一大早便咿咿呀呀开始奏乐。奏完百鸟朝凤，再奏花好月圆，当然还要奏抬花轿，一曲接着一曲，只为图个喜庆热闹。赵国安赶紧拿被子蒙住头，他真想出去让这帮子奏乐的人统统滚蛋。

刘麻子也来凑热闹，大伙都嚷嚷着让刘麻子来段茂腔助助兴。他也不推辞，往板凳上一坐，拿一双筷子敲着铜盆打鼓点，这就开了腔：

> 六月杨柳满树青，
>
> 小蝉儿对柳枝叫不宁。
>
> 你看它欲飞枝头停，

却又是扇扇翅儿身不动。

你说它无意可有意，你道它无情却有情。

蝉儿啊，你欲飞行快展翅，

莫等到秋风起叶凋零……

"刘哥，你这是干吗？人家大喜的日子，你来唱这个，不好不好，换一个。"

刘麻子瞅一眼喜房："唉……怕只怕蝉儿有情，柳无意……空留蝉衣伴枝杆……"刘麻子没唱完，起身离去。

麦穗一天没出门，这赵国安家传来的吹吹打打的声音让她心烦意乱。她不想听，但又没处躲藏。

晌午吃饭，麦穗端着碗喂大香喝粥，大香任性，就不过来吃。这孩子搬了个小板凳把脸贴在门上，从门缝里往外瞅。

"娘，外面这是什么声？是不是唱戏？娘，咱去听戏吧？"大香转头看一眼麦穗，满脸兴奋。

"唱什么戏？耍猴的。"麦穗沉着脸。

"我要看耍猴，看耍猴……"大香鼓着腮帮子，噘着嘴。

麦穗把大香从板凳上扯下来，一下子把碗塞在大香手里。

"好好吃饭，耍猴，耍猴，耍猴能顶饥还是能扛饿？"

看麦穗火了，大香眼里噙着泪，抽抽噎噎地往嘴里扒饭。大香吃了没两口，一不小心，"嘭"的一声，碗掉到了地上，破了。

麦穗一把揪过大香来，褪了她的小裤子，啪啪好几巴掌打了下去，几道红杠子立马从大香屁股上鼓了起来。大香使劲捂着腚不敢哭出声，又惊又怕，脸涨成了紫红色。"哇"的一声，大香吃进去的饭突然一股脑儿全吐在了饭桌上。这一吐，大香自己也被吓傻了，瞪着两个大眼睛看着疯狂如狮子一样暴怒的娘，战战兢兢，更是不敢哭出声。

麦穗一块块捡着地上的碎碗片，每拾起一块都死命地攥在手里，鲜血顺着她的指尖流到了地上。大香眼睛里满是恐惧，一动不动盯着娘手上的血一滴一滴落到地上，渗进土里。

大香终究还是没忍住，"哇"的一声大哭起来，一边哭一边捧着娘的手：

"娘，香香听话……娘，你打我腚，你别让虫虫咬你手……呜呜呜，虫虫你别咬娘手，你咬香香腚……呜呜呜……"麦穗一把把大香揽进怀里，大香屁股疼，不敢坐，翘着小屁股替麦穗擦着手上的血。

"是娘不好，娘不该拿大香撒气……是娘不好……"麦穗一边抽泣一边抚着大香的脊背，眼泪把大香后背湿了一片。

麦穗失神地看着那个大香踩过的板凳，看着那扇赵国安曾经修补过、如今又裂开了口子的破门。门后的蜘蛛网随着从缝隙里透进来的微风摇摇晃晃。

四十七

高玉芬现在终于放了心，结了婚，儿子的心就可以安稳了。赵国安这边，吹吹打打的，正热闹着。新娘子韩卫冬满脸笑容，分着花生和粿子。她看着七大姑八大姨进进出出都为她一个人忙活，心里说不出的幸福满足，不时偷偷瞄一眼赵国安。

赵国安靠墙坐在炕前的方凳上一直闭着眼，因为醉过酒，面色土黄，人也蔫头耷脑的。韩卫冬只道是赵国安因为太兴奋喝多了，心里嗔怪他又心疼他，怎么这么不拿捏，也不怕别人说闲话。韩卫冬自己在这里左思右想，眼睛时不时地瞅着赵国安。

小满在家里闹翻了天，单福根让她做饭，她偏不做。单福根无奈，自己动手炸饼子，让她烧火。小满塞了满满一灶膛麦根子，憋了一屋子烟，火头一下子蹿出来，把小满的刘海燎了一下，满屋子一股难闻的焦煳味。小满喊着："呛死算了，烧死算了。"接着就趴在风箱杆子上呜呜哭起来。

单福根瞅一眼小满，一下子把饼子炸在锅沿上。"你们这俩不中用的货，光在那里靠，光在那里等。靠没了吧？等没了吧？怨谁？那什么要号出去号，我不听你这一腔。"

小满把风箱杆子一摔，哭着跑了出去。单福根一腚坐在地上，掏出烟袋吧嗒起来。

赵国安的婚礼正在进行着，丈人和丈母娘赶了来。这在高密西乡还真是稀奇，闺女出嫁，还真没有新娘子爹娘跟过来的。两个人混在人群中，躲在角落里，小声嘀咕着。

"我看国安情绪不对，是不是知道了卫冬的事？"

"不会吧？除了要紧的亲戚，没人知道卫冬这事。"

"不好说，有几次邻居都看到了，人心隔肚皮啊……"

"唉，走一步看一步吧……"老两口看看女儿没事，就打算赶紧离开，别让亲家看见起疑。谁知刚出门口的老两口正和高玉芬撞个满怀。高玉芬大感惊奇："老哥哥、老嫂子，你们……你们怎么来了？"

知道躲不过，老头儿赶紧上来圆场："这老婆子死性，闺女一走就像挖了她心肝一样，在家里哭天抢地。这不，我陪她来偷偷看看闺女。又不是以后见不着了，这老婆子，真是的。"

"嗨，以后想闺女了，随时都可以来，卫冬不是也可以回去看你们吗？"高玉芬含笑安慰着亲家母，一定要拉了他们留下吃饭。老两口嘴里说着不能乱了规矩让人家笑话，赶紧走了。

高玉芬心里暗自疑惑：这两个人，怎么有点怪怪的？

吃过晚饭，亲戚邻居都各自散了。韩卫冬兴奋了一天，此时才感到真的是累了。她看看赵国安，他像个木头一样靠在那里，也没有要过来睡的意思。她去给赵国安调了一碗温水，放在他旁边，摇摇他的胳膊："喝了吧，你看你，喝那么多酒，伤着了吧？"

赵国安看一眼韩卫冬，冲她摆摆手："累了一天了，你去睡吧。"韩卫冬心里就有点不高兴，背过脸去噘起了嘴。她拿了枕头，本想先歇歇，等着赵国安过来再睡，没想到过了没一刻钟，竟先睡着了。

来到院子里，赵国安看着幽暗的天空。多少往事浮上心头，不思量，自难忘。

细听韩卫冬似是睡着了，赵国安才慢吞吞回了屋内。他吹熄了煤油灯，悄无声息地来到炕上，和衣躺下。赵国安大睁着双眼，没有半点睡意。不知过了多少时候，他终于扛不住，便迷糊起来。

韩卫冬一翻身，手一下子搭在他胸前。他一个激灵惊醒，就跟被虫蜇了一样，赶紧把韩卫冬的手臂移开，把自己往炕边挪挪，离她远一点。韩卫冬再一个翻身，听动静似仍是没醒，腿又搭在他身上，他还是赶紧把她的腿轻轻移开。

　　早上醒来，赵国安扭头一看，韩卫冬不知什么时候早已经起来梳洗。赵国安揉揉酸疼的太阳穴，翻身起来，收拾被褥。他叠完被子，抓起韩卫冬的枕头往炕角上放，心内一惊，这枕头上凉凉的，湿了一大片。

　　吃饭的时候，高玉芬暗地里查看着小两口的神色。韩卫冬倒是没什么异样，给公婆盛饭，给赵国安舀了一碗稀粥，递到他面前，语气里满是讨好和疼惜："喝点稀的，养养胃，你怎么能喝那么多酒？"赵国安也不接碗，也不答话，只顾闷着头啃手里的窝头。韩卫冬手里抓着饭碗，脸上的表情突然间变得狰狞可怕，只一瞬，便倏忽而过。

　　高玉芬朝赵廷毓使个眼色，大家继续闷声吃饭。

　　第二天晚上，韩卫冬看赵国安脸色缓和了些，便主动引赵国安说话。赵国安有一句没一句地应付着。看时候不早了，韩卫冬开始铺被褥，犹豫了一下，把自己的枕头往赵国安那边靠了靠。

　　赵国安没作声，只是毫不犹豫地把枕头往外挪了挪，放在自己这边，把韩卫冬的枕头归拢到她那边，自己和衣躺下了。韩卫冬脸上羞得通红："时候不早了，赶紧困觉吧！"扭头朝里躺了，再没了动静。

　　一会儿，韩卫冬在一边嘤嘤地抽泣起来，也只有哭泣才能排解她此时心里无限的委屈：赵国安，你看不上我，干吗要娶我？

　　赵国安背对着她，也流下泪来。

　　窗外，有不知名的夜鸟啼叫了两声，远处不知谁家的狗在不停地吠叫。下雨的夜，滞重、沉闷。

　　赵国安郁闷到快要疯了，他盼着这恼人的雨快点结束，盼着工地上能快点复工，盼着快点离开这个梦魇一般的家。

四十八

眼看结婚都快一个月了，新婚的赵国安和韩卫冬却像两个在路上偶然碰到的陌生人。人前客气着，人后淡漠着。韩卫冬苦恼着，赵国安厌烦着。

在公公婆婆面前，韩卫冬依旧替赵国安盛饭端水，赵国安却大多数时候都当没看见，自己盛，自己端。高玉芬和赵廷毓两个人暗中交换了一下眼色，他们知道，这小两口虽是住在一个屋，但两人的距离似乎是隔着千重山万道水。

韩卫冬有时候觉得实在委屈，摸着自己的肚子暗自流泪。难道是自己的事让赵国安知道了？韩卫冬接着自己摇头，不可能。有时候她又自我安慰，赵国安是不是还不适应婚后的日子？她于是劝自己忍忍，兴许过些日子就好了。

一日，夜深人静，天空飘着细雨。赵国安依旧跟往常一样站在天井里，虽然戴着苇笠，细雨还是湿了他半边衣服。从结婚那天起，赵国安每天都这样梦游一般在天井里待到深夜。赵国安怕看见韩卫冬热切的目光，这目光让他纠结，让他愧疚，让他心生怜悯，但是更让他感觉到无边的虚空，所有的热闹和喧嚣都无法让这份虚空遁去。赵国安感觉到自己这几天心口疼痛，痛到能听见心脏撕裂的声音，痛到能滴答答渗出血来……

韩卫冬等不到赵国安，正在炕上打盹。屋里的顶棚上突然翻了天，似有千军万马在顶棚上操练。韩卫冬吓得大叫起来，赵国安闻声赶来，问她怎么回事。韩卫冬指指顶棚，怯生生地说："顶棚上……闹鬼……"

赵国安听了听动静："闹什么鬼，是耗子上了顶棚。"

赵国安找来一个老鼠夹子，跷起脚来往顶棚上的孔洞里放。韩卫冬趴在炕上，赵国安翘起的脚跟正在她的眼前，她忍不住伸出一个指头，挠赵国安脚心痒痒。赵国安禁不住这痒，笑着低头瞅她。赵国安发现韩卫冬跟个孩子一样，咯咯地笑着。看着她调皮的样子，赵国安眼神一愣。几年前，那个踩着高跷的嫚儿，也是这样澄澈无邪的眼神，也是这样调皮娇憨的浅笑……赵国安忘情地俯下身来，双手捧起韩卫冬的脸……

这突如其来的亲昵让韩卫冬又惊又喜，她伸出胳膊环住了赵国安的腰。

可是，闪念之间，赵国安迅速地松开了手，把韩卫冬撂在一边，自己逃也似的跑到了屋外。

这一次，韩卫冬再也忍不住了。没处撒气，她把桌子上的暖瓶抱起来，"嘭"的一下子摔在地上。

"赵国安，没有你这么欺负人的。我韩卫冬是个人，不是大街上捡来的小猫小狗。赵国安，你凭什么这么欺负人？……"韩卫冬越说越委屈，坐在地上呜呜哭泣起来。她疯狂地撕扯着自己的头发，那眼神让人毛骨悚然。

高玉芬听见动静，赶紧过来劝解，越劝韩卫冬越委屈，由饮泣变成了号啕。其实这些日子，高玉芬也看出了儿子和儿媳之间的生分，可是，她这当娘的，对他们小两口之间的私密事，实在也不好意思开口相劝。她把赵国安叫进了自己屋，本来睡着了的赵廷毓也和衣坐了起来。

"国安，你和卫冬到底是咋了？"

"没，没咋，娘你为啥这么问？"

"唉……你也别瞒我了，你娘是过来人。你把人家娶进了门，又把人家晾在一边，是什么道理？将心比心，国安，韩卫冬也是个女人……我知道你心里有麦穗，但是，人有时候活着真就是不能由着自己的心。"

赵国安坐在炕沿上，低头不语。高玉芬看着这些日子日渐憔悴的儿子，也不忍心说太多。她拿手捋捋赵国安纷乱的头发："去睡吧，别老是折磨自己了。有些人，过去了就是过去了，没有回头路可走。"

高玉芬把赵国安推进了韩卫冬屋里，叹口气，摇摇头，回到自己屋。高玉芬压低了声音说："我怎么感觉卫冬不对劲……"

"哪里不对？两个人吵架，还能有什么好样？"

"不是，你没看出，卫冬的样子很吓人？"

"没看出来，睡吧，没什么大不了的。"

直到听见鸡叫了，老两口才打着哈欠，开始迷糊。

第二天吃罢早饭，高玉芬披了一件蓑衣，冒雨出了门。

麦穗正在家哄大香吃饭，这孩子小脸上挂着泪珠，推挡着麦穗递过来的勺子。高玉芬推门进来，麦穗有点吃惊："二姨，您……怎么来了？"

"也没啥要紧事，我就是过来看看。香香，吃饭咋还哭上了？"高玉芬一边说着，一边就想找个地儿坐下。

"这些日子这丫头就不爱吃饭，可能是苦夏。"麦穗赶紧递给高玉芬一个蒲团，从炕前到门口，也仅能坐开她一个人。麦穗斜着身子，坐在炕沿上。

麦穗因为和赵国安的嫌隙，对这个四龙的亲二姨也很疏淡。高玉芬突然到来，着实出乎麦穗意料。一时之间，麦穗竟不知该怎么招应。

高玉芬环顾了一下麦穗这屋子，狭小逼仄，有门无窗，一盘小炕，勉强能躺开麦穗和大香，墙上被烟熏火燎成了黑色。她这心里便暗自感叹，这哪里是人住的地方？早就听说四龙娘把她娘俩赶了出来，这老婆子也着实狠了点。

高玉芬不知怎么开口，先抱过来大香，引逗着大香玩。

麦穗忍不住了："二姨一定有什么事吧？"

"他表嫂……你倒真是个爽快人，这模样这心气都没得挑，可惜四龙没福气……"高玉芬拐弯抹角，她实在不知该怎么挑出自己想说的话题。

"新媳妇……还好吧？"麦穗突然冒出这么一句话，连她自己都感到意外。这话题正合了高玉芬的心意："唉，我正为这事闹心，整天在家看着他小两口就跟仇家一样，我就闹心。我知道……国安的心思在你身上。"麦穗张嘴刚要辩解，高玉芬拿手势止住了麦穗，让麦穗听她说完。

高玉芬从赵国安代四龙相亲说到四龙死，从四龙死说到赵国安如何待麦穗，从赵国安如何待麦穗说到赵国安成亲前一天怎样痛哭念叨麦穗，再说到赵国安现在如何待韩卫冬，便住了声，眼里便含了泪。她抓住麦穗的手："孩子，我知道你不容易。你既然当时顺顺当当地答应和'四龙'的亲事，我就知道你一定是中意国安。要是国安没和卫冬结婚，我倒真觉得你和国安能过到一块儿。但是，现在……"

麦穗再也忍不住了，挣脱了高玉芬抓着自己的手，对着她发誓，自己对赵国安绝没有半点意思。麦穗告诉高玉芬，她虽然当时不喜欢四龙，但后来她跟四龙是真的有了情义，四龙愣是把她的心给焐热了。四龙死了，麦穗的心也跟着死了。她让高玉芬放心，等峡山水库修完，她就会带着大香走得远远的，永远不会再回来。麦穗因为激动，脸涨得通红，不假思索地说了这一大通，连她自己都暗暗吃惊。走得远远的？又能远到哪里去？

　　麦穗最后又加了一句："二姨，我心里已经有人了，说不定……我真会嫁了他。"麦穗说完，似是使尽了全身的力气，脸色苍白，整个人无力地倚在了被子上。高玉芬听到这里，叹了一口气。她嘱咐麦穗，什么时候成事一定要记着跟她说一声，到时候她这当姨的必得预备一份厚礼。

　　看高玉芬要走，麦穗说了声"二姨慢走"，想站起来送一下，整个人却似被掏空了一样没有一丝力气。高玉芬走出了麦穗的小屋，心情并不比来的时候轻松。她看出来了，麦穗和赵国安似有从骨子里斩不断的缘由，麦穗越是这样斩钉截铁地决绝否认，她便越是担心这两个人剑拔弩张之下是难以割舍的丝缕牵绊。

　　高玉芬一路走一路难受，想想自己的儿子就这么委屈着和韩卫冬过一辈子，她心里也是刀割一般地疼。世上为什么就有这么多身不由己的人、这么多身不由己的事？

　　到了阴历的七月底，这连阴雨总算熬到了头，工地上来了通知，马上就要复工了。赵国安迫不及待地收拾衣物，准备动身去工地。韩卫冬耷拉着脸，满脸的不高兴。赵国安再怎么疏淡自己，她总归跟公公婆婆还不怎么熟，他在家自己总归还有个伴。

　　"你能不能先不去？你不在家，孩子……我有点担心。"韩卫冬手抚摸着肚子，用恳求的眼光看着赵国安，那神情，像一只受了伤可怜巴巴的小兔子，让赵国安的心倏地一颤。此刻，赵国安对这个意外闯入自己生活中的女人，突然之间充满了愧疚和歉意。

　　"我不在，你好好照顾自己，有什么事多跟爹娘商量。"

　　韩卫冬从没听过赵国安用这种口气跟自己说话。赵国安一句话，就让她连日来所有的不快顷刻之间都烟消云散。韩卫冬把替他收拾好的衣物递到他手里，顺势抱住了他。

　　赵国安愣了一下，却发现自己不管如何歉疚和不安，真的无法心安理得地接受这个女人，至少现在不能。

赵国安赶紧挣脱韩卫冬的怀抱，脸上又换上了那寒霜一样的神情，扭头走出了屋。

韩卫冬落寞地立在原地，环顾一下空空的屋子，忽然瞥见那个孤零零贴在墙上的红双喜。在韩卫冬看来，这简直是对她莫大的讽刺。她走过去，一把撕下墙上那个喜字，双手撕扯着，直到撕成碎屑。

撕完了，她又后悔不迭，要是赵国安回来看到了，会不会更远离自己？韩卫冬一时之间感觉自己像犯了弥天大罪，赶紧跪地上把那些碎屑捧起来，恨不得把它们重新粘在一起。她就像丢了魂儿一样，在屋子里转了好几圈，希望找一个什么东西挂上去，能盖住红喜字撕掉后留下的痕迹。

高玉芬看着韩卫冬像无头苍蝇一样在屋子里转来转去，又是那种让人恐怖的眼神，心里一哆嗦。

"卫冬，你找什么？"高玉芬看到地上满是红色的纸屑，似乎明白了什么。

"我……我要把它粘起来……哦，粘不起来……我要找个能挂在墙上的东西。娘，有没有可以挂的画什么的……"韩卫冬一边说，一边继续在屋子里瞎转悠，失魂落魄。

高玉芬叹口气："孩子，有些事，别太用力。力道过了，反而更不好了。"

韩卫冬"哇"的一声大哭起来，拉着高玉芬的手："娘，你快教教我，我怎么才能拢住国安的心？娘，你快教教我……"韩卫冬一边哭，一边把那些碎屑往一起拼凑。

高玉芬也不知怎样安抚韩卫冬。她看着韩卫冬的脸："跟我说实话，是不是怀孕了？是不是结婚以前就……"

韩卫冬羞红了脸，也顾不上哭了，咬着手指头低了头："娘，什么都瞒不过你……"

"我进了这个家门这么多年，多少也学了些。再说从小认了几个字，只要留心，光家里医书上看的也可以当半个先生了。"

"卫冬，我始终不明白，你和国安既然婚前都……为什么结婚后两个人却这么生分？"

韩卫冬脸红到了脖子根，支支吾吾不知如何应答。

"都怪那个麦穗，她把国安的心勾走了。我们……那次……国安叫的全是麦穗的名字。"

高玉芬心里暗自叹了一口气，果然不出自己所料，儿子这是被逼无奈才娶了韩卫冬。她嘱咐韩卫冬，现在唯一的办法，就是顺顺当当把孩子生下来，兴许有了孩子，国安就会回心转意。韩卫冬一听这话，立马来了精神头。她嚷嚷着以后啥也不干了，就在家安心养胎，还扯着高玉芬的胳膊让婆婆给她开保胎的药。

高玉芬从韩卫冬屋里出来，一直默不作声。韩卫冬时不时露出的那种神情，让她心惊肉跳。她想想麦穗，再想想韩卫冬，两个人着实没法比，心里更是替赵国安委屈。

繁星缀在墨蓝的夜空里，像眼睛，凝望着这琐屑纷繁的烟火人间。赵国安站在自家门口，以前这个家，给他的是踏实和熨帖。而此刻，推开这扇门，对于他来说，似乎是一件很艰难的事情。这满天的星斗，并不能映照到他心里那无以言说的悲伤——沉重而尖刻。

韩卫冬看见赵国安去了工地不几天突然就回来了，一下子变得欣喜若狂。赵国安好似很焦急，顾不上她。他翻箱倒柜找出了好多的药，开始熬制鼓捣。

韩卫冬凑上去："国安，你这是要干吗？"

"工地上好多人得了一种病，很厉害，我给他们炮炼点药膏。"赵国安一边忙活，一边回答。韩卫冬一听扫了兴："工地，工地，一天到晚就知道工地。"韩卫冬躲在屋里不再出来。赵国安忙活到半夜，炮炼完了，小心翼翼地把黄色的药膏装进一个玻璃瓶里。

赵国安一大早就起来，胡乱吃了点饭，又要出发了。跟韩卫冬打招呼，韩卫冬假装没听见。赵国安走了，她一骨碌爬起来，把赵国安的枕头抱在怀里，拿剪刀铰！铰！铰！铰到七零八碎，韩卫冬再把枕头一股脑全扔到炕前里。

四十九

陈家胜注意到麦穗这几天脸上手上全是红色的大包，心里便犯了急。唉，这蚊子也专门欺负细皮嫩肉的人，自己这皮粗肉厚不怕咬的，蚊虫倒是一次也不曾咬到。

入夜，麦穗正在翻来覆去睡不着，一阵药香随风飘了进来，陈家胜站在席篷外小声招呼麦穗。麦穗揉揉眼起来，疑惑地出了席篷。陈家胜手里提着一根艾草编成的长辫子，辫子的一头冒着烟，那药香就是从这里来的。

"陈营长，还不睡啊？"麦穗打着哈欠。

"奶奶个熊，今年雨水大蚊子多。我看你脸上全是包。今天下了工到庄里好不容易讨来的艾草，给你送过来晚上点了，好驱蚊子。"陈家胜的脸在灯影里忽明忽暗，一双眼睛倒是灼灼有神。

"陈营长，你不用这么费心。我……"麦穗的声音有点局促不安。陈家胜不等麦穗说完，就把艾草辫子递到麦穗手里，催促着麦穗赶紧回去睡。

麦穗把艾草吊在席篷的一角，整个席篷里都弥散着艾草的芳香。

第二天，陈家胜特地赶来问麦穗："昨天没挨蚊子咬吧？"麦穗笑着点点头。但陈家胜定睛一看麦穗脸上，那红色的大包竟然比先前更密更大了。他搔着头发，百思不得其解。

中午歇晌，赵国安把陈家胜叫了过去。陈家胜跟在赵国安旁边，和他皮打皮闹。赵国安倒是一副忧心忡忡的样子，不太怎么搭理他。

进了指挥部，赵国安拿出一个小药瓶，里面是黄乎乎的药膏。他把瓶子递给陈家胜："拿去给麦穗吧，她那哪是蚊子咬的，是病毒感染，若是拖得时间久了，后果很严重。"

陈家胜诧异地看着赵国安："你咋知道是病毒？我看麦穗这些日子离你远远的……"

看赵国安也不回答他,陈家胜自己干坐着没趣,起身就往外走。赵国安赶紧补上一句:"知道麦穗不待见我,你就自己长点脑子,编个她能接受的谎。再不治,真的很危险。别瞧不起这点子药膏,是我用好多药材炮炼出来的,把我的家底都用上了,出再多的钱,医院里都买不到。"赵国安这一说,陈家胜赶紧把那药瓶子双手捧着,就跟托着观音的净瓶一样郑重起来。

陈家胜转了好几圈都没找到麦穗,问了几个人,都回答不知道。奶奶个熊,能跑哪里去?陈家胜不死心,又去伙房转了一圈,还是没有。他突然瞥见工地的西南角影影绰绰有几个人影,自己心里琢磨,不会跑那么远去吧?

英子正提着一桶水从陈家胜面前经过,他赶紧问英子:"知不知道麦穗去哪了?"

刚问完,麦穗走了过来。陈家胜赶紧从衣兜里掏出那个小药瓶,递给麦穗。

麦穗瞅瞅这个小瓶子,不解地看着陈家胜:"什么东西?"

"最近工地上有一种虫子咬人,传染病毒很厉害。县里从医院进了一批药膏,工地上有症状的人都分一点。你看你脸上的包越来越厉害了,肯定不是蚊子咬的。"陈家胜担忧地瞅了一眼麦穗的脸,他没想到自己现在编谎话编得这么从容。

晚上,人都歇下了,麦穗让英子拿药膏给自己涂后背的疙瘩。英子把麦穗的枕头一挪,一眼瞅见了那条紫色的纱巾。

"太好看了,姐姐,哪来这么好看的东西?"

麦穗赶紧制止她,压低声音:"吵吵什么?人家都睡下了。这是我爹留给我的唯一一件东西。"还是有几个人被英子这一嗓子吵了起来,有几个好奇的都凑过来看。大家哪曾见过这么好看的纱巾,一个个忍不住围在自己脖子上,过过瘾。

麦穗把陈家胜昨日拿来的艾草又吊在席篷的一角,整个棚内都弥散着艾草的芳香。麦穗把那黄药膏涂了满脸满身,清凉凉的,立马觉得浑身松快了不少,她就在这艾草清香里悠悠地睡着了。

麦穗梦里又见到了那片野菊花,梦见自己采了满满一篮子野菊,梦见自己围着那条淡紫色的纱巾。陈家胜来了,替他提着篮子。一会儿陈家胜变成了赵国安，赵国安拉着大香的小手，笑闹着在地里追赶一只翩飞的蝴蝶……韩卫冬跑了过来，她一把扯掉麦穗的紫纱巾，夺过赵国安拉着大香的手。那条紫纱巾变成了一团火，在麦穗手里灼灼地烧了起来！

麦穗一声大叫，突然惊醒。艾草的灰烬落到她手上，隐隐有点烫。麦穗在黑暗中瞪着眼睛，这梦里的情形清晰地浮在眼前，使她再也难以成眠。

她翕动鼻子，深深吸了一口这艾草的清香，睁眼看着门缝里透过来的月光。一种难以名状的落寞像月光一样弥漫着她的周身。不知过了多长时间，麦穗又迷迷糊糊睡了过去。

第二天，麦穗一觉醒来，却发现自己昨天塞在衣兜里的那条纱巾不见了。她一骨碌翻身起来，把铺上铺下、里里外外都找遍了，还是没有。纱巾一定是被人偷了！麦穗坐在那里生起了闷气。这是麦穗长这么大，最珍重的一个物件，平时都不舍得拿出来，就这么不明不白地没有了？

早饭后，陈家胜特地赶来看看那药膏的效果："昨儿没挨蚊子咬吧？药膏用了没有？"

麦穗噘着嘴点点头，眼泪都快掉下来了。陈家胜定睛看着麦穗的脸，那点红色的包真就比昨天减轻了许多，心里暗暗佩服赵国安看得真是准。

"咋的了，这小嘴噘得能拴住驴了？"陈家胜搔着头发，嬉皮笑脸地看着她。

麦穗那眼泪在眼眶里直打转："我那条纱巾不见了，被人偷了。长这么大，就稀罕过这么一件东西。"

陈家胜嘿嘿一笑："嗨，我当什么大不了的事，不就是一条纱巾吗？"说是这么说，陈家胜知道，那纱巾他以前见都见不着，挺稀罕。

英子发现近来陈家胜有点反常，平时一顿三个窝头的饭量竟然变成了一个。工地上每个人的口粮都是定量的，那些身强力壮饭量大的都有点吃不饱。这家伙以前就跟个饿鬼一样，怎么突然改了常？英子纳闷，私下里跟麦穗嘀咕："这家伙要干吗？不会是病了吧？"

麦穗寻思一下："看他那样子，不像生病。你这丫头净瞎操心。"

"哼哼，瞎操心还不是因为你？谁对你好，我就对谁瞎操心。姐姐你给我交个实底，你对陈营长到底是咋想的？"英子撒娇地拽着麦穗的胳膊，腻歪着她，一副不达目的誓不休的无赖相。

“一边去，你个丫头片子，脑袋瓜里整天琢磨啥？”

“我看陈营长对你真是打心眼里好，你就是要他的命，他也会毫不思量就给你。要是一个男人这样对我，我二话不说就嫁了。哼，不像那个赵国安，前儿个还对你好得要死要活的，还没等怎么着，就他娘的结了婚。”英子叨咕起来没完，没看见麦穗变了脸。

麦穗瞪着眼，气呼呼地甩开英子的手：“不说话，没人把你当哑巴。以后不准在我面前提起那个人。”

英子看麦穗一脸的气愤，噘着嘴再也不敢吱声。哼，狗咬吕洞宾，不识好人心！

过不几天，英子终究是憋不住，又凑到麦穗面前叨咕起来：“真怪了，我听说陈营长把省下的窝头跟别人换粮票，换粮票还不算完，他又拿换的粮票出去卖钱呢。这样子下去，陈营长不会犯错误吧？”

麦穗诧异地看着英子：“真的？”

“这还有假？你见我啥时候扯过谎？”

麦穗和英子唏嘘不已。

这天下工后，陈家胜从远处朝麦穗走过来。英子拿胳膊肘拐拐麦穗，一脸坏笑，朝她努努嘴，学着陈家胜的腔调：“奶奶个熊，来了，又来找你了。你审审他。”

“我才不管那些闲事呢。”

陈家胜喜滋滋地捂着衣兜走过来，先看看麦穗的脸，脸上的包几乎看不出来了：“奶奶个熊，你别说，这小子还真有两下子。我听说，昌邑工地因为这种病都死人了呢。赵……”陈家胜知道自己语失，赶紧闭了嘴。

“哪个小子？你说谁？”麦穗看着陈家胜，一脸警惕。

“陈营长，你兜里有啥宝贝，老是捂着干吗？”英子看陈营长老是捂着衣兜，深感奇怪。

陈家胜得意地瞅一眼麦穗，对着英子嘿嘿傻笑：“不告诉你，到时候，我要让有的人大吃一惊。”

“哟，跟着赵国安学得文绉绉的了，还大吃一惊？那你还不如大吃两惊呢。"英子打趣着陈家胜。

英子的问话正好让陈家胜岔开麦穗的话题，麦穗也没大往心里去。

陈家胜捂着衣兜回到席篷，满脸得意地从兜里掏出一个绸布小包，拿在手里傻笑着。他端详了好一阵，嘴里嘟囔着，把绸布小包掖枕头底下。"现在还不能给她。"

陈家胜躺在铺位上，跷着二郎腿，一条腿随着他嘴里哼哼的小戏打着拍子。直到旁边的人捅了他一拳，他才闭了嘴安心睡觉。这家伙把别人吵醒了，自己却一歪头就打起了呼噜。

五十

让高玉芬没想到的是，过了没几天，韩卫冬竟然私自去了峡山工地。她更没想到的是，韩卫冬去工地就是为了羞辱麦穗。

韩卫冬深一脚浅一脚地躲避着地上的泥泞，终于找到了峡山工地的高密工段。她也不去找赵国安，直接打听麦穗在哪里。

韩卫冬叫住一个正在推车的老汉："大爷，我是赵国安媳妇。打听一下……"她的口气带着无限的炫耀，赵国安的媳妇这个头衔似乎是她无上的荣光。

老汉指着指挥部的方向："赵指挥在那里。"韩卫冬接着解释："我不是来找国安的，我找麦穗。"老汉一愣，又指了指伙房。

韩卫冬却没直接去伙房，而是打听麦穗的铺位在哪里。工友们还以为麦穗家来了亲戚，把麦穗的铺位指给韩卫冬看。韩卫冬也不说话，直接走到麦穗铺位那里，把麦穗的被子抱起来一下子扔到工地上的泥水里，又回到铺位边抓起枕头，枕头底下放着那个黄色的药膏瓶。韩卫冬把药瓶狠狠地抓在手里，眼里喷着火，嚷嚷着谁是麦穗，快滚过来见她。麦穗听见叫骂，赶紧往这边跑。

英子拦着麦穗，不让她过去："一条疯狗，你去看什么？走，走，咱不去生闲气。"

麦穗甩开英子的手："我非进去不可。"麦穗拨开众人挤了过去。

英子嚷嚷着"坏了、坏了"，跟了过去。

韩卫冬到工地闹事的消息，在工地上接着传开了，大家都好奇地围过来。韩卫冬来工地打听麦穗，这消息的确够新鲜，伙房外面围了一大堆人。

"谁是麦穗？"韩卫冬瞅瞅英子又瞅瞅麦穗，来了个先声夺人。麦穗不解地看着面前这个女人："我是，你找我？"

韩卫冬上下打量了一下麦穗。麦穗穿了一件蓝涤卡上衣，虽在工地上风吹日晒，但是那气死太阳的白皮肤，那水活灵透的大眼睛，足以让韩卫冬心生妒忌。

麦穗看到那个小药瓶在韩卫冬手里，先是一愣，反应过来接着就上去抢。

"谁给你的？谁给你的？快说，谁给你的？"韩卫冬抓着麦穗的胳膊，眼神像一只发怒的母狼一样阴森恐怖，麦穗这辈子还没见过这样的眼神。

"这是工地上发的，陈营长给我的，关你啥事？"麦穗说着又去夺那个小瓶子。

韩卫冬一下子把瓶子摔在地上，玻璃碴子碎了一地。

"关我啥事？真新鲜，怪不得国安回去鼓捣这药，原来是为了给你？"韩卫冬咆哮着，拿脚跺着地上的玻璃碴子。

麦穗一下子愣在那里：这药……麦穗的眼睛搜寻了一圈，她要找陈营长。

韩卫冬逼近麦穗，摸着自己的肚子，斜眼看着她："知道我这里面是啥吗？"

"是啥？你这人真有意思，爱是啥是啥，你肚子里是啥碍我什么事？"麦穗看着韩卫冬那语气那神情，气不打一处来。

"你听好了，我肚子里是赵国安的种，是老赵家的子孙。所以你别以为自己长了张狐媚子脸就去勾引国安。你以后给我离国安远点，最好滚出这个峡山工地。"韩卫冬逼近麦穗，目光咄咄逼人。

麦穗嘴唇青紫，她这才明白了眼前这个人是谁。这莫名的羞辱让她猝不及防，蒙在那里。

"从哪里蹦出来这么个没羞臊的东西?"英子大喊着,不是被人拉着,她早就过来扇韩卫冬耳刮子,"别说你怀了赵国安的种,你就是赵国安的亲娘又关俺姐什么事?"

"再说了,听说怀上也是不光彩怀上的,有什么好得意的?"

"真是没羞没臊,又不是只有你会生孩子。会叫的狗不咬人,会打鸣的鸡不下蛋。我看,生不生得下来还不一定呢。"

那些平时忌恨麦穗的妇女们看不惯韩卫冬这做派,一下子站在了麦穗一边。大家七嘴八舌一起攻击韩卫冬,都来声援麦穗。

英子瞅了一眼韩卫冬,也不插话,甩着两条大辫子挤出人群。去找谁呢?找赵国安?找陈家胜?自从赵国安结婚的消息传来,英子对赵国安恨得咬牙切齿。她替麦穗不平,看来男人都是靠不住的东西!前儿个还恨不得把心挖出来给你看,今儿个就抹脸走人跟别人结了婚。英子想到这里,本来走向指挥部的脚便拐了弯,找陈家胜去!

陈家胜光着膀子,正在埋头修理一辆坏了的小推车,满是汗珠子的黑脊背上泛着油光。英子咳嗽一声,陈家胜抬起头,冲英子憨憨地一笑,赶紧回身穿上小褂。

"陈营长,有人欺负麦穗,你管不管?"英子气咻咻的,冲着陈家胜大声嚷嚷。

"奶奶个熊,谁?"陈家胜"呼"地站起来,那眼睛又瞪成了大牛眼,把小推车一下子推倒在一边。

"赵国安的老婆。"英子白了一眼指挥部的方向,那语气,赵国安似乎变成了她不共戴天的仇人。

"啥?谁老婆?"陈家胜的大牛眼瞪着英子,满脸的不相信。

英子也不跟他争辩,只在前面急三火四地走着:"爱信不信,自己看去。"

还没到席篷,就听见里面又哭又喊,英子小跑起来,她可不能让麦穗吃亏。陈家胜听见动静不对,也大步流星跑了进去。席篷内,赵国安正拉着韩卫冬的手往外拖,韩卫冬却死命拽着麦穗不放。麦穗嘴唇哆嗦着,脸色苍白,试图使劲摆脱这个疯狂的女人。韩卫冬嘴里疯狂地嘶喊着,脸上是扭曲的狰狞。

陈家胜也不管三七二十一，冲上去掰开韩卫冬抓住麦穗的手，因为用力过猛，韩卫冬和赵国安一下子跌倒在地。陈家胜护在麦穗身前，莫名其妙地看着韩卫冬。赵国安从地上爬起来，脸上红一阵白一阵，扯起韩卫冬就往外走："别在这里现眼了，快给我滚回去。我从没打过女人，你别逼我。"赵国安的声音近乎歇斯底里。

韩卫冬还不死心，又想过去抓麦穗。陈家胜也不管他是不是赵国安的老婆了，铁钳一样的大手一下子扭住韩卫冬的胳膊就把她推了出去。

赵国安的脸扭曲着，他真没料到韩卫冬会来这么一手，这简直比在众人面前啪啪打他的脸还难受。

"赵国安，我是你老婆，你竟然向着外人。呜呜呜，别人欺负你老婆你都不管啊，呜呜呜……"韩卫冬在外面歇斯底里，以头抢地。赵国安愤恨地跑了出去，不一会儿，外面传来韩卫冬更大的哭喊声。

"奶奶个熊，看什么看，都滚回去干活！"陈家胜冲着看热闹的人大声吆喝。陈家胜看看脸色苍白的麦穗，走上前来，但又不知道该怎么安慰她。一边是赵国安，一边是麦穗，似乎说谁都不合适。

陈家胜瞅了一眼麦穗，又瞅了瞅地上的玻璃碴子，无可奈何地走出了席篷。

陈家胜边走心里边叨咕，这韩卫冬为什么来闹？这麦穗跟赵国安到底咋回事？他越琢磨心里越烦躁，脑仁都开始疼起来。

赵国安拉扯着披头散发的韩卫冬，把她连拉带拽送回了家。临走，赵国安留下话："韩卫冬你再胡闹，那我赵国安不会再让你看见我第二次。"

韩卫冬跪在地上抱着他的腿，哭天号地，求他不要那么狠心。

高玉芬和赵廷毓闻声赶来，韩卫冬一看以为来了救星，一下子又过去跪在赵廷毓面前抱住他的腿，哭喊着让赵廷毓给自己做主。儿媳妇抱着公公的腿，这下子可把赵廷毓难住了。高玉芬皱皱眉头，赶紧过来掰开韩卫冬的手，拉她起来。看着韩卫冬这副模样，老两口摇摇头，再也没吱声，赶紧回了屋。赵国安进屋跟爹娘打声招呼，头也不回地回工地去了。

晚上，喧闹了一天的工地又静了下来，一弯上弦月挂在夜空，工地上雾气开始升腾，远处的田野浩渺无边。坝顶上又响起了陈家胜拉二胡的曲调，这声音凄婉、哀怨，从那几根马尾弦上飘然升腾，穿过雾气，拂过月亮，那月光越发地凄清起来。

麦穗远远地坐在一块大石头上，双手环着肩膀，头伏在膝上，呆坐在那里。白天的事一遍遍在眼前回放，自己毫无来由地受了韩卫冬一顿侮辱。眼看这工程也快结束了，是该远离的时候了，越远越好！

突然感觉一双手搭在自己肩头，麦穗抬起头，陈家胜不知什么时候走了过来。他轻轻拍拍麦穗的肩膀："没事，会过去的，都会过去的。顶不住的时候，还有我呢……"麦穗挣脱着陈家胜。

"起开，起开！你竟然和赵国安合伙骗我。那药，我要知道是他的，我早扔了，平白受那母疯狗一顿气。你记住了，以后少把我和他扯到一起。"麦穗又气又委屈，禁不住呜呜哭起来。

陈家胜没想到自己好心办了这样的糗事，百感交集。麦穗越哭越委屈。他满怀愧疚，犹豫着把麦穗揽在怀里。

月亮赶紧躲到了云彩后面，天地间顷刻暗了下来。

哭着哭着，麦穗猛然挣脱了陈家胜，扭头跑回席篷。陈家胜手臂还举在那里，望着麦穗跑去的方向愣神。

此刻，还有一个人站在远处，默默看着陈家胜和麦穗。见麦穗往回跑，这个人赶紧闪身进了席篷。

进了席篷，麦穗发现自己被韩卫冬扔在泥水里的被褥不见了，铺上放着一卷干净的被褥。"赵国安给你送来的，他把你的湿被褥拿走了。"英子低声对麦穗说着。

麦穗把那被褥一下子扔在地上，自己躺在草垫子上，就要睡下。

"姑奶奶，就这么睡，你不要命了？"英子埋怨着麦穗，赶紧把麦穗拖进自己的被窝，"真拿你没办法。"

英子拥着麦穗，两个人挤在一起，英子一会儿就睡了过去。麦穗大睁着眼，怎么也睡不着。

五十一

随着工程的推进，施工条件越来越艰苦，伙食供应也越来越差，工地上的伤员病员越来越多，形势越来越严峻。

"总指挥，这样子下去不行啊，得赶紧求援。社员不是铁打的，饿着肚子干不了活啊。"赵国安忧心忡忡地看着章文坡。

"先向上级申请，工地上咱们也想办法自救。申请的事我来解决，自救的事你来组织。"章文坡紧锁眉头，思考着怎么向上级打报告。

一个月后，批复终于下来了，每人每月增加四斤粮食。

赵国安也全力组织生产自救。他号召指挥部的工作人员率先垂范，节省粮食，支援一线社员。粮食半粗半细，粗粮细作，吃饭多样化。工地上买了小豆腐磨，自己磨小豆腐，机关人员男的和社员一起干活，女的干完手头工作去挖野菜，用挖来的野菜掺进豆沫馇豆腐。

伙房里用玉米面、地瓜和地瓜干做成一种面饼，英子跟来打饭的社员开玩笑："看看，不到八月十五呢，大家都吃上月饼了。"

指挥部的人还每人分了一块库区内的临时闲置地，赵国安发动大家种地瓜、胡萝卜，来补充口粮的不足。赵国安还号召指挥部的人养鸡、兔子，这样子社员碗里还能见点荤腥。

刘麻子用胳膊肘捅捅赵国安："你还别说，你这些招数还挺管用，看样子，这水库还真能按期完工。"

"这也是逼出来的办法。"

刘麻子瞅瞅赵国安："俺不管那么多，还是咧咧茂腔心里舒坦。"

> 冬天一身破棉袄，
>
> 一气披到六月底。
>
> 灯笼裤子露膝盖，

穿到柿子红了皮。

补丁上面摞补丁，

凑付凑付当棉的。

土地庙里去睡觉，

铺着狗皮盖蓑衣……

省里下了文件，为了缩短战线，除了输水洞和石料开采，其他土石方工程停止施工。峡山水库大坝主体已基本完工，输水洞的修建又提上了日程。洞址处于坚硬的岩石层，靠人力无法开挖。工地指挥部向上层层申报，请来了中央的开石队。

赵国安迎接中央开石队的人一到达，早已等候在那里的社员分列两边，开始鼓掌欢迎。开石队的队长一边走一边给赵国安讲怎样机械开石，就是用物理尖劈原理和液压传动，把轴向液压推力变为横向劈裂力。赵国安听起来有点云里雾里的，自己在心里叨咕，要是韩六方在就好了。

开石队工作起来雷厉风行，到了输水洞施工地点，核对了一下洞址放线，便立马开始行动。队员分成两组，两头同时相向掘进。开石队开出的石渣还是得靠人力运出，指挥部调集工地的医生、干部、伙夫加上社员，组建起了浩浩荡荡的运渣队伍，轮流清理石渣。

陈家胜一边干活一边嚷嚷："奶奶个熊，这输水洞谁设计的，为什么偏放在这么个难缠的地方？"

"你知道啥？设计的人还没有你明白咋的？这个位置开挖是费劲，你没看挖完了是个什么样？"赵国安一边拉着车一边和陈家胜掰扯。

"什么样？不就一条隧道吗？"陈家胜还在嘟囔。赵国安指着打好的输水洞断面给他看，陈家胜左看右看也没看出什么门道。

"你这家伙，这样子的石质断面，你看看是不是不用砌了？这156米的输水洞，要是全部支撑砌筑起来，你想想还得费多少工多少料？当然，设计洞址选在这里，不光是考虑这些。"赵国安瞅一眼陈家胜。

陈家胜这才恍然大悟，连连点头，说："有道理，有道理。"

因为输水洞离原来住宿的席篷太远，指挥部决定让社员迁移席篷。陈家胜把他那宝贝绸布包藏在贴身的口袋里，又怕自己身上整天流臭汗脏了这宝贝，最后瞅瞅左右没人，又藏在了铺位的最底下。"等这活干完了，我要给麦穗一个惊喜。"陈家胜想象着麦穗看到这礼物那高兴的样子，就不自觉地咧嘴傻笑。

刘麻子和陈家胜一起搬席篷，陈家胜掀下顶上的篷布，正好一阵风刮过来，篷布把陈家胜一下子带倒。陈家胜骂骂咧咧地从篷布底下钻出来："奶奶个熊，这风真是邪性。"

刘麻子看看天，此时却是没有一丝风，刚才那阵风来得的确诡异。住工后，刘麻子偷偷去翻枕头下的《易经》，不禁大惊失色。

第二天，刘麻子找到陈家胜："陈营长，你这两天别干活了，请个假，回家看看吧。"陈家胜大眼一瞪："干吗？你这家伙什么意思？"

"没什么意思，反正你听我的，准没错。"

"去去去，一边去。这都什么火色了，我现在请假？可能吗？一边去一边去，别在这里装神弄鬼，你那一套，去糊弄老嫲嫲去吧。"陈家胜说完哈哈大笑。大伙又想起来陈家胜钓鸡那档子事，这刘麻子当时把那个老嫲嫲唬得一愣一愣的。

陈家胜正推着一车石渣子往洞外走，一块大石头"砰"的一声，擦着陈家胜的脑门子砸在了地上，把他吓出了一身冷汗。这石头要是砸在脑袋上，那他非被开了瓢不可！

"奶奶个熊，刘麻子，你还真神啊，接着就应验。"陈家胜左右找刘麻子，连连夸刘神仙真是名不虚传。

刘麻子忧心忡忡地自己嘟囔："但愿是已经应验在这上头。"

陈家胜让这块石头一惊，心里就琢磨这刘麻子，"刘神仙""刘大明白"还真不是白叫的。歇脚的工夫，他扯住刘麻子："刘哥，你说你整天给这个算给那个算，那你怎么不给自己掐算一下？你要是能给你自己算准了，那我就服你。"

"说了你也不懂。"刘麻子瞅着陈家胜，又指指赵国安，"国安估计能听明白。"

赵国安一听，转身凑过来："你俩说啥呢，什么懂不懂的？说来听听。"

刘麻子乜斜了一眼陈家胜，然后转头对着赵国安："你们听好了，哪一行都有哪一行的规矩和门道。易有三易，不易、变易、交易。命有三数，定数、变数、成数。定数是今生的果，也是前世的因，好看也好算；但变数可是今生的因，来世的果，其中的阴阳变幻充满了命运玄机。我们这一行，如果你是真正的占卜算命，精于术数，通达命理，泄露天机，言他人祸福吉凶，不知不觉地影响了自己命中的定数和变数，实际上是在不知不觉中转换了太多因果。所以，我们的命数就像金蝉脱壳，已经从命理中脱出，有了新的生机和新的变数，用原来的命理也就不能推演。再说，天机泄于病处，天若不病，哪有天机可泄？"

赵国安瞅着刘麻子："嗯，你说的有道理。你和那些神汉神婆确实不一样，你研究的是一门大学问。"

刘麻子一开始说陈家胜听不懂，陈家胜还在心里暗骂刘麻子狗眼看人低，听了这一席话，算是彻底服了："奶奶个熊，这数那数，这阴那阳的，还真是玄乎。"

中央开石队果然厉害，这一百五十多米的输水洞，大家都以为至少半年才能完工。这没多长时间，工程已进行大半。

赵国安站在隧洞深处，洞口透来的光愈发让这隧道显得幽静、深长，瞅着洞口那些被光线模糊、抽象、镶着光边或高或矮或缓或急出出进进的身影，赵国安感觉自己像做着一个光怪陆离的梦，在那里出神。人这一辈子，又何尝不是在这样一条隧道里挨挨挤挤来来往往？有的人和你在同一条路上，往同一个方向走着，但是你们却永远没有机会碰面；有的人，却在你转身、拐弯甚至慌不择路的时候，从不同的方向走来，和你不期而遇，和你生出几多的离合、牵念、悲欢甚至仇恨……

五十二

一九五九年底，输水洞施工收尾的同时，水库的另一个枢纽工程——溢洪道也开始了修建。修建溢洪道需要大量的石材，石材的来源成了一个大难题。设计部门和指挥部人员经过多次论证，决定从水库东面的草山和鞋山取石。

而工地上的伙食供给也是一日不如一日，一开始还有细粮调粗粮，到最后连粗粮都难以保证供应。炸山取石——这样的消息让社员们暂时忘记了饥饿，一个个奔走相告很是振奋，战天斗地的豪情油然而生。

炸山取石，只能使用多孔群炮才能保证跟上施工进度。

埋药之前先得拓石钻孔，有的炮孔得装一吨炸药。为了拓孔，赵国安采用了以前傻子六挖基坑时寻找岩石结合缝的窍门。这里的岩石结构虽然和前面的基坑不同，但是赵国安让炮工先用少量炸药把小缝隙炸大，然后用工具继续开阔，等到炮孔尺寸达到要求，便安放炸药。炮工点着炸药引信前，人必须撤离到安全区域。

工地管理上缺少爆破方面的技术人员，大家都低估了这种大药量群炮爆破的威力，在人员指挥撤离上颠倒了程序。

陈家胜和五六个年轻力壮的小伙子下好炸药，点燃引信，然后大喊全体人员迅速撤离。

大家呼喊着："放炮了！放炮了！"在附近的人都迅速往避炮的方向狂奔。麦穗跑在大坝沿上，也随着人流往东面撒丫子跑，只听见耳畔呼呼的风声回响。

大家前挤后拥狂奔着，不知谁的脚绊了英子一个趔趄，英子大叫一声，失去平衡，身体向坝底歪去。麦穗见事不好，本能地下死劲一把拉住英子。没想到把英子拉离了边沿，麦穗自己身体却突然侧翻，一连几个翻滚，眨眼间跌倒了坝底，而且滚到了一个最深的取土坑里。英子失声尖叫，但大家谁都顾不上谁，都吵吵着一路狂奔，没人注意麦穗滚到了坝底。

正在随着人群奔跑的陈家胜回头一看，脸都绿了，按引信长度估计，很快就要爆炸了。陈家胜一边喊着让别人快撤，一边赶紧把缠在自己身上的绳子解下来，一头抓在自己手里，一头一下子扔给麦穗，大喊着："别慌，快抓住绳子，抓绳子！"麦穗在坑底慌了神，抓着绳子手忙脚乱地往上爬，几次都跌落下去。陈家胜在上面急得抓耳挠腮，跺着脚大喊大叫。英子在旁边早吓得呆若木鸡。

再一次跌落之后，麦穗在坑底定了定神，按陈家胜的指挥，她先抓牢绳子，再让身体保持平衡，一步一步往上挪，这次倒是爬得顺利。

"还有六米，还有五米……"陈家胜一边死命往上拽绳子一边给麦穗鼓着劲。英子也在一边大喊，给麦穗加油，陈家胜撺着英子赶紧先撤。

"快快，还有两米。"陈家胜说道。突然，麦穗"啊"的一声大叫，绳子断了！就在陈家胜快要抓住麦穗手的一刹，绳子竟然断了！

麦穗几个翻滚，又回到了坑底。再也没有时间了，陈家胜纵身一跃，双臂平衡着，迅速滑到坑底。他一把扯起傻了一样坐在地上的麦穗，抓起麦穗的手，大喊着，在坝底拉着麦穗往远离炸药的方向跑去。

英子看着这两个人狂奔，她也撒丫子跑了起来。不知谁大喊了一声："趴下，快趴下！"一声惊天巨响，地动山摇。英子赶紧扑倒在地，就在她趴下的一瞬，她看见陈家胜朝麦穗扑过去。

麦穗只觉得眼前一黑，身边的一切都瞬间消失，周围一片黑暗，整个人没有了知觉。

不知过了多少时候，爆破后的尘土底下一动一动地有什么东西在活动，不一会儿，英子从土里钻出了头。一块足足有几十斤重的大石头横陈在英子旁边，离她只有不到两米的距离！

英子没命地咳着，脑袋还在嗡嗡直响，她在努力回忆刚才发生了什么。她只记得陈家胜跳到了坝底，她记得最后一眼看到陈家胜扑向了麦穗。他们呢？他们去了哪里？英子擦着遮住双眼的尘土，坝一片死寂。沟底除了炸得七零八落的石头和满天的飞尘，其余的什么都没有。

"陈营长……麦穗姐……"英子嘶哑的声音回荡在工地，没人回应。

"陈营长……麦穗姐……你们在哪里?"英子的嗓子几乎发不出声了，似乎只有她自己能听见这失声的嘶吼。

炮响之后，赵国安和众人躲在避炮的区域。他左顾右盼，人群里怎么没有麦穗?再仔细瞅瞅，陈家胜也不在!赵国安大喊了几声陈家胜和麦穗的名字，无人应答，他立马变了脸色——出大事了!

爆破后掺杂着火药味的尘埃还在飞扬，直呛得人咳嗽流泪。赵国安顾不上这些，招呼了几个小伙子赶紧去炸坑搜索救人。

"最后一炮谁点的?当时为什么还有人没撤退?"

"撤了，撤了，点炮后都撤了。"

"我撤的时候好像麦穗跑在我后头?怎么会没撤呢?"

大家七嘴八舌地说。赵国安没心思听他们议论，命令着大家赶紧挪石头找人。

赵国安心急如焚地一块块搬着被炸成碎块的石头，纵使双手被石棱割得血肉模糊，也浑然不觉。他心里只有一个念头，不要出事，千万不要出事!他希望自己一转身，麦穗就在不远处恶作剧地冲自己笑……

当赵国安和工友合力搬开一块磨盘大的块石，一只血肉模糊的脚出现在大家眼前。赵国安身体摇晃了一下，赶紧抓住了身边一个人的胳膊，才没摔倒在地。

随着碎石一块块清理，露出了赵国安给陈家胜的那双千层底，只是这千层底已经被尘土和凝血沾染得面目全非。

大寒满手是血，他在疯狂地用手刨着土层和碎石。

"小心点，小心点，别让上面的石头塌下来，再砸着陈营长。"赵国安知道陈家胜活的希望很渺茫，但还是希望奇迹出现。

慢慢地，陈家胜整个躯体都显露出来，但是已经血肉模糊，白花花的脑浆淌在头顶处一块黄砂岩上……赵国安再也站不住，一下子蹲坐在地上。工友们都难过得哭出了声，一边挖着土，一边呼号。

大家都用颤抖的双手，小心翼翼地想把陈家胜的身体一齐抬起来。

"麦穗……"他们几乎同时喊了出来——就在陈家胜的身子底下，麦穗趴伏在那里，身躯上也是血迹斑斑。陈家胜的胳膊撑在地上，撑出的空间刚好护住麦穗的头。大寒一下子跌坐在地上。

赵国安脱下上衣，跪下来，双手托着陈家胜已经几乎和躯体脱离的头部，慢慢用自己的衣服把陈家胜的头和躯干绑在一起。赵国安继续跪下来，替麦穗清理着口鼻里的尘土。陈家胜和麦穗被放到工友找来的两扇门板上，大家都泪眼模糊，抬着他俩来到了席篷。

赵国安不死心，他要做最后的努力。他不相信，前一刻还活蹦乱跳的两个人，倏忽之间，就这样不告而别。陈家胜的身体已经开始变硬，尽管赵国安知道他的这位兄弟已经不可能再站起来，但他还是检查了一遍陈家胜的心脏，他希望看到根本不可能出现的奇迹。赵国安最终摇着头把听诊器从陈家胜胸口上拿开，赶紧来到麦穗身边。英子跪在麦穗身边，她紧握着麦穗的手，在一边呼喊着麦穗的名字。

麦穗，现在唯一的希望就是麦穗，她的身体还温热着。赵国安检查了一遍，麦穗身上的血迹大多是陈家胜身上流下来的，有几处皮肉伤，但这些伤口并不致命。用听诊器一听，赵国安听到了麦穗的心脏怦怦跳动的声音。

赵国安抑制不住心里的激动，颤抖着双手，替麦穗清理着伤口。大家都围在麦穗身边，焦急地看着赵国安急救，根据他脸上有点放松的表情，大家知道麦穗应该没事。

过了不长时间，麦穗醒了过来，赵国安正坐在她身边，给她包扎胳膊上的伤口。

麦穗迷迷糊糊的，问了一句："陈营长呢，他怎么样了?"

赵国安张了张嘴，没回答。

英子在边上咬着嘴唇，眼泪就滚了下来。

麦穗一下子坐了起来："陈营长，到底怎么了?"

英子抽泣着说："陈营长为了保护你，牺牲了……从石头底下扒出你俩的时候，陈营长趴在你身上替你挡住了落下来的石头……说到底，都是我害了他……"

麦穗双手掩住脸，头伏到双膝上，呜呜咽咽地哭起来："陈家胜，你为什么这么傻……陈家胜……你怎么这么傻……"

英子走过来，扯着麦穗的手，泣不成声："营长是个实心眼，为了你，他什么都可以做。"

"陈营长真是个大好人啊，可惜好人不长寿。"

"陈营长平时骂骂咧咧，粗人一个，关键的时候看人心啊。"

大家七嘴八舌地议论着。

"陈营长是我们的好干部，我要去县里给他请功。"章文坡难掩心中的悲痛，紧攥着双拳，声音哽咽。

大家来到席篷，清理陈家胜的遗物。在他的枕头底下，英子发现了一个红绸子的小包裹。打开一看，是一条淡紫色还带着标签的纱巾。麦穗抓起那条纱巾，紧紧地攥在手里。她现在明白了陈家胜为什么突然减了饭量，为什么用自己的口粮去换别人的粮票，为什么他又把粮票捣腾成钱。就因为自己一句话，陈家胜拼命地挨饿俭省，原来就是为了攒钱送给自己这条纱巾。他该是费了多少的周折，才弄到这条几乎和自己原来那条一模一样的纱巾？麦穗把纱巾紧攥着贴在胸口，禁不住泪如雨下。

第二天，工地上为陈家胜送行，他的头已被飞石砸得面目全非，工友们实在不忍心就让他这样走。有个戴帽子的工友，摘下自己的棉帽子，给他戴上。

章文坡走过来，满脸的沉痛。他对着陈家胜鞠了一躬，用土工布盖住了他的脸，慢慢盖住了他全身。

赵国安难以抑制自己内心的悲凉，不光因为陈家胜跟自己亲如兄弟，更因为他本以为陈家胜会给麦穗一个安稳踏实的家。虽然看到陈家胜对麦穗的好他嫉妒，他生气，但是他知道，他赵国安还有什么权利去嫉妒一个真正对麦穗好的人？他又能给麦穗什么？赵国安，自从你结婚那天起，麦穗便和你成了两条道上的人，越离越远了……

章文坡一声吆喝打断了赵国安的思绪，他把赵国安叫到一边："陈营长家里还有什么人？"

"有个瘸腿的老爹，老婆去世两年多了，留下一个六岁的儿子。现在剩下这一老一小，不知道以后这日子怎么过。"赵国安低着头，声音几乎哽咽。

章文坡把身上的衣兜掏了一遍，掏出来一些钱和粮票，转身交给赵国安，

"这些，你带给家胜的家人，算是给他们的一点补偿吧。"赵国安拿过来，掏着自己的衣兜，回头朝陈家胜家走去，边走边擦着眼泪。

工地宣传栏内马上贴出了陈家胜舍己救人壮烈牺牲的大字报，大字报上含泪泣血的报道又一次让大家泪流满面。

"我看也没有他们说的那么高尚，陈家胜救人，那也是有私心。要是掉下去的是别人，我看他不见得去救。"老奎儿嘀嘀咕咕，尽管他压低了嗓音，赵国安还是听到了这句话。他怒睁着双眼走过来，一把扯住老奎儿的衣领子："老子从小不会骂人，你他娘的再给我说一遍？"老奎儿看着赵国安真怒了，再也不敢瞎咧咧。

人群中不知道谁扔过来一块土坷垃，砸中了老奎儿的后背，接着有人大声嚷嚷："操他娘的，砸这个狗娘养的。陈营长带头干活，对谁糙？现在人都没了，这没良心的狗东西竟然说出这样的话。"这话像一根导火索，把大家的怒火一下引爆了。大家一齐上来，撸撸袖子，从赵国安手中把老奎儿扯过来，照着老奎儿就下手捶起来。

章文坡出来大喝一声，制止了骚动的人群。老奎儿抹着嘴角的血，恨恨地往地上吐一口带血的唾沫，只是再也不敢说一句话。

章文坡声音里夹杂着掩抑不住的沉痛。一想到陈家胜血肉模糊的样子，又听老奎儿说出这样的话，章文坡替他感到委屈，如果自己不是总指挥，不是副县长，他也想上去揍这个混蛋一顿。

麦穗跪在陈家胜身边，头伏在地上，任谁拉她都不起来。英子蹲下身，拥着伤心欲绝的麦穗，也陪着她跪在地上，一边流泪一边哭喊着："都怪我，都怪我，如果我不绊倒，陈营长就不会出事……"

陈家胜躺在门板上，送他的，是那辆陪伴他在工地奋战了无数个日日夜夜的拖拉机。整个工地静谧到能听见每个人的呼吸，无声的泪在每个人脸上悄悄地滑落。拖拉机喷着黑烟发动起来，陈家胜安静地躺在拖拉机斗里。

拖拉机慢慢地开着，人群跟着拖拉机缓缓流动，直到拖拉机的黑烟消失在远处的风里，再也看不见。

麦穗没去送陈家胜，她把头伏在地上，依然一动不动地跪在那里。英子赶紧过去想拉她起来。

张金花因为老奎儿被众人揍了，心里憋着一股气。看麦穗还跪在那里，她撇撇嘴。张金花故意擤了一把鼻涕，抓起地上的一块土坷垃擦着黏在手上的鼻涕："我看，有些人，谁沾她的边谁倒霉。真是扫帚星，离祸水远点。"边说边朝着地上吐出一口浓痰。

麦穗像一头发怒的狮子，大叫一声。她从地上一跃而起，随手抄起一把铁锹，朝着张金花兜头就劈了过去，老奎儿看事不好，扯起张金花就跑。人群忽然噤了声，大家都目瞪口呆地看着麦穗。

麦穗像疯了一样，大喊着！追着！劈着！

麦穗逮着老奎儿就劈老奎儿，逮着张金花就劈张金花。眼看铁锹贴着老奎儿的耳朵根劈了下来，工地上的人都吓得张着嘴巴，大气都不敢出。

赵国安迅速奔过来，一把从后背抱住麦穗："快住手！你疯了？"麦穗大声吼着："我就是疯了，我就是疯了，你们都滚远点，我是扫帚星，我会害死你们。"麦穗左挣右脱，怎么也甩不掉赵国安。她干脆丢了铁锹，下狠劲咬着赵国安的胳膊。赵国安疼得"啊"了一声，就是不松手，麦穗就更加死命地咬。

工地上的人一呼啦都围过来，费了好大劲才把赵国安和麦穗分开。

老奎儿和张金花早跑到导流沟最东头，一腚坐在地上，气喘吁吁，俩人蜡黄的脸上冷汗涔涔，头顶的热气打着旋儿往上直冒。张金花因为跑得太急，裤子后腚都裂开了口子，露出里面的红裤衩。

"这个疯子……亲娘哎，我还活着吧？呜呜呜，你看这些血，我是不是已经死了？"张金花看着满手的鲜血，语无伦次。

"是手指头破了，没死，咱俩都没死。"老奎儿摸了摸脑袋还在，咬咬指头还疼。

章文坡在席篷里拍了桌子："这个麦穗，她怎么这么能惹是生非，竟然把你给咬成这样？陈家胜为了她牺牲了，她又差点把人劈死，不能留她了，坚决不能留了。把你们公社的公安员叫来，交出去法办。"

赵国安捂着流血的胳膊："章县长，麦穗劈人事出有因，是那个老奎儿的老婆骂人在先。"

章文坡用手势止住了赵国安的辩解，这次没得商量！

第二天，章文坡正在埋头看关于麦穗处理决定的材料。赵国安推门进来，手里提着一个包裹。

章文坡抬起头，看看国安："这是干吗?"

"章县长，说起来这次事故我也有责任，是我指挥不利，所以我也不能再在这里干下去了。"赵国安声音很低，但是语气不容置疑。

"胡闹，赵国安，你这就是和组织对抗。为了一个女人，你竟然……"章文坡一下子站起来，把手里的材料摔在地上。

"章县长，我真的是问心有愧。谢谢章县长一直以来对我的器重，我让您失望了。"说完赵国安弯腰拾起地上的材料放到章文坡桌子上，转身往外走。

章文坡扭头大喊："你以为工地是赶大集，说来就来、说走就走?你惹下的烂摊子让我给你跟着擦腚，哪有那么便宜的事?"说着这话，章文坡把处理材料一把扔给赵国安："那你看着处理吧，出半点纰漏我饶不了你。"赵国安赶紧接住材料，嘴角露出了笑容。

章文坡瞪着赵国安，佯装生气地拿指头指着他的鼻尖："你小子，成心欺负我舍不得你。"

听到自己要被追究责任的消息，麦穗便开始收拾东西。英子拉着她的手哭哭啼啼，不想让她走。麦穗拍拍英子的肩膀："这工地的活也快完了，不知道是不是要把我枪毙，只要死不了，我就走。"

赵国安跑过来："麦穗，你还不能走。"

麦穗瞅了一眼赵国安，不搭理，继续收拾东西。

"总指挥说了，家胜的问题还没处理完，你不能走。"赵国安不给麦穗辩解的机会，说完就走。赵国安知道，不这样说，麦穗是绝不会留下的。

一提陈家胜，麦穗停住了手，不再收拾了。赵国安一下子点到了她的死穴，她当然不会逃离。就是被人拉出去枪毙，给陈家胜偿命，她也不会当逃兵。她把收拾好的东西呼啦一下倒在大通铺上，英子给她物归原处。赵国安把这事安顿好，才放了心。一九六〇年的春节，工地放了几天假。因为陈家胜的死，麦穗这年也没过出个年味，草草烧了一叠烧纸了事。

五十三

过完年，工地早早开了工。晚上，赵国安正在灯下埋头看着白天的施工资料，忽然有人跑了进来："赵哥，你家来人了。"赵国安心一沉，不会是韩卫冬又来闹事吧？他赶紧把手头文件放下，随那个人跑了出去。

原来是赵廷毓来了，赵国安松了一口气："爹，你怎么来了？"

赵廷毓铁青着脸："回家看看吧，家里翻了天了。"赵国安把赵廷毓拽到一边："怎么了？韩卫冬是不是……"

赵廷毓点点头："唉，真没想到这媳妇这样。我和你娘都拿她没招，你赶紧回去安抚一下吧，要了命了。"

赵国安气咻咻地走在前面，赵廷毓气喘吁吁地在后面跟着赵国安，连声喊着等等他。

还没进家门，赵国安就听见韩卫冬在家里歇斯底里。推门进来，只见韩卫冬披头散发滚在地上："你们一家合起伙来欺负我，我都怀着你们老赵家的骨肉了……赵国安个白眼狼都不回来看我一眼，他赵国安怎么这么黑心啊？"

高玉芬气得浑身颤抖。

听见门响，韩卫冬一瞅见赵国安进来，接着一骨碌从地上爬起来，慌乱地理理自己乱七八糟的头发，擦擦满脸的眼泪鼻涕，换上一副笑脸迎着赵国安。

"国安你终于回来了，快坐下歇歇，我就知道你不会扔下我不管。"韩卫冬讨好地搬个凳子凑到赵国安面前，脸上立马笑靥如花。

赵国安耷拉着脸，一把把韩卫冬拽进屋里："说说吧，怎么回事？给我个说得过去的理由。"

看赵国安满脸严肃，韩卫冬赶紧低眉顺眼，给赵国安掸掸身上的灰尘。赵国安嫌恶地拂开她的手，逼视着她。

韩卫冬接着又开始哭哭啼啼，抱住赵国安："国安，我就是想让你回来看看我，我真的特别特别想你回来。你不回来，我根本就没心干活。"

"胡闹，工期那么紧，你就因为这个弄得两位老人不得安宁？韩卫冬啊韩卫冬，你让我说你什么好？赶紧去给我爹娘赔不是，快点！"

赵国安的口气让韩卫冬不寒而栗，她犹豫不决地往门外走。快出门口时，她忽然变了卦："那你答应我，今天必须在家住，我就去赔不是。"韩卫冬脸上半是娇嗔半是埋怨。

韩卫冬的表情令赵国安生厌，他皱着眉头："去不去你看着办，我没时间在这里跟你磨牙。"赵国安说着就要往外走。

韩卫冬突然扑上来拦住赵国安："赵国安，你是不是不想要这个孩子了？你信不信我可以把他弄掉？"韩卫冬狰狞的表情让赵国安心里陡然一惊，突然觉得这女人身上有种让他害怕的疯狂。一种不顾一切的疯狂！一种歇斯底里的疯狂！一种让人胆寒的疯狂！

赵国安为了安抚韩卫冬，勉强在家吃完晚饭，跟爹娘打声招呼，起身就要回工地。韩卫冬迅速放下手中的饭碗，一个箭步窜过去拦在房门口："不能走，要么你留下，要么把那个麦穗赶出工地。"

赵廷毓实在看不下去了："卫冬，国安是去干正事，你不能这样。"

"等孩子生下来需要人照料的时候，我自然会回来。"看看满脸愁容的父母，赵国安实在不想再起什么干戈让他们跟着闹心，赶紧这样安抚韩卫冬。

韩卫冬一听这话立即双眼放光，叮嘱他要说话算话，这才放他出去。

赵国安踏着月光走在回工地的路上。月华清冷，路旁的树在地上投下斑斑驳驳的影子。在这样静谧的月夜里，赵国安的心里却满是说不出的凄凉。赵国安没有径直去席篷，而是去了已经修好的水库边。月光下的潍河，波光粼粼，浩浩汤汤绵延天际。

赵国安坐在岸上，抬头望着那轮满月。冷风横冲直撞，吹着他有些凌乱的头发。

后来，赵国安又被父亲叫回去五六次，韩卫冬一次次故伎重演。每次赵国安回去，她又哭哭啼啼恨不能给赵国安下跪。赵国安看看她挺着大肚子，满腔的怒火实在无处发泄。有一次，他一头冲进外面的冷雨里，昂着头，站在天井里，任大雨劈头盖脸浇湿自己。

阴历二月初，天气还是有点寒冷。高玉芬发现儿子站在冷雨里，立马跑出去，哭喊着往屋里拽赵国安。赵国安像一截木头任由母亲摆布。高玉芬抱住浑身滴水的赵国安："孩子，按说这媳妇是你自己选的，爹娘没掺半句言。都到这份上了，你就认了吧，别再作践自己，你这样子，娘看着心疼。还让不让你爹娘活啊？"她边说边用干手巾给赵国安擦着滴水的头发，自己也不住地擦着眼泪。

"离婚，我要跟她离婚。"赵国安嘴唇冻得青紫，他心里比身上更冷。高玉芬和赵廷毓都瞪大眼看着赵国安。

"什么？"两人几乎异口同声。

"真没法过了，与其这样让你们跟着生闲气，还不如离了。"赵国安冻得一个冷战。

"咱可是那正儿八经的人家，整个双羊店，还没听说有谁离婚的。"高玉芬和赵廷毓几乎又是异口同声。

赵国安不吱声了，低了头，双臂抱着发抖的身体。

"赶紧回屋换件干衣裳去，别着了凉。"高玉芬一边说一边试试儿子的额头。

赵国安摇摇头——去那屋，还不如着凉呢。高玉芬叹口气，找出赵廷毓的一件衣服，让他赶紧换上。

那边，韩卫冬又开始嚷嚷起来，一声比一声紧。赵国安皱着眉头，权当没听见。

高玉芬终究还是忍不住，轻轻敲了敲韩卫冬那屋的门："卫冬，怎么了？"

韩卫冬扯着嗓门："肚子疼，我肚子疼。是不是要生了？"

高玉芬一听，赶紧推门进来，看看韩卫冬头上全是汗，捂着肚子在炕上打滚。看样子这次不是胡闹，高玉芬赶紧喊赵国安过来。赵国安看看韩卫冬裤子湿了一大片，知道羊水破了，应该是要生了。孩子提前了将近一个月，全家人都有点措手不及。赵国安不敢含糊，赶紧翻箱倒柜，准备东西去卫生院。

"国安，我是不是要死了啊？国安，你快抱抱我。哎哟哟，疼死我了……"韩卫冬一直不停地喊着赵国安，赵国安只顾收拾需用的东西，也不理她。韩卫冬就更是叫得起劲。高玉芬也忙活着，心里不住地叹息。

准备好了，赵国安抱起大呼小叫的韩卫冬，朝公社卫生院走去。

赵国安眼前忽然闪现出麦穗难产时，她那紧咬的牙关，那几乎要被咬出血来的嘴唇……赵国安赶紧止住自己的胡思乱想，这时候不能分心。

折腾了半宿，孩子终于生了出来，是个男孩，虽然瘦小了点，但是高玉芬和赵廷毓还是很兴奋。窗外下起了小雨，孩子的到来让这个家难得有了些许和润。

高玉芬抱着自己的孙子，左看右看总是看不够。"都说月窝里的孩子丑起驴，我看俺这孙子一点都不丑。你看这眼儿，真是随国安。"

疲惫不堪的赵国安也凑上来，看看儿子皱皱巴巴的脸："还说不丑，你看这一脸褶子，就跟个小老头似的。"赵国安嘴上这样说，脸上却挂着欣喜的笑容，边说边拿着儿子几乎透亮的小手，放在自己唇边，亲了一下。

"你懂什么，刚下生的孩子脸上都有褶，再说孩子又是早产，哪能没褶？你看这小腿这么长，俺孙子定能长个大个。"

韩卫冬知道自己生了个儿子，就像凯旋的将军，那说话的语气立马变了。她吩咐着赵国安给她抻抻腿，给她揉揉背。赵国安不跟她计较，知道女人生孩子不易，也便随着她折腾。

赵廷毓想起来一件大事。本来觉得孩子还有一月才生，也便没急着取名，谁成想这小家伙着急出来了。赵廷毓捧着本书，在翻找着合适的字。韩卫冬撇撇嘴："现在谁还从书上取那些古董名字？你听人家现在都叫建国啊，国庆啊，又响亮又跟形势。"

赵国安瞅瞅韩卫冬，心想：我爹读了多少书，你韩卫冬又认得几个字？赵廷毓似乎没听到韩卫冬说话，自顾自翻书，翻到最后，也没看到合适的字可用。

赵廷毓听着窗外雨声渐沥，忽然一拍脑门："有了，就叫杏霖吧。这个名字既有杏林的音，又应了景，你听外面这雨。"赵廷毓指指窗外。

赵国安知道，父亲取杏林这音，是有深意的。他记得这"杏林"一词应该是出自汉末三国时闽籍道医董奉。董奉曾长期隐居在江西庐山南麓，热心为山民诊病疗疾。他在行医时从不索取酬金，每当治好一个重病患者时，就让病人或家属在山坡上栽五棵杏树；看好一个轻病的，则只让其栽一棵杏树。所以四乡闻讯前来求医的病人云集，而董奉均以栽杏作为医酬。几年之后，庐山一带的杏树多达十万株。后来，"杏林"也便成了有高尚医德的苍生大医的代称。

"这'杏霖'二字，既有天降甘霖的意思，又和杏林同音。好，这名字起得好！"赵国安对父亲竖起了大拇指。韩卫冬却不以为然，轻蔑地撇撇嘴，小声嘀咕："听起来像个老头子。哼，这哪里是起名字？分明是你们一家人合伙欺负我一个外人。"

"卫冬你说啥？"高玉芬给韩卫冬端来一碗刚熬好的小米粥，让她趁热喝，因没听明白她嘀咕什么，就问了一句。

韩卫冬没搭婆婆的话，只是看了一眼那碗小米粥："就让我吃这个？还什么医药世家，那高丽参、鹿茸什么的，在咱家不是什么稀罕东西吧？"

赵国安强忍着怒火："现在不是从前了，又不是咱自己家的铺子，所有的东西都是公家的。再说了，卫冬你不懂，这刚生完孩子的人，最要紧的是利水消肿，排出恶露，绝对不可大补热补。对你不好，对孩子也不好啊。"

韩卫冬把那碗粥重重地放到窗台上："我看你们就是不舍得，你们摆明了只认儿子不认娘。"

赵国安一摔门出了屋子，一个人在堂屋里打转转。他需要出来压一压自己的火气，要不然，他真不敢保证自己不会打人——尽管他从小到大从没打骂过女人。

五十四

赵国安不知道，他的麻烦才刚刚开始。

高玉芬好说歹说，总算说服韩卫冬喝了那碗小米粥，但接下来伺候韩卫冬坐月子又让高玉芬苦不堪言。米粥冷了热了，饭菜咸了淡了，韩卫冬每次都能挑出毛病来。

尽管韩卫冬又哭又闹加以阻拦，赵国安还是回了工地，白天在工地干活，晚上住工就往家跑。一来工地实在离不开他，二来赵国安实在不想白天黑夜都面对韩卫冬那张扭曲变形、晴雨不定让人抓狂的脸。

只有看到儿子，看到儿子日益丰满的小脸，看到儿子睡梦中吧嗒着的小嘴，看到儿子睡梦中不时露出的甜甜的笑容，赵国安才会暂时忘却心中的烦恼。

一大早，赵国安又要去工地。正在给孩子喂奶的韩卫冬一下子把孩子扔在炕上："不许走！"

赵国安继续往外走。

杏霖突然"哇"的一声大哭起来，赵国安回头一看，立马僵在那里。韩卫冬反剪着儿子的胳膊把他提在手里。"你非要走，就别怪我狠心。"韩卫冬把儿子举起来。

赵国安冲上去，赶紧一只手拖住脸色青紫的儿子，一只手扼住韩卫冬的手腕。"你这个疯子，丧心病狂的疯子。"

韩卫冬赶紧松开手，一下子拦腰抱住赵国安："国安，你不要走，你走了我心里没着没落的。我好好的，你别生气，你只要不走，怎么着都中。"

赵国安只觉得血往上涌，他怎么也没想到，韩卫冬会拿儿子来要挟自己。他赶紧把儿子放到炕上，目光像两柄利剑射向韩卫冬。韩卫冬吓得脸色苍白，抱住赵国安的腿，跪在地上，泣不成声。

"呜呜，国安，我真的在乎你，除了你，我什么都可以不要，孩子我也可以不要。呜呜呜……"韩卫冬声泪俱下。

"你说什么？孩子你也可以不要？韩卫冬，这是一个当娘的该说的话？"

赵国安脸色铁青，攥着双拳，浑身战栗。韩卫冬，你可以矫情，可以跋扈，可以死乞白赖，可以胡搅蛮缠……但赵国安真的不能容忍一个母亲拿自己的孩子来要挟自己？不能，坚决不能！

赵国安觉得是时候重新审视自己的婚姻了，虽然这婚姻从一开始就是个错误，但是自从有了孩子，赵国安正在试着接受韩卫冬，不管什么原因，毕竟自己有错在先。

"卫冬，咱们好合好散，还是分了吧。"赵国安下决心说出了这句话。韩卫冬瘫软在地，接着又跪在地上更加死命地抱住赵国安。

"国安，我再也不敢了，真的再也不敢了。你信不信，国安？你要不信，我给你写血书。"韩卫冬起身往灶台跑去，拿起刀，刷地往自己手上一抹，一股鲜血从她的中指流了出来。这一切都在瞬间发生，赵国安有点回不过神来。赵廷毓和高玉芬闻声赶来，看着韩卫冬满手是血，两人都被眼前的情景惊呆了。

高玉芬赶紧给韩卫冬包扎伤口，赵廷毓冲儿子大吼："你竟然对一个女人下狠手？"韩卫冬赶紧说："不是国安，我自己割的。爹、娘，国安要跟我离婚，你们管管吧。呜呜呜……"赵廷毓和高玉芬都变了脸色。

韩卫冬跪行到高玉芬面前："娘，我以后再也不敢了。娘，你快跟国安说，我以后不敢了。国安他愿意回来就回来，愿意出去就出去，我再也不拦着了。"韩卫冬又扭头对着赵廷毓磕头，最后又跪行到赵国安身边，抱住他痛哭不止，连声求饶。

赵廷毓和高玉芬看看襁褓中的孙子，叹口气，拍拍赵国安的肩膀："为了孩子，还是将就了吧。我看卫冬这次是下了决心了。是不是，卫冬？"高玉芬扭头对着韩卫冬，其实她心里也没底。韩卫冬赶紧对着婆婆点点头。

由于赵廷毓和高玉芬的劝说，加上儿子杏霖的啼哭，赵国安还是心软了。

赵国安出门前，给韩卫冬扔下一句话："再相信你最后一次，记住了，是最后一次！"

韩卫冬举着流血的手指，眼睛里满是决绝："要是说话不算话，我就剁了这条胳膊。"

一听这话，赵国安心里咯噔一下。

已经出了大门，赵国安还是不放心，又折身回到父母房里，叮嘱爹娘一定要留心杏霖，韩卫冬真是不太让人放心。赵廷毓和高玉芬让他放心去，虎毒不食子，应该不会再出什么岔子。

工地上最近被催得十万火急，赵国安经常忙到下半夜，回家自然就少了些。

这天，赵国安查看完白天的施工记录，正准备休息，赵廷毓突然气喘吁吁地推门进来。赵国安大惊,心想:完了完了,这韩卫冬又惹事了。

赵廷毓抹着脸上的汗:"国安,快回家吧,杏霖拉肚子很厉害,要脱水的样子。我给他调理,一直不见好,又去公社卫生院给配了点药,还是不见好。我和你娘都没招了,知道你脱不开身,但没办法,还得过来找你。"

赵国安一听着了慌,鞋还没提利索,就趿拉着往外跑。

"吃奶的孩子,按说不会拉肚子啊。"

"谁知道,开始拉得跟蛋花一样,后来成了清水了。以为受了凉,我和你娘也给他配了点药,只是不敢剂量大,按说应该好使。但是一天好一天坏的,实在不能再拖了。"

"这么小的孩子不顶拉,为啥不早来找我?先回家看看再说!"爷俩一路跑着,一路气喘吁吁说着话。

刚一进门,就听见杏霖有气无力的哭声,韩卫冬抱着孩子一边哄着,一边在炕前里来回走动。一看赵国安回来,韩卫冬立即喜笑颜开:"国安快看看咱宝贝儿子,都拉得脱形了。"

赵国安赶紧接过孩子,平放在炕上,先轻轻按压杏霖的胃,没什么反应;又按他的小腹,杏霖"哇"的一声大哭起来。赵国安拿手摸着杏霖的小腹,热乎乎的,不像是受凉。他皱着眉头,一时间找不出病因。但是看看孩子前些日子饱满起来的小胖脸变得蜡黄,眼窝深陷,知道不能再耽搁了。赵国安去拿药箱,这药箱似乎被人动过,他记得去工地前自己整理好了放在橱上的。儿子要紧,顾不得那么多了。

他赶紧配了方子,亲自给儿子把药煎了,拿小汤勺一口一口喂下去。韩卫冬一直偎在赵国安身边,看着赵国安一口一口喂儿子喝药,脸上露出得意的笑容。

第二天,杏霖真的止住了拉稀。韩卫冬大叫着喊赵国安,指指裤子上儿子的大便:"好了,杏霖好了。国安,你回来就是管用。"

赵国安一看,开心地抱起儿子:"小子,是不是想你爹了啊?等工地上忙完,爹天天陪着你。"

"等什么等,儿子重要还是工地重要?你就不去了吧。"韩卫冬抢着说。

赵国安抬头看了一下韩卫冬,又看了看她前几日割过的手指。韩卫冬心虚地闭了嘴，再不敢说下去了。

匆匆扒了几口饭，赵国安嘱咐家里人按时按量给杏霖吃药，就赶紧起身去了工地。韩卫冬低头不语，赵国安出门，她不理不睬，硬是没跟赵国安打招呼。

这几天赵国安在工地格外忙，他总想早点处理完手头的事务，赶紧再回家看看儿子。自从有了孩子，赵国安的世界时时被这个小东西占据着，只要一闲下来，他眼前就晃悠着这小家伙让人心疼的模样儿。

天彻底黑下来了，赵国安今天感觉有点劳累，但他还是下定决心回去看看杏霖。

一路摸黑回了家，赵国安怕惊醒睡觉的儿子，轻悄悄开了门进来。他一脚门里一脚门外，看到韩卫冬正在桌子边忙活着什么。一看见赵国安，韩卫冬手中的一只小勺子"咣当"一声掉到地上。韩卫冬满眼恐惧地看着赵国安，手哆嗦着端着一个碗："国安，你怎么回来了？我什么也没干，我真的什么也没干！"

赵国安丈二和尚摸不着头脑："我没说你干什么呀！"赵国安猛然省悟，一把夺过韩卫冬手中的碗。碗里还有一点黄色的药液，应该是药片研碎了，兑了开水。

赵国安太阳穴的青筋暴突，他感觉自己头皮都炸了起来："这是什么药？什么药？"

"我这些日子上火，老是便秘，就去卫生院配了点泻药，通通便。"韩卫冬的目光游移不定，躲闪着赵国安。赵国安扒开儿子嘴巴，凑近闻了闻，嘴里满是泻药的味道。杏霖嘴角上还淌着黄色的药液。

赵国安的理智彻底被韩卫冬击溃，他把手中那只碗一下子摔在地上，一把扯过韩卫冬的头发，两耳光下去，韩卫冬的嘴角就流出了血。韩卫冬恶狠狠地瞪着赵国安："赵国安，你说过孩子生了你就在家不出去了，可是你还是不舍得你那破工地。你是不舍得工地，还是不舍得工地上的那个烂女人？你这是活该，活该你儿子替你受罪。"

赵国安不等韩卫冬说完，拽着她的头发，把她拖出了门外。赵廷毓和高玉芬赶了出来，拉着赵国安不让他动手。赵国安一下子甩开父母的手："今天谁要拦我，我跟谁拼命！"爹娘都被赵国安的狂怒震住了："这是咋了，好好的，为啥这么大火气？"赵国安也不回答，一脚把韩卫冬踹出大门，"呼"地把大门关了，任凭韩卫冬在门外哭爹叫娘。

赵国安赶紧回了屋，抱起儿子，眼泪哗哗地流了下来。"爹、娘，你们不知道，韩卫冬……这个蛇蝎女人，为了让我回来，她竟然给杏霖喂泻药。"赵廷毓和高玉芬同时张大了嘴巴，他们不相信这是真的，谁能相信一个母亲会这样对待自己的孩子？

赵国安让母亲闻闻孩子的嘴，高玉芬闻了闻，一下子搂住杏霖号啕大哭："真没想到，世上还有这样狠心的娘。"赵廷毓拿了一根门闩，气呼呼地往门外跑："我去打死这个黑心的女人。"高玉芬赶紧拦住他："别添乱了，你听说谁家公公打儿媳妇的？先救孩子要紧，国安，快给杏霖想办法解了这药性。"

赵国安拿出药箱，他怪自己上次明明发现药箱变了样，却没想到是韩卫冬做了手脚。赵国安自责着，双手颤抖，脑子飞快地运转，他要尽快给儿子把这药劲减到最低。

杏霖因为腹痛一直哇哇大哭，哭到最后都没了力气，那哭声像冰天雪地里一只被人遗弃的小猫，令赵国安肝肠寸断。折腾了半宿，赵国安给杏霖喂进的解药应该也起了作用，他的哭声不再那么凄厉。高玉芬红着眼圈看着自己的孙子："他这是想吃奶了吧？唉，怎么办啊？国安，孩子这么小，离不了娘啊。"

赵国安痛苦地闭着眼睛，听着孩子的哭声，以及大门外韩卫冬在闹腾砸门的声音。他突然想起了什么，找出一支葡萄糖，用温水兑了，给儿子喂下。杏霖吃饱了，吧嗒着小嘴，不一会儿就睡了过去。接下来该怎么办？注视着熟睡中的儿子，赵国安自己也很迷惘。他来到天井里，半躺在柴草垛上，望着头顶漆黑的夜空，不知名的虫儿在瑟瑟低鸣。

夜深了，天凉了。

五十五

天快亮了，赵国安又该回工地了。不知为什么他今天特别依恋儿子。儿子看样子是肚子不疼了，也来了精神头，小黑眼珠滴溜溜转。

赵国安把脸靠在儿子脸上，杏霖的小手一会儿抓着他的鼻尖，一会儿抓住他的嘴，那小嘴里咿咿呀呀说着赵国安听不懂的语言。杏霖软乎乎的小指头拨弄着赵国安的脸。看着这个肉乎乎的小东西，赵国安突然鼻子发酸，眼泪差点掉下来。

今天这是怎么了？怎么婆婆妈妈的？赵国安自嘲着去开了大门，大门外的韩卫冬不知什么时候走了。临走，赵国安让父母关好大门，坚决不再让韩卫冬踏进这个家门半步，更不许她再碰孩子一指头。

工地上，工程已经到了护坡收尾阶段，赵国安又不能天天回家了。章文坡费了好大劲从高密城给孩子捎的奶粉，赵国安也没空回家送。赵国安托英子忙活完伙房里的活，帮他送回家。英子跟麦穗嘀咕："听说赵国安这老婆可不是省油的灯，够他喝一壶的。真解气，活该他赵国安摊这么个老婆。哼，我才不愿意给他送呢，对不起你的人，我看着就厌烦。"

麦穗瞪了一眼英子："关我什么事？送就送，不送拉倒，哪那么多废话！"

英子噘着嘴气呼呼地走了："死麦穗，瞎驴牵了槽上——为（喂）你不知道为（喂）你。"麦穗全当没听见，不理她，该干吗干吗。

麦穗淘洗好了午饭的野菜，这英子，早该回来了，咋还不见影儿呢？哼，到哪里都扎根。左等不来，右等不来，都快过了饭点了，麦穗才看见英子满脸惊惶地跑回了工地。

麦穗大惑不解："咋的了？碰见鬼了？"英子不说话，径直去找赵国安。英子那苍白的脸色让麦穗不放心地跟了过去。

赵国安正大汗淋漓地在坡上丈量着土方，英子招呼他下来。"赵哥，你家赵叔让你赶紧回家。"

经过韩卫冬几次三番的闹，赵国安最怕听见这句话。他一听便一个激灵从高处蹦下来，满脸恐惧："又出什么事了？"

"回去看看吧，孩子病了。"英子不敢看赵国安，催着他赶紧回家。

赵国安顾不得满脚泥巴，放下手中的尺子，让别人给章文坡说一声，自己赶紧往家跑。英子咬了咬嘴唇，追了过去。

还没到家，赵国安远远地听见有人大哭的声音，他的心便揪了起来。推开家门，爹娘都不在，赵国安从邻居口中问清了情况。原来，赵廷毓和高玉芬这几日太乏了，睡得有点死，结果韩卫冬半夜爬墙回了家，把孩子偷了出去，他们竟然没听到动静。后来韩卫冬又一个人回来了，问她孩子呢，她也说不出个东西南北来。赵廷毓和高玉芬都出去找孩子去了。

赵国安找着韩卫冬："卫冬，你把杏霖弄哪里去了？孩子那么小，离不了人啊……你快说，你把他弄哪里去了？"

"我把他藏起来了，藏起来了。你们都跟我抢杏霖，你们都跟我抢……"韩卫冬突然转过头来，目光锋利，她扯着赵国安的胳膊，"不对，杏霖跟我抢赵国安，杏霖跟我抢赵国安。"赵国安赶紧安抚韩卫冬："我就是赵国安，卫冬，你看看，我就是赵国安。杏霖跟你抢，走，你带我找他，咱报仇去。"

"报仇去！"韩卫冬赶紧扯着赵国安，朝庄西走去。

越走赵国安心里越没底，庄西边是村里储存氨水的地方。到了一个氨水罐那里，韩卫冬停下了，压低声音："我把杏霖藏在这里面了，我……"

赵国安大喊一声，揭开盖子，一下子把泡在氨水中的那床小被扯了出来。赵国安疯了一样就想往氨水罐里钻，大家一齐拉住了他。

有人找来了二齿钩和耙子，他们在氨水罐里搅和着，想把杏林的尸体打捞上来，但把罐底试了个遍，罐里根本没有成形的东西。有几个女人开始掉眼泪，这孩子，身子骨嫩，是让氨水泡化了吧？赵国安匍匐在地上，双手捶着地，痛不欲生。

随后赶来的赵廷毓和高玉芬都趴在地上号啕大哭。

这不是真的，这肯定不是真的！这才过去几天？早上走的时候，儿子还抓着他的脸，抓着他的嘴，儿子还咿咿呀呀和他说话！赵国安抚摸着那床小被，解开自己的上衣，好似把儿子暖在了怀里。

韩卫冬披散着头发，蹲在赵国安身边，两眼睁大，目光呆滞，脸颊和嘴唇在剧烈地抖动，整个人好似正处在激烈的神经质发作之中。

韩卫冬喃喃自语着，牙齿咯咯作响，嘴里发出令人毛骨悚然的声音："你们知道吗……你们知道吗？我把杏霖藏起来了……哈哈哈，我把杏霖藏起来了。哈哈哈……我把杏霖藏起来了……"韩卫冬一会儿哈哈大笑，一会儿又鬼哭狼嚎。

赵国安茫然地看着韩卫冬，像被灌了迷药一般木呆呆愣在那里，对韩卫冬的话没有丝毫反应。

高玉芬和赵廷毓坐在地上，几欲气绝。韩卫冬杀死自己儿子的消息如一颗重磅炸弹，令整个村子都为之一震。乡邻们都赶过来，围了里三层外三层。望着赵国安一家悲痛欲绝，大家都跟着抹眼泪。

"唉，这个女人怎么这么狠？"

"多好的一个孩子，怎么下得去手？"

"这个女人我看是疯了，听说，这人打小就脑子有毛病。"

"唉，才几个月大，可惜了老赵家这个孙子。"

赵国安怀抱着小被，直眼看着韩卫冬。韩卫冬一下子蹲到赵国安面前："国安，你再不走了是吧？你是不是再也不走了？"韩卫冬说着话就去抓赵国安怀里的小被。赵国安把韩卫冬的手挡了回去，什么也不说，定睛盯着韩卫冬，形同路人。

韩卫冬突然一声大叫，扯住被子的一角，就从赵国安怀里往外拽："你也来抢国安？你是谁？你也来抢国安……"赵国安一用力把韩卫冬甩出去老远，紧紧把小被抱在怀里。

韩卫冬不知从哪里找来一把菜刀，披散着头发，眼睛血红，喉咙里发出令人恐怖的声音，吼叫着跑了出来。众人一片喧哗，赶紧一哄而散，逃出了院子。

赵国安一下子从恍惚中清醒过来，一个箭步跑过来，从后面拦腰抱住韩卫冬。韩卫冬气急败坏地挥刀往后砍去。高玉芬和赵廷毓也赶紧上前，一起摁住韩卫冬拿刀的手。韩卫冬咆哮着，对他们又踢又咬。

"国安，她这是疯了。我先把她哄安稳，你赶紧去给她弄安神汤，让她睡会儿。"高玉芬冲儿子大喊着。

赵国安把她手里的刀夺下来，赶紧去弄安神汤。弄好了，高玉芬哄着渐渐安静下来的韩卫冬，一口一口喂给她喝。韩卫冬渐渐闭上眼，一会儿睡着了。

望着杏霖那床散发着氨水味的小被，高玉芬又蹲在地上抽泣起来。赵廷毓、赵国安都过来，三个人抱在一起。

单福根上前拍拍赵国安："国安啊，事已经出了，这活着的人还得活啊。"单福根吧嗒着烟袋，其实他还想说："人是你自己选的，双羊店这么多闺女，你怎么就找了这么个疯女人？"可能觉得这场合说这话有点不合适，他又赶紧把这下半句咽了下去。他拉拉头上的帽子，走出了人群。

英子回到了工地，好似还没以噩梦中醒来："赵国安的儿子死了……韩卫冬疯了……她杀了自己的儿子……"

"啊？……"麦穗浑身一哆嗦。

"为什么？她为什么疯？她为什么杀自己儿子？"

"听赵国安他娘说，因为她不许赵国安来工地，赵国安不听。为了让赵国安经常回家，她给儿子喂泻药。"

麦穗不再说话，用手势制止英子再说下去。一个孩子，一个几个月大的孩子，他甚至还没来得及认清这个世界的模样，却毫无来由遭此横祸。而且制造这横祸的，竟然是孩子的母亲！

麦穗把头埋在膝盖上，英子把她搂在怀里。这惊人的消息让她俩睡意全无，麦穗和英子走出席篷，往工地南面的潍河边漫无目的地走着。

潍河两岸庄稼长势正旺，月光下的田野在微风里翻涌着时明时暗的绿色波浪，田间的小路像白色的绸带在绿浪里时隐时现。窸窸窣窣的虫叫和不时传来的一两声蛙鸣，让这月色下的田野更显静谧和迷人。

麦穗无心欣赏这月色，也无心倾听这虫鸣蛙鼓。她揣度着此时的赵国安该是在怎样的一种痛苦里煎熬。这个人明明已与自己毫不相干，但自己又在担心什么，牵挂什么呢？

韩卫冬时而清醒时而糊涂。清醒时，她涕泪交加痛哭着自己的儿子，跪在赵国安面前求他原谅；糊涂时，她像一个横扫一切的魔鬼，在她眼中世上一切都该毁灭，包括人，包括房子，包括她目力所及的一切。

家中的物什已被韩卫冬砸得面目全非，炕上的被子好几次被韩卫冬点火烧着。高玉芬的额头上也被韩卫冬突然抛来的蒜臼子砸出一道触目惊心的伤疤。

面对自己猝然之间被夺去性命的孙子，面对一个躁狂如疯狗的儿媳，高玉芬连连感叹家门不幸。

赵国安窝在家里，好多天没出门。他的头发乱如蓬草，胡子挓挲着，眼睛血红犹如困兽。

韩卫冬躁狂发作的时候，赵国安就会把她关在屋里，不让她出门伤人。

五十六

一天清晨，高玉芬大叫一声——关韩卫冬那间屋子的窗户被砸断了窗棂，韩卫冬不知道什么时候已经翻墙跑了。赵国安一家开始到处搜索，怕她出去后再伤及无辜。可是一家人找遍了大街小巷、犄角旮旯，竟没有韩卫冬的影子。

村子里的人奇怪怎么突然不见了韩卫冬，赵国安家里似乎也很长时间没听见韩卫冬那令人毛骨悚然的嘶吼了。

赵国安一家一连两个月寻找韩卫冬，找遍了所有亲戚家，找遍了韩卫冬能去的所有地方。高玉芬提醒赵国安，韩卫冬娘家怎么没去找？赵国安不是没想过，实在是因为他不愿意去。从认识韩卫冬到成亲，赵国安竟然没登过一次老丈人家的门，跟老丈人这边商议结婚的一切大事小事都是爹娘给他操办的。赵国安内心里对韩卫冬有种本能的抗拒，这老丈人和丈母娘自然他也不会放在心上。

实在找不着韩卫冬，赵国安只好硬着头皮去了老丈人家，高玉芬也陪着去了。赵国安一进门也不寒暄，就问老丈人韩卫冬是否回来过。韩卫冬爹娘一听闺女不见两个月了，吓坏了："没回来，她没回来。"

韩卫冬一直没回过家，她又能到哪里去呢？

韩卫冬的爹娘一出来，高玉芬心里就扑通扑通乱跳。她担心，人家闺女不见了，亲家肯定会兴师问罪。奇怪的是，这两个人唯唯诺诺，没有半点责怪的意思，倒是一副心怀愧疚的样子。

老两口眼神飘忽地看着赵国安："国安，卫冬她，她跟平时没什么不一样吧？"

"她把杏霖丢进了氨水罐，亲手杀了自己的儿子。"赵国安一提起儿子，脸色苍白，呼吸也急促起来。

"啊！卫冬，卫冬，你就是犯病也不能杀了自己的孩子啊。"赵国安的丈母娘既担心闺女又心疼外甥，坐在地上就哭了起来。

"还是找卫冬要紧，别在这里磨牙了。"老丈人赶紧拉扯自己的老婆。

老两口和赵国安都出了门，分头去找韩卫冬。高玉芬先回了家。

连日来的折腾，让赵国安有点力不从心。一阵眩晕袭来，他赶紧靠在一棵大槐树上，才没摔倒在地。槐树底下，坐着一群聊天捉虱子的人。

"听说老韩家的闺女又犯了病，把自己儿子投了氨水罐。"一个白胡子老汉开了腔，他们没发现赵国安就在旁边。

"唉，造孽啊，这闺女打小落下这神经毛病，一年得犯个两三次。一犯了病，六亲不认，爹娘都打。听说老韩家瞒着女婿那边结的婚，可惜了那个小青年，听说人家一表人才，要才有才，要貌有貌，叫赵什么安？"

"好像叫赵国安吧。"

"老韩家真丧良心，闺女有病，瞒天过海嫁出去。谁娶回家，这不毁了人家？"一个喂奶的女人一边摇头一边感叹。

实在是听不下去了。赵国安真没想到，自己娶回家的是一个间歇性的神经病。赵国安啊赵国安，你干了一辈子医，竟然没发现韩卫冬是神经病？以前赵国安只道是韩卫冬有点痴狂，以为是她太拿自己当回事，压根就没往这上面想。

赵国安心烦意乱。韩卫冬，我一定要找到你；找到你，我要亲自把你送回给你爹娘，怎么来的你给我怎么滚蛋！

跌跌撞撞地走在路上，赵国安忽觉身心俱疲。这连日来的意外一件接一件，让赵国安猝不及防。他仿佛置身于电闪雷鸣的旋涡中心，感觉自己正处在崩溃的边缘，只要再加一根稻草，自己便会像年久失修、动了根基的老屋一样轰然倒地。

赵国安踉踉跄跄回到家。高玉芬正在天井里来回踱步，一看赵国安回来，赶紧迎上去。

"国安，可把你盼回来了。"

"有消息？"

"听邻村的说在他们村发现了韩卫冬的行踪。但是，不是好消息……"高玉芬停住了，看着儿子憔悴的面容，心疼至极。

"杏霖都没了，还有什么更坏的消息？说吧，娘。"赵国安揉着自己的太阳穴，头疼欲裂。

"韩卫冬是被邻村一个饲养院管牲口的老光棍给关起来了，邻居听到卫冬哭喊才发现。卫冬被老光棍用链子锁在屋里……我和你爹也没了主意，就等着你回来，看看怎么办。"

"娘，你知道吗，韩卫冬是个间歇性的神经病。她爹娘，他们一家一直瞒着咱。咱被她坑了。"

"啊？怪不得韩卫冬……都怪咱们粗心……国安，你说这世道是怎么了？"

"不管怎样，一定要把韩卫冬找回来。我是个男人，不管她怎么骗咱，我都不能让韩卫冬从我这里丢了。就是离婚，我也要把她完完整整地送回去。"

高玉芬点点头："嗯，就得这样。"

赵国安不敢耽搁，赶紧叫了几个邻居，大家拿着防身家伙出发了。俗话说好汉打不出村去，赵国安不敢大意，迎接自己的说不定是一场恶战。

辗转打听了好几家，终于找着了那个老光棍家。一个摇摇欲坠的破门楼，墙头上长满了茅草，两间破旧的土坯房，窗户纸破烂不堪，在风里抽搭着。赵国安奇怪，屋子里静得出奇，好像没人住的旧房子。

赵国安轻轻打开门，还是没动静。大家心都提到了嗓子眼，轻轻抬脚往屋子里挪，都把手里的家伙举了起来。推开房门，赵国安一愣，拴在窗棂子上的一条铁链耷拉在炕上，铁链子的头上是一个被砸坏的铁圈，上面粘着一块皮肉，令人触目惊心。炕上散落着一缕长发，头发上连着一块头皮。赵国安倒吸一口凉气：韩卫冬，会不会被老光棍杀了？

大伙在屋里转了好几圈，一个人影都没有，来到天井，忽然听见一个人在呻吟。声音从猪圈那边传来，赵国安赶紧跑过去。一个老头满身尘土半躺在猪圈里，一只手捂着眼睛。

一看一大群人拿着家伙闯进来，这老头顾不得疼了，警惕地扶着墙站起来。

"你们……你们要干吗？"

"干吗？人呢，你好大胆子，光天化日，竟然把别人老婆锁在你家里。快把人交出来！"

老头子号啕大哭："他娘的这个疯女人，在农业社饲养院的牲口棚里转了一天一宿，问她找什么也不说，问她家是哪里也直摇头。我就寻思着自己五十多了还没混上个女人，这疯女人也比没有强，我就把她领回家。谁知道这个疯女人这么厉害，来家后，清醒的时候就哭，疯魔的时候就打人。老子锁了她，一点便宜没占着，反倒让她把俺打了。这不，昨儿后晌，她自己把铁链子砸断，我拽没拽住，就从这里爬墙跑了，还一石头把我砸成这样。我在猪圈里迷糊到这会儿，呜呜呜，我眼是不是瞎了？"

"哼，瞎眼也是你自找的，到时候等着吃官司吧。"大家七嘴八舌讨伐着这老头。赵国安没心思跟他叨叨，领着人赶紧去找韩卫冬。

大家顺着墙头上的血迹一路找下去，在一个岔路口，血迹不见了，韩卫冬也不见踪影。大家又成了没头的苍蝇，大喊着，一路搜索着往回找去。

一路搜索无果，赵国安垂头丧气地回了家，一头倒在炕上，浑身要散架一般，精疲力竭。五虎突然闯了进来："表哥，表哥，有人看见嫂子了。"

"在哪里？"本来筋疲力尽的赵国安一下子爬起来。

"看林子的人昨儿傍黑看见她去了杏霖的坟，哭得死去活来的，满脸是血，挺吓人。知道她打人，没人敢靠前。"五虎喘着粗气，拉着赵国安往坟地跑去。五虎所说的那个坟，是赵国安把杏霖的小被埋在地里垒成的小土包。没成人的孩子连祖坟都不能入，赵国安把小被埋在了满是荒草的槐树林子里。

赵国安一边跑一边招呼着众人，待到了坟地，已是大汗淋漓。

　　搜寻了一圈，坟地里只有虫鸣聒噪，只有没膝的荒草，哪里有韩卫冬的影子？赵国安来到儿子的坟茔边，看着儿子一个人孤零零躺在这荒郊野外，一下子趴在坟头，泪如雨下。他抚摸着这个小小的坟头，几个月大的儿子竟然遭此横祸，竟然死在自己亲娘手里！一想到这里，赵国安的心便鲜血淋漓……

　　五虎红着眼圈，拉着赵国安赶紧快走。韩卫冬到底去了哪里？怎么每次都那么不凑巧？

　　赵国安擦擦眼泪，五虎拽着他的胳膊。他像木偶一样随着五虎往回走。

　　庄里人都帮着赵国安搜寻韩卫冬，不知不觉中，又过去了好几天。

　　赵国安和五虎走遍了所有能找到的地方，就是没有韩卫冬的影子。五虎泄气了："表哥，咱已经尽心了，不找了吧。这样的女人，找回来也是个累赘。"赵国安抬起疲惫的双眼看看五虎，咬着嘴唇："找，一定得找！"

　　迎面走过来一辆马车，车上的两个人在闲谈着。

　　"死人了，死人了，河里死人了。"

　　"也不知捞上来了没有。"

　　"好像是个女的。"

　　赵国安看着马车从自己身边过去，忽然之间回过神来。他赶紧转身去追那辆马车。

　　"哪里死人了？什么人？"赵国安抓住那个赶车人的胳膊，迫不及待地问他。

　　"潍河上游漂上来一具女尸，不知道是哪里人。"

　　赵国安听完，心下一沉，按照赶车人说的赶紧跑到潍河边。女尸已被打捞上岸，尸体泡发了，面目狰狞可怕。大家有点害怕，畏畏缩缩不敢靠前，有几个胆大的上前瞅一眼，就赶紧捂着鼻子跑开。

　　赵国安凑近前一看，虽然面目已经变形，但是他确认死者正是韩卫冬。又一阵眩晕袭来，赵国安一下子跌倒在地。五虎赶紧上去扶住表哥。

　　韩卫冬从儿子坟茔离开后到底发生了什么，赵国安无从得知。

　　虽然筋疲力尽，赵国安还是抱起了韩卫冬的尸体，脚步沉重地往家里走去。

几只归鸟被人群惊动，离开树枝，扑棱棱往远处飞去……

面对接踵而至的打击，赵国安终于还是被这最后一根稻草压垮了。他整个人瘦到脱了形，胡子乱七八糟，眼睛布满血丝，衣衫邋遢不整。赵国安躺在炕上，已经两天没起来了。

赵国安的样子揪着高玉芬的心，她恨不得替儿子卸下所有的负累，让她当娘的来扛。高玉芬把热了好几遍的饭菜又端了上来："国安，咱好歹吃一口……听话，国安，你这样，娘看着心里难受……"高玉芬声音变了调，强忍着把眼泪吞进肚里。

赵国安脸上潮红，嘴唇起了皮，裂着血口子："麦穗，麦穗……你等等我，你等等我……"高玉芬赶紧把饭碗放下，一试他的额头，烫手！高玉芬赶紧喊赵廷毓："老头子，国安发烧了，快过来，你快过来。"

赵廷毓赶紧跑过来，两个人手忙脚乱，给赵国安用湿毛巾覆额上，拿烧酒给赵国安擦身子。"卫冬的尸体泡了那么长时间，肯定都臭了，国安抱着她，不会是被感染了吧？"高玉芬害怕地捂着心口，望着赵廷毓。赵廷毓赶紧把赵国安的衣服褪下来，拿去用石灰水泡着消毒。

"可能国安太累了，这些日子真够他呛的，摊上这么多事，谁能受得了？"高玉芬轻轻抚摸着赵国安的额头，让赵廷毓赶紧去给赵国安熬点辟邪祟的汤药。失去了孙子，赵廷毓和高玉芬都已痛心到崩溃的边缘，只是儿子又变成这样，他们怎敢垮？老两口躲在被窝里哭鼻子抹泪，见了儿子，还得打起精神来照顾他。

一连两晚，赵国安一直惊悸，高烧，胡言乱语；睡着睡着，就会突然大叫，有时候喊杏霖，有时候喊麦穗。赵廷毓和高玉芬两人轮流照看着儿子。工地上来人催赵国安去上工，一看这情形，来人什么都没说，赶紧回去了。

赵国安病重的消息在工地上传开了，越传越玄，有的人甚至说赵国安快不行了。听着这些风言风语，麦穗表面上一副平静如水的样子，没人处却是焦躁万分。英子时不时搂搂她的肩膀，俩人互相看一眼，什么也不说。

英子终于挨不住，独自悄悄去了赵国安家，她要看看赵国安到底病成啥样了。

到了赵国安家，英子推门进去，高玉芬正在喂赵国安喝药。

英子真有点不相信自己的眼睛，赵国安的胡子都快长到两寸长，像一簇蒿草乱蓬蓬堆在胸前，脸色干枯苍白，眼神空洞迷乱，衣服邋里邋遢。面对此情此景，英子手足无措，她都不知道该说点什么了。

高玉芬把英子拉到一边，握着英子的手就开始流眼泪："姑娘，国安他不容易啊。你看看，他这样子，可怎么好？国安治好了无数人的病，可是他自己的病，谁来治啊？"

"婶子，我始终不明白，国安哥到底怎么回事？以前我明明觉得他心里眼里只有麦穗，但是……但是，他为啥突然跟韩卫冬结婚？我更不明白的是，他跟韩卫冬为啥到了这个地步？"英子知道自己有点多管闲事，但是，她今天必须弄明白，替麦穗弄明白。

"孩子，你还小。这世上的事，有时候还真是不能由着自己的心。国安，国安他也不想这样，他心里苦啊。"高玉芬沉吟着，扭头看看国安，眼里满是怜惜。

"麦穗，麦穗，你等等我，你等等我……等等我。"赵国安又突然大叫起来，高玉芬看一眼英子，替儿子难为情地红了脸。

小满扶着赵国安房门的门框，眼睛里满是绝望的泪水，转身走出了屋子。

高玉芬赶紧给儿子的额头另换上一块湿毛巾。英子咬咬嘴唇："婶子，我明白了。你好好照顾国安哥，自己也多保重。我走了。"

英子一路抹着眼泪，小跑着回到工地。因为赵国安的突然结婚，英子曾经替麦穗恨透了这个薄情的男人。今天的情景似乎说明了一切，赵国安看似真有什么难言之隐……英子这眼泪，一半是为赵国安难受，一半是为麦穗。为麦穗？她该为麦穗高兴，还是该为麦穗伤心？

英子恨不得插上双翅飞回工地。她要赶紧回去，回去告诉麦穗，赵国安昏迷的时候，嘴里喊着的竟然全是麦穗！她一定要让麦穗去看看赵国安，这种时候，赵国安最需要的就是麦穗。

出乎英子意料，麦穗听她说完，不咸不淡地来了一句："闲得你，他赵国安说啥关我什么事？"

英子跺着脚，发了疯："好好好，我狗拿耗子多管闲事，行了吧？就没见你这么不识好歹的人。哼，以后你有天大的事，我都不管了。"

麦穗也不理她，继续低头忙着手里的活。麦穗把水瓢里正在搅动的地瓜面糊不小心洒了一地。英子看看地上的面糊，又看看麦穗，噘着嘴巴，白了她一眼，鼻子里哼了一声。

夜已深了，麦穗躺在大通铺上翻来覆去不能成眠，枕头被揉搓得皱皱巴巴。英子听着麦穗的动静：哼，我看你就是嘴硬！

第二天，英子见了麦穗就把头扭向一边，不理她。

麦穗看英子真火了，瞅了她一眼，凑到英子跟前："咋？还生我的气？"

"不敢，你是谁呀？我哪敢生你老人家的气。"英子噘着嘴，能拴住一头驴。

"好了，好了，我错了，噘嘴驴，姐姐给你赔不是。有正事跟你商量呢。"麦穗拧了一下英子的腮帮子。

"爱正事不正事，俺说了，你有天大的事，跟天商量去，俺不管！"英子小辫一甩，不依不饶。

"哟，还来劲了！好，算我白说。"麦穗佯装生气，往伙房里走去。

英子终究还是绷不住，追着问麦穗到底啥事。

麦穗告诉英子，陈家胜快上周年坟了，自己想去看看他。麦穗想让英子跟她一起去。

陈家胜的坟茔在一片槐树林子里，坟头上有新添的土，还冒着青烟的纸灰在风中纷飞。

麦穗把带来的烧纸点燃，静静望着摇曳的蓝色火焰。英子挨着麦穗坐在地上："姐姐，如果陈营长还在，你会嫁给他吗？"

一听这话，麦穗欲起身离开，英子拽住她："就咱两个人，今天索性咱掏心窝子说说话。你也不用避讳我，我恨不得跟你肠子都拴一块儿。"

麦穗用树枝挑动着烧纸，眼神迷茫："不知道，我真的不知道。英子你跟我说说，一个人恨着一个人，她心里还能有空地儿容下另一个人？"

"我明白了，你还是放不下赵国安。"英子不眨眼地看着麦穗，仿佛怕错过写在麦穗脸上瞬间而过的她想要的答案。

连麦穗自己也说不清楚，英子说得对还是错。她把头靠在膝盖上，心烦意乱地拿手中的树枝拍打着火苗。

"陈营长没什么心计，对我呢，也是一片真心，满脑子实意。跟他在一块儿，我心里是松快的，但是……但是总觉得他不是刻在我心坎儿上那个人，不是和我能说到一块儿的那个人。"麦穗又想起那个为了她爹吊死在枣树上的女人。

给陈家胜上完坟，麦穗和英子回到工地。工地上，单小满满脸阴云。刘麻子在跟旁边的人嘀咕，听说赵国安病情加重，转到了县医院。

英子感觉麦穗一下子抓紧了她的手。

"啊？什么病这么严重？县医院在哪里？"英子抢着问。

刘麻子看了看麦穗。对麦穗和赵国安之间的微妙关系，大家都早有觉察。他一直只看到赵国安暗地里为了帮麦穗费尽了心思，可是麦穗却一直不识好歹地罔顾赵国安的心意。麦穗现在的表情，倒是让他替赵国安略感欣慰。

麦穗小跑着逃离了大家的视线，自己钻进席篷。中午的空当，麦穗悄悄离开工地往高密城去了。似乎走了很久很久，终于到了城边。麦穗在路上拦住了一个中年女人，打听县医院在哪里。

那女人给麦穗往东指了指。"往前直走，过两个路口，往北拐就到了。"麦穗谢过那个女人，急匆匆往东赶去。

麦穗正在病房之间的过道里转来转去，身边的病房门开了，从里面走出一个老头。麦穗往里一瞥，竟然看到了高玉芬。那一刻，鬼使神差一般，麦穗突然就怕了，她逃也似的扭身就跑。高玉芬似乎也看见了麦穗，赶紧出了病房，却不见了人影。高玉芬自嘲地笑笑，自己肯定是看花眼了，麦穗怎么会来这里？

五十七

一九六〇年四月初，峡山大坝开始合龙，沿着潍河古道走了千万年的潍河水暂时改道流进了安丘裴戈庄的导流沟。

八月十二日，一场特大暴雨不期而至，刚建成的水库经受了第一场洪水的考验，峡山大坝安然无恙。

到了十月，随着峡山水库迎水坡最后一块砌石砌筑完毕，经过两年的昼夜奋战，峡山水库主体工程建设终于圆满地画上了句号。

潍河水在阳光下安定从容，闪着粼粼波光。几只白鹭倏忽而过，在河面的轻风里留下悠闲的剪影。

那些为修筑这项工程付出艰辛的人们聚集在大坝上，当总指挥宣布峡山水库工程胜利竣工时，人们高高举起手中的铁锨和洋镐，含着眼泪大声呼喊着："我们胜利了，我们胜利了！"喊声如天边的远雷，震撼潍河两岸。人群后面还有一个好久没出现的身影——傻子六，当人们看到傻子六眼里的泪花，都诧异于这个傻子为何流泪。

指挥部的人站在坝顶，含泪远望。这座近十万工伕奋战了两年的峡山大坝，像护卫一方平安的长城，蜿蜒南北。

陈家胜、赵来喜、胡学平、铁柱……人们念叨着这几个以及许许多多在这场艰苦卓绝的"战争"中献出热血和生命的"战士"。

这座长城一样的丰碑上，没有他们的名字。

很多人为赵国安没亲眼看到竣工典礼遗憾，英子和麦穗从典礼开始一直到结束都没说话。

工程完工了，人们拆除席篷，收拾工具，搬运机械。这群因为特殊使命聚到一起的人，终究又要回到各自原先的轨道。

赵国安躺在医院里，病情时好时坏，人时而清醒时而迷糊，主治的医生都一筹莫展。因为治疗一直没有效果，最后县医院让他们办理出院。赵廷毓和医院的人据理力争："我儿子没好，怎么能出院？"医生把眼一瞪："你们不能老是占着床位啊？医院又不是为你们一家开的！"赵廷毓只好把赵国安又转回了双羊公社卫生院。赵国安像被抽掉骨头一样，整个人都垮了。

高玉芬看着儿子这样，又急又疼，经常在无人处暗自垂泪。

英子闲散下来，时常去卫生院看赵国安。

看赵国安这会儿正清醒，英子给他端过来一碗水。

"你说你俩这是咋了？明明心里都有，偏偏都绷着。你说，来看你就看你吧，还得等你迷糊不醒的时候过来。唉，你俩呀，快把我累死了。"

赵国安扭头看着英子，有气无力地问："你说谁？"

"还有谁？麦穗呗。"

赵国安脸上神色突变，虚白的脸抽搐了一下，在那里愣了好一会儿。这个办法英子第一次用起来总觉有点慌手慌脚，说出来的话有那么点底气不足的生硬。用得次数多了，竟然也像说真话一样纯熟起来。英子希望在麦穗一次次的"探望"之后，赵国安的病能慢慢好起来。

一天，高玉芬正在给赵国安喂药，小满怀里抱着什么东西满脸忐忑地走了进来。高玉芬愣了一下，不解地看着小满。自从赵国安结婚后，小满再没和她照过面。

"婶子……我把……我把孩子给你送过来了……"小满把怀里的那床棉单用手抿了抿。原来小满抱着的是一个孩子！

"孩子？谁家的孩子？"

小满把孩子的脸凑近高玉芬："杏霖……婶子，你看看，他是杏霖！"

杏霖一咧嘴，朝着高玉芬笑了。

高玉芬手中的搪瓷茶缸"咣啷"一声掉在了地上，赵国安也一下子从病榻上弹了起来。

"是杏霖！国安，真的是杏霖……"高玉芬的尖叫声惊动了病房里的其他病人。

赵国安想把杏霖抱过来，但他双手哆嗦着，站都有点站不稳了。小满把杏霖放到赵国安身边，让他贴着赵国安躺着。

"婶子，国安哥，孩子我给送回来了，我走了。"

"别呀，小满，这到底是怎么一回事？杏霖没死，杏霖没被韩卫冬扔进氨水罐？老天爷，谢谢老天爷……老天开眼啊……"

那天，韩卫冬怀着无比的仇恨抱着杏霖来到氨水罐那里，她恨这个和她抢赵国安的小东西，她要把她藏起来，让他们谁也找不到！"谁也别想和我抢国安，门儿都没有！"

就在韩卫冬要把杏霖放进罐口的刹那，杏霖的小手一下子抓住了韩卫冬的胳膊，他咧着小嘴朝韩卫冬笑了。

韩卫冬浑身哆嗦了一下，似乎有一道电流一下子击中她的大脑。把杏霖藏在这里面，她以后怎么去看杏霖？她拿手比画了一下罐口，自己似乎钻不进去。韩卫冬突然改变了主意，她要找一个更保险的地方来藏杏霖。

在庄前庄后转悠了半天，她发现了前村那个废弃不用的牲口棚。那里面有几个闲置的牲口槽，她铺上草，把杏霖放在里面。韩卫冬得意地笑了："杏霖听话，你好好在这里待着。你不要跟我抢国安，你听话，我有空就来看你哈。"

韩卫冬又抱来一堆麦穰把杏霖盖了盖，对着落在牲口槽上的一只麻雀嘀咕了一通，然后心满意足地离开了牲口棚。

工地上因为收尾阶段用工减少，大寒倒班从工地撤回来后便没有再回去，又在庄里重操旧业。

大寒给前村的一户人家焗完了大缸，看看天快黑了，主家留他吃了饭再走。大寒谢过主家的礼让，挑起木箱，往双羊店走去。

正是麦子灌浆时节，麦浪在傍晚的风里微微荡漾，整个田野弥漫着一股麦穗的清香。落日给荡漾的麦穗染上一层金黄，几只斑鸠在麦田里飞起又落下。散布在沟沿和田边的地丁花开得放肆自在，像给大地铺了一层紫色的锦缎。一只窝燕儿在离大寒不远处的一棵苘麻上唧唧叫着，啄几下苘饽饽（苘麻的果实），不时地飞起又落下。大寒撂下挑子，慢慢向窝燕儿靠近。

那只窝燕儿见有人来，眨巴一下机灵的小眼睛，赶紧朝远处飞去。看到大寒紧追不舍，这只窝燕儿飞得有点慌乱，"扑棱"一声，钻进了一层培着的棒子秸。

大寒笑了笑："看你哪里跑。"

他轻手轻脚地把头探进棒子秸之间的那个窟窿。

"呜哇……呜哇……"突然听到一声小猫叫，大寒竖起耳朵又仔细听了听。"呜哇……"不对，像一个小孩哭！

大寒循着声音找过去，田边是一处废弃的牲口棚，棚子里到处是蛛网。大寒继续顺着声音走过去。一只脊背上长着黄毛的老耗子一下子从牲口槽里跳了起来，把大寒吓得一个趔趄。

往槽内一看，大寒的心一下子提到了嗓子眼儿：牲口槽里有个孩子！不会被耗子咬了吧？

大寒赶紧把槽内的麦穰扒拉了一下，把孩子抱起来。从头到脚检查了一遍，还好，没被耗子咬着。这孩子浑身软得像面条，只有出的气没有进的气，光张着嘴巴干哭，早已经没有了眼泪，声音微弱得像一只小猫。

看这样子，这孩子在这里也不是一时半会了。谁家丢孩子丢在这里？真他娘的没人性！你就是生个私孩子怕人看见，也应该黑夜里送到人家门口或是有人经常走动的地方。丢在这里，这不明摆着要孩子小命？都说天下只有狠心的儿女没有狠心的爹娘，这孩子的娘，良心让狗吃了！

大寒一手笨拙地抱着孩子，一手挑着木箱赶紧往家赶。

回到家，大寒赶紧熬了点米粥给孩子用小勺子一口一口喂进去。孩子饿坏了，一口刚进嘴，就哭着要下一口。喂完孩子，大寒犯了难：怎么处理这个孩子？

养着？大寒自己整天走街串巷，孩子又不能带着。送出去？也没听说双羊店谁家缺孩子。

对了，老奎儿！老奎儿老婆一直没有生养。不行，这家人名声太坏，送给他们，把孩子白瞎了。

大寒发现自己捡回来一个累赘，有点后悔起来。

一连好几个晚上，孩子一会儿拉了一会儿尿了，拉完尿完就又哭又闹。大寒一开始不知道怎么回事，伸手一摸被窝，经常弄自己一手屎。他把自己的小褂、破棉单都临时给孩子当了褥子。有时候大寒被孩子哭闹到要发疯，被逼无奈，他竟让孩子吸自己的乳头。这主意虽然馊，但是也的确管用。现在一摸，乳头还有点疼。折腾来折腾去，大寒连着好几天几乎夜里都没合眼。

"哥，哥，你吃饭了没有？"大寒听见小满叫他，扭头一看，小满用大瓷碗端着一碗黑面包子进了屋。

"趁热快吃，大大让我送来的。"

"是你大大让你送来的，还是你自己要送来的？"

"哥，你别这样。你还真打谱不要这个大大了呀？"小满还要继续说，一扭头看到了炕上的孩子，"哪来的孩子？"

"捡的。这还捡回麻烦来了。"大寒抓起碗里的包子，咬了一大口，一手摸摸自己有点胀疼的乳头，"帮我打打谱，谁家缺孩子，把他送出去吧，是个小子，肯定有人要。"

小满好奇地围着孩子瞅来瞅去："哥，你看你看，这小子长得还挺俊呢。"

"要不你弄回去养着吧。"大寒朝着小满坏笑着。

"单大寒，再胡咧咧我给你撕破嘴，坏煞吧你就。"在高密西乡，大闺女养孩子，那可是让祖宗都觉得没脸的事。

兄妹两个商量来商量去，也没打出个正经谱。

小满回家，跟单福根叨叨孩子的事。

单福根吧嗒着烟袋："这是个麻烦事，你哥净给自己找事儿。"

"那是条命啊，我哥还能扔下不管？幸亏赶巧了，要不然这孩子可能让耗子咬死了呀。"

"这样吧，小满你把孩子抱回来，我看看怎么弄。你哥要是跑活就整天不着家，孩子他也不能带着不是？"

小满要把孩子抱回家。大寒对这孩子实在是收拾不了，连日来被他折腾到都要撞墙，巴不得有人赶紧抱走。

孩子抱回家，单福根凑过来。

"真是个好孩儿呢，你看这眉眼、这脸盘，真是没得挑。"单福根突然一拍脑袋，"小满，不对，这……这是不是赵国安的儿子？"

"啊？不能吧？他……他儿不是被扔进氨水罐，死了吗？"

"不对，小满。我去找赵国安拔罐见过这孩子一次，准没错，是他！"杏霖出事的时候，单福根当时就在心里画了个大大的问号：这氨水虽然能腐蚀皮肉，但是一时半会儿，一个孩子不至于一下子就化了。当时之所以没说出口，单福根是替小满生气。

小满自从赵国安结婚便再没登过他家的门，当然也从没见过这孩子。她仔细瞅了瞅孩子，的确跟赵国安很像。

"大大，那……那赶紧给人家送回去吧。"小满趴在孩子身边，拿手指摸摸孩子的小脸。小满恨赵国安，但是看到这个长得跟赵国安如此相像的孩子，她的心一下子就软了下来。

单福根摆摆手，拿起烟袋狠狠地吸了两口。这事实在太突然，他得好好琢磨琢磨。

他眼瞅着孩子，再瞅瞅小满。这孩子要是送回去，对小满有利不？对大寒有利不？孩子若是回去，麦穗领着一个大香，老赵家这边一个杏霖，这俩孩子不一定合窝。赵国安真是对麦穗有意，那麦穗是不是也得寻思一下孩子？那小满的胜算就更大一些了。对小满有利，那对大寒就有利，这兄妹俩，是一棵藤上的瓜。

"送回去是肯定得送回去，但是，还得过些日子……"

"大大呀，要是知道孩子没死，国安哥不知得多高兴呢。我哥已经养了这孩子这么多天了，干吗还要过些日子？要送就赶紧送，我这就去！"

单福根拦下了小满："过些日子再送，你哥在双羊店人眼里就是一个一身力气没有脑子的傻老粗，这次一定要让庄里人、让麦穗知道，你哥他不光有力气，还有脑子。"

小满一脸迷惑。

"现在就开始放风，就说你哥跑活的时候发现了一窝拐卖孩子的人贩子，为了不让这伙人溜掉，你哥这些日子一直冒着风险跟踪，找机会救人。等他救出来，才发现赵国安的孩子根本没死，而是被拐子拐了去了。到那时候，单大寒不光有勇，还有胆，更有谋。小满，我跟你说了多少次了，看事别人看三步，你就要看五步十步。先造造声势，再送也不晚。"

"费那么大劲干吗？不用，我这就送回去。"

"小满，你不能光为了你自己，还得为你哥！"

单福根越说，小满越糊涂了："这是哪里跟哪里啊？送回孩子为了我？为了我哥？大大你绕得我头疼。"

单福根也不跟小满多解释，只是让小满哪里也别去，就在家好好伺候孩子，别让他哭闹。什么时候他发话，什么时候送孩子。

小满嘴上答应着。这个一直听单福根话的小满，这一次却有了自己的主意。不管她怎么恨赵国安，她还是希望赵国安快点好起来。而杏霖没死的消息，对于赵国安来说，恐怕是比任何药都管用。

打定主意，趁单福根去了农业社，小满抱起孩子，去了卫生院。

杏霖的死而复生让赵国安一家僵死的心一下子复活了，高玉芬抓着小满的手，几乎要给小满下跪。小满早把他爹说的什么人贩子、什么跟踪救人都抛到了九霄云外，她告诉赵国安，是她哥大寒无意之中发现了孩子，后来才知道这就是杏霖。

小满心疼地看着一下子似乎老了好几岁的赵国安，眼里噙着泪花。她知道，自己给赵国安送来了最好的药。

对于小满，赵国安一直把她当成自己的亲妹妹。可是赵国安察觉到，自从自己结婚，小满跟自己一下子生分起来。他发觉小满对自己的好，真的没有自己对小满那样简单和纯粹。

把孩子放下，小满没久留。走在路上她还在寻思，怎么跟大大交代这件事。走了一段路，小满突然满不在乎地跑了起来，没啥好交代的！同样的事，爹看五步有他五步的累，我看一步也有我一步的好。心里想得简单了，事也就简单了。孩子是人家的，就得赶紧送回去！

单福根对着小满大发雷霆，说小满打乱了他的全部计划。他恨自己这两个不争气的儿女。小满就是一碗一眼看到底的白开水，从来不知道提防，更不知道从长打算；这个大寒更他娘的是一条道走到黑的傻愣子。

他恨恨地瞅一眼在一边不吭气的小满，心里对自己说，以后有什么事，还真不能让这个缺心眼的闺女知道，没有我给他们谋划，这俩货，我看都白瞎。

随着吧嗒吧嗒的吸溜声，烟袋锅在黑暗中一明一暗，微弱的亮光映照着单福根那双陷在沉思中的眼睛。

英子来看赵国安，几天不见，赵国安的病竟然一下子好了大半。等看到杏霖，英子差点惊掉下巴颏。赵国安告诉了英子事情的前前后后，照这样下去，赵国安觉得自己很快就可以出院了。他在医院待得太久了，也不知麦穗怎么样了。

英子和赵国安嘀嘀咕咕半天，赵国安一会儿点头，一会儿摇头。

英子从卫生院出来没直接回家，而是去了麦穗那里。

英子一连好几次来找麦穗让她去看看赵国安，可是麦穗就是不松口。赵国安的病也在英子的描述里越来越严重。英子这次告诉麦穗，医院都不留赵国安了，高玉芬都给他预备开后事了。

麦穗靠在一棵槐树上，眼睛茫然地望着枝叶间透着的点点光斑。这光似乎刺疼了麦穗的眼，不知不觉间，她眼里蓄满了泪水。她默默无语，身后拖着瘦长单薄的影子，低头往回走。

一连几天，麦穗干什么都没情没绪。她支棱着耳朵，希望从别人嘴里探听到赵国安的消息。可是大家说的都是庄里今天又开啥会了，什么时候要赶英超美了，什么时候就可以实现共产主义了……她希望听到赵国安的消息，又害怕听到，她怕英子的话真的成了事实。

英子好几天没露面了，麦穗夜里总是被噩梦惊醒。每次的梦境都是赵国安已经离去，她看见出殡的灵车走在文昌阁前的路上，她追着灵车跑啊，跑啊……她哭喊着，赵国安，你凭什么死？你凭什么死啊？

麦穗一下子把自己哭醒了，她给大香盖了盖被子，看着周围的一片漆黑。

天亮了，麦穗昏昏沉沉的，躺在炕上不想起来。"吱呀"一下门响了，麦穗抬头一看，赶紧起身。英子来了，她满面泪痕，眼睛红肿着。她进门就抱住麦穗："姐姐，赵国安被县医院撵回来，又去了公社卫生院，到底还是没救过来。赵国安走了，他到底还是走了……呜呜呜……"

麦穗身体晃悠了一下，赶紧扶住门框。她突然疯了一样跑出了屋，英子抱起大香在后面追着她。麦穗一路跑着，嘴里呼喊着："赵国安，赵国安，你凭什么走？你欠我的债还没还，你凭什么走……"

到了卫生院，麦穗一头闯进病房。病床上，赵国安的身体被白色的床单盖得严严实实。麦穗双腿一软，头一下子趴在赵国安身边，她的眼前一片白，白的墙，白的床，白的床单，一如她此时空白的大脑，一片茫然。

"赵国安，你起来，你起来呀！你欠我的还没还呢，你赶紧给我起来。"麦穗抽噎着，双手抓着床沿，如同想抓住赵国安还未远离的灵魂。

"赵国安，你为什么挡住我的路？你个痴巴，看高跷就看高跷吧，你为什么偏偏挡住我的路？你不挡我的路，我这辈子心里就没有你这个人，就不会让你坑我骗我折磨我。"麦穗擂着床沿。

"赵国安，为什么顶替相亲的人会是你？你这个坏种，就凭这，我就恨你一辈子。明明骗了我，你又滥充好人来帮我。你个坏种，你越帮我，我越恨你。你越对我好，我越觉得这好本来就应该是我的。赵国安，你快起来，你把这些给我捋捋。捋不明白你凭什么走？你凭什么呀？你扔下我，你让我以后恨谁去，恨都没人恨了，我活着还有什么意思……"麦穗被自己呛了一下，禁不住剧烈地咳嗽起来。

英子赶紧进来，放下大香，倒了一碗水，递给麦穗。

麦穗挡开英子的手，晃悠悠地站起来。她要看看赵国安，她要看看这个她恨到骨髓的男人最后一眼。她慢慢扯下盖住赵国安脸的床单，国安大睁着眼睛看着麦穗，泪流满面……

麦穗用手给赵国安擦眼角的泪，赵国安的眼皮突然眨了一下。麦穗一下子蹦起来："国安活了！国安活了！"她的叫喊让整个病房似乎都在发颤。"国安活了，英子，你快过来，国安真的活了。"

英子抿着嘴笑了。麦穗突然一拍脑袋："死英子，你们耍我？"

赵国安刚欲开口说话，麦穗早已羞红了脸，冲出了卫生院。

虽然自己没说什么，虽然麦穗跑了，赵国安浑身却忽然像灌入了无穷的力量，他感觉自己一下子精神抖擞起来。

麦穗一路上又哭又笑，行人都对她侧目。这个女人，是不是痴了？

王婶轻拍着靠在自己肩头的麦穗："孩子，听婶子一句劝。人这一辈子，说短不短，说长也不长。明明谁心里都不好过，你俩还老是这么绷着，图个啥？要是谁都心里没谁也好说，问题是你们谁能撇了谁？满打满算，人也就是活个几十年，说没就没了。你这么苦着自己到底图个啥？"

麦穗闭着眼睛，头靠着王婶，不说话。

第二天，赵国安就搬出卫生院回了家。

赵国安终于从疾病和疼痛里走了出来，虽然知道自己最想要的是什么，但是他一直没有去争取过。麦穗在他"死后"所说的话终于让他下定决心，他要去找麦穗。赵国安把自己略一收拾便出了门。路两边草木繁盛，刚下过一场雨，棉槐枝叶上挂着晶莹的水珠。他拿手拽一下垂到他头顶的一根树枝，枝上的水珠扑簌簌落了他一脸。他像个孩子般开心地笑着，也不擦脸上的水珠，任由它自己风干。

　　赵国安加快脚步小跑起来，他恨不得插上翅膀，一下子飞到麦穗面前。

　　灌木丛中突然蹿出一只黑猫，把赵国安吓了一跳。那猫"咪呜"叫了两声，一双绿色阴森的眼睛瞅了瞅他，弓腰低头向灌木深处钻去。

　　赵国安额头上挂着一层细密的汗珠。他顾不得歇息，赶紧去了麦穗的小屋，门锁着，大黄在门口趴地上晒太阳。它看赵国安来了，睁眼看了看，接着又懒洋洋闭上了眼。麦穗不在。

　　麦穗去哪里了？赵国安一拍脑门，肯定去了王婶那里。赵国安像风一样一会儿就来到王婶那里。推门进来，大香在天井里玩着泥巴，抹的满脸都是泥。看见赵国安，大香赶紧跑过来，"表福（叔），表福（叔）"地叫着，伸着小泥手就来拉赵国安。王婶赶紧跑出来："国安，你可回来了，好利索了？"

　　"嗯，我好了，差一点就交代了。"赵国安顺势抱起了大香，大香调皮地把小手抱住赵国安的腮，把他抹了个泥巴脸。

　　"小祖宗，你那小泥手，可别把你表叔衣裳弄脏了。"

　　"没事没事，让她抹吧。好长时间没见这丫头了，真想了。"

　　"国安，你这样把她惯坏了。"王婶赶紧把大香从赵国安怀里往下夺。

　　"婶子，闺女就得惯着养。是不，大香？"赵国安把脸凑到大香的小手上，让她继续抹。

　　王婶看着这爷俩闹腾，无可奈何地笑笑："你爷俩真中，国安你就惯她吧。"

　　赵国安环顾四周，没看见麦穗："婶子，麦穗没来？"

　　"哦，她让小满叫到大队去了，说是上头工作组要来，让几个妇女去给工作组的人拾掇出一间屋来办公。"

　　"什么工作组？"

"你问我还不如问南墙，我哪知道。你去大队问问就知道了。"

赵国安拐过街角，看到麦穗迎面走来。他靠墙站定了，等着。麦穗发现了赵国安，迟疑了一下，然后目不斜视从赵国安身边经过。赵国安也不吱声，跟在麦穗后面进了她家。

"你已经死了，还来这里干吗？"麦穗往外推赵国安。

赵国安不知哪来的勇气，一把把麦穗扳过来，让她面对着自己："麦穗你就别躲着了，难道还要我把心扒出来给你看看？"

麦穗试图挣脱，赵国安抓住她不放。

"你知道吗？自从正月十五高跷会上见到你，自从你用红绸子打在我脸上，你就长在了我这里，生了根，剜都剜不走。"赵国安指指自己胸口。

"我知道，替四龙相亲是我一辈子都补不了的一个错。谁知道四龙相看的人竟然是你？麦穗，不要再和我这样杠下去了。前面的路我走错了，后面的路你让我把它正过来，中不中？"赵国安越说越动情，禁不住泪眼婆娑。麦穗一开始还挣扎，现在她低着头，眼泪吧嗒吧嗒地滴在赵国安的手上。

麦穗突然发疯般捶着赵国安："赵国安，你个死骗子，你个死骗子！"

赵国安也不躲闪，任由麦穗捶打着自己："打吧，只要你能解气，使劲打。"

麦穗似乎是使出浑身的力气，越来越狠地捶打着。

一下，两下，三下……拳拳凌厉，毫不留情，似乎每一拳里都是恨！

麦穗的眼泪随着挥舞的拳头甩了出去，泪珠子把赵国安的心砸得都要化了……

赵国安突然拿着麦穗挥向自己肩膀的手，把拳头直接打在了心口上。他大叫一声，一下子捂住胸口，蹲在地上。

麦穗也随即蹲下身，双手捂着脸，大哭起来。

"来，麦穗，继续打。"赵国安拿麦穗的手抽自己脸。

"我偏不打了，打得我手疼，你待坏煞。"麦穗使劲抽出手来，"赵国安，别以为你挨几下打我就可以原谅你，想都别想。"

麦穗的语气已经柔和了许多。

赵国安一下子抓住麦穗的双手，把这双手紧紧握在自己手心里，放在自己胸口上。

"那要我怎样你才能消气，我给你跪下？"赵国安说着话就要往下跪。

麦穗一下子拉住他："哼，你以为跪下就没事了？少跟我来这套。"

"我知道，你舍不得我跪。"

"美得你！"麦穗抹了一下眼泪，笑了，像一朵带雨的梨花，让人心尖尖都发颤。

麦穗的笑容让赵国安心花怒放，自从麦穗成亲以来，她在自己面前好似从没露出过一丝笑。赵国安抓住她的手："我看看，是不是真把手打疼了。"赵国安就势把麦穗揽进自己怀里。

麦穗心里跟擂鼓一样，赶紧挣脱出来。

"跟我回趟家吧，回家跟爹娘挑明了。以后，我要跟你堂堂正正地在一块儿，我不想再过这种憋屈的日子。"

"别蹬鼻子上脸哈，谁要跟你在一块儿了？"

"麦穗，我是说真的。这辈子，我不能再错下去了。"

麦穗两拇指互相抠着指甲，一下子又犹豫起来。

经不住国安的一再相劝，麦穗还是点头跟国安去他家，但不是现在。人总得依着自己的心活一次，去就去！

赵国安走后，麦穗嘴角翘着，脸上的红晕犹如盛放的桃花，白里透着红，红里透着粉。

第二天，高玉芬看见麦穗和赵国安一起进来，很是诧异。诧异过后，她马上满脸笑容："麦穗来了，来，来，快坐快坐。"高玉芬一边去搬凳子，一边从背后瞅着他俩，这两人在低声说着什么，似乎没有了以前的嫌隙。

高玉芬手中的板凳忽然掉落，砸到了她的脚面上，她一下子坐在地上，捂脚痛苦地呻吟着。

赵国安和麦穗赶紧起身，把高玉芬扶到炕上。

"娘你怎么这么不小心？"

"老了，不中用了。"高玉芬看一眼儿子，眼神复杂，似有无尽的意思在里面。

麦穗知道高玉芬跟赵国安有话要说，赶紧起身告辞。

"我送送你。"

高玉芬刚要和赵国安说话，他却随着麦穗跑了出去。高玉芬一个人出神地坐在那里，这俩孩子……

赵国安和麦穗不再在人前躲躲闪闪。双羊店的人发现赵国安和麦穗连日来一直一块儿干活，一块儿说笑，一块儿出出进进。

大家开始交头接耳，窃窃私语起来。

"啧啧，国安真是胆大，麦穗连着克死了两个，他也来送死？"张金花一边往嘴里塞着一个大葱叶，一边嘟囔着。

"两个？哪有两个？不就四龙自己？"另一个女人搭话。

"你还不知道？工地上那个陈营长，还不是为了她死的？那个陈营长，对麦穗那个好啊，我看谁对她好，谁就得死。"张金花嘴角冒着白沫，越说越来劲。

"哎呀，那可是真有点克……"

小满咬着嘴唇坐在旁边，手里拿着一根枝棒在地上划来划去。她在地上画了一个圆圈，圆圈里画上两只眼一张嘴。画完了，又在那张脸上狠劲划来划去，直到画成了一堆辨不清面目、横七竖八的大叉叉。

大寒看小满这副模样，一把把小满从地上薅起来："坐这儿干什么？回家。"

小满一走一挣，想挣脱大寒。

"干什么？你把我捏疼了，你把我捏疼了呀，你干吗也来欺负我！"说着话，小满撇着嘴哭了起来。

大寒松开拽着小满的手："号，号，号吧，使劲号。"大寒一脚踢开门，把小满拉到门里边。

看到两眼放光的单福根从屋里出来，大寒转身就走。

"站住，大寒，你给我站住。"

单福根一边说，一边蹿到门口，把大门关上，自己用脊梁顶住门。

"你起开，我要回去。"

"大寒，我知道小满难受。我还知道你比小满更难受。"

单福根一句话，让大寒一下子抱着头蹲在地上。

"你们兄妹俩现在是一条藤上的瓜，一根绳上的蚂蚱，小满好了，大寒你也就好了。我是你老子，我当然巴望着你俩都好。大寒，你可以现在不回来，也可以继续不叫我大大。但是，你得答应我，只要我让麦穗跟了你，你就得回来，你就得认你这个大大。要不是小满不听我的话，现在不会是这个样子……"

小满抬头看着单福根，难道真的是自己错了？她知道，从小到大，大大想干的事，就没有办不成的。

"哥，你回来住吧。你回来，大大会给咱们想办法。"

单大寒站起身就走。

小满赶紧过来拽住大寒："哥，你点个头，快点个头啊。"小满看大寒没反应，有点着急。"你要是不答应，那你就摇摇头。"

大寒梗着头，不动弹。

小满兴奋地朝单福根喊："大大，我哥没摇头，他就是答应了，他答应了。"

大寒不理小满，头也不回地走出了家门。

五十八

麦穗嘴里哼着不知名的小调，在天井里"砰砰"地帮王婶劈柴。

"大香，你看你娘，今儿个还哼上《天仙配》了，肯定遇上了什么好事。"王婶瞅瞅麦穗，跟大香打趣。

"娘，什么好事？是不是给我买糖块儿了？"大香眨巴着大眼睛，蹭到麦穗身边，开始翻她的衣兜。

"去去去，馋丫头，就知道吃。"麦穗笑着拿胳膊挡着大香不让她过来。

麦穗忽然放下了劈柴的刀，神色一下子黯然起来："婶子，我是不是……我是不是真是克夫命？"

王婶一愣，扭头看着麦穗："你听哪个烂舌根的胡说八道？这样的人就是该天打雷劈。英子都跟我说了，你是为了救她才掉下去的，这叫积德行善，怎么能把屎盆子扣在你头上？麦穗，你一直就是个有主意的人，千万不能让那些杂七杂八的人乱了自己的主张。"

"嗯，不理她们。越是和她们争，她们就越来劲。"麦穗坚定地点点头，继续劈柴。

"这些日子你就把大香放我这里，你安心干你的事，该预备的预备一下。"

"预备啥呀……"麦穗不好意思地笑了笑。

麦穗劈完柴火回到家，自己晾在外面的一件小衣又不见了。她房前屋后找了个遍，还是没有。她拍了一下大黄："你呀你呀，现在是越来越不灵精了，接二连三丢东西你都不管。"

大黄摇摇尾巴，只顾伸出舌头舔麦穗的手。

赵国安回到家，高玉芬接着放下手中正在洗着的衣裳。看着儿子满脸喜色，高玉芬犹豫了一下，到嘴边的话又咽了回去，继续低头洗起来。

这些日子家里来的人出奇多，而且都是女人，来了就把国安娘拉到一边，在那里压低了声音，也不知说些啥。说着说着，还不时往赵国安这边看看。赵国安心里就烦闷，女人就是事多，肯定又在嚼舌头。他只管忙活自己的事，不去理会。

等来的人走了，高玉芬坐在赵国安身边，开了口："国安，你跟麦穗这事，定了？"

"定了呀。这又不是小孩子过家家。"赵国安被高玉芬问得有点莫名其妙。

"定了？说得真轻巧。你不问问你爹娘啥意思？你把我们当什么了？"赵廷毓拉着脸，瞅瞅赵国安。

"我听到了一些不好的议论，我本来是很稀罕麦穗这孩子的。我也不信什么克夫之类的迷信。但是国安，这毕竟不是小事，关系到你下半辈子，小心点好。"高玉芬忧心忡忡。

"你娘说的在理。再说麦穗还带着个孩子，咱这边还有杏霖，这两个孩子能不能合脾气还不知道。以前村里就风言风语说你俩不清不楚，这一下，人家更认定是真的了。唾沫星子能淹死人啊。再说国安你这条件，再找个黄花大闺女也不难不是？你这不是自己找麻烦？"赵廷毓努力压着自己的火气。

"我以为咱家的人会跟那些人不一样，好歹都识几个字，都明白些事理。我没想到你们也这样想！"赵国安咆哮起来。

"要是你两个都没有带累，那也中，谁爱说让他们说去。麦穗带着大香，咱这边还有杏霖，三窝两巢的，两个小家伙合得着还好，要是合不着，难免各人向着各人的，起了矛盾，到时候可就热闹了。国安你能不能长长脑子！"赵廷毓拍着桌子。

"国安，咱在双羊店可是正儿八经的人家，不能让人看笑话。"

三个人你一句我一句，谁都有理！

刚要推门进来的麦穗听到了他们的话，赶紧撤回了手，站在门外。麦穗突然觉得脑袋嗡嗡直响，木在那里。

屋子里三个人越吵越凶。

麦穗实在听不下去了，转身就跑。她发现自己把事想简单了，原来结婚并不只是她和赵国安两个人的事。麦穗想起了那个吊死在枣树上的女人，不是两个人能说上话就能走到一块儿……

赵国安听到了动静，开门一看是麦穗跑远了，赶紧追了出去。

"等等，麦穗，你等等我，你听我说。"赵国安一边跑着一边喊。

麦穗跑回家，大黄兴奋地朝麦穗跑过来，麦穗不理它，"砰"的一声就关门。赵国安一边喊着，一边硬塞着挤进了门。"国安，你回去吧，不要来了。咱俩不合适，一辈子的大事，马虎不得。二姨和姨父说的在理，不要等以后过不下去，你我撕破脸成了仇人……现在各走各的，心里好歹还有点念想……"

赵国安走上前，一下子把麦穗紧紧地箍在怀里，他把脸埋在麦穗头发里："你要是走了，我才是真不好了。跟你说过了，这辈子你都别想逃脱，想都别想。你就是我赵国安的。"

"可是，二姨和姨父根本就不赞成。国安，我不愿意你走到哪里，都被人家说三道四。凭你，找个黄花大姑娘真不难，姨父说的对。"麦穗往外推着赵国安。

赵国安一下子用嘴堵住了麦穗的嘴，不让她再说下去。麦穗立即愣住，不知所措地望着赵国安，浑身电击一般一阵战栗。第一次，这个男人离自己这么近。第一次，她被这个男人这么霸道地拥着，亲着。麦穗的心砰砰狂跳着，血液一下子涌上脑门，她心慌意乱。

赵国安的双手缓缓滑过麦穗的脸颊，摩挲着她的头发，轻抚着她的脊背。他的双手那么温柔，又那么有力，麦穗感觉后背一阵温热，这温热让她几近融化，让她所有的设防顷刻间土崩瓦解。麦穗慢慢从抗拒变成迎合，她双臂环抱住赵国安的脊背，黑色的眼眸慢慢合上，嘴唇上传递着他赋予的温润触感，这温润很快变成酥麻迅速传遍她的全身。

赵国安身上混合着草药味道的男人气息让她迷醉，让她痴狂，让她忘记了所有的羁绊和困厄。麦穗感觉自己在一片火海里奔跑，升腾。那火，让她灼疼，更让她兴奋。

麦穗最后还是推开了赵国安，她真的不愿意把赵国安置于两难的境地。尽管不久以前，她还在恨着这个男人。但是此时此刻，她却愿意为了成全赵国安，让自己来承受所有的痛苦。

赵国安用坚定的目光看着她："麦穗，既然这里容不下咱，咱可以走，走得远远的！"

麦穗瞪大了眼睛："走？往哪走？"

"去一个能容得下咱俩的地方。有我的医术在，到哪里都能混口饭吃。"赵国安的语气不容置疑。

"行吗？哪有这样的地方？我们又能走到哪里去？国安，你不用管我，你以后不管怎么做，我都不会恨你了。真的，国安，我真的不想因为我，让你这么为难。"麦穗靠在墙上，抬头望着房顶。她不敢低头，她怕一低头，眼里的泪就会流下来。

"我到底说多少遍你才能明白？都到这会儿了，你还跟我说这个？"

麦穗望着赵国安的眼睛，郑重地点点头。她的眼睛告诉赵国安，我愿意，跟你走到哪里，我都愿意。在赵国安目光的环绕中，麦穗感到从没有过的踏实。

既然要走，就要安排好身后的所有。赵国安教麦穗如何如何，等他俩安顿好了，就把王婶接过去，给她养老。

麦穗曾经自视为一个有主张的女人，但是在赵国安的面前，她却显得像一个不懂事的小女孩，任由赵国安给她安排一切。她喜欢这样的感觉，她愿意赵国安来教她如何如何。在赵国安面前，她愿意把自己变成一个白痴，让赵国安宠着，护着。

跟赵国安商量好，麦穗去了王婶那里。她今天格外卖力地替王婶干这干那，先把水缸给王婶挑满水，替王婶把墙头残破的脊瓦换了好的，然后又拿起砍刀开始劈柴。大黄不知是闻到了麦穗的气味还是听到了麦穗的声音，竟然跑到王婶家，在麦穗身边蹭来蹭去。

王婶领着大香："大黄，过来，别在那里碍手碍脚。麦穗，你劈那么多柴干吗？都可以烧到过年了。"

"婶子，我就想把什么都给你弄好了，我恨不得给你把明年的活也干完了，我就可以放心地走了。"麦穗也不抬头，继续劈着。

王婶心里忽然咯噔一下：这孩子，我咋听着这话这么不好呢？

"你这孩子，又不是不回来了。"王婶看着麦穗满脸大汗，赶紧拿条手巾给她擦脸。

"婶子，国安说了，等我们安顿好了，把你接过去。我要养你老，给你养老送终。"麦穗边说边感激地看一眼王婶。在麦穗心里，她已然就是大香的亲奶奶，王婶对自己的情义，自己一辈子都报答不完。

"我一个没用的老婆子，接我干吗，去烂饭？我哪里也不去。只要你和国安平平安安和和美美地过日子，比什么都强。"王婶嘴上虽这么说着，但对于麦穗的话，她心里真是受用。自己真没看错，赵国安和麦穗，真的是两个有情有义的好孩子。

麦穗忽然想起了什么，站起身来，从裤兜里掏出一卷钱，塞到王婶手里："婶子，差点忘了，这是国安让我留给你的生活费，你先用着。"

"不用不用，在家千日好，出门一日难。你们带上，我好说。"王婶坚决不要。麦穗硬给她塞进衣兜里。

大香跑过来，饶有兴味地看着麦穗和王婶推来让去，也帮着往王婶兜里塞，小嘴里嘟囔着："不听话不是好嫚嫚儿，不是好嫚嫚儿捞不着小花褂褂儿……"

"哈哈，熊孩子，拿我哄她那一套来哄我呢。"王婶儿和麦穗被大香逗乐了。

麦穗忙活完了，在王婶那里吃罢晚饭，便出了门，站在胡同口等赵国安。赵国安说好的，今晚要陪她到水库看看。说来也是奇怪，麦穗突然想把她以前去过的地方都——看一遍，好似她要跟这里久别一样。一定要去水库看看，在那里，麦穗流过血流过汗。麦穗心底里没来由地特别留恋着这一切，她要把它们留在眼里，刻在心上。

月亮出来了。月光下，赵国安的身影渐渐清晰地朝麦穗走来。麦穗现在只要一看见赵国安，心里就莫名地兴奋又踏实。她愿意闻赵国安身上那股药香，这奇异的气味让她着迷。

赵国安走近了，两人也不说话。赵国安在前，麦穗在后，朝水库走去。一路上秋虫鸣叫，在月光里，这叫声似乎也多了一份温润熨帖，听起来入耳又入心。

到了水库，风裹挟着水汽，变得湿润起来。月光下的潍河浩浩荡荡、辽远宏阔。那些隐在薄雾里的星星，倒映在水里，忽隐忽现，像点水的蜻蜓，在水面上调皮地眨着眼睛。

麦穗和赵国安并肩走在堤岸上，不远处的庄稼地里不时传来一两声夜鸟的鸣叫，天地间弥漫着将要成熟庄稼的甜香。麦穗禁不住深深吸了一口气。

麦穗望着水里的那个月亮欣喜不已。是啊，有多久没这么看过月亮了？

她的小手被握在赵国安的大手里，她偎依在赵国安身边，在大堤上慢悠悠地踱着步。赵国安让她第一次懂得，那些书上、电影里的人常说的那个叫作"爱情"的东西到底是什么。它是那么奇妙，它让人体验到什么是重生，它让一切都变得那么美好，它让一个心中充满了仇恨的女子顷刻之间放下了戒备，就连月亮也突然变得这么明亮、这么动人……

赵国安从背后搂住麦穗。无边的夜色让麦穗放下了矜持，她把脸仰在赵国安肩头，抬头看着月亮，又闻到了赵国安身上那股醉人的药香。

一股莫名的冲动让赵国安突然捧起麦穗的脸，把自己滚烫的嘴唇印了上去。麦穗现在感觉赵国安一个细小的抚触就能把她点燃，她轻轻地呼唤着赵国安的名字。

那轮圆月此刻越发地清辉熠熠。月华如水，倾泻在潍河两岸。

赵国安回到家，看到高玉芬坐在他屋里，一愣。

"国安，你真的打算好了？连你爹你娘都不顾了？"

"娘……你说什么？"

"我不聋也不瞎，你别瞒我了！"

"娘，其实……其实我们就是想暂时避一下。等……等我们出去混好了，自然还是要回来的。那时候，恐怕没人再去翻旧账嚼舌根了。我就是想让那些嚼舌头的人看看，我这个'被克的夫'活得比他们好还是比他们差。我们三窝两巢比他们一窝一巢是好还是坏。"赵国安坐在高玉芬旁边，伸出胳膊把高玉芬怀里的杏霖接了过来。

晚上，赵廷毓和高玉芬在屋里叽叽咕咕："这小子，为了个女人不要他爹娘了！他要是敢跟麦穗跑，那我就敢死给他看！他要走，中！孙子是我的，得留下！"赵廷毓一下子从被窝里坐起来，火冒三丈，穿着裤衩就往赵国安屋里跑。

高玉芬一把拉住他："怪不得国安不跟你说，你看你这驴脾气，烈火轰雷跟个张飞似的。你先听我说完。"高玉芬把赵廷毓拦腰抱住，不让他出去。

"你就知道发疯，我也舍不得儿子。但是你又不是不知道，这俩孩子虽然不言语，心里疙瘩了也不是一天两天了。国安这孩子太重情，你愿意国安再病成那样？那样子，他这下半辈子不就彻底毁了？"高玉芬把赵廷毓摁回被窝里，自己也脱衣睡下。

"要是你真疼国安，那就叫他按着自己的心思活一次。谁也不是没年轻过，他俩能过好了那最好，要是真弄不到一块，国安那时候自己悟过来，总比我们逼着他，生生拆散了强。"高玉芬继续唠叨着。

高玉芬一会儿和赵廷毓争吵，一会儿又对他低声劝慰。两人嘀咕到鸡都叫了，赵廷毓还是重复着那句话："他俩这叫什么？这叫私奔！我丢不起这个人！我老赵家也不出这种人！"高玉芬扔下一句："你要是不想让他们私奔，那你就给他们把婚事办了。你就犟吧，犟到国安和麦穗哪天偷偷跑了，你就裕足了。"说完叹口气，两人才迷糊着睡去。

一家人在阴郁的气氛里阴郁了好几天，高玉芬两头忙活，一头劝赵国安，一头劝赵廷毓。终究是老的没扛过小的，赵廷毓叹着气，答应了这桩婚事。

"国安，我和你爹合计好了。你俩出不出去咱先不说，你俩实在分不开，那我和你爹也不勉强。我把丑话说在前头，你们要死要活地走到一块了，别等新鲜劲过了，你俩再闹出别的来，更让人笑话。等你爹气消了，庄里人都嚼舌头嚼够了，你俩再回来安生过日子。"高玉芬语重心长。

赵国安先是一愣，然后不断地点头。

"你们打算什么时候走？又要到哪里去？"高玉芬声音有点悲切。

"过些日子是双羊店山会，就山会那天走吧。运气好的话，说不定能搭上去高密城的拖拉机。小姨不是在高密城吗？总比去个两眼一摸黑的地方好一些。"

高玉芬为赵国安和麦穗收拾衣物，连针头线脑都给他俩预备好了。眼看夜深了，高玉芬打着哈欠。

"唉……他俩出去，人生地不熟，哪有他们想的那么容易？"赵廷毓叹口气，知道事已至此，已没法改变，"睡吧，天塌下来有地接着！"

赵国安和麦穗走在高密城的大街上，街上熙熙攘攘，他俩裹挟在熙攘的人流中。街上好似集市一般，有卖各色吃食的，卖糖果的，卖衣服鞋帽的。前面围拢了好多人，里面有敲锣的声音，麦穗拽着赵国安挤了进去。原来是耍猴的，那只猴子时而戴帽子，时而骑车子，时而倒挂在竹竿上，用前爪接住耍猴人掷来的绒球。麦穗扯着赵国安，开心地大笑大叫。

突然，那只猴子摘下帽子，一下子变成一只黑猫，那黑猫瞪着绿色阴森的眼睛瞅着人群。赵国安一惊，这不是自己出院那天，在路上碰见的那只猫吗？那黑猫一下子腾空而起，"咪呜"一声朝麦穗扑来。那黑猫眼看着生了双翅，双眼放出绿色的光芒，伸出利爪抓住了麦穗，扑棱棱朝西南飞去。

"麦穗，麦穗……"赵国安大喊着。

"国安，国安你醒醒！"高玉芬被赵国安的喊叫吓了一跳，赶紧把赵国安摇醒。赵国安一下坐了起来，额头上大汗淋漓。

"国安，你是不是魔怔了？吓死我了！"高玉芬拍拍儿子的脑门。

"娘，也吓死我了，我梦见麦穗被一只黑猫叼走了。"赵国安还沉浸在梦中，心怦怦直跳。

"梦是反的，害啥怕？亏你还是个男人。"高玉芬嗔怪地看了赵国安一眼。

赵国安却被这个梦搅得心烦意乱，他的心再也无法平静，更无从入睡。

接下来的日子，高玉芬忙进忙出地不消停。

双羊店人发现单福根这些日子不是进城就是进社，跑跑颠颠地没闲着。别人问他忙活啥，他吧嗒着烟袋："忙啥，那什么，还能忙啥？忙正事。"

"娘，你出来进去的干啥呢？"赵国安问高玉芬。

"过两天你就知道了。"高玉芬跟赵国安说着话，眼睛却瞟着麦穗。麦穗也不说话，朝着高玉芬咧嘴笑笑。

过了几天，高玉芬抱着大包小裹来到麦穗跟前："孩子，看看来，我给你们预备的好东西。"

"二姨，您预备什么？"麦穗不解地看着高玉芬。

高玉芬打开包裹，把里面的宝贝一样一样展示给麦穗看。

麦穗一看，全是簇新的物件：鞋脚袜子，衣帽褂子，梳拢篦子，脸盆镜子。麦穗明白，这是国安娘给他俩预备的结婚物件。

她指着一床百子图的被面："孩子，你都不知道，为了淘腾这床被面我费了多大的劲。布票都买不到，求爷爷告奶奶，从黑市上买来，花了好几倍的价钱呢。"

赵国安知道，娘为了他的婚事，把全部家底都拿了出来。

"二姨，一床被子哪还用得着这么破费？不知谁有福能捞着盖这么好看的被子。"

"这话说得，当然是俺的国安有福、麦穗有福，还能给谁？我想好了，你们俩就是走也把婚事先办了再走，名正言顺地走。给你和国安把这大事了了，我这辈子就没啥心事喽。"高玉芬嗔怪地瞅瞅麦穗。

"啊？"麦穗和赵国安几乎同时喊出了声。

"啊什么啊，真以为我和你爹都那么不通情理？"高玉芬嗔怪地瞅一眼儿子。

赵国安激动地抓着娘的胳膊："你和爹都商量好了？怎么不早和我说？"

"多早是早？这也不晚。麦穗你说是吧？"

麦穗的脸绯红起来，她不知道该说是还是不是。

"怎么还二姨二姨的，再叫二姨，我可不依。"

"就是就是，早就该改口了。"赵国安凑过来，朝麦穗笑着说。麦穗红着脸瞅了一眼赵国安，扭过头去不理他。

"赶紧叫娘，你看她辛苦了这些日子，就等着你改口叫一声娘呢。"赵国安压低了声音跟麦穗说。

高玉芬笑吟吟地站一边，看着麦穗。麦穗低头不语，感觉自己脸上烫烫的。

"……娘……娘……让您受累了。"麦穗费了好大的劲，终于小声喊出了这声娘。

"哎，哎，哈哈，娘不累，娘心里美着呢。不累，一点都不累。"高玉芬的脸笑成了一朵花。

说着这话，高玉芬把叠得板板正正的一套大红的衣服递到麦穗手里："孩子，结婚的衣服，我给你预备好了，拿回去，试试合不合身。"

麦穗红着脸接过去，冲赵国安不好意思地一笑。

五十九

外面一阵嘈杂，赵国安家院子里突然涌进了好多人，

"干什么？你们干什么？放开我儿子。"高玉芬大喊着。

"干什么？你儿子和韩六方勾搭连环。韩六方是反革命，他装傻躲避组织处理。赵国安不但知情不报，还替韩六方遮掩逃避。把他带走！"

"胡诌八扯！放开他，你们放开他！"高玉芬哭喊着。

"工作组的人来了好多天了，也都调查清楚了，要不然，也不会来抓人。"

两个民兵模样的人走上前，扭住了赵国安的胳膊往外走。

麦穗和高玉芬都愣在了那里，这突如其来的一切犹如一阿棍击在她们头上，一时之间，她俩都蒙了。

双羊店村东的戏台子上，赵国安和傻子六都被反绑着双手，几个人摁着他俩的头。单福根坐在戏台靠里的一把椅子上，抽着烟袋。傻子六面无表情，脸上没有了那股傻气。赵国安头发乱糟糟的，嘴唇裂着血口子，脸上几处还没结痂的伤口在渗着血。小满站在台下，心疼得浑身颤抖，她没法在这里再看下去，扭头往家跑。

工作组的人宣读着傻子六和赵国安的罪状，读完了，问赵国安："韩六方装傻你知不知道？"

赵国安扭头看看那个人："不知道。"

"不知道？那我就让你知道知道。单书记，大家手都有点痒痒，让他们都活动活动吧。"

大家一听，都不由自主地往后退。工作组长脸接着沉下来："你们都这么没觉悟，包庇、纵容这些混在人民内部的反动分子？把赵国安和韩六方带下去。"

"你俩是好哥们，不揭发是不是？好，那咱就让他自己愿意说为止。"那个人一挥手，赵国安和傻子六一起在人群中被"审核桃"。他俩被人推来推去，从这个人推到那个人，从那个人又推向另一个人，赵国安因为平时人缘好，那些被他帮过的人都手下留情。赵国安被"审"的力度明显比傻子六小。傻子六本来就被反绑着双手行动不便，无数次被人推倒在地，不一会儿脸上就开了花，哭喊着让别人高抬贵手。

组长挥手示意，两个人又被带上来，把傻子六一下子扭住胳膊，摁着他的头让他交代问题，傻子六还是叫屈摇头。

蘸了尿的粗绳子，拴着两个石斗，被挂在了傻子六脖子上。旁边的人摁着，傻子六不能直身。石斗的重量压在脖子上，傻子六一会儿就感觉到脖子要断了，麻绳勒进肉里，骚味难闻，疼痛难忍。

"韩六方不说，不说就让他哈着腰擎着石斗直到说为止。"

傻子六双腿哆嗦着，汗珠子顺着脖梗流下来砸在地上。他眼前开始冒金星，感觉自己就要倒下了。

"说不说？"旁边的人又弄了一根吊着石斗的绳子，这次要从前面往后吊。只要绳子吊上，傻子六就会被绳子勒着，窒息而死。

"说……我说……"傻子六一下子瘫在台上。

"他对大炼钢铁有意见，他还对合作社有意见，他说合作化走急了，走快了，办坏了。他对修水库有意见。他说了，有些事，眼前看着是利，几世几代下去说不定就成了害。工地上的那些新鲜玩意儿，都是我帮他弄的。他还说，修水库对国家对集体是好事，但是，但是我们应该看到老百姓付出的惨重代价，我们欠那些死去的人一个说法……还有，还有赵来喜……"傻子六一下子昏了过去。

赵国安看着韩六方，他不相信，可是，的的确确，检举揭发他的是韩六方。赵国安脑子里一片空白，痛苦地闭上了眼睛。他宁愿自己被打，被罚，被逼着吃屎喝尿，也不愿意看到这样的韩六方。

小满趴在炕沿上哭哭啼啼："国安，国安他怎么突然就成了反革命？他怎么就从红变白了？拔他的白旗？工作组的人是不是疯了？我不信，我就是不信。"

"小满，你别……"单福根看着小满伤心的样子，犹豫了一下，把要出口的话咽了下去，脸上的表情也硬了起来，"信不信还能由着你？韩六方被抓了半个多月了，都是从他嘴里供出来的，还能有假？"

单福根吧嗒着烟袋："再说了，赵国安又不搭理你，你替他伤的哪门子心？拔不拔白旗咱说了不算。"

"大大，你求求工作组的人，让他们放了国安，不管国安理不理我，我都不愿意他受罪，我愿意他好好的。"

"头发长见识短，该干吗干吗去，这事不用你管。"

"大大！"

单福根推门进了自己屋。

小满烦闷地揪着头发，咬着被角。她不明白，赵国安怎么突然就由红变白了……

小满跑到公社，公社的人都忙进忙出，没人理睬这个哭哭啼啼的疯丫头。小满发现公社办公室的墙上挂着一张修峡山水库完工时的黑白照片，她看到了坐在第一排中间的章文坡。对呀！怎么把这个人忘了，章文坡一定不会不管赵国安的，去城里找他！

王婶抱着大香来到麦穗的小屋。麦穗无精打采地躺在炕上，看王婶进来，抬了一下眼皮，连招呼也没精神打了。王婶拍了拍麦穗的肩膀，叹了口气。

"麦穗，工作组来这里是生插一杠，村里什么情况他们都不摸，还不都是听单福根的？你去求求他，求求他给国安说说情，说不定就过去了。"王婶看着麦穗六神无主的样子，给她出主意。

"婶子，能管用？"

"不试怎么知道不管用？国安爹娘现在光知道哭，都成了没主意的人了。麦穗，国安就靠你了，去试试吧。"

麦穗推开了大队部的门，单福根正在那里搓着烟叶，看见麦穗进来，赶紧坐直了身子，正了正衣领。

"单书记……"

"麦穗啊，有事？"

"单书记，国安的事到底严不严重？你，你能不能帮帮他？"

"麦穗啊，不是我不帮，是国安的事太大了。他怎么能那么说呢？谁也兜不住啊。"

"事太大了？单叔，国安难道就没救了？"

"够呛啊，依这罪名，少说也得判个十年八年的，往不好里说，活不活命都不一定啊。你也知道，现在不管什么案子都是从快从严。"

"啊……单叔，你不能见死不救啊。大家都知道，国安他冤，他怎么能是反革命呢？单叔你也知根知底不是？"

"过几天，地委的工作组都要来了，国安移交到公安那里，那就谁也说了不算了。"

麦穗靠在墙上，无力地瘫软下去，几乎坐在了地上。

"回去吧，有些事，咱尽了心就行了，强求不来啊。"

麦穗从大队部出来，又去了赵国安家，高玉芬和赵廷毓正抱头痛哭。看麦穗进来，两人还是泪流不止。

"孩子，国安看样子是没救了。你叔去求单福根，单福根都说没救了呀。你说怎么办，怎么办啊？"

麦穗陪着他们流泪。怎么办？她也不知道该怎么办啊。

回家路上，麦穗看见两个公安模样的人进村了。麦穗想起单福根的话，不禁浑身哆嗦了一下。王婶说的对，工作组对村里的事生插一杠，赵国安有事没事那还不是单福根一句话的事？不行，还得去找他。

　　麦穗推开单福根的大门，进门"扑通"一声就跪在了地上。

　　"那什么，孩子，你，你这是干吗？那什么，你有话起来说，起来说。"

　　"单叔，你要是不答应救国安，我就不起来。"

　　"你这孩子，那什么上头来的工作组，我想帮也帮不了啊。国安是双羊店的人，他出了事，我这个当书记的脸上也不光彩不是？我私下里给工作组的人也是好说歹说，但是现在这形势，唉……"

　　"单叔，你一定有办法。你要是救了国安，为你为大队当牛做马，干什么都行。"

　　单福根不再说话，他吧嗒着烟袋，瞅着麦穗。

　　"麦穗，不用你求我，我也会尽我最大的力气。国安有福气，有你这样为他操心，唉……你叔，才真是可怜哪……"单福根声音突然哽咽起来。

　　麦穗不解地看着单福根，这个要风得风、要雨得雨的村书记，此时看起来那么可怜。

　　"你可能也听说了，大寒跟我都好几年不上门了。这一直是我的一块心病，要是大寒能回家，叫我一声大大，我死了也能闭上眼了。"

　　"……单书记，怎么能让大寒回家？我，我能帮上什么忙不？"

　　"嗯，这事，只有你能办到。"

　　"啊?!"

　　单福根把麦穗叫到近前，压低声音跟麦穗嘀咕着。

　　麦穗在大寒门外转了无数圈，最后，她还是推开了那扇对于她来说似乎有千斤重的木门。大寒一下子愣住了，但是他很快收敛了脸上的笑容。他想起了上次，麦穗也是意外地进来，然而又意外地匆匆离去。这次谁知道会不会和上次一样？

　　"麦穗，你这是……"

　　"大寒，我想求你点事。你能不能，能不能跟你爹说说，让他给国安求个情？"

"你来就是为这事？"大寒脸上的青记在灯光下突然变得愈加骇人，泛着青光。

麦穗点点头。

"我要是不答应呢？我跟我爹这辈子怎么可能再上门？"

"大寒哥，我真的走投无路了，只有你可以救他。"

"凭什么让我救他？我巴不得他赵国安死了！"

大寒一步步上前，把麦穗逼到了炕角。他的目光变得热切起来，麦穗听到了大寒急促的呼吸。

大寒突然抱住了麦穗。这个女人为了另一个男人来求他，他感到耻辱和愤怒。但是现在麦穗就在眼前，愤怒也难以抵挡他对麦穗身体的渴望。他喜欢这个女人，从骨子里喜欢，哪怕她的心给了别人，他都可以不计较。这个高傲的女人，以前从不正眼瞧自己一下，而今，却自己送上门来。大寒感觉自己已经不能呼吸，浑身的血液都涌向头顶。他发疯一样撕扯着麦穗，他呻吟着把头埋进麦穗胸前，他要从这美妙绝伦的身体里攫取他期盼的一切……

麦穗试图挣扎，但是大寒像铁索一样的胳膊把她箍得紧紧的。她明白了，一个男人的爱不管看起来怎样的真诚和感天动地，最终目的还是要占有和掠取……

看着麦穗满脸的眼泪和赴死一样的表情，大寒感觉自己根本不能抵达他想去的地方。他突然感觉自己一下子被撂进了冰窟窿，本来沸腾的血液一下子降了温。

他给了麦穗一记重重的耳光："为了赵国安，你连脸都不要了！你个贱女人！"

大寒拿拳头擂着自己的脑袋：单大寒你这算干什么？你只是秤杆一头的秤砣，人家用你，只是为了挑起另一头的重量！

麦穗无声地抽泣着，眼泪无声地流进她的鬓角。

"你怎么这么贱？你怎么这么贱！你应该骂我，你应该打我，哪怕你拿刀砍我……为了赵国安，你不要脸了！"大寒咆哮着，疯狂地摔打着屋子里的东西。

炕上的被子被咆哮的大寒一下子扯到了地上。

麦穗呆住了！

大寒也木在那里，被子底下，是麦穗以前丢失的贴身衣物。一件一件，被藏在大寒的被窝里！

强烈的嫉妒和扫地的尊严浇灭了大寒的欲望，他一下子摔开门，走出了屋子。一抬头，大寒傻了眼，自己天井里的草垛不知什么时候着起了火，火借着风势，几乎就要扑到房顶上来。燃烧的欲火竟然让他忽略了外面的变故！

不知谁大喊了一声"救火"，大寒的家里一下子涌进来一群人。他们大声吆喝着，有人跑进屋里找水桶和脸盆，他们要舀水救火。大寒想拦住他们，但是大家都一心想着赶紧把火扑灭，都急哄哄往里挤。

当人们看到惊慌失措、衣衫凌乱的麦穗，眼前的景象比看见起火更让他们震惊。大寒赶紧用身体挡住麦穗。

"滚，你们都给我滚！"大寒朝救火的人群吼叫着。火光中，他脸上的青记似乎也在抖动。

麦穗在慌乱中双手捂着脸，在人们异样的目光中落荒而逃。

火舌已经借着风势爬到了屋顶，单福根突然之间反应过来，他跑进去把屋内的大寒拖了出来。大寒目睹着他寄居的三间小屋被大火吞没，单福根嚷嚷着："快救火，快救火，你们怎么不救火？"

单福根看见大寒又回了屋内，抱着一团衣物出来慢慢走到火边，一抬手把那些东西投进了火里。大寒径直走到单福根面前："大大，不用救了，让它烧光吧，我跟你回家。"

这一句话，无异于一个晴空炸响的惊雷，让单福根如遭雷击般愣在那里，他脸上的表情顷刻之间从吃惊到怀疑转而到兴奋。

他立马上来拉住大寒往家里拽，他怕大寒只是一时冲动，他怕过了今晚大寒突然反悔。

"不用拽，我自己会走。"大寒甩开单福根，朝他离开多年的家走去。

看见突然闯进来的大寒，小满一声惊呼。

"哥，你回来了，你终于回来了。"

"小满，快给你哥弄点吃的。不，快给俺俩颠摸两个菜，我要和你哥喝一壶。"

单福根的好情绪感染了小满。"好，大大、哥，你俩稍等，一会儿就好。"

单福根和小满开心地笑着，大寒却如霜打的茄子，低头耷拉角坐在炕桌边。单福根凑到正在拉着风箱的小满身边。"丫头，知道不？麦穗和你哥在一块儿了。我还听说，国安的问题有了转机。"

"国安，国安没事了？"小满的调门接着高了起来。

"哦……那什么……我寻思着，国安本来也没什么大事，就是那个韩六方有点兔子急了咬人。我这两天就再给国安跑门路，不能说一点事没有吧，起码不那么严重了。"

"老天爷，你总算开眼了。"小满拉风箱的频率明显加快，灶膛里的火映着小满亮闪闪的眼睛。她心里自己嘀咕：章县长真是办事的人，这么快就把国安的冤给洗了。小满不敢提这茬，她怕爹怪她自作主张。

"大大，你还说什么？谁跟谁一块儿了？"

"就今后晌，麦穗和你哥一块儿了。救火的人都看到了，麦穗，麦穗在你哥炕上。"

小满手中的勺子差点掉到地上。"大大，你等着，我今天要多给你俩炒几个菜，不对，给咱仨，咱仨好好喝一壶。"

"恁了吧？小满你炒着，我去烫酒去。"

他们爷仨围坐在炕桌上，单福根和小满各有各的欢喜，唯有大寒闷闷不乐。单福根以为是儿子出去了这么多年，乍一回来，难免脸上有点挂碍。

大寒一杯接一杯地喝着，喝到最后，他"哇"的一声吐到了炕前里。大寒还要抓起酒杯喝，小满赶紧拦住了。

"给我倒酒，我要喝，快给我倒酒。你怎么这么贱？你个贱女人，你怎么可以这么贱？"大寒愤怒的眼睛让他脸上的青记似乎也变了颜色。

小满莫名其妙地瞪着他："单大寒，你要什么酒疯？你凭什么骂我？"

单福根冲小满摆摆手："你哥不是冲着你的，小满，收拾一下桌子去睡吧。"

大寒往后一躺，一下子瘫在炕上，顷刻之间打起了呼噜。他嘴里含含糊糊地一会儿发出似乎要哭的声音，一会儿又骂"你个贱女人"。

单福根给大寒脱了鞋，盖了被，伸手摸摸他的脸。他凝视着大寒看了好一会儿，替儿子擦擦眼角的泪，便长舒一口气，吹灯躺下了。

六十

　　章文坡的突然出现让单福根惊慌失措，工作组的人被叫去了公社驻地。章文坡发现，这个工作组目前的工作已经偏离了当前的大方向。全县驻村工作组的主要任务是整顿农村落后党支部，而这个工作组目标没对准落后干部，却是让阶级斗争扩大化。到底因为什么出现了这样的偏差？章文坡让工作组的人给他一个交代。

　　看完交代材料，章文坡拍着桌子质问："谁给你们的权利来处理这件事？赵国安在峡山工地做出了多大的贡献你知道吧？县里正研究如何让这个有文化有觉悟的年轻人更好地为集体出力，你们却跟我来这一套！这些靠暴力手段弄到的口供又有什么实际价值？要不是一个叫单小满的人找我反映情况，我都想象不出来你们要在这条道上走多远！"

　　工作组的人都垂首肃立，不敢吱声。一听这话，单福根铁青着脸，在办公室外像热锅上的蚂蚁团团转。

　　看见里面的人出来，单福根凑上来想问问怎么个情况。那个组长瞪了他一眼："你干的好事！叫你呢，进去吧。"

　　单福根赶紧低头进了办公室，缩在袖子里的手在剧烈地抖动。

　　"单书记，咱们在峡山工地共过事，这回又见面了。"

　　"嗯嗯，又见面了，又见面了。"

　　"单书记，你是一位老干部了。大家都说你是一个政治家呢，你知道吧？"

　　"章县长，唉，我就是个土干部，也没有多少文化……我……"

　　"我觉得，一个真正的政治家不是看他多会钻营，多会耍手腕，多会懂谋略会应变，也不看他在政治场上混多少年。咱不说那些修身治国平天下，但是咱得看清大势，把控好大局……"

　　单福根不知道章文坡为什么对他说这些不着边际的话，他更关心的是工作组的人对章文坡说了什么。看章文坡的表情，似乎也没有什么大的问题。单福根得意于自己看事看十步的眼光，突然间感觉自己有了底气。他也不是一点底没有，工作组的人如果不交代单福根，那就只是个工作方向问题；如果交代出来，那还有受贿、纪律问题。这一点，他早就谋划好了。

章文坡看着单福根："单书记，我已经决定把工作组马上撤回县里，我希望你把赵国安这件事处理完满。"

单福根像捣蒜一样不住地点头："章县长，要不您在这里等消息，我马上就办。"

章文坡摇摇头："我不等了，我得马上赶回县里。等有机会，你让赵国安去县里见我。"

单福根赶紧点头应承。

单福根回到家，一脚踢开虚掩的房门，把小满吓得一哆嗦。

"大大，你怎么了？"

"单小满啊单小满，你挺有主张啊。"

"什么？什么主张？"

"你竟然去找章文坡！你……你！你差点砸了你大大的底铺！"

"砸什么呀？我看着你救不了国安哥，我这是被逼得没办法了呀。"

单福根拿手指了指小满，拿烟袋锅敲了敲炕沿，回了自己屋。

三天以后，单福根让人把赵国安带到面前。他告诉赵国安，他费了很大的劲，求爷爷告奶奶，终于帮他开脱出来。

赵国安对单福根千恩万谢，以前对单福根的成见顷刻之间烟消云散。小满看到赵国安被放了出来，激动地走上前来，搀着他往回走。

赵国安一推开大门就冲着爹娘大喊："爹，娘，我回来了。"

赵廷毓和高玉芬一起冲出来，抱住赵国安号啕大哭。小满站在一边直抹眼泪。赵国安用手臂环住爹娘，把他们拥进屋里。等爹娘情绪平复下来，赵国安站起身来："我看看麦穗去，她一定急坏了。"

"国安，你回来。你不能去！"高玉芬喊住赵国安。

"什么？我不能去？"赵国安回过头来，诧异地看着高玉芬。

高玉芬歪头看着小满："小满，我跟国安有话说，没事你先回去吧。"

小满咬咬嘴唇，点点头，看了赵国安一眼，转身出了门。小满从赵国安家出来没有回家，拐过胡同口，到了麦穗那里。进门看到麦穗披头散发地坐在蒲团上，正在木然地抬头看着天。

　　"麦穗，国安被放出来了。"

　　"啊？真的？"麦穗一下子坐直了身子，眼睛急切地想从小满脸上找到答案，想确认这是不是真的。

　　小满冲着麦穗郑重地点了点头："是真的，我不会拿这事开玩笑。国安刚回来，在家里。"

　　麦穗一听这话，一下子站起来就往外走。

　　小满扯住麦穗："你……不用去了。"

　　"你说什么？国安回来我不用去了？凭什么呀？"

　　"就凭……就凭你上了我哥的炕。这还不够？麦穗，我真没想到你是这样的女人。国安才出事这些日子，你接着就变了心，你真让人心寒。"小满对麦穗怒目而视。

　　"我没有，你回去问问你哥，我们没有！"

　　"全双羊店的人都看见你在我哥炕上……麦穗，你还要怎样？"

　　麦穗不理小满，她把小满扔在屋子里，独自跑了出去。

　　"国安，你回来了？"麦穗一推开赵国安家的大门就喊了起来。

　　赵国安家里出奇地安静。麦穗进来，他们三人都无声无息地看着她。麦穗扯过赵国安，抬头看着赵国安瘦了一圈的脸，抬手轻抚着赵国安脸上的伤，她的泪扑簌簌打湿了衣襟。

　　高玉芬和赵廷毓一使眼色，两个人离开了赵国安的屋子。

　　"国安，你怎么这么不冷不热的，是不是你也相信别人说的？"麦穗撒开了抓住赵国安的手，赵国安眼中一瞬间闪过的犹疑让她的心一下子沉入谷底。

　　"麦穗，这些日子让你受委屈了。"赵国安突然坚定地一下子抓住麦穗的手，他比以往任何时候都用力地越抓越紧。

　　"后天是好日子，我们赶紧结婚。反正东西娘早给预备好了。"

　　"怎么这么急？你刚回来，国安，缓缓吧，缓缓再说。"

　　"不等了，麦穗，我们等不起。后天就办，你赶紧回去预备一下。"

"国安，一辈子的大事，你怎么这么冒失？"实在忍不住的高玉芬推门进来，"麦穗，国安刚回来，让他好好歇歇。不管什么事，等以后安稳了再说。"

麦穗知趣地出了门，她感觉到高玉芬眼中的冷漠。她也感觉到赵国安和她之间似乎隔了点什么，尽管赵国安在极力掩饰。

麦穗刚进门，小满又出现在门口。麦穗瞅了她一眼，就要关门。小满使劲一撞门，麦穗一个趔趄。

"你来干什么？我的事不用你掺和，你走吧。"

"麦穗，你怎么这么不要脸？国安明明知道了你的事，你还死皮赖脸去找他。"小满"咣当"一脚，踢了一下半闭的门。

"你们不信，国安相信我。国安还跟我说，后天就和我结婚。我本来就是清白的，小满，不信你问你哥。"麦穗不甘示弱。

"你放屁！我是心里有国安，但是我更愿意看到国安好。如果你没出那档子事，我会看着国安和你结婚，和你好好过日子。但是，现在不中了。麦穗，你心里怎么只有你自己？你明明知道国安即使知道了你的事他也不会扔下你，但是这样他这辈子就完了，他心里会疙疙瘩瘩一辈子。他会被别人耻笑一辈子。我哥单大寒，也一定会埋汰国安一辈子。"

小满越说越激动，几次凑到麦穗面前，一副想对麦穗大打出手的架势。

小满走了，麦穗愣在那里，一遍遍地回味着小满的话。麦穗想起了刚才赵国安那双望着自己的眼睛，为什么他眼睛里时不时地闪过那种犹疑的神情？他这么仓促地结婚，是不是他怕自己反悔？结婚的话先说出来，赵国安是不是故意不给自己留后路，他怕自己退缩？

麦穗的脑袋嗡嗡地响着，头疼欲裂。

高玉芬来了，她拍了拍伏在炕上的麦穗。麦穗扭头看一眼，坐了起来。高玉芬看了一眼炕沿上自己给麦穗准备的那套大红的衣裳，眼底里闪过一丝悲凉。她从衣兜里掏出一些钱，塞到麦穗手里。麦穗不解地看着高玉芬。

"孩子，拿上这些钱，带着大香走吧。国安真的不能娶你了，我知道你是个好孩子。但是，好人和好人不一定能走到一块儿。这可能就是命吧，你俩注定了这辈子拢不到一起……"

高玉芬往后说的什么，麦穗已经听不见了，她只看到高玉芬一张一合的嘴唇和不停地变换表情的脸。高玉芬什么时候走的她也不知道，她的世界轰然倒塌，七零八落。

麦穗像木偶一样走出了屋子，看着高玉芬进了家门。

过了好一会儿，麦穗也走进了赵国安家。她不知道自己为什么要来，她更不知道自己来了能干什么。她看到灯影下的赵国安满脸绝望，从不抽烟的赵国安脚底下扔了一地烟把儿……

"国安，我已经跟麦穗说明白了，你俩的婚退了。你对麦穗怎么样，我们都看到了。你不亏欠她什么，国安，你不用再这么折磨自己。只能说，你俩没这个缘分。我不可能看着你一辈子在人前抬不起头来，单家那爷俩，会把你埋汰一辈子。"

赵国安拿着烟的手哆嗦了一下，旱烟掉到了地上。他双手捧着脸，低着头，痛苦地按压着自己的太阳穴。

"爹，娘，你让我的心里怎么过得去？别人会怎么看我？不管她做了什么我都舍不下啊……"

木然的脑袋瞬间清醒，麦穗暗自庆幸赵国安没发现自己。她快速闪身，赶紧逃离。

回到家，麦穗呆呆地瞅着屋梁，自己苦苦挣扎到底为了什么？自己能支撑这么多年到底因为什么？我到底做错了什么，老天这样一次一次来捉弄我？麦穗抱着膝盖，看着面前如豆的灯光。

哈哈，不管我做了什么你都舍不下？赵国安，你到底还是不相信我！哈哈哈，你要结婚，是因为你在意别人怎么看你？那好，我走！这样你终于可以撇清自己了，别人不会说你赵国安了，是我自己走的……麦穗奇怪自己竟然没有流泪，原来最大的痛不是号啕大哭，而是根本无泪可流！

外面是夜，是无边的黑。

麦穗把大香的一件小棉袄拆了，噗噗噗，是针脚撕裂的声音。拆完了，她又找出针和线，一针一针地缝了起来。缝完了，又噗噗噗撕开拆了，又拿起针来缝……她的食指被针扎得出了几次血。当麦穗最后一次拆的时候，灯里的油耗尽了，灯芯炸出了几个火星，一下子熄灭了。麦穗突然感觉自己没有了一丝力气，整个人像炸掉的灯芯一样，疲惫地坍塌了下去。

麦穗站起身来，有些事该了结了。

王婶看麦穗来了，絮絮叨叨问麦穗准备得怎么样了，都快当新娘子了，还把自己熬得眉乌眼青的。麦穗苦笑了一下，趁王婶不注意，把一叠揉皱的钱和粮票放在了王婶枕头底下。把大香领出来，她又拐回家收拾了一下。

麦穗一手拿着一个包袱，一手领着大香朝村外走去。麦穗回头最后看了一眼双羊店，看了一眼文昌阁，便头也不回地往东走去。

"娘，你要领我去哪？"大香眨巴着眼睛问麦穗。

"去咱该去的地方。"

半路上，碰见双羊店的一个男人赶着马车。他招呼麦穗，知道和麦穗一路后，便让麦穗上车拉她一程。

"妹子，你这是要去哪里？到哪里也不是自己家呀，在外面，难哪。"

麦穗看着天边的云彩："人不就是一辈子吗？熬熬就过去了。"

走到呼家庄的村口，有人拦下了马车，原来是前面打大口井，要放炮，现在不让过去。男人喝住骡子："等会儿吧，咱也不差这一会儿。"

只听"轰"的一声巨响，不远处一阵飞沙走石。车辕内的黑骡子叫唤一声，甩开四蹄向人群冲去。

"这骡子惊了！"人们一阵惊呼，四散逃窜。

赶车的男人在后面追着黑骡子跑，大香在车上吓得哇哇大哭，麦穗脑子里也是一片空白。黑骡子越跑越快，路上一两个大胆的人想帮着把骡子拦住，但是那黑骡子不管不顾朝着拦车的人就奔了过去。一看这架势，谁也不敢再靠前。大家都喊着："坏事了，坏事了，车上还有两个人啊。"

骡子窜到了一个村子，还是风驰电掣一般越跑越快，吓得村里的人都赶紧躲避。前面是一盘石碾，这黑骡子载着魂飞魄散的麦穗向石碾冲了过去。麦穗脑子里一闪念，完了！她下意识地把大香摁在自己身后，世界一下子寂静无声，她感觉自己轻飘飘地飞了起来……

不知过了多少时候，赶车男人才大汗淋漓地赶了过来。那黑骡子一条腿被别在撞断的车辕下面，半躺在地上，嘴里冒着白沫。麦穗趴在碾盘上，碾砣子上一滩血。大香安然无恙，已经哭哑了嗓子，只是流泪，却发不出一点声音。赶车男人一下子瘫在地上，托围观的人赶紧回双羊店报个信。

赵国安坐着一辆马车赶了过来，顾不上问什么，把麦穗抱到马车上就往县医院赶去。

半月后，麦穗终于醒了过来。大香扑过来叫着："娘，娘！"

赵国安也赶紧过来，拉着麦穗的手："谁让你走了？……谁让你走了？……"

麦穗瞅瞅赵国安："你是谁？"

"我是赵国安啊，你……"赵国安愣住了。

麦穗眼神里一片迷茫，又扭头看看大香："这是谁家的闺女，长得真好看啊。"

大香一听，委屈地哭起来："娘，你不要我了？娘，你不能不要我啊……"

赵国安一下子冲出病房，去找麦穗的主治大夫。

从大夫那里回来，赵国安什么也没说，一手抱起大香，一手拉着麦穗，说了两个字："回家！"

麦穗出事的消息很快传遍了双羊店。

大寒看小满出了门，来到单福根面前，目光锐利地逼视着他。

"工地的霉玉米是不是你给邢满金出的点子？这次赵国安被抓是不是你故意让人整他？"

看着大寒攥紧的拳头，单福根叼着烟袋，一开始不吱声，最后还是点了点头。他知道自己这个儿子，顺着毛就是好牲口，呛着毛就是一活阎王。

"麦穗去我那里，是不是也是你出的主意？"

单福根敲敲烟袋锅，又点点头。

"那天起火是不是你故意点的？是不是就是为了让别人知道麦穗在我那里？"大寒的目光咄咄逼人。

"工作组的人是不是吃了你的好处才整赵国安？"

单福根一哆嗦，瞪大眼瞅着大寒。

"大寒，我这样做全是为了你，为了你啊。你大大也是一片苦心啊。"

"谁要你的一片苦心？"大寒一拳擂在炕沿上，眼睛里似乎要喷出火来，脸上的青记变成吓人的黑色。

"你这样是不是全是为了让我回来?"大寒又追问了一句。

"是啊……大寒……"

"你以为只要你想做你就什么都可以做到,是吧?"大寒搐得炕沿咚咚响。

单福根用近乎乞求的目光看着儿子。

"你错了,这世上还真有你办不到的事。"大寒扔下这句话,扭头走出了屋。

大寒走出院子,拐了个弯来到卫生院,在别人讶异的目光里薅着赵国安的领子把他拖出门外,一顿拳打脚踢。打完了赵国安,大寒一句话没说,挑起木箱离开了双羊店,从此再也没有回来。

半年后,小满嫁了一个当兵的湖南人。出嫁以后,庄里人再也没见过小满回来。

单福根后来也被撤了村书记职务,等候处理。

六十一

来喜的忌日到了,赵国安蹲在赵来喜坟前,一张张地烧着纸钱。这几年,赵国安每年都到来喜家里给他的家人买点吃的用的,临走每次都留下一些钱。来喜的家人每次都拉着赵国安的手,一连声说他是"好人"。每当这时,赵国安都赶紧逃离,他最怕听到"好人"这两个字。

傻子六不知道什么时候来到赵国安身边。他满面羞惭,垂头蹲在那里。赵国安扭头看看是韩六方,没吱声。

"国安,我混蛋,我不是人,我对不起你……"

赵国安站起身来,往西走去。走了几步,他又折回来,拿手拍了拍韩六方的肩膀。

韩六方跪在来喜坟前,拨拉着地上还没烧透的纸钱,在那里自言自语:"我自己砍断了三根指头,是为了活。我装疯卖傻六七年,也是为了活。我揭

348

发你，还是为了活啊……我真的让人折腾怕了……我……"

"说实话，就是有一万个人揭发我，我都不会想到是你……韩六方，都过去了，谁都有身不由己的事……"赵国安说完，大步朝远处走去。

赵国安走在庄稼地里，身边的麦田在微风中翻着绿色的麦浪，正秀穗的麦子散发着阵阵清香。

随着由远及近一片锣鼓声响，田埂上走来了一列踩着高跷的队伍，打头的那个系着红绸子的西乡嫚儿，忽闪着一双大眼睛，像极了当年的麦穗。

一九六五年，赵国安凭着高超的医术进了县医院。一九七四年八月，潍河上游遭遇百年一遇的特大暴雨。峡山水库调蓄拦洪，肆虐的洪峰被削减殆尽，潍河下游沿岸居民避免了一场灭顶之灾。一九七八年恢复高考后的第一个夏天，大香成了双羊店的第一个女大学生，拿到了青岛医科大学的录取通知。

赵国安从没放弃过对麦穗的治疗，他带着麦穗去省里的医院，给她找最好的大夫。麦穗却依然封闭在自己一个人的喜乐悲欢里，拒绝着这个身外的世界。

赵国安把最后的希望寄托给一个大城市来的专家，在几个疗程的系统治疗后，麦穗有那么一刻眼睛里突然有了神采，可惜这神采一闪而过。专家摇摇头："这位患者很特殊，我看不光是外伤造成的大脑损伤失忆，感觉她在本能地拒绝外界的信息。实在没办法，我已经尽力了……"

上大学的第一个学期结束，大香放寒假回了家。

天也凑巧，大香回来第二天就开始下雪，下了一天一夜。杏霖好不容易见到姐姐，亲热得不得了。他缠着大香和他去看水库，去水库玩雪打滑。

被缠得没办法，大香摁了一下杏霖的鼻子："好，等雪停了咱就去。"

雪一停，大香和杏霖换上厚棉服，就吵吵着要去看水库。赵国安不放心，也要领着麦穗一起去。

河面上结了厚厚的冰，这姐弟两个在冰面上打滑，扔雪球，奔跑笑闹。赵国安连连嘱咐他们小心滑倒。

杏霖拿起雪球，朝赵国安扔过去，赵国安哈哈大笑着又给他们扔了回来。杏霖双手拢在嘴巴上对大香喊："赵香，大大偏心眼，我看你才是他亲生的。"

大香大喊着："哈哈，杏霖，你是大大从西河湾里捞的。我才是他亲生的，哈哈。"

赵国安看着两个孩子，眼睛有点潮湿。他给麦穗紧了紧围巾，揽住了麦穗的肩膀。

"咔嚓"一声，接着就是大香一声惊叫。

就在大香快滑到岸边的时候，冰面突然陷下一块，大香一下子掉进了别人抓鱼砸出的窟窿里。赵国安大惊失色，他疾步上前，赶紧趴在冰面上拽大香。大香一边哭喊，一边使劲去够赵国安的手。赵国安扯下自己的围巾，扔给眼看就要钻进冰盖的大香。杏霖和赵国安一同大喊："抓住，快抓住。"赵国安一边喊一边往冰窟窿里努力探身，冰窟窿沿着裂纹在一点点扩大，大香越陷越深，赵国安也跟着一寸寸下滑。

麦穗突然跪在冰面上，伸手扯住赵国安的腰，大喊着："大香，快抓住围巾……抓住围巾，大香！"杏霖也赶紧抱住麦穗的腰，他们一起大喊着，奋力地拉着。

赵国安湿透了半个身子，终于把大香一寸一寸地拉上了冰面。就在他们飞速上岸的瞬间，赵国安刚才趴着的那块冰面也"哗啦"一声陷了下去。

赵国安脱下自己的棉大衣一下子裹住大香，大家都禁不住长吁一口气。

麦穗还没从刚才的惊惧中醒转过来，她蹲在岸边撕心裂肺地哭喊着，一会儿喊赵国安，一会儿喊大香，一会儿喊四龙。

大香突然反应过来，她跑过来一边使劲拍打着麦穗，一边大喊："娘，你终于认识我了。娘啊，你终于认识我们了。"她又转头对着赵国安："大大，我娘认得我们了，认得我们了呀。"赵国安什么也没说，一下子把麦穗和大香都揽在怀里。

大香挣脱了赵国安，一边擦着眼泪一边拽着杏霖往家跑。她不光是因为衣服湿透身上冷，她更知道，娘和大大相隔这么多年再次相认，不该被打扰。

麦穗抬眼望着赵国安的脸，嘴里喃喃着："国安，你咋这么老了……再也不是以前那个赵子龙了……"

赵国安看着麦穗沾了雪的头发："还说我呢，你看，你也成了白毛驴了。"

两个人都笑了，笑着笑着，都哭了……

后 记

几经修改，这个长篇《麦穗》终于定稿了。放松之余，把改过的稿子归拢了一下，厚厚的一摞——这厚度把我自己都吓了一跳！三十多万字，无以计数的不眠之夜，那一刻，眼泪禁不住潸然而下。

定稿当天，我昏天黑地一气睡了十几个小时！

感谢在文学道路上一直鼓励我、引领我的老师、朋友们，是你们的指引和激励，才让我走上了文学创作之路。

感谢从初稿一直到定稿，给我提出意见、建议，悉心指导、提点我的杨守森教授、于爱成老师，从你们身上，我看到了大家的谦卑和平和。是你们让我知道了如何去阐释人性，是你们让我明白一部好小说绝不仅仅是矛盾冲突的激烈和情节的引人入胜。

感谢陆红菊、张洪友、张进等诸位文友们的悉心校对、无私付出，是你们给予我友情，教会我严谨。

感谢我的编辑宋涛老师。

感谢我的家人们。创作几乎占用了我这两年来的全部业余时间，谢谢你们对我的宽容和理解。

写作是一场修行。

写长篇的过程，是一个挣扎、困顿和煎熬的过程，也是一个成长、惊喜和收获的过程。

其中的苦楚，只有亲身经历的人才能真正体会。

因为写到兴奋时停不下来，中午饭经常推迟到两三点吃；为了不让夜间突然而至的灵感偷偷溜掉，我的床头一直放着纸和笔，灵感若来，就赶紧爬起来记下，有时候一晚上能起来二十多次。

一部长篇的历练价值，不光在于我这个文学新手创作上的成长，也在于让我对生活、对人生甚至对人性都有了深层次的思考和认知。写初稿时，我想的是情节如何吸引人，矛盾冲突如何引人入胜，读者能不能一口气读完。修改时，我注重的是生活中的细波微澜，总想挖掘出人内心深处潜藏的一些东西，我想的更多的是——读者合上书之后，会思考点什么。

初稿时，我总是试图在文字里寻找自我，试图在笔墨里皴染出或绚烂或幽暗的人性之花。修改稿时，我明白了，文字是要抛开作者情绪的，那些人物早已不受我控制地自行其是。他们早已抛开了我这个自以为是的作者，当我想让他靠近时，他却毫不客气地绝尘而去；当我想让他善良时，他却一下扯下自己的假面，对我疯狂嘶喊："我不！"

以前只知道可怜之人必有可恨之处。现在明白了，那些可恨之人，其实也有其可怜之因。

人性的复杂就在于，我们平时所认为的坏人与恶人，也往往自有其坏与恶的无奈的，或自以为正当的理由。

每个人身上都有其两面性，有最起码的人性之善，比如怜悯，比如亲孝，也有其原始欲望中的贪、嗔、痴。明白这一点，才会把人写成人，而不是把人写成神。

听母亲讲，在我出生的那一年，也就是 1974 年的 8 月 13 日，潍河上游遭遇百年一遇的特大暴雨。峡山水库调蓄拦洪，肆虐的洪峰被削减殆尽，潍河下游沿岸居民避免了一场灭顶之灾。

然而，历史总是如此的吊诡。2013 年以来持续四年的特大干旱，让峡山水库干涸了最后一滴眼泪，水库内的万顷碧波变成了一望无际的草原。

沧海桑田，云烟浩瀚。不管你是嘉以褒奖还是施以诟病，那些逝去的岁月、故去的生灵，都永远不可能从时光隧道的纵深处御风而来。

无论你假以天道还是凭借伦常，有些东西是任谁都改变不了的。譬如那轮映照潍河两岸的红日，无论是初升的朝阳还是熔金的落日，千百年来，总是沿着亘古不变的路线，把新生和黯淡都歌成永恒……

当年华逝去，很多的爱与恨、善与恶、伤与痛，都会在旧时光里渐行渐远，被人们放逐或者解构，反思抑或铭记……

2018 年 5 月 10 日